CODE
काकोरी

मनोज राजन त्रिपाठी तक़रीबन तीस सालों से पत्रकारिता में हैं। *दैनिक जागरण* से शुरुआत और फिर *हिंदुस्तान टाइम्स* ग्रुप होते हुए *न्यूज़ 18 नेटवर्क, इंडिया न्यूज़* और *ईटीवी* में एडिटर रहे। आप अजय देवगन, परेश रावल, कार्तिक आर्यन की सुपरहिट फिल्म *अतिथि तुम कब जाओगे-पार्ट टू (गेस्ट इन लंडन)* के डायलॉग राइटर हैं। पत्रकारिता में पुरस्कारों के साथ-साथ आपने *ज़ी टीवी* के सिंगिंग रिएलिटी शो *सा रे गा मा पा, अंताक्षरी, सुर श्रृंगार, संगम कला* जैसे नेशनल प्लेटफॉर्म्स पर बतौर गायक भी कई अवॉर्ड जीते। फिलहाल आप *ज़ी मीडिया* में एडिटर हैं। *CODE काकोरी* आपका पहला उपन्यास है।

eka

कई कहानियाँ कई भाषाएँ

एका की स्थापना दिसंबर 2018 में की गई। दो वर्षों में ही इसके तहत 120 से ज़्यादा मूल रचनाएं और नौ भाषाओं में अनुवाद छप चुके हैं। इस दौरान हमें अनेक सर्वोत्कृष्ट रचनाएं और लेखक मिले। भारतीय भाषाओं में विशेषज्ञता प्राप्त दस से अधिक संपादकों और तीस से अधिक भाषा जोड़ों के साथ काम करने वाले अनुवादकों की सहायता से हम अपने इस लक्ष्य को प्राप्त कर पाए हैं। इसी के साथ हमने उन सभी अव्यवों के साथ प्रयोग किए जिनसे एक किताब आकार लेती है—फॉण्ट से लेकर लेआउट, कवर डिज़ाइन और वो पन्ने जिन्हें आप पलटते हैं, और तब जाकर ये किताबें उस स्वरूप में आईं जिन्हें देखकर हम सभी संतुष्ट हुए।

हमें गौरवान्वित करने वाली रचनाएं और लेखक विभिन्न विधाओं से आते हैं। इनमें तमिल क्राइम-फिक्शन के दिग्गज, राजेश कुमार के उपन्यास शामिल हैं; बंगाली लेखक मनोरंजन ब्यापारी, जिनके उपन्यास के अंग्रेज़ी अनुवाद (*देयर'स गनपाउडर इन द एयर*) को *जेसीबी प्राइज़, क्रॉसवर्ड अवॉर्ड, डीएससी प्राइज़* और *मातृभूमि बुक ऑफ़ द इयर अवॉर्ड* के लिए शॉर्टलिस्ट किया गया; तमिल लेखक पेरुमल मुरुगन की *पूनाची* छह भारतीय भाषाओं में प्रकाशित हुई; चेतन भगत का उपन्यास *द गर्ल इन रूम 105*, सात भाषाओं में; और अमीश का उपन्यास *रावण* छह भाषाओं में प्रकाशित किया गया। समीक्षकों द्वारा प्रशंसित लेखकों की रचनाओं का अंग्रेज़ी अनुवाद किया गया जिनकी काफी सराहना हुई। इनमें हिन्दी लेखक विनोद कुमार शुक्ल की *ए विंडो लिव्ड इन द वॉल*, मराठी लेखक विश्वास पाटिल की *पानीपत* और *महानायक*, शिवाजी सावंत की *युगांधर*, मलयालम लेखक उन्नी आर. की *वन हेल ऑफ़ ए लवर*, वी.जे. जेम्स की *चोरशास्त्र*, एम. मुकुंदन की *डेल्ही: ए सोलिलोक्वे*, तमिल लेखक पेरुमल मुरुगन की *एस्चुअरी*, बंगाली लेखक लीज़ा गाज़ी की *हेलफायर*, कन्नड़ लेखक एस.एल. भैरप्पा की *उत्तर काण्ड* शामिल हैं। नोबल पुरस्कार विजेता काज़ुओ इशिगुरो की *द रिमेन्स ऑफ द डे* और *व्हेन वी वेअर ऑर्फन्स* के मराठी अनुवादों ने पाठकों और समीक्षकों का ध्यान खींचा। हमारी कुछ हिन्दी किताबें बेस्टसेलर रहीं, इनमें निशांत जैन की *रुक जाना नहीं*, संजीव पालीवाल की क्राइम थ्रिलर *नैना*, विजय त्रिवेदी द्वारा आरएसएस पर लिखी *संघम् शरणम् गच्छामि* और अनंत विजय द्वार लिखी *अमेठी संग्राम* शामिल हैं। साहित्य अकादेमी युवा पुरस्कार विजेता लेखक मनु एस. पिल्लई की *रिबेल सुल्तान्स* के मराठी और हिन्दी अनुवाद, अमिताभ घोष की *गन आइलैंड* के मलयालम, मराठी और हिन्दी अनुवाद ने हमें विशेष रूप से उत्साहित किया।

2021 में अब तक हमने अमीश के उपन्यास *लेजेंड ऑफ़ सुहेलदेव* का हिंदी और मराठी अनुवाद, चेतन भगत के उपन्यास *वन अरेंज्ड मर्डर* का हिंदी और मराठी अनुवाद प्रकाशित किया है। हमारे अंग्रेज़ी अनुवादों में गुजराती लेखक काजल ओज़ा वैद्य के उपन्यास *कृष्णायन*, हिंदी लेखक विनोद कुमार शुक्ल के उपन्यास *एक छुपी जगह*, मराठी लेखक विश्वास पाटिल की रचना *संभाजी* और बंगाली लेखक मनोरंजन ब्यापारी के उपन्यास *ईमान* का भी प्रकाशन हो चुका है। इसके साथ ही सुपर कॉप राकेश मारिया के संस्मरण *लेट मी से इट नाऊ* का मराठी में, यूट्यूब स्टार श्वेताभ गंगवार की *रूडेस्ट बुक एवर* का हिंदी में और आशीष बागरेचा की सेल्फ-हेल्प किताब *डियर स्ट्रेंजर, आई नो हाऊ यू फील* का हिंदी में अनुवाद प्रकाशित हो चुका है। भारतीय सेना के जांबाज़ों को श्रद्धांजलि स्वरूप *शौर्य गाथा: भारत के वीर सेनानी* का प्रकाशन हमारे लिए गर्व का विषय रहा। संजीव पालीवाल का उपन्यास *पिशाच* भी प्रकाशित हो चुका है। जल्द ही हम मनोरंजन ब्यापारी की *चंडाल जीबन त्रयी* के उपन्यासों को बंगाली, हिंदी और अंग्रेज़ी में प्रकाशित करने वाले हैं। इसी के साथ अमीश और भावना रॉय की *धर्म* भी जल्द आपके हाथ में होगी।

हम आपके शुक्रगुज़ार हैं और अनुवादकों से अनुरोध करते हैं कि वो एका के साथ जुड़ें, और साहित्य को भाषा की सीमाओं के पार ले जाने में हमारा साथ दें।

CODE काकोरी

मनोज राजन त्रिपाठी

eka

eka

First published in Hindi as *CODE Kakori* in 2021 by Eka, an imprint of Westland Publications Private Limited

1st Floor, A Block, East Wing, Plot No. 40, SP Infocity, Dr MGR Salai, Perungudi, Kandanchavadi, Chennai 600096

Westland, the Westland logo, Eka and the Eka logo are the trademarks of Westland Publications Private Limited, or its affiliates.

ISBN: 9789391234324

10 9 8 7 6 5 4 3 2 1

This is a work of fiction. Names, characters, organisations, places, events and incidents are either products of the author's imagination or used fictitiously.

Typeset by Neo Software Consultants, Prayagraj (Allahabad)

Printed at Thomson Press (India) Ltd.

अंग्रेज़ दरोगा का हाथ काटने वाली मेरी दादी स्वतंत्रता संग्राम सेनानी वीर बाला नारायणी त्रिपाठी को समर्पित, जो आज भी रूह में रोशनी, रगों में रक्त और रक्त में रेशमी रोशनाई बन कर मेरे साथ हैं।

18 जुलाई 2019

रात का क़रीब दो बजा था। काले घने बादलों ने पूरनमासी को अमावस में बदल दिया था। बरसात तो क़रीब दो घंटे पहले थम चुकी थी, लेकिन काकोरी-लखनऊ हाईवे से सटे आम के बाग का पत्ता-पत्ता बारिश से तर-ब-तर था। दशहरी आम के घने पेड़ों से छन कर आ रहा अंधेरा और काला होता जा रहा था। बाग के अंदर आने वाली कच्ची पगडंडी पर कई जगह पानी भर गया था। मेंढक की टर्र-टर्र और झींगुर की झांय-झांय के बीच ऑडियो सिस्टम पर फुल साउंड में भोजपुरी गाना बज रहा था, *तू लगा ले लू जब लिपीस्टिक, हीले ला आरा डीस्टिक, जीला टाप लागे लू, कमरिया डोले लॉपा लॉप लालीपाप लागे लू।* नशे में धुत काकोरी थाने का स्मैकिया सिपाही अंगद यादव बेसुरे सुर में ऑडियो ट्रैक के साथ-साथ गा रहा था। अंगद के साथ बाग के केयर टेकर मज़दूरों की फौज भी मौज में मस्त थी। गाते-गाते अंगद ने ज़मीन पर पड़ी अपनी बंदूक उठा कर एक मज़दूर की कमर पर टिका दी और लोफ़रों की तरह नाचने लगा। मज़दूर भी बंदूक की नली अपनी कमर पर टिका कर किसी नचनिया की तरह कमर मटकाने लगा। सब के सब ताली बजा कर कमर हिला-हिला कर नाच रहे थे। तभी आम के बाग में एक मोटरसाइकिल घुसी और नाचते-गाते इन नशेबाज़ों से क़रीब दो सौ मीटर दूर आकर रुक गई। गीले घुप्प अंधेरे के पीछे से मोटरसाइकिल की हेडलाइट चमकी।

हेडलाइट की चमक देख कर अंगद के गंदे-गंदे पीले दांत हंसी से खुल गए। पैंट की जिप पर हाथ फेरते हुए अंगद बोला, 'तैयार हो जा मेरे लल्लन टाप, आ गई मेरी लालीपाप, जीला टाप!' और फिर से सबके

साथ नाचने लगा। हेडलाइट बंद हो गई। गाने के शोर में बहुत दबी-दबी सी सिसकारियां सुनाई दे रही थीं, 'छोड़ो, प्लीज़ छोड़ दो, आह!' धीरे-धीरे सिसकारियां चीख़ों में बदलने लगीं।

आवाज़ें सुन कर अंगद उतावला हुआ जा रहा था। धीरे-धीरे आवाज़ें शांत हो गईं। बाग की पगडंडी पर कई जगह भरे पानी की दूर जाती छप-छप बता रही थी कि कोई लौट रहा था। मोटरसाइकिल फिर से स्टार्ट हुई और हेडलाइट जली। अंगद नाचना-गाना बंद करके लाइट की तरफ देखने लगा। अंधेरे को चीरती हुई हेडलाइट की रोशनी सीधे अंगद के चेहरे पर पड़ रही थी। दो बार लाइट ऑफ़-ऑन हुई और फिर मोटरसाइकिल मुड़ कर चली गई। अंगद अपनी बंदूक वहीं छोड़ कर पैंट की ज़िप खोलता हुआ उसी तरफ चल दिया, जिस तरफ से कुछ देर पहले सिसकारियां आ रही थीं। बादल फिर बरस पड़े, आम के पत्तों पर मोटी-मोटी बूंदों का शोर बढ़ने लगा और भीगी-भीगी सी रात सुबह की तरफ चल दी।

~

19 जुलाई 2019

सुबह के आठ बजे ही थे कि काकोरी में एक लड़की के रेप और मर्डर की ज़ोरदार ब्रेकिंग न्यूज़ टीवी पर शोरदार अंदाज़ में चल रही थी। काकोरी पुलिस को भनक तक नहीं थी, लेकिन लखनऊ में काकोरी क्राइम की ख़बर देख रहे डायरेक्टर जनरल ऑफ़ पुलिस बृजलाल कुलश्रेष्ठ के व्हॉट्सएप पर लड़की की नंगी लाश की वाइरल फ़ोटो भी चमक रही थीं। डीजीपी ने लखनऊ के सीनियर सुपरिंटेंडेंट ऑफ़ पुलिस शैलेश कृष्णा को फ़ोन करके हड़काया और एसएसपी साहब ने काकोरी थाने के इंस्पेक्टर अशफ़ाक़ उल्ला बिस्मिल की मोबाइल पर ही खाल खींच ली। बड़े अफसरों की डांट, फटकार और ज़हरीली लताड़ सुनते ही इंस्पेक्टर अशफ़ाक़ उल्ला बिस्मिल की जीप बिना ब्रेक लगाए सीधे फोर्थ गियर पर लखनऊ-काकोरी रोड के बगल में आम के बाग पर पहुंची। हेड कांस्टेबल त्रिपुरारी पांडे, सिपाही विद्यासागर प्रजापति उर्फ

विकिपीडिया और दो-तीन सिपाही मौक़े पर खड़े थे। जीप देख कर सभी दौड़े। अश्फ़ाक़ उल्ला ने उतर कर पूछा, 'क्या सिचुएशन है?'

त्रिपुरारी पांडे ने डिटेल दी, 'सर रमाकांत और गौतम बॉडी पोस्टमॉर्टम में दाख़िल कर चुके हैं। लाश से दस मीटर दूर मोटरसाइकिल की टूल किट मिली है। टूल किट की कोई पैनी चीज़ लड़की के गले में घोंप कर हत्या की गई है। बगल में ही लड़की का कुर्ता पजामा और अंडर गार्मेंट्स मिले हैं। लगता है पहले रेप किया गया है और फिर मर्डर।'

'बाग किसका है?' अश्फ़ाक़ उल्ला ने सवाल किया।

त्रिपुरारी झट से बोला, 'किसी आशुतोष निरंजन का है। रिटायर्ड आईएएस हैं, अमेरिका में बेटे के साथ रहते हैं। दो-तीन साल में आते हैं। कुछ मज़दूर हैं, वही सब आम तोड़ते और बेचते हैं सर।'

'नंबर पता करो और उन्हें ख़बर करो,' अश्फ़ाक़ ने आदेश दिया।

त्रिपुरारी ने फ़ौरन नंबर पता करने के लिए एक सिपाही को दौड़ा दिया।

इधर-उधर देख रहे अश्फ़ाक़ उल्ला ने फिर पूछा, 'लड़की का पता चला कुछ?'

त्रिपुरारी ने सिर झुका लिया, 'सर हम देर से आए, रमाकांत और गौतम शिनाख्त के चक्कर में पड़े बिना ही पोस्टमॉर्टम हाउस के लिए मिसाइल हो गए।'

अश्फ़ाक़ तमतमा गया, 'एसएसपी तो लखनऊ से चिल्ला रहे थे कि फ़ोटो वाइरल हो गया है?'

त्रिपुरारी ने लॉजिक दिया, 'सर लाश औंधे मुंह पड़ी थी, पीछे के फ़ोटो हैं सब। दोनों सिपाही लाश ढंक कर ले गए हैं, सर। शिनाख्त हो जाएगी।'

अश्फ़ाक़ झल्लाया, 'अबे कहीं टीवी पर शिनाख्त की ब्रेकिंग हो गई तो डीजीपी नंगा कर देगा।'

अश्फ़ाक़ कपड़े, टूल किट वगैरह ज़िपर बैग में रख कर बाग में टहलने लगा। अचानक उसकी नज़र आम के एक पेड़ पर पड़ी। आगे

बढ़ा तो चौंक गया। बिना नंबर प्लेट की एक मोटरसाइकिल पेड़ से टिकी खड़ी थी। डैश बोर्ड खुला पड़ा था। 'अबे त्रिपुरारी इधर आ, ज़रा क्राइम पेट्रोल स्टाइल में चेक तो कर इस फटफटिया को, और बाकी लोग पूरे गार्डन का मैंगो जूस निकालो।'

मोटरसाइकिल में चाबी लगी थी। गाड़ी अभी भी ऑन मोड में थी और हेडलाइट भी ऑन थी। त्रिपुरारी ने नीचे झांक कर देखा तो टंकी का फ्यूल पाइप हटा हुआ था और सारा पेट्रोल बह चुका था। 'सर फटफटिया ऑन ही थी, हेडलाइट जलती रही और रात भर में बैट्री चट कर गई है। कौनो पेट्रोल निकाला है और पाइप टंकी में वापस लगाना भूल गया है, मंदी की मार में सारा ईंधन बह गया।'

अशफ़ाक़ उल्ला बोला, 'नंबर प्लेट ग़ायब है...ज़रा इंजन और चेचिस नंबर से पता करो मोटरसाइकिल किस हरामी के नाम से रजिस्टर्ड है।'

तभी विकिपीडिया की आवाज़ आई, 'सर मिल गया!'

सब दौड़ कर बाग में बने एक छोटे से कमरे में पहुंचे जहां मज़दूर रहते थे। कमरे में दारू की बोतलें, बुझी हुई राख और स्मैक की पुड़िया पड़ी दिखीं। अशफ़ाक़ ने लकड़ी से राख को खंगाला तो उसमें टूल किट का पेचकस मिला। पेचकस का प्लास्टिक हैंडिल पिघल चुका था। अशफ़ाक़ ने राख को और खंगाला तो उसमें उत्तर प्रदेश पुलिस का ब्रास बैज और वर्दी पर लगाने वाली नेमप्लेट मिली जो पूरी तरह पिघल चुकी थी, 'स्साला! कौनो पुलिस वाला ही काम लगा गया है। पेट्रोल डाल कर पेचकस और वर्दी फूंकी गई है आग में।'

रेप और मर्डर की इस वारदात ने इंस्पेक्टर अशफ़ाक़ उल्ला बिस्मिल की सारी रंगबाज़ी दांव पर लगा दी। टेंशन से बाहर निकलने के लिए अशफ़ाक़ उल्ला त्रिपुरारी के कंधे पर हाथ रख कर बाग में टहलने लगा और एक बार फिर आम के उस पेड़ तक चला गया जिसके सहारे मोटरसाइकिल टिकी थी। मोटरसाइकिल पर नज़र मारते हुए अशफ़ाक़ ने पेड़ की झुकी हुई डाल से एक आम तोड़ा और चोपी हटा कर चूसते हुए बोला, 'स्साला तीन दिन पहले ही तो काकोरी में दंगा होते-होते बचा था,

कैसे तो मामला फिट करके 144 हटाई थी और आज साला ये बवाल घुस गया।'

अपने साहब को टेंशन में देख त्रिपुरारी बोला, 'अरे टेंशन काहे ले रहे हैं सर, ये क्राइम भी सॉल्व हो जाएगा। तीन दिन पहले ही तो आपका बेटा आया है और दो-तीन हफ्ते में ही विलायत चला जाएगा, पहले उसको टाइम दीजिए।'

सच ही तो था, अश्फ़ाक़ उल्ला के पास वक़्त ही नहीं था।

16 जुलाई 2019

तीन दिन पहले, 8 डाउन सहारनपुर-लखनऊ पैसेंजर सहारनपुर रेलवे स्टेशन के प्लेटफॉर्म नंबर तीन से छूट ही रही थी कि अफ़ज़ल ने दौड़ कर ट्रेन पकड़ी और फिर गार्ड को तीन सौ रुपए देकर विंडों सीट का जुगाड़ भी कर लिया। बंगलौर से उड़ा, फ्लाइट से दिल्ली लैंड किया, लेकिन दिल्ली से ज़्यादा फेमस है, दिल्ली का ट्रैफिक जाम। ऊपर से सिटिज़न एमेंडमेंड एक्ट को लेकर सड़कों पर स्टूडेंट्स का हल्ला बोल। जैसे-तैसे अफ़ज़ल दिल्ली से बाई रोड देवबंद पहुंचा और अपनी अम्मी की कब्र पर सजदा करने के बाद सहारनपुर से उसने ट्रेन पकड़ी। 8 डाउन पैसेंजर ने अभी आऊटर ही क्रॉस किया था कि टन्न से एक पत्थर सामने वाली खिड़की पर बैठे फ़ग्गन तिवारी के सिर से टकराया। माथे से भलभला कर ख़ून निकलने लगा। ट्रेन में शोर मच गया, 'अबे खिड़कियां बंद कर दो, लौंडों ने फिर बवाल शुरू कर दिया है।' धाड़-धाड़ की आवाज़ के साथ खिड़कियां बंद होने लगीं, और खिड़कियों से आती आवाज़ से साफ़ था कि पत्थरबाज़ बाज़ नहीं आ रहे थे।

अक्कू दलाई ने गले से काला सफेद चेक प्रिंट वाला क़ुरानख़्वानी का मफ़लर उतार कर फ़ग्गन के सिर पर बांध दिया। ख़ून भी बहना बंद हो गया और पत्थरों के शोर से ट्रेन भी आगे निकल गई। डरते-डराते खिड़कियां फिर खुलना शुरू हुईं और बोगी के अंदर रोशनी आ गई।

अक्कू बड़बड़ाया, 'ये लौंडे मानेंगे नहीं, तेईस ठो मारे जा चुके हैं यूपी में।'

कराहते हुए फ़ग्गन बोला, 'पता नहीं स्टूडेंट हैं या बेवर्दी पुलिस वाले।'

पैसेंजर ट्रेन की जनरल बोगी में जेंटलमैन टाइप अफ़ज़ल को देख कर अक्कू दलाई ने नाम पूछा और फ़ग्गन तिवारी ने लास्ट स्टॉपेज।

अफ़ज़ल ने जवाब दिया, 'काकोरी।'

'वहीं रहिते हो पहिलवान?' अक्कू ने पूछा।

अफ़ज़ल ने जवाब दिया, 'नहीं पहली बार जा रहा हूं।'

अक्कू ने अफ़ज़ल की नॉलेज बढ़ाई, 'जिस ट्रेन में बइठे हो न बेटा, यही ट्रेन है जिसे काकोरी में रोक कर अंग्रेज़ों का ख़ज़ाना लूटा गया था!'

लखनऊ से सिर्फ अठारह किलोमीटर दूर एक छोटा सा कस्बा है, काकोरी। क़रीब पैंतालीस हज़ार आबादी, जिसमें ज़्यादातर मुसलमान हैं। शेख़, अब्बासी, अल्वी काकोरी से ही निकले और पाकिस्तान के सिंध, कराची और मिडिल ईस्ट तक फैल गए। छोटे से काकोरी का इतिहास बहुत बड़ा है। 1921 में काकोरी के नवाब काज़िम ने ब्रिटिश गवर्नर सर स्पेंसर हरकोर्ट बटलर के लेफ्टिनेंट को अपनी हवेली पर कबाब की दावत दी थी। कबाब बहुत सख़्त थे। लेफ्टिनेंट ग़ुस्से में डिनर छोड़कर चला गया। बेइज़्ज़त हो चुके नवाब ने ख़ानसामों को हुक्म सुनाया कि ऐसे कबाब बनाओ जो मुंह में घुल जाएं। असल में पहले गोश्त को उड़द की दाल में मिलाकर कबाब बनते थे। उड़द की दाल कबाब को सख़्त कर देती थी। खोजबीन हुई, कई नुस्ख़े आज़माए गए और फिर दाल के बजाय गोश्त में पपीता मिलाया गया। लेफ्टिनेंट को फिर डिनर पर बुलाया गया। इस बार कबाब लेफ्टिनेंट के मुंह में रखते ही घुल गए। कबाब का नाम पड़ गया, 'काकोरी कबाब'। यही काकोरी कबाब, आज देश-दुनिया के 7 स्टार मेन्यू में शामिल है।

काकोरी कबाब की पैदाइश के ठीक चार साल बाद, 9 अगस्त 1925 को काकोरी कांड हुआ। पैंतालीस सरफ़रोश गिरफ्तार किए गए।

किंग एंपरर वर्सेज़ राम प्रसाद बिस्मल एंड अदर्स नाम से मुक़दमा चला। 22 अगस्त 1927 को एक सौ पंद्रह पन्नों का फैसला सुनाया गया। बारह को क़ैद, उम्रक़ैद और काला पानी की सज़ा हुई। सोलह बरी हो गए। 19 दिसंबर 1927 को अश्फ़ाक़ उल्ला ख़ाँ, राम प्रसाद बिस्मिल, रोशन सिंह और राजेन्द्रनाथ लाहिड़ी को फांसी दे दी गई।

1921 में काकोरी कबाब और 1925 में काकोरी कांड। ये काकोरी का कल था। आज कश्मीर में कांस्टीट्यूशन ऑफ़ इंडिया की धारा 370 हट चुकी है, और काकोरी में इंडियन पीनल कोर्ट की धारा 144 लागू है। यानी पूरे कस्बे में चार लोग एक साथ खड़े दिखाई दिए तो समझ लीजिए सीधे हवालात। शाम के चार बजे थे, स्टेशन पर त्रिपुरारी पांडे और विकिपीडिया 8 डाउन पैसेंजर का इंतज़ार कर रहे थे।

मुंह में पान कचरते हुए, लाल और हरी झंडी लिए स्टेशन मास्टर त्रिलोकी व्यास ने त्रिपुरारी पांडे के पास आकर पूछा, 'कौन आ रहा है गुरू?'

हेड कांस्टेबल त्रिपुरारी पांडे ने उसे ऊपर से नीचे तक देखते हुए खिल्ली उड़ाने वाले अंदाज़ में कहा, 'ट्रेन आ रही है।'

स्टेशन मास्टर ने अपनी खिल्ली को मिस्ड कॉल समझ कर इग्नोर कर दिया, 'अबे ट्रेन में कौन आ रहा है?'

त्रिपुरारी बुदबुदाया, 'इंस्पेक्टर साहब का बेटा।'

'कौन, अबराम आ रहा है क्या?' स्टेशन मास्टर ने फिर पूछा।

'नहीं यार! अबराम तो यहीं काकोरी में रहता है, ट्रेन से अफ़ज़ल आ रहा है।' त्रिपुरारी झल्ला चुका था।

'अच्छा! दो बेटे हैं साहब के?'

त्रिपुरारी ने मौज ली, 'भौजाई स्वर्गवासी हो गईं, वर्ना दर्जन भर होते।'

स्टेशन मास्टर चेंज द टॉपिक वाले अंदाज़ में बोला, 'साहब से कहो 144 हटाएं, एक्स्ट्रा इनकम एकदम ठप है। न पटाखे की पेटियां जा रही हैं और न ही चिकन के कपड़ों की गठरियां।'

विकिपीडिया अर्थशास्त्री की तरह वन फोर्थ रंगबाज़ी दिखाते हुए बोला, 'अबे शेयर मार्केट आज डाउन है, 144 हटेगी तो सब टूट पड़ेंगे। सेव कर लो मेमोरी कार्ड में त्रिलोकी बाबू, थाने का कट बढ़ा लेना वर्ना एक सुतली बम भी कस्बे से स्टेशन तक नहीं आएगा।'

त्रिपुरारी पांडे ने त्रिलोकी की ठोढ़ी पकड़ी और सॉफ्ट धमकी दी, 'ये जो हर गठरी पर सरचार्ज के साथ चिकन का कुर्ता लेते हो न भौजाई के लिए, समझ लो बिना चिकन के भाभी कितनी चिकनी लगेंगी।'

स्टेशन मास्टर त्रिलोकी व्यास बीवी की चिकनाई के बारे में सुनने के बाद भी खिलखिलाने लगा। बेचारा करे भी क्या, अवैध पटाखे और चिकन के कपड़े काकोरी स्टेशन तक तभी तो आएंगे जब पुलिस वाले आने देंगे। रिश्वतखोरी के रिश्तों की इसी लफ़्फ़ज़ी के बीच, ट्रेन का ईमानदार हॉर्न सुनाई दिया। ट्रेन धीरे-धीरे प्लेटफॉर्म पर आकर रुकी। स्पोर्ट्स शूज़, जीन्स और लाल रंग की टी-शर्ट के ऊपर डैनिम ब्लू जैकेट पहने अफ़ज़ल ने ट्रेन के गेट से बाहर झांका। त्रिपुरारी पांडे और विद्यासागर उर्फ़ विकिपीडिया, दोनों अफ़ज़ल को देखकर बोगी की तरफ दौड़े और अफ़ज़ल को सेल्यूट मारा। कई बार मना करने के बावजूद दोनों ने भारी भरकम अटैची के साथ हैंडबैग भी उठा लिए। अफ़ज़ल के कंधे पर टंगा लैपटॉप बैग भी विकिपीडिया ने अपने कंधे पर टांग लिया।

पांडे ने अपना परिचय दिया, 'हम हेड कांस्टेबल त्रिपुरारी पांडे!'

अफ़ज़ल ने हाथ मिलाया, 'जी, ख़ाँ साहब बोले थे आप लेने आएंगे।'

विकिपीडिया ने भी थोड़ी सी छाती फुलाई और अपना इंट्रोडक्शन दागा, 'सर, मैं सिपाही विद्यासागर प्रजापति। साहब ने आपका बोगी नंबर बताया ही नहीं था, बोले थे ट्रेन में जो सबसे स्मार्ट और हैंडसम दिखाई दे, समझ लेना मेरा बेटा है।'

त्रिपुरारी ने साइलेंट मोड में सोचा कि विकिपीडिया के नंबर ज़्यादा बढ़ गए हैं, तो ख़ुद का प्रोफ़ाइल हाई करते हुए बोला, 'सर, हम साहब का सारा काम देखते हैं। ये विकिपीडिया है, बहुत बड़ा वाला ज्ञानी है।

थाने के साइबर सेल में गूगल, फेसबुक और यूट्यूब देखता है और साहब की गाड़ी भी चलाता है।'

हंसते हुए सब स्टेशन से बाहर आ गए। विकिपीडिया ने तुरंत गाड़ी स्टार्ट की। गाड़ी थर्ड गियर तक पहुंची ही थी कि सड़क पर इक्का-दुक्का लोगों को खड़ा देख त्रिपुरारी पांडे ने रौब दिखाने के लिए माइक पर चिल्लाना शुरू किया, 'काकोरी में धारा 144 लागू है, चार लोग एक साथ न खड़े हों, पुलिस को मजबूर न करें। लट्ठ मार कर हवालात में ठूंस देंगे...चलो, अंदर चलो...अम्मी अंदर चलो...अबे लौंडे! बहिरे हो क्या बे? एक बार में सुनाई नहीं दे रहा है?'

अफ़ज़ल ने वजह जाननी चाही, तो पता चला कि करीना, करिश्मा, कैटरीना और काजोल चार दिन से लापता हैं। हिंदू कह रहे हैं कि मुसलमानों ने किडनैप किया है और मुसलमान नारा-ए-तदबीर पर आमादा हैं। दोनों तरफ की भीड़ काकोरी में दंगा-दंगा न खेले इसलिए इंस्पेक्टर साहब ने शांति भंग का अंदेशा जता दिया और डीएम साहब ने 144 लागू कर दी।

काकोरी की सड़कों पर दो चौथाई सन्नाटा था। सन्नाटे को चीरती हुई मुन्नालाल पत्रकार की आवाज़ गूंजी, 'जिस काकोरी में अश्फ़ाक़ उल्ला ख़ाँ और पंडित राम प्रसाद बिस्मिल जैसे क्रांतिकारियों ने ट्रेन लूट कर अंग्रेज़ों के छक्के छुड़ा दिए थे, उसी काकोरी में करीना, कैटरीना, करिश्मा और काजोल को ढूंढ़ने में पुलिस के छक्के छूट गए हैं और आम आदमी छक्कों की तरह घर में दुबका है। कैमरामैन सिंटू दुबे के साथ काकोरी से *सीसीटीवी न्यूज़* के लिए मुन्नालाल पत्रकार की रिपोर्ट।'

अचानक विकिपीडिया ने गाड़ी रोकी। पिछवाड़े की सीट से त्रिपुरारी बाहर कूदा और कैमरामैन सिंटू दुबे की तरफ लपका। सिंटू कैमरा लेकर आम के बाग की तरफ भागा और मुन्नालाल सीधे त्रिपुरारी से जा भिड़ा। विकिपीडिया ने हैंडब्रेक लगाई और ड्राइविंग सीट से छलांग लगाकर मुन्नालाल को पीछे से जकड़ लिया।

पुलिस और पत्रकार का बवाल देख कर अफ़ज़ल जीप से उतरा और तीनों को अलग करते हुए बोला, 'अरे ये जर्नलिस्ट है, रिपोर्टिंग कर रहा है।'

'साला छक्का कह रहा है!' त्रिपुरारी पांडे ने मुन्नालाल का कॉलर पकड़ा और चिल्लाया।

मुन्नालाल पत्रकार बिना डरे त्रिपुरारी की आंख में आंख डालकर गुर्राया, 'अनुप्रास अलंकार है, छक्का, छक्के, छक्कों...हिंदी सीख लो पहले, फिर ये शिलाजीत वाली हार्स पावर दिखाना मीडिया को।'

त्रिपुरारी की बैट्री ओवरचार्ज्ड हो चुकी थी, वो अफ़ज़ल की तरफ देखते हुए बड़बड़ाया, 'इस चूतिए के कहने पर साहब सौ काम करते हैं। एक मोटरसाइकिल नहीं छोड़ी, तो साला संपादक बन गया! आठ बजे क्वाटर पीकर धुत्त हो जाता है, प्रोस्टीट्यूट पत्तलकार, साला।'

मुन्नालाल पत्रकार अपना कॉलर त्रिपुरारी की मुट्ठी से छुड़ाने की कोशिश करते हुए चीख़ा, 'प्रोस्टीट्यूट नहीं प्रेस्टीट्यूट! अंग्रेज़ी भी सीख लो कायदे से...नेशन वांट्स टू नो कि क्या हो रहा है काकोरी में? आज चारों हीरोइनों का फ़ोटो लगा कर देश में चमकेगा काकोरी थाना, एकदम प्राइम टाइम है नौ बजे...पूरा थाना नपवा दूंगा।'

विकिपीडिया प्राइम टाइम का मतलब अच्छी तरह समझता था। टू जी, फोर जी से लेकर जीजा जी की सारी ख़बरें प्राइम टाइम पर आती थीं। मारे डर के उसे मुन्नालाल अब *एवेंजर्स—द एंड गेम* दिखाई देने लगा था। वो मुन्नालाल को पीछे से छोड़कर अफ़ज़ल की ओर इशारा करते हुए त्रिपुरारी के कान में फुसफुसाया, 'अबे बेटे के सामने बाप की ऐसी-तैसी हो रही है, साहब फाड़ कर चिथड़ा कर देंगे।'

इस सबके बीच अफ़ज़ल ने अपने मोबाइल से अबराम को फ़ोन मिलाया, 'गुरू, आ गया हूं। बस ख़ाँ साहब से मिलकर सीधे आता हूं तुम्हारे पास। चाय साथ पिएंगे और सुट्टा भी। तू बस लाइव लोकेशन भेज दे, मुझे रास्ते मालूम नहीं हैं यहां के।'

उधर पुलिस और पत्रकार का झंझट क्लाइमेक्स पर था। विकिपीडिया ने त्रिपुरारी और मुन्नालाल को किसी प्रवचन देने वाले बाबा की तरह समझाया, 'पुलिस का कोई ठौर नहीं, पत्रकारों का कोई और नहीं...कॉलर छोड़ो हाथ मिलाओ।'

त्रिपुरारी विकिपीडिया का इशारा कैच करते ही फ़व्वारे का फुहारा हो गया। वो मुन्नालाल का कॉलर छोड़कर उसकी शर्ट ठीक करने लगा। उधर मुन्नालाल की बैक बोन को भी अहसास हो गया कि करेज फॉर जर्नलिज़्म अभी ज़िंदा है। त्रिपुरारी ने मुन्नालाल से हाथ मिलाते हुए उसे जीप में अपने साथ पीछे बैठा लिया। मुन्नालाल ने कैमरामैन सिंटू दुबे को फ़ोन कर सीधे थाने आने को कहा। गाड़ी फिर थाने की तरफ चल पड़ी।

अफ़ज़ल ने आख़िरकार मुस्कुराते हुए सबसे एक साथ पूछा, 'ये कैटरीना, करीना का क्या चक्कर है?'

विकिपीडिया बोला, 'अरे सर, वो ननकू कुशवाहा की चार गाय किडनैप हैं, वही चक्कर घनचक्कर बनाए हुए है और क्या।'

पीछे वाली सीट से त्रिपुरारी की आवाज़ आई, 'चार दिन हो गए हैं, हिंदू-मुस्लिम आमने-सामने हैं, अजब विस्मयकारी संकट है।'

अफ़ज़ल कुछ समझा नहीं, 'फिर ये हिरोइनें?'

त्रिपुरारी ने मुन्नालाल की तरफ फर्ज़ी मुस्कुराहट फेंकी, 'अरे सर ये मुन्नालाल पत्रकार रख दिया है हिरोइनों के नाम।'

त्रिपुरारी के कंधे पर हाथ रखते हुए मुन्नालाल पत्रकार बोला, 'अरे हमारे दिल्ली वाले एडीटर को हर समय हिंदुस्तान-पाकिस्तान की ही ख़बर चाहिए तो हम का करें, थोड़ा चूरन लगा दिया...लापता गायों पर हिरोइनों के नाम चिपका दिए, बस हुई गया प्राइम टाइम एक्सक्लूसिव। एकदम फुलटास टीआरपी के साथ।'

'फिर 144 क्यों?' अफ़ज़ल ने पूछा।

इस बार विकिपीडिया का जवाब आया, 'सर देश के माहौल की चिर कर चौहत्तर हो गई है, अइसे में किसी ने गाय काट कर फेंक दी तो लॉ एंड ऑर्डर का स्काईलैब सीधे साहब के सिर पर ही गिर पड़ेगा।'

त्रिपुरारी ने अफ़ज़ल को तसल्ली दी, 'साहब वर्कआउट में लगे हैं, मान के चलिए आज रात नहीं तो कल तक गारंटी लेकर हट ही जाएगी।'

मुन्नालाल ने त्रिपुरारी को आंख मारी, 'उसे वर्कआउट नहीं गुडवर्क कहते हैं, पांडे जी। और साहब तो गुडवर्क के स्वर्ण पदक विजेता हैं।'

जीप फिफ्थ गियर पर दौड़ी जा रही थी। बीच-बीच में त्रिपुरारी पांडे एनाउंसमेंट कर रहा था, 'धारा 144 लागू है, भीड़ इकट्ठा न करें।'

उधर थाना काकोरी पर इंस्पेक्टर अश्फ़ाक़ उल्ला बिस्मिल अपने बेटे अफ़ज़ल का इंतज़ार कर रहा था। इंस्पेक्टर साहब के वालिद फ़ख्र उल्ला ख़ाँ फ्रीडम फाइटर थे। देश के लिए जान देने वाले क्रांतिवीरों के दीवाने थे, लिहाज़ा बेटे का नाम अश्फ़ाक़ उल्ला ख़ाँ की जगह अश्फ़ाक़ उल्ला बिस्मिल रख दिया था। इत्तेफाक देखिए, नौ महीने पहले अश्फ़ाक़ उल्ला बिस्मिल उसी काकोरी में तैनात हुए जहां अश्फ़ाक़ उल्ला और राम प्रसाद बिस्मिल ने अंग्रेज़ों का ख़ज़ाना लूटा था और दोनों एक ही दिन फांसी पर हंसते-हंसते शहीद हो गए थे।

शहीद अश्फ़ाक़ उल्ला ख़ाँ और पंडित राम प्रसाद बिस्मिल के भौतिक और रासायनिक गुण इंस्पेक्टर साहब से एकदम मैच नहीं करते थे। इंस्पेक्टर साहब एक नंबर के घूसखोर थे। सत्ताईस साल की नौकरी में दर्जनों फ़र्ज़ी गुडवर्क किए, आउट ऑफ़ टर्न प्रमोशन मिले और साहब हेड कांस्टेबल से इंस्पेक्टर हो गए। इक्कीस साल पहले सहारनपुर दंगों में दंगाइयों ने पुलिस लाइन में घुस कर उनकी बीवी मरियम ख़ाँ का क़त्ल कर दिया था। साहब ने रिश्वत की ऊपरी इनकम से दोनों जुड़वां बेटों अबराम और अफ़ज़ल को पाला, पोसा, पढ़ाया और बढ़ाया।

अबराम ने दिल्ली के एक बड़े कॉलेज से होटल मैनेजमेंट की डिग्री हासिल की। एक दिन अबराम श्रीनगर के 7 स्टार होटल के शेफ की अच्छी ख़ासी नौकरी छोड़ कर काकोरी आ गया। अब अबराम काकोरी में ही *बड्स एंड ब्लास्ट* के नाम से असली काकोरी कबाब की ऑनलाइन सप्लाई चेन चला रहा था।

अफ़ज़ल तारों में अम्मी को ढूंढ़ते-ढूंढ़ते बंगलौर के इंडियन इंस्टीट्यूट ऑफ़ एस्ट्रोफिज़िक्स में प्लेनेटरी साइंटिस्ट बन गया। नासा की अमेरिकन एस्ट्रोनॉमिकल सोसाइटी के नॉमनक्लेचर ग्रुप में अफ़ज़ल का सलेक्शन हो गया था। कुल मिला कर, अफ़ज़ल ग्रहों और नक्षत्रों का वैज्ञानिक था। उसे नासा के नामकरण ग्रुप में चुन लिया गया था। ये ग्रुप ग्रहों, नक्षत्रों और उन पर पाए जाने वाले गड्ढों, पहाड़ों का अध्ययन

करता है और फिर उनका कुछ न कुछ नाम भी रखता है। अफ़ज़ल रिसर्च प्रोजेक्ट के साथ ही एक महीने की छुट्टी पर आया था।

जीप काकोरी थाने पहुंची, लेकिन थाने के गेट से अंदर तक काफ़ी भीड़ जुटी थी। अपोज़ीशन लीडर भूरेलाल यादव ने समर्थकों के साथ धारा 144 के मुद्दे पर बवाल काट रखा था। जीप देखते ही तमाम सोशलिस्ट मुंह में गुटखे की पीक गुड़गुड़ाते हुए नारे लगाने लगे, 'लोहिया जी का एक ही लाल, भूरेलाल भूरेलाल! हल्ला बोलो करो बवाल, भूरेलाल भूरेलाल!'

काकोरी थाना हिंदी भाषा और भाषा के एक्सेंट का नेशनल रिसर्च पॉइंट था। यहां कोई भी इस बात से फ्रस्ट्रेट नहीं था कि उसे इंग्लिश नहीं आती, क्योंकि जो इंग्लिश इनको आती है वो इंग्लिश ऑस्ट्रेलिया के कैन्बरा में नहीं सिर्फ काकोरी में ही बोली जाती है। मतलब कुछ यूं समझ लीजिए कि यहां किसी को हिंदी कायदे से नहीं आती थी, और इंग्लिश तो बाकायदा तौर पर, बेकायदे ही आती थी। कुल मिलाकर, अंग्रेज़ी, हिंदी और उर्दू में आटे की तरह देहाती सान कर जो भाषा बनती है, उसे आप काकोरियन लैंग्वेज कह सकते हैं। फ़िल्मों का देसी और परदेसी ज्ञान लबालब भरा था और सोशल मीडिया की फुलटॉस नॉलेज थी, भाई लोगों को। फ़ैशन भले ही साउथ बॉम्बे में पहले आता हो, लेकिन डायलॉगबाज़ी का असली अड्डा तो काकोरी ही था। इस थाने में सभी सिपाही थे और जब अशफ़ाक़ उल्ला बिस्मिल *सत्या* के भीखू माह्त्रे की तरह सबसे पूछता था कि 'सिपाहियों का किंग कौन?' तो सब जवाब देते थे 'इंस्पेक्टर साहब!'। इंस्पेक्टर साहब भी तो सिपाही भर्ती हुए थे। बस जुगाड़ डॉट कॉम का ऑनलाइन प्रमोशन पाकर सिपाही से इंस्पेक्टर बन गए। गर्व की बात ये कि ये सभी हाईस्कूल तो पक्का पास थे, पर कुछ ऐसे भी थे जो प्लस टू फेल भी थे। सिर्फ विकिपीडिया ही ग्रेजुएशन फ़र्स्ट इयर तक पहुंचा और पहुंचते ही फेल हो गया बेचारा। बाकी कुछ पढ़े-लिखे, सुपरसॉनिक स्पीड से इंग्लिश बोलने वाले और नफ़ासत के साथ उर्दू ज़ुबान रखने वाले भी थे, काकोरी में। बेचारे क़िस्मत के मारे थे, जो काकोरी से या तो निकल नहीं सके, या काकोरी आ गए।

अनेकता में एकता वाला संवैधानिक सिद्धांत लिए पुलिस जीप काऩफोड़ू हॉर्न बजाती काकोरी थाने के अंदर पहुंची। त्रिपुरारी लाउडस्पीकर पर शुरू हो गया, 'धारा 144 लागू है, एक जगह पर चार लोगों के खड़े होने की मनाही है। सब लोग मिल कर पूरे काकोरी थाने को एमाजॉन की बंपर सेल बना रखे हो, हटो एकदम!'

जीप रोक कर विकिपीडिया अफ़ज़ल को भीड़ से बचाते हुए इंस्पेक्टर के दफ़्तर की तरफ ले गया। थाने के अंदर इंस्पेक्टर अश्फ़ाक़ उल्ला बिस्मिल मोबाइल पर बात कर रहा था। बेटे अफ़ज़ल को देख कर इंस्पेक्टर मुस्कुराया, फिर आसमान की तरफ उंगली से इशारा करके सबको जता दिया कि ऊपर से फ़ोन आया है।

'जी सर! यस सर! बिल्कुल सर! पक्का हो जाएगा...आज ही होगा सर, बस एक-दो घंटे की मोहलत दीजिए। नहीं सर, गुडवर्क एकदम नहीं है। पूरा केस सेंट परसेंट वर्कआउट हो गया है, सर।' इंस्पेक्टर अश्फ़ाक़ उल्ला बिस्मिल ने सबके सामने खुलेआम मुन्नालाल पत्रकार को आंख मारी और जय हिंद कहकर फ़ोन रख दिया।

फ़ोन रख कर अश्फ़ाक़ उल्ला बिस्मिल मुन्नालाल पत्रकार की तरफ देखते हुए बड़बड़ाने लगा, 'एसएसपी शैलेश कृष्णा साहब थे लखनऊ से। ये सब बिना ट्रेनिंग के आईपीएस बन जाते हैं। फील्ड पुलिसिंग का कोई आईडिया तो है नहीं। बृजलाल कुलश्रेष्ठ साहब भी तो आईपीएस हैं! फील्ड में घूमे हैं, सत्रह-अठारह ज़िलों के कप्तान रहे हैं। बीहड़ में कई डकैतों के एनकाउंटर किए हैं, तब बने हैं न डीजीपी! एक हमारे कप्तान हैं, लखनऊ आते ही नवाब हो गए। डीजीपी साहब ने ज़रा सा टाइट किया तो वाइब्रेशन मोड में झनझनाने लगे। बस काकोरी इंस्पेक्टर को फ़ोन मिलाओ और हड़काओ...मुन्नालाल जैसे सीनियर जर्नलिस्ट मदद न करें तो रोज़ की ब्रेकिंग न्यूज़ है! ये साला गाय की सींगें हमारे घुस गई हैं। साली खोपड़ी भन्ना गई है, कैसे निकालें?'

ख़ुद को सीनियर जर्नलिस्ट सुनकर मुन्नालाल मन ही मन एडिटर हो गया, 'अश्फ़ाक़ सर जब से आए हैं, मीडिया को फुल कॉपरेशन है। पिछले वाले इंस्पेक्टर बहुत अंग्रेज़ी बतियाते थे, दो ख़बरों में सस्पेंड हो गए। क्यों त्रिपुरारी, बताओ साहब को! आज ही प्राइम टाइम न्यूज़ ड्रॉप

किए हैं। पत्रकारिता का यही एथिक्स है, भले ही चार ख़बरें छूट जाएं पर ऐसी कोई न्यूज़ न चले जिससे डेमोक्रेसी पर असर पड़े।'

अफ़ज़ल अचानक उठ कर बोला, 'ख़ाँ साहब मैं निकलता हूं, अबराम इंतज़ार कर रहा होगा। लाइव लोकेशन है मेरे पास, मैं चला जाऊंगा।'

अश्फ़ाक़ उल्ला बिस्मिल झट से उठ कर अफ़ज़ल की तरफ बढ़ा, 'अरे, ये है मेरा साइंटिस्ट बेटा। चंद्रमा से लेकर मंगल ग्रह इसकी डायरेक्ट लाइन पर हैं, बिना रोमिंग चार्ज के।'

मुन्नालाल पत्रकार कुर्सी से खड़ा हो गया, 'मतलब चंद्रयान उड़ाते हैं?'

त्रिपुरारी ने इंटरवीन किया, 'अरे नहीं चंद्रयान टू उड़ाते हैं, चंद्रयान वन के वक़्त तो सर छोटे रहे होंगे।'

विकिपीडिया ने तुरंत अपने ज्ञान का छौंका लगाया, 'अब ये न कह दीजिएगा कि साहब विक्रम लैंडर के पायलट थे और चंद्रमा पर उतर नहीं पाए। सर प्लेनेटरी साइंटिस्ट हैं, नासा में सलेक्ट हो गए हैं।'

अफ़ज़ल को गले लगाकर अश्फ़ाक़ फिर बोला, 'जैसे पंडितों में ज्योतिष बच्चों का नाम रखते हैं, वैसे ही ये मंगल ग्रह के गड्ढों की रिसर्च करके उनका नाम रखेगा। अभी भी नाराज़ है, ख़ाँ साहब बोलता है।'

अफ़ज़ल ने अंग्रेज़ी बुदबुदाई, 'इट्स ओके, आई कैन अंडरस्टैंड, बट इट्स नॉट ज्योतिष, इट्स एस्ट्रोनॉमिकल नॉमनक्लेचर ग्रुप ऑफ़ नासा।'

बेटे की रंगबाज़ी पर अश्फ़ाक़ उल्ला बिस्मिल का चेहरा चमक उठा, 'मतलब बताओ मेरे न्यूटन...थोड़ी हम लोगों की भी जीके बढ़ जाएगी!'

'अरे जैसे शुक्र का अंग्रेज़ी नाम 'वीनस' है, रोमन गॉडेस; मंगल ग्रह का नाम 'मार्स' है, रोम के योद्धा भगवान, उसी तरह प्लैनेट्स पर जो गड्ढे और पहाड़ मिलते हैं उनके नाम हमको रखने होते हैं। मार्स पर बड़ा गड्ढा मिला है, उसका नाम किसी इंडियन सिटी, विलेज या टाउन

के नाम पर रखना है, बस इसी प्रोजेक्ट पर एक महीने के लिए आया हूं।' अफ़ज़ल बोला।

अश्फ़ाक़ ठहाका लगाते हुए बोला, 'गजब पारसल्टी है, सब रोम के ही भगवान मिले थे? कुछ बजरंग बली के नाम पर भी रख देते।'

इस बीच नारेबाज़ी जारी थी। कैमरा चलाते हुए सिंटू दुबे, सिपाही गौतम और रमाकांत एक साथ थाने में दाख़िल हुए। रमाकांत ने परमिशन मांगी, 'साहब का करें इनका? लफद्दर मचाए पड़े हैं सुबह से। आप आर्डर करें तो लाठीचार्ज कर दें। दो-दो डंडा खाकर संट हो जाएंगे साले।'

अश्फ़ाक़ झल्लाया, 'रमाकांत, गौतम, तुम दोनों अफ़ज़ल को लेकर चलो। बेटा तुम पहुंचो, हम बस ये लफड़ा निबटा कर आते हैं। और पत्रकार बंधु आप भी अपना कैमरा लेकर चलिए, कल मिलते हैं।'

अश्फ़ाक़ त्रिपुरारी से बोला, 'ज़रा भूरेलाल नेता को अंदर लाओ।'

त्रिपुरारी तुरंत भूरेलाल को अंदर लेकर आया। भूरेलाल के साथ समर्थकों की भीड़ भी नारे लगाती घुसी, 'अपना नेता कैसा हो, भूरेलाल जैसा हो! भूरे तुम संघर्ष करो, हम तुम्हारे साथ हैं!'

भूरेलाल यादव बिना कहे कुर्सी खिसका कर बैठने ही वाला था कि अश्फ़ाक़ ने नेता के मुंह से मुंह सटाते हुए उसे घूरा, 'काहे यादव जी, दूध का बिजनसे तो तुम लोग कृष्ण भगवान के टाइम से कर रहे हो ना! जब अपनी सरकार थी तब तुम को गाय-भैंस का आईडिया नहीं क्लिक किया? अब ये सरकार गाय को लेकर सेंसिटिव है, तो काऊ-काऊ की पालटिक्स बतियाने लगे? अबे त्रिपुरारी, ये साला स्मैकिया अंगद यादव मलिहाबाद से लौटा कि नहीं? मिलाओ तो फ़ोन साले को।'

भूरेलाल ने पलट कर कार्यकर्ताओं की भीड़ को देखा, फिर इंस्पेक्टर की आंखों में आंखें डालकर गुर्राया, 'ज़्यादा चुलबुल पांडे न बनो अश्फ़ाक़ उल्ला, एक मिनट के अंदर काकोरी में जन कल्याणकारी स्कीम लागू हो जाएगी, फिर लाउडस्पीकर पर पढ़ते रहना सरकार का घोषणा पत्र।'

अश्फ़ाक़ ने माइल्ड धमकी देते हुए पूछा, '*सिंघम* वन देखे हो?'

भूरेलाल बोला, 'हां देखे हैं, तो?'

अशफ़ाक़ ने त्रिपुरारी को देखते हुए कहा, 'हम फिलहाल उसी मूड में हैं।'

त्रिपुरारी बोला, 'सर अंगद यादव का फ़ोन नाट रीचेबिल है। बोले थे साले को, आज ड्यूटी पर स्मैक न फूंक लेना...पड़ा होगा कहीं कोने में!'

बहसा-बहसी के बीच अचानक दरवाज़ा खुला और सिपाही अंगद यादव एक के बाद एक, चार गाय लेकर सीधे साहब के दफ़्तर में ही घुस आया, 'हटो यार! साइड हो जाओ। साहब, ये रही गऊ माताएं, सीधे मलिहाबाद से छोटा हाथी टैंपो पर लाद कर लाए हैं।'

अशफ़ाक़ चिल्लाया, 'त्रिपुरारी एक एफआईआर तैयार कर और लिख, "अपोजीशन लीडर भूरेलाल यादव के फार्म हाउस पर मैंने रेड डाली और फार्म हाउस से काकोरी के ननकू कुशवाहा की चोरी हुई चार गाय बरामद कीं। पूछताछ में फार्म हाउस कर्मचारियों ने बताया कि भूरेलाल ने स्टेट का लॉ एंड ऑर्डर ख़राब करने की नीयत से गाय चुराईं। भूरेलाल ने सरकार को बदनाम करने और दंगा कराने के लिए गाय काट कर सड़क पर फेंकने की स्कीम बनाई थी।" अभी सारी नेतागिरी घुसेड़ता हूं इनकी कमोड में!'

त्रिपुरारी ने पूछा, 'सर क्या कमोड का भी उल्लेख करना है मुकदमे में?'

अशफ़ाक़ चिल्लाया, 'हमें ग़ुस्सा न दिलाओ त्रिपुरारी, ग़ुस्सा आ गया तो टंप्रेचर बढ़ेगा और हम ग्लोबल वार्मिंग कम करने की कसम खाए हैं।'

दफ़्तर में पिन ड्रॉप सन्नाटा फैल गया। कार्यकर्ताओं के नारे ढीले पड़ गए और नारेबाज़ी बंद हो गई। अशफ़ाक़ ने भीड़ के सामने दोनों हाथों से भूरेलाल का कॉलर पकड़ कर डायलॉग मारा, 'काकोरी में सब के सब विलेन हैं भूरेलाल, और हीरो यहां वही है जो सबसे बड़ा विलेन है।'

इंस्पेक्टर साहब का इरादा समझ कर त्रिपुरारी पांडे विकिपीडिया को कंप्यूटर पर एफआईआर डिक्टेट करने लगा। भूरेलाल की सोशलिस्ट बॉडी लैंग्वेज ने एकदम सरेंडर कर दिया, 'मतलब गुडवर्क करोगे तुम?'

इंस्पेक्टर अश्फ़ाक़ उल्ला बिस्मिल ने फिर भूरेलाल यादव को धौंस दी, '153, 153 ए, 295, प्रतिबंधित पशु, राजद्रोह और साज़िश रचने का मुकदमा काफ़ी है या खाने में नेशनल सिक्योरिटी एक्ट भी लेंगे, नेता जी? ठोंक कर अंदर कर दूंगा! कसम से साल भर जमानत नहीं होगी।'

भूरेलाल ने कार्यकर्ताओं की भीड़ को बाहर जाने का इशारा किया। भीड़ चुपचाप सरक ली। अश्फ़ाक़ ने भी सिपाहियों को बाहर भेज दिया, 'देखो नेता जी, केस वर्कआउट किया तो एसेंबली में भूरेलाल के लिए एक-दो दिन शोरगुल होगा, और गुडवर्क किया तो पांच साल ख़ुद भूरेलाल सरकार की नीतियों पर शोर मचाएगा।'

भूरेलाल नेता के दिमाग़ का फोर जी नेटवर्क अब टनाटन काम करने लगा: सरकार जा चुकी है, दस साल सत्ता आने की कोई गुंजाइश नहीं दिखाई दे रही। निकले थे गऊवादी सरकार हिलाने, साला मुसलमान दरोगा ने गाय का खूंटा खोल दिया। राजनीति कहती है कि राजनीति बनी रही तो दुश्मन को निबटाने के लिए कई मौक़े मिलेंगे। यही सब सोच कर भूरेलाल ने धीरे से पूछा, 'क्या करना है?'

'बस तीन लाख कैश, सवा लाख की चेक, एक कार्यकर्ता और गाय का पता,' अश्फ़ाक़ उल्ला ने पूरा मेन्यू कार्ड पेश कर दिया।

भूरेलाल बोला, 'कुछ समझा नहीं मैं!'

'कैश थाने का मिस्लीनियस फंड है। चेक मलिहाबाद के मेवालाल तिवारी के नाम, जहां से चार गाय हमारा स्मैकिया सिपाही ख़रीद कर लाया है। कार्यकर्ता सिर्फ गाय चोरी में जेल जाएगा और कार्यकर्ता के पते से गाय बरामद होगी,' इंस्पेक्टर बोला।

भूरेलाल ने अपना मेन्यू कार्ड खोला, 'कार्यकर्ता छोड़ो, फार्म हाउस का कर्मचारी जेल भेज दो। उसी के घर से गाय बरामद दिखा दो, बाकी चेक पेमेंट की क्या ज़रूरत है, जहां से गाय ख़रीदी हैं उसे लौटा दो।'

'गाय लौटा देंगे तो क्या घंटा बरामद करेंगे बे!' इंस्पेक्टर चिड़चिड़ाया।

नेता ने रहस्य से पर्दा उठाया, 'गाय हमारे फार्म हाउस में ही बंधी हैं।'

इंस्पेक्टर बनावटी तौर पर चौंका, 'चलो सारे नियम और शर्तें लागू, लेकिन जेल तो कार्यकर्ता ही जाएगा। सवा लाख की चेक छोड़ो, पच्चीस हज़ार के दीवाली बंपर डिस्काउंट के साथ, बस एक लाख कैश बढ़ा लो।'

'चलो कोई छोटा-मोटा कार्यकर्ता अंदर कर देना, पर एक लाख काहे बढ़ा लें?'

अश्फ़ाक़ ने चुटकी बजाई, 'काहे से कि फार्म हाउस पर छापा मार कर केस तो हम वैसे ही वर्कआउट कर रहे थे। तो समझो की सवा लाख में इसकी फीस तीस हज़ार, दूसरा मेवालाल से गाय पचपन हज़ार में ख़रीदी हैं, हिसाब हुआ पच्चासी हज़ार। बाकी बचे चालीस हज़ार, वो मेवालाल बैंक से निकाल कर देता। अब हम पच्चीस हज़ार की सब्सिडी दे दिए तुमको, तो बचा एक लाख—अब पइसा निकालो और फ़ौरन निकलो यहां से।'

इंस्पेक्टर अश्फ़ाक़ उल्ला बिस्मिल ने हेंस प्रूव कर दिया कि वो ही काकोरी का सबसे बड़ा विलेन है। अपोज़ीशन लीडर को बचा कर चार लाख घूस वसूल ली, केस वर्कआउट कर दिया। कार्यकर्ता की गिरफ्तारी से साबित हो गया कि माहौल बिगाड़ने में विपक्ष का हाथ था। सरकार हैप्पी, अफ़सर भी हैप्पी और दफ़ा 144 काकोरी से दफ़ा हो गई।

उधर आम के बागों, छोटे-बड़े घरों में बने पटाखा कारखानों और चिकनकारी का काम करने वालों के घरों के बीच से गुज़र कर अफ़ज़ल की जीप अबराम के काकोरी कबाब पॉइंट तक पहुंच गई। अबराम काकोरी कबाब बना रहे अपने कारीगरों को किसी बात पर डांट रहा था। जहां पर ऑर्डर सप्लाई करना था वहां से कई फ़ोन आ चुके थे, लेकिन माल अभी तक डिलिवर नहीं हुआ था। जीप की आवाज़ सुन कर अबराम ने सामने देखा तो अफ़ज़ल खड़ा था। अबराम ने काउंटर छोड़ा

और दौड़ कर अफ़ज़ल को गले लगा लिया, 'क्या गुरू, गजब स्मार्ट हो गया है तू तो!'

अबराम को गले लगाए हुए अफ़ज़ल की आंखें नम थीं, 'अम्मी को तेरे नाम से भी चादर चढ़ा दी गुरू, ख़ुश थीं कि तू ख़ाँ साहब के साथ है।'

'पंडित जी से मुलाकात बड़ी यूपी पुलिस टाइप रही होगी?' अबराम बोला।

अफ़ज़ल ने टोंट मारा, 'तेरे पंडित जी तो सिर्फ गांधीगिरी में बिज़ी रहते हैं, "फॉर द मनी, ऑफ़ द मनी, बाय द मनी!"'

दोनों ठहाका लगाकर हंसे और फिर अबराम ने घर की चाबी रमाकांत को देकर कहा, 'लगेज घर पर ही रख देना और चाबी पंडित जी को दे देना।'

दोनों सिपाहियों ने नमस्ते किया और जीप स्टार्ट करके चले गए।

'नाम तो बड़ा टैंप्टिंग रखा है—*बड्स एंड ब्लास्ट!*' अफज़ल ने बोर्ड पढ़ते हुए कहा।

'अरे काकोरी कबाब हैं ही ऐसे कि मुंह में पानी का ब्लास्ट हो जाता है,' अबराम हंसते हुए बोला।

'अच्छा, टेस्ट बड्स एंड माउथ वॉटरिंग ब्लास्ट!' अफ़ज़ल ज़ोर से हंसा।

'गुरू जिस नवाब के शेफ ने काकोरी कबाब इन्वेंट किया था, उस शेफ की फोर्थ जनरेशन है। सच ए काइंड मैन, जस्ट गिफ्टेड हिज़ होम प्रिमाइसेस फॉर माय काउंटर एंड हिज़ जनरेशन रॉयल्टी टू,' अबराम ने अफ़ज़ल को बताया।

इतने में अस्सी साल के तहव्वर ख़ाँ घर से बाहर निकले। अफ़ज़ल की तरफ देख कर अबराम से पूछा, 'आ गया अफ़ज़ल साइंटिस्ट!' फिर अफ़ज़ल से बोले, 'तेरे बारे में अक्सर बातें होती रहती हैं। समझा इसको, अच्छी ख़ासी नौकरी छोड़ कर यहां छोटे से कस्बे में ख़ुद को कबाब की तरह पका रहा है।'

'ई कॉमर्स ऑल टाइम हाई पर है, तहव्वर चाचा। और ऑथेंटिक कबाब, वो भी होम डिलिवरी! आप देखते जाइए, *बड्स एंड ब्लास्ट* का एप एक दिन सबसे टॉप पर होगा,' अबराम ने तहव्वर और अफ़ज़ल को कॉन्फिडेंस दिखाया।

'ख़ैर, मैं ख़ानक़ाह तक जा रहा हूं, उर्स कमेटी की मीटिंग है, तैयारियां करनी हैं।' कहकर तहव्वर धीरे-धीरे छड़ी के सहारे चल दिया। तहव्वर के पास काकोरी में पुरखों का बनाया कुल जमा एक घर और पांच बीघा आम का बाग था। औलाद के नाम पर चौबीस साल की एक बेहद ख़ूबसूरत सी बेटी, राबिया बसर थी। राबिया लखनऊ के ईसाबेला थॉबर्न कॉलेज से पोस्ट ग्रेजुएट थी और काकोरी हायर सेकेंडरी स्कूल में हिस्ट्री की टीचर थी। तहव्वर उर्स कमेटी का सेक्रेटरी था और तहव्वर का भांजा, चांद खुतरा कमेटी का मेंबर।

तीस साल पहले तहव्वर की बहन ने लखनऊ के मैटर्निटी होम में एक बेटे को जन्म दिया। ओवर एनेस्थीसिया की वजह से बहन डिलिवरी टेबल पर ही मर गई। चेरी ब्लॉसम पॉलिश जैसा कलर टोन लेकर भांजा पैदा हुआ। चेचक ने रही सही कसर भी पूरी कर दी। सैकड़ों छोटे-बड़े दाग चांद के चेहरे का जियोग्राफिया बदल चुके थे। जैसे चूहा कपड़े कुतर देता है, वैसे चेचक ने चांद का चेहरा कुतर दिया था। मामा ने चांद नाम रखा, दोस्तों ने चांद के आगे कुतरा, और फिर उसे भी कुतर कर खुतरा जोड़ दिया। चांद खुतरा तहव्वर के बाग की देखरेख के साथ-साथ सीज़न के दशहरी आम, मैंगो ड्रिंक बनाने वाली मल्टीनेशनल कंपनी को बेचता था। चांद आम की पेमेंट और उर्स के चंदे में स्कैम करके अपना ख़र्च चलाता था। बूढ़ा तहव्वर मामा चांद खुतरा की नस-नस से वाकिफ था, बस बहन को याद करके चुप रहता था।

चांद खुतरा का लंगोटिया यार था, नसीम पपीतेवाला। नसीम लो-डायबिटीज़ का पेशेंट था। जीन्स पहने या पजामा कुर्ता या फिर पठानी सूट, लेकिन पैरों में गोल्डन एम्ब्रॉयडरी वाली पेशावरी ज़रूर पहनता था और पक्का लोफ़र लगता था। कश्मीरी सेब, नागपुरी संतरे, मुज़फ्फरपुर की लीची और चाइनीज़ ड्रैगन फ्रूट का होलसेल कारोबारी था नसीम पपीतेवाला। काफ़ी अर्सा पहले उसने कबाब के लिए पपीते का कारोबार

शुरू किया था, इसीलिए लोग उसे नसीम पपीतेवाला के नाम से ही जानने लगे। नसीम की नज़र तहव्वर की बेटी राबिया बसर पर थी। चांद खुतरा भी चाहता था कि नसीम का निकाह ममेरी बहन राबिया से हो जाए। निकाह हो गया तो क़ब्र में पैर लटका चुके मामा की सारी जायदाद उसे मिल जाएगी। दोस्त नसीम से रिश्तेदारी के साथ-साथ बिज़नेस पार्टनरशिप भी हो जाएगी।

तहव्वर की बेटी राबिया बसर अपनी सुपर सहेली प्रज्ञा ठाकुर के साथ रिक्शे से जा रही थी। प्रज्ञा ठाकुर—टॉम बॉय थी, जीन्स, टी-शर्ट, जैकेट, स्पोर्ट्स शूज़ और हेयरस्टाइल में तो काकोरी के लौंडे भी फेल थे। प्रज्ञा अयोध्या की रहने वाली थी और राबिया के साथ ही स्कूल में आर्ट की टीचर थी और शौक़िया क्ले आर्टिस्ट। वो किसी भी चीज़ को देखकर टैराकोटा या मिट्टी से उसकी रैप्लिका तैयार कर देती थी। प्रज्ञा के पापा अयोध्या में पीडब्ल्यूडी क्लर्क थे, मां हाउसवाइफ और छोटा भाई अयोध्या के एक स्कूल में टेंथ की पढ़ाई कर रहा था। इधर तहव्वर काकोरी शरीफ़ दरगाह पहुंचा, उधर उसकी लाड़ली राबिया, प्रज्ञा ठाकुर के साथ रिक्शे से ठीक कलंदरी दरगाह के सामने उतरी।

तहव्वर मुस्कुराते हुए बोला, 'कहां जा रही हैं गुलाबो सिताबो?'

अब्बू का गाल चूमते हुए राबिया बोली, 'आज 16 हो गई है और 18 तारीख़ को स्कूल का फाउंडर्स डे है, बच्चों के प्ले की तैयारी करनी है। रात में प्रज्ञा के घर ही रुकूंगी।'

'डीजीपी चीफ गेस्ट हैं, आप भी आइएगा,' प्रज्ञा बोली।

सिर हिलाकर इंकार करते हुए तहव्वर ने कहा, 'अरे मुझे रहने दे, उर्स की तैयारी जोरों पर है। चल जा, तू अपने प्ले की तैयारी कर। अगर घर जाती तो अबराम के भाई से भी मिल लेती, वो आया हुआ है।'

अब्बू से नज़र बचाते हुए प्रज्ञा ने राबिया को कोहनी मारी, 'अरे कौन? वो *बड्स एंड ब्लास्ट* वाले अबराम का भाई, अफ़ज़ल साइंटिस्ट?'

राबिया ने प्रज्ञा को आंख दिखाई, 'तो क्या हुआ, हम कल मिल लेंगे।'

तहव्वर दोनों को छोड़कर दरगाह के अंदर चल दिया। प्रज्ञा और राबिया फिर रिक्शे पर बैठ गईं, बैठते ही प्रज्ञा ने राबिया की कमर में चुटकी काटते हुए कहा, 'मैडम अब तो दो-दो ऑप्शन हैं आप के पास।'

राबिया मुंह बना कर बोली, 'अबराम फ्लर्ट है, नथिंग सीरियस। चांद भाई और नसीम पपीते से उसकी दोस्ती; डोन्ट नो व्हाई, बट आई जस्ट हेट दैट लाइक एनिथिंग!'

प्रज्ञा ने आंख मारते हुए कहा, 'अरे तू इश्क के कबाब खा या लव की लैब में साइंटिस्ट का लिटमस टेस्ट कर ले, नाऊ चॉइस इज़ योर्स।'

तभी रिक्शे के बगल से माल ढोने वाला टैंपो गुज़रा। टैंपो ने तेज़ी से कट मारा और रिक्शा पलटते-पलटते बचा। राबिया ग़ुस्से में टैंपो वाले पर चिल्लाई, 'देख कर नहीं चलाना आता क्या?'

ड्राइविंग सीट से पैरों में गोल्डन एम्ब्रॉयडरी वाली पेशावरी, आंखों में मल्टीकलर चश्मा और पठानी सूट पहने नसीम पपीतेवाला उतरा, 'अरे हम तो देख कर ही चला रहे थे मेरी ड्रीम गर्ल, हमारे टैंपो ने बस आपको देखा और ज़ोर से ब्रेक मार दिया।'

राबिया ने ताना मारा, 'सैंडिल देखी है, उतारूं क्या?'

नसीम लोफ़राना अंदाज़ में बोला, 'देखी तो सलवार भी है!'

टैंपो के बगल वाली सीट से चांद खुतरा उतरा, 'ए नसीम! हम मामा को निकाह के लिए राज़ी करने में पसीना बहा रहे हैं और तुम साला अपने टैंपो को नहीं समझा पा रहे हो। टैंपो से बोलो देख कर ब्रेक मारा करे।'

राबिया चिल्लाई, 'चांद भाई हम सिर्फ अब्बू की शराफ़त में चुप हैं...'

इस बार चांद खुतरा बोला, 'और हम नसीम भाई की शराफ़त में चुप हैं।'

प्रज्ञा भी उतर कर आई और बोली, 'आप राबिया के भाई हैं, चांद भाई।'

नसीम पपीतेवाले ने चश्मा उतार कर प्रज्ञा को आंख दिखाई, 'ज़्यादा मैरीकॉम न बनो, एक कंटाप मारा तो बफरिंग वाले चक्के की तरह घूमने लगोगी। साला साल भर से शराफ़त से गुड मॉर्निंग, गुड नाइट करते थक गए हम, एक्को वाट्सप मैसेज का रिप्लाई ही नहीं देती है।'

राबिया ग़ुस्से में पलटी और प्रज्ञा के साथ रिक्शे पर बैठ कर चली गई। रिक्शा प्रज्ञा के घर के बाहर रुका तो राबिया बोली, 'या तो तू स्कूटी ले ले, या मुझे चलाना सिखा दे, अब ये रिक्शे और टैंपो का झंझट इरिटेट करने लगा है यार।'

प्रज्ञा बोली, 'कोई स्कूटी नहीं ख़रीदनी, अबकी बार अयोध्या गई तो अपनी मोटरसाइकिल ले आऊंगी। घर में खड़ी-खड़ी जंग खा रही है। फिर नो रिक्शा।'

राबिया का दिमाग़ थोड़ा ठंडा हुआ। दोनों मुस्कुराईं और रिक्शे वाले को पैसे देकर ऊपर चली गईं। प्रज्ञा का किराए का मकान दूसरी मंज़िल पर था। मकान मालिक बाहर रहता था और कभी-कभार ही आता था।

पूरनमासी की रात थी। चांद की रोशनी ने काकोरी को तर-ब-तर कर रखा था। पुलिस लाइन के सरकारी क्वार्टर पर अबराम और अफ़ज़ल डाइनिंग टेबल पर बैठे थे। किचन में कुकर की सीटी बार-बार बज कर बंद हो गई। इंस्पेक्टर अश्फ़ाक़ उल्ला ख़ाँ कुकर हाथ में लिए डाइनिंग टेबल पर आते ही बोला, 'प्योर खस्सी है, एकदम ताज़ा! खड़े मसाले में भूना है, पुरबिया देसी स्टाइल में। मजा न आए तो पैसे वापस।'

अफ़ज़ल ने चुटकी ली, 'ख़ाँ साहब कब से पैसे वापस करने लगे?'

'अफ़ज़ल हम तीनों शायद दो साल बाद मिल रहे हैं,' अबराम बोला।

'हां पता है हम तीनों शायद दो साल बाद एक साथ मिले हैं, लेकिन अम्मी बीस साल से हमारे साथ नहीं हैं अबराम,' अफ़ज़ल बुदबुदाया।

अबराम से रहा नहीं गया, 'अरे अम्मी को मैंने भी खोया है, और अम्मी भी अब्बू को पंडित जी बोलती थीं, ये तो याद होगा तुझे?'

अफ़ज़ल ने रुंधे हुए गले से कहा, 'और जिन क्रिमिनल्स को ख़ाँ साहब ने पैसा लेकर थाने से छोड़ दिया था, उन्हीं क्रिमिनल्स ने दंगाई बन कर अम्मी को हमारी आंखों के सामने मार दिया था। क्या तुझे याद है?'

इस बार अश्फ़ाक़ ने टोका, 'अरे उसे छोड़ तू मटन निकाल और देख तो ज़रा, छुन्नन के ढाबे से रेशमी रूमाल जैसी रूमाली मंगाई है।'

मगर अबराम ने बहस जारी रखी, 'अफ़ज़ल, पंडित जी हमारे अब्बू हैं!'

अफ़ज़ल ने फिर जवाब दिया, 'अम्मी ने अपने ससुर फ़ख्र उल्ला ख़ाँ का लिहाज़ रखा और पंडित जी कहकर इज़्ज़त बख़्शी वर्ना ये न तो अश्फ़ाक़ उल्ला ख़ाँ हैं और न पंडित राम प्रसाद बिस्मिल।'

अबराम चिल्लाया, 'तो ख़ाँ साहब भी मत बोला कर।'

अफ़ज़ल ने घूरा, 'शहीद अश्फ़ाक़ उल्ला ख़ाँ की इज़्ज़त करता हूं...'

'तो मैं ख़ाँ साहब भी नहीं हूं?' अश्फ़ाक़ ने मायूसी से पूछा।

अफ़ज़ल ने मानो ज़हर उगल दिया, 'आप से सिर्फ एक रिश्ता है ख़ाँ साहब, वो रिश्ता जो अम्मी की याद और अबराम के साथ से जुड़ा है। काकोरी से मेरा क्या वास्ता? अबराम न होता तो मैं क्यों आता यहां?'

अबराम से रहा नहीं गया, 'तो वो जो तू छुट्टियों में हफ्तों मेरे साथ श्रीनगर में रुका और मैं जो तेरे साथ अक्सर बंगलौर में रहता था, उस रिश्ते में पंडित जी कहीं नहीं थे?'

अश्फ़ाक़ उल्ला बिस्मिल की हिम्मत टूट गई, 'चार-पांच साल में रिटायर हो जाऊंगा, मान लेना कि अम्मी के साथ मैं भी नहीं रहा। जब तक है प्यार से रह ले, फिर अबराम से मिलते रहना।'

पूरनमासी पर अमावस छा गई। आज दस्तरख्वान पर सिर्फ आंसू पिए गए। तीनों डाइनिंग टेबल से उठे। अबराम, अश्फ़ाक़ को उसके कमरे में ले गया और अफ़ज़ल, अबराम के कमरे की तरफ बढ़ गया।

17 जुलाई 2019

कुरैशी कसाई के काटने से पहले पिंजड़े में बंद देसी मुर्गे ने बांग दी। सुबह होते ही नसीम पपीते के फ्रूट के गोदाम में टैंपो लाइन लगा कर खड़े थे। मंडी का वक़्त था, लिहाज़ा लखनऊ, कानपुर, हरदोई, मिर्ज़ापुर और सोनभद्र जाने वाले टैंपो जल्दी लोड किए जा रहे थे। नसीम पपीता सारे ड्राइवर्स को पेमेंट साथ में लेकर आने का हुक्म सुना रहा था। इसी बीच सामने से टहलता हुआ चांद खुतरा आया और नसीम पपीते के कंधे पर धक्का मार कर बोला, 'सारे टैंपो सिर्फ फल ढोने के लिए ख़रीदे हो या एक आधा अपना माल लादने के लिए भी छोड़े हो?'

नसीम चौंका, 'अपना माल! ओह...हां, राबिया डार्लिंग।'

चांद बोला, 'दरगाह चलो, आज बुड्ढे से बतिया ही लेते हैं।'

नसीम के चेहरे पर तसल्ली दिखाई दी, 'हां चल, आज हो ही जाए।'

चांद चिल्लाया, 'अबे ए सोनभद्र! तू बाद में जाना, टैंपो ला इधर।'

चांद ड्राइविंग सीट पर बैठा और दोनों दरगाह की तरफ चल दिए। नसीम ने चांद के कंधे पर हाथ मारते हुए कहा, 'खुतरे, तुझे साले बेस्ट साला होने का नोबेल पुरस्कार मिलेगा, बस आज फिक्स करा दे सब।'

टैंपो चला रहे चांद ने मुंह खोला, 'अबे ये नोबेल-ओबेल न बतियाओ, इतने बड़े साइंटिस्ट नहीं हैं हम, बस मेहर की रकम तैयार रखो।'

नसीम ने पूछा, 'तो का चाहिए तुमको, मेरे खुतरुद्दीन?'

चांद ने ठहाका मारा, 'मैंगो गार्डन हमारा, फ्रूट गोदाम तुम्हारा, दर्जन भर टैंपो, फिफ्टी-फिफ्टी के बिज़नेस पार्टनर; फिर हम भी कंडक्टर की तरह आवाज़ लगाएंगे "अबे है कोई सवारी लखनऊ-मिर्ज़ापुर-सोनभद्र!"'

नसीम ज़ोर से हंसने लगा।

दरगाह पहुंच कर चांद ने टैंपो साइड में लगाया और दोनों अंदर चल दिए। तहव्वर आस्तान से निकल कर कमेटी के दफ़्तर की तरफ जा

रहा था। चांद ने आवाज़ देकर रोक लिया और पास जाकर सीधे पॉइंट पर आया, 'मामा नसीम को तो जानते ही हो, काकोरी का सबसे बड़ा कारोबारी है। तारीख तय करके राबिया से निकाह पढ़वा दो, बस।'

तहव्वर ग़ुस्साया, 'बस यही लफ़ंगा बचा था!'

'ए मामा, लफ़ंगा लाखों कमाता है।'

तहव्वर ने नसीम को घूर कर देखा, 'हां, लाखों कमाने वाला लफ़ंगा।'

चांद मेंटल हो गया, 'गोल्डन एम्ब्रॉयडरी वाली जूती पहनता है ये लफ़ंगा!'

'मुझे अपनी बेटी को सोने की जूती नहीं बनाना है।' तहव्वर बोला।

चांद का पारा चढ़ गया, 'तुम क़ाज़ी बुलाते हो, या उठवा लूं लौंडिया?'

तहव्वर ने चांद का गाल थपथपाया, 'अच्छा होता मेरी बहन की जगह तू मर जाता उस दिन। पहले भी कह चुका हूं, फिर कह रहा हूं, राबिया को इसलिए नहीं पढ़ाया-लिखाया कि काकोरी के किसी गुंडे को दे दूं!'

अबकी बार नसीम पपीतेवाला चांद को बीच से हटाते हुए बोला, 'रहने दे बे चांद, कई बार बुड्ढे को चांद का चंदामामा समझ कर फ्रेंड रिक्वेस्ट भेज चुका हूं, साला एक्सेप्ट ही नहीं कर रहा है। चलो तहव्वर की लौंडिया घर लाने का अरमान ब्लॉक कर देते हैं।'

चांद गुर्राया, 'मामा वलीमे की दावत में ज़रूर आना और हां, बोनलेस बिरयानी ही खाना, काहे से नल्ला तो तुम्हारे दांतों से अब टूटेगा नहीं।'

नसीम तहव्वर की तरफ देख कर बेहद नर्म अंदाज़ में बोला, 'अबे चांद ग़ुस्से को स्विच ऑफ़ कर। वो डायलॉग सुना है न, "नो मींस नो!" मामा कहा सुना माफ़। आपको बेटी मुबारक, हमको हमारी लफ़ंगई।' इतना कहकर नसीम चांद को लेकर वहां से चला गया।

उधर काकोरी थाने में आज बड़ी गहमागहमी थी, जैसे कोई मार्केट हो। कहीं मोटरसाइकिलों के मीटर खुले रखे थे, कहीं पेट्रोल की टंकियां, तो कहीं इंजन। कार के दो इंजन अलग से खुले रखे थे। दर्जनों लोगों की भीड़ खड़ी थी। शोरगुल हो रहा था। त्रिपुरारी पांडे, गौतम, रमाकांत, अंगद यादव सब के सब हिसाब में जुटे थे।

त्रिपुरारी चिल्लाया, 'अब ये मछली बाज़ार न बनाओ। ओ गुप्ता, ये दोनों इंजन एसयूवी के हैं। पीछे से टक्कर लगी थी, दोनों डीजल इंजन हैं और एकदम सेफ़ हैं। एक खरोंच नहीं है...सत्तर हजार से एक पैसा कम नहीं लेंगे। ए रमाकांत! अबे गौतम! मोटरसाइकिल का एक्को पुर्जा दस रुपया नीचे न बेचना। रजिस्टर पर जिस चीज़ का जितना दाम है, बस उतने ही में बिकेगी। जिसे लेना हो लो, नहीं तो कम हो लो।'

तभी इंस्पेक्टर अश्फ़ाक़ उल्ला बिस्मिल की जीप थाने में घुसी। गाड़ी रोक कर विकिपीडिया ने साहब के लिए दरवाज़ा खोला। अश्फ़ाक़ ने बेल्ट पकड़कर पैंट चढ़ाई, 'क्या त्रिपुरारी, क्या हाल है तुम्हारी विंटर सेल का? और ये स्मैकिए अंगद को काहे लगाए हो बे?'

अंगद दांत निपोर कर बोला, 'हम तो सेल में हमेशा रहते हैं, साहब।'

त्रिपुरारी को जल्दी से सब निबटाने का इशारा कर अश्फ़ाक़ अंदर चला गया।

थाने के अंदर इंस्पेक्टर अश्फ़ाक़ फ़ोन पर बात कर रहा था, 'जय हिंद सर! सुबह कप्तान साहब ने आदेश किया था कि डीजीपी साहब से बात कर लूं। फ़ोन मिलाए थे, पर साहब आप फ़ोन प्वाइंट पर नहीं थे... जी सर, पता लगा आप मीटिंग में हैं। पीआरओ साहब बोले थे दो बजे तक मोबाइल लगाने को। जी सर, हां पूरी तैयारी है सर। हम सब चेक कर लिए हैं सर, बस आप आइए, काकोरी धन्य हो जाएगा। स्कूल मैनेजमेंट आपका सम्मान भी करेगा, सर। जी सर, जय हिंद सर!'

बगल में रजिस्टर दबाए त्रिपुरारी के हाथों में नोटों की गड्डियां थीं, 'साहब काम पूरा हो गया; हिसाब तैयार है, सुन लीजिए।'

दराज़ से मैग्नीफाइंग लेंस निकाल कर अशफ़ाक़ बोला, 'हां बताओ।'

त्रिपुरारी ने नोटों की गड्डियां मेज़ पर रखीं और रजिस्टर खोल कर पढ़ने लगा, 'साहब, चार लाख गइया चोरी वाले बवाल में भूरेलाल यादव से लिए थे, मारपीट के दो मुकदमों में चालीस हज़ार, खेत पर कब्ज़े वाले में दातादीन पासी एंड टेन अदर्स वाली एफआईआर में टेन में सिक्स अदर्स को डेढ़ लाख लेकर थाने से छोड़े थे; बाकी कार, ट्रक, मोटरसाइकिल का पुर्जा, इंजन, चेचिस बेच कर टोटल नौ लाख छांछठ हजार नौ सौ निन्यानबे रुपए हैं। बाकी रमाकांत स्टाक मिला रहा है।'

तब तक रमाकांत, गौतम और अंगद यादव भी अंदर आ गए। रमाकांत बोला, 'साहब, पांच महीने का पूरा हिसाब है। मोटरसाइकिल की नौ हेडलाइट, दो टंकी, दो साइलेंसर और एक मोटरसाइकिल स्टाक में कम है, पता नहीं कऊन चुरा ले जाता है?'

अशफ़ाक़ बोला, 'साला थाने में ही चोरी हो रही है चार-पांच महीने से?'

स्मैकिए सिपाही अंगद यादव ने धीरे से कहा, 'साहब हमें लगता है ये व्यापारी लोग ही चुरा ले जाते हैं, कोई थाना कर्मचारी मिला हुआ है।'

मैग्नीफाइंग लेंस से असली नकली नोट चेक कर रहे अशफ़ाक़ उल्ला ने लेंस से ही त्रिपुरारी को घूर कर देखा, 'और चरस का क्या हुआ?'

त्रिपुरारी ने हिसाब दिया, 'साहब वो मलिहाबाद इंस्पेक्टर पिछले महीने ढाई सौ ग्राम ले गए थे, अभी उनका पेमेंट पेंडिंग है। बाकी स्टाक में तौल कर एक केजी चरस करेक्ट बची है, कोई घपला नहीं है।'

लेंस को दराज़ में रख कर अशफ़ाक़ उल्ला बिस्मिल उठा, 'मेरे साथ दो-तीन लोग काकोरी हायर सेकेंडरी स्कूल का मुआयना करने चलो। डीजीपी साहब चीफ गेस्ट हैं वहां। त्रिपुरारी ये पैसा और हिसाब का रजिस्टर अपने पास रख लो, जब मैं बताऊं तब निकालना।'

पुलिस क्वार्टर की छत पर बैठा अफ़ज़ल लैपटॉप पर मैप्स देख कर बीच-बीच में डायरी के पन्नों पर कुछ कॉर्डिनेट्स लिख रहा था। तभी उसका मोबाइल बजा। अफ़ज़ल ने फ़ोन उठाया, 'गुड नून सर! जी काकोरी में ही हूं। यस सर, वैरी मच ऑन माय मिशन! जी सर, हां सर, आई एम वर्किंग ऑन कॉर्डिनेट्स। श्योर सर! नहीं सर, प्रॉपर पॉपूलेशन सर्च करके, डायामीटर के कैल्क्यूलेशन के हिसाब से ही कंप्लीट करूंगा। हेडली को एक ड्राफ्ट मेल कर दिया है, एक-दो दिन में काम शुरू करके बीस दिन में कंप्लीट कर दूंगा, सर।'

जैसे ही अफ़ज़ल ने फ़ोन रखा, वैसे ही अबराम छत पर आया, 'यहां क्या कर रहा है गुरू? चल तुझे अपना काम दिखाता हूं।'

अफ़ज़ल ने झट से लैपटॉप की स्क्रीन डाउन कर डायरी भी बंद कर दी, 'नहीं गुरू, तू चल, मेरा बहुत काम बाकी है...जब से आया हूं एक घंटे भी काम नहीं किया, छुट्टी पर हूं पर वर्क फ्रॉम होम प्रोजेक्ट है।'

अबराम मुस्कुराया, 'चल कोई नहीं, फिर किसी दिन।'

अबराम के जाते ही अफ़ज़ल फिर से काम में लग गया।

18 जुलाई 2019

कुरैशी कसाई के कड़कनाथ मुर्गे की कुकड़कूं के साथ एक और गुड मॉर्निंग कर चुके काकोरी के सिर पर चमचमाते सूरज की घड़ी बता रही थी कि दोपहर के क़रीब दो बज चुके हैं। काकोरी हायर सेकेंडरी स्कूल का फाउंडर्स डे फंक्शन था। राबिया तैयार होकर सीढ़ियां उतर रही थी। कई मज़दूर लकड़ी की पेटियां लेकर छत की तरफ चढ़ रहे थे। संकरी सीढ़ियां होने की वजह से एक मज़दूर राबिया से टकराया। पेटी कंधे से सरकी और सीढ़ी पर लुढ़क कर खुल गई। पेटी से मीडियम साइज़ कैंडिल जैसे दर्जनों पीस गिर पड़े। हर पीस काले रंग के रैपर में पैक था। मज़दूर तुरंत पेटी रख कर सारे पीस बटोरने लगा। राबिया ज़ोर से चिल्लाई, 'देख कर नहीं चल सकते? और ये सब क्या है, कहां ले जा रहे हो?'

मज़दूर घबरा गया, 'चांद भाई बोले हैं कि छत वाले कमरे में रख दो।'

तमाम पीस सीढ़ियों से गिरते हुए नीचे तक पहुंच गए। शोर सुन कर तहव्वर नीचे वाले कमरे से जीने के पास आ गया। एक पीस तहव्वर के पैर से टकराया। पीस उठाते हुए तहव्वर बोला, 'अरे ये सब क्या गिर गया? क्यों इतना ग़ुस्सा हो रही है मेरी रानी बिटिया?'

सीढ़ी से नीचे उतर रही राबिया बड़बड़ाई, 'इस चांद ने घर को गोदाम बना दिया है, मैं तंग आ गई हूं तुम्हारे इस नाकारा भांजे से। हर वक़्त चांद-नसीम, चांद-नसीम...पता नहीं ये रजिस्टर कहां रख दिया मैंने?'

तहव्वर ने राबिया को काले रैपर में पैक कैंडिल जैसा पीस थमाया और सीढ़ी से कमरे की तरफ मुड़कर चल दिया, 'अंदर मेज़ पर रखा है।'

राबिया कमरे में पहुंची, रजिस्टर उठाया और चलने लगी कि तहव्वर ने उसके सिर पर हाथ रखकर कहा, 'चांद और नसीम आए थे बात करने।'

'बिन ब्याही मर जाऊंगी, पर पपीते की पेटी नहीं बनूंगी,' राबिया चिढ़कर बोली।

तहव्वर मुस्कुराया, 'अरे मैंने कब कहा...या तो मैं ढूंढ़ दूं, या तू ढूंढ़ ले।'

राबिया ने पलट कर कैंडिल साइज़ का वो पीस मेज़ की दराज़ में रख दिया, फिर अब्बू का माथा चूमा, 'ढूंढ़ कर जल्दी बताती हूं। मैं नहीं ढूंढ़ पाई तो आप ढूंढ़ लेना, अब्बू जान।'

राबिया बाहर आई। नसीम पपीतेवाला और चांद खुतरा अबराम के साथ बेंच पर बैठे किसी बात पर ज़ोर-ज़ोर से हंस रहे थे।

राबिया चिल्लाई, 'चांद भाई, मेरे अब्बू का घर पपीतेवाले का गोदाम नहीं है। बर्दाश्त से बाहर हो चुके हो तुम दोनों, कल तक ये पेटियां बाहर करो, वर्ना अल्लाह कसम पुलिस उठा कर बाहर फेंकेगी।'

चांद खुतरा और नसीम पपीता राबिया की तरफ लपके, पर अबराम ने रोक लिया। राबिया ने उन दोनों को इग्नोर करके अबराम से कहा, 'आई एम गेटिंग लेट, इफ यॉर इंपॉर्टेंट मीटिंग इज़ ओवर, कैन यू प्लीज़ ड्रॉप मी टू स्कूल?'

अबराम ने बेंच पर पड़ी पपीतेवाले के टैंपो की चाबी उठाई। नसीम और चांद ने अबराम को कस के घूरा। अबराम टैंपो पर बैठ गया। राबिया ने अबराम को घूरा और बोली, 'अब नसीम का टैंपो ही बचा है?'

अबराम मुस्कुराया, 'बैठो राबिया, आई एम हियर टू ड्रॉप यू।'

राबिया फिर बोली, 'इन लफ़ंगों का साथ तुम छोड़ोगे नहीं न!'

अबराम ने जवाब दिया, 'इट्स ऑल प्रोफेशनल, राबिया। उसके टैंपो मेरा ऑर्डर भी तो डिलिवर करते हैं। मैं पेमेंट देता हूं, बस और कुछ नहीं।'

'मुझसे शादी करोगे?' राबिया ने सीधा और सपाट सवाल किया।

अबराम चौंका, 'शादी! यार, आर यू सीरियस?'

राबिया सच में सीरियस हो गई, 'मतलब तुम सीरियस नहीं हो?'

अबराम थोड़ा अनकंफर्टेबल हो गया, 'व्हाई आर यू टेकिंग इट सो सीरियसली? तुम चांद और नसीम की वजह से डिस्टर्ब हो, मैं समझता हूं...'

'हां हूं, तो किसके पास जाऊं? तुम्हीं तो एक ऑप्शन हो,' राबिया बोली।

अबराम बोला, 'यार यही तो मैं भी कह रहा हूं, मैं ऑप्शन हूं। तुमने कभी इतनी सीरियसनेस दिखाई ही नहीं। फ़ोन पर बात करना और कभी-कभी मिल लेना एक अलग बात है, लेकिन मैंने सच में इस तरह कभी नहीं सोचा।'

'तो अब सोच लो,' राबिया ने प्यार से कहा।

अबराम ने राहत की सांस ली, 'मैं बात करता हूं, थोड़ा रुको।'

'अब रुकना-वुकना नहीं है...वो तुम्हारा प्रोफेशनल टैंपो मेरे आसपास ही रोज़ ब्रेक मार रहा है। अब्बू भी परेशान हैं, आज ही बोला कि ढूंढ़ लो, नहीं तो...'

अबराम ने राबिया की आंखों में आंखें डाल कर स्टेयरिंग छोड़ा और उसका हाथ पकड़ा, 'गिव मी कपल ऑफ़ डेज़, प्लीज़! इट्स डन, पक्का प्रॉमिस।'

राबिया ने थोड़ी फिक्र दिखाई, 'पता नहीं क्या-क्या धंधे फैला रखे हैं चांद और नसीम ने। एक घर बचा था, आज उसको भी गोडाउन बना दिया। मुझे अब्बू की बहुत फिक्र होती है। वो बहुत शरीफ़ हैं, सूफी हैं, बट देयर इज़ सम थिंग वैरी मिस्टीरियस।'

'सब ठीक हो जाएगा, मैं तहव्वर चाचा से बात करूंगा।' अबराम ने तसल्ली देते हुए कहा।

राबिया ने अबराम के कंधे पर सिर रख दिया, 'कभी ख़ुद ही नहीं समझ पाई कि तुमसे प्यार करती हूं या नहीं, लेकिन अब खुलकर रहना है, खुलकर तुमसे प्यार करना है, सच में अबराम।'

अबराम ने गाड़ी का स्टेयरिंग मोड़ा और स्कूल के गेट के सामने ब्रेक लगाया, 'ये तो मेरे पंडित जी का डायलॉग है "खुलकर जियो, खुलेआम, सरेआम", अब खुल्लम-खुल्ला प्यार करेंगे हम दोनों...लव यू, सो मच!'

ख़ुशी-ख़ुशी राबिया टैंपो से उतरी और स्कूल गेट से अंदर चली गई।

अबराम ने टैंपो आगे बढ़ाया ही था कि सामने से काकोरी थाने की जीप आती दिखाई दी। जीप की फ्रंट सीट पर अफ़ज़ल को बैठा देख अबराम ने ज़ोर से आवाज़ लगाकर पूछा, 'गुरू, तुम यहां कैसे?'

अफ़ज़ल ने हंसते हुए कहा, 'ख़ाँ साहब ने जीप भेजी थी, कोई फंक्शन है स्कूल में, बच्चे कोई प्ले कर रहे हैं।'

अबराम ख़ुश हुआ, 'अच्छा किया। अब जब तक है, पंडित जी से लफ़ड़ा मत करना गुरू। पूरी उम्र नहीं बदले, तो इस उम्र में तू नहीं बदल सकता उनको। मैं भी तो रहता हूं, वो डायलॉग याद है न तुझे...'

दोनों साथ में बोले, 'जीना है तो खुलकर जियो, खुलेआम, सरेआम!'

हंसते हुए अफ़ज़ल ने अबराम को भी अंदर चलने को कहा, लेकिन ज़रूरी काम बता कर अबराम वापस चल दिया।

स्कूल के स्टेज पर काकोरी कांड पर प्ले चल रहा था। गेस्ट की फ्रंट रो में डीजीपी बृजलाल कुलश्रेष्ठ, एसएसपी शैलेश कृष्णा और इंस्पेक्टर अश्फ़ाक़ उल्ला बिस्मिल बैठे थे। त्रिपुरारी ने अफ़ज़ल को देख कर राबिया को इशारा किया और राबिया ने उसे स्कूल प्रिंसिपल के बगल में खाली पड़ी सीट पर बैठा दिया। अफ़ज़ल थैंक्स कहकर बैठ गया। स्टेज पर बच्चों की ब्रिटिश अदालत बैठी थी। बच्चे अश्फ़ाक़ उल्ला, राम प्रसाद बिस्मिल, ठाकुर रोशन सिंह और राजेन्द्रनाथ लाहिड़ी की ड्रेस में कटघरे में खड़े थे।

'माय लॉर्ड! इन इंकलाबियों ने ब्रिटिश हुकूमत के ख़िलाफ़ जंग छेड़ी है। ख़ुद को क्रांतिकारी कहने वाले इन लोगों ने ब्रिटिश ख़ज़ाना लूटा। इनके ग्रुप का नाम है *हिंदुस्तान रिपब्लिकन एसोसिएशन*। हथियार ख़रीदने के लिए इस ग्रुप ने 8 डाउन पैसेंजर लूटी, माय लॉर्ड। ये है वो 15. MARZ.1895 नंबर का जर्मन माऊज़र, इसकी गोली से बेचारे अहमद अली की मौत हो गई। ये हैं ब्रिटिश हुकूमत की किंगशिप के वो सिक्के जो लूटे गए। ग्रुप के तमाम लोग ब्रिटिश हुकूमत के गवाह बन कर बयान दे चुके हैं।'

'टुम अपनी सफ्फाई में कुछ बोलना चाटा है, बिस्मिल?' जज ने पूछा।

बिस्मिल ने मुस्कुराते हुए शायरी पढ़ी—

बहे बहर-ए-फ़ना में जल्द, या रब लाश बिस्मिल की
कि भूखी मछलियां हैं, जौहर-ए-शमशीर क़ातिल की

कटघरे में खड़े अश्फ़ाक़ उल्ला ख़ाँ ने 'काकोरी कांड' के ख़िलाफ़ ब्रिटिश हुकूमत के गवाह बन चुके लोगों पर तंज करते हुए शेर पढ़ा—

ज़ुबान-ए-हाल से अश्फ़ाक़ की तुर्बत ये कहती है
मुहिब्बाने वतन ने क्यों हमें दिल से भुलाया है
बहुत अफसोस होता है, बड़ी तकलीफ़ होती है
शहीद अश्फ़ाक़ की तुर्बत है और धूपों का साया है

जिरह के बाद जज ने चारों को फांसी की सज़ा सुना दी।

स्टेज पर लाइटें बंद हो गईं और अंधेरा छा गया। अंधेरे में स्पॉट लाइट जली। चारों फांसी के तख़्त पर खड़े थे। जल्लाद ने चारों के गले में फंदा पहनाया, चारों गले लगे और गाने लगे—

ऐ शहीद-ए-मुल्क-ओ-मिल्लत हम तेरे ऊपर निसार
अब तेरी हिम्मत का चर्चा ग़ैर की महफिल में है
अब न अगले वल्वले हैं और न अरमानों की भीड़
सिर्फ मिट जाने की हसरत अब दिल-ए-बिस्मिल में है
सरफ़रोशी की तमन्ना अब हमारे दिल में है
देखना है ज़ोर कितना बाज़ू-ए-क़ातिल में है

स्टेज की लाइट्स जल गईं। स्कूल कैंपस तालियों की आवाज़ से गूंज उठा। स्कूल प्रिंसिपल ने स्टेज पर जाकर चीफ गेस्ट डीजीपी बृजलाल कुलश्रेष्ठ को स्पीच देने के लिए इन्वाइट किया। अश्फ़ाक़ उल्ला बिस्मिल डीजीपी को स्टेज तक ले गया और फिर पोडियम के ही बगल में खड़ा हो गया।

डीजीपी ने काकोरी कांड ड्रामे की जमकर तारीफ करते हुए बच्चों की हौसला अफज़ाई की और स्कूल का धन्यवाद किया। उन्होंने ये भी बताया, 'ऐसे ही सरफ़रोशों से यंग जेनरेशन को वाकिफ़ कराने के लिए पिछली 15 अगस्त को सरकार ने ऐलान किया था कि इस बार स्वतंत्रता दिवस के ठीक छह दिन पहले, यानी 9 अगस्त को काकोरी कांड की पिच्यानवीं एनिवर्सरी काकोरी में ही मनाई जाएगी। ब्रिटेन, अमेरिका, जापान, चाइना और रूस की सरकारों के तमाम मिनिस्टर्स, गवर्नर्स,

डेलिगेट्स और बच्चे उसी ट्रेन से काकोरी आएंगे। ये काकोरी के लिए बड़ा दिन होगा। अब अगले पांच साल तक 9 अगस्त को ये जलसा काकोरी में होगा और सौवें साल में काकोरी कांड के शताब्दी दिवस पर पूरा देश काकोरी को सलामी देगा, थैंक्यू।'

स्पीच देने के बाद डीजीपी बृजलाल कुलश्रेष्ठ स्टेज से नीचे उतर गए। अश्फ़ाक़ उल्ला भी साथ हो लिया। एसएसपी शैलेश कृष्णा भी दौड़कर आ गए। इंस्पेक्टर अश्फ़ाक़ ने डीजीपी से अफ़ज़ल को मिलवाया, 'सर ये मेरे बेटा है—अफ़ज़ल। साइंटिस्ट है, नासा में सिलेक्ट हो गया है।'

डीजीपी अफ़ज़ल से बोले, 'वैरी नाइस...सो व्हॉट आर यू हियर फॉर?'

अफ़ज़ल ने जवाब दिया, 'सर ऑन ए प्रोजेक्ट फॉर नॉमनक्लेचर ग्रुप। यू कैन से, इट्स मिशन मार्स बट एक्चुअली इट्स ए मिशन फॉर मी।'

डीजीपी ने ठहाका मारा, 'यार अफ़ज़ल, मुझे तो मिशन के नाम पर दो फ़िल्में ही याद आती हैं, *मिशन मंगल* और *मिशन कश्मीर*...डोंट माइंड।'

'नॉट एट ऑल सर, कुछ ऐसा ही मिशन है अपना भी,' अफ़ज़ल हंस दिया।

एसएसपी शैलेश कृष्णा ने पूछा, 'कब तक हो यहां, अफ़ज़ल?'

अफ़ज़ल ने थोड़ा सोच कर कहा, 'इंडिपेंडेंस डे के बाद जाना है।'

डीजीपी बोले, 'ओह्ह फाइन देन, 9 अगस्त काकोरी एनिवर्सरी पर तुम हमारे मेहमान होगे। विल सी यू सून, एंड गुड लक फ़ॉर यॉर मिशन!'

पूरी पुलिस फोर्स और अफ़सर डीजीपी के साथ बाहर चले गए। गाड़ी पर पहुंच कर डीजीपी बृजलाल इंस्पेक्टर अश्फ़ाक़ से बोले, 'गाय वाला मामला तो तुमने अच्छा हैंडिल किया था अश्फ़ाक़। हाई कमान काकोरी एनिवर्सरी को बहुत सेंसिटिवली ले रहा है, और तुम तो जानते हो कि डेवलपमेंट के साथ राष्ट्रवाद गवर्नमेंट का प्राइम कंसर्न है।'

अश्फ़ाक़ ने कॉन्फिडेंस दिखाया, 'सर काकोरी एनिवर्सरी के लिए ही आपने नौ महीने पहले मेरा ट्रांसफर कानपुर से काकोरी किया था। एसएसपी साहब के गाइडेंस में सिचुएशन पूरी तरह कंट्रोल रहेगी।'

तसल्ली पाकर डीजीपी वापस चले गए। एसएसपी शैलेश कृष्णा को अश्फ़ाक़ ने थोड़ा मक्खन लगाया, 'सर आप रात में पुलिस गेस्ट हाउस में रुकिए, बढ़िया देसी मुर्गा कटवाया हूं आपके लिए।'

एसएसपी ने पहले तो थोड़ा तक़ल्लुफ़ दिखाया, पर रुकने के लिए राज़ी हो गए।

अश्फ़ाक़ मन से तो एसएसपी को कतई पसंद नहीं करता था, लेकिन बटरिंग करना उसे बख़ूबी आता था। अश्फ़ाक़ फ़ौरन आगे वाली सीट पर एसएसपी के साथ बैठा और थाने की फोर्स को गेस्ट हाउस आने के लिए बोला।

अफ़ज़ल स्कूल के अंदर ही था कि तभी प्रज्ञा के साथ राबिया उसके पास आई, 'हाय अफ़ज़ल, मैं राबिया बसर। इंस्पेक्टर साहब तो चले गए हैं, आप चाहें तो मैं आपके लिए रिक्शा बुला देती हूं।'

अफ़ज़ल बोला, 'नो इश्यूज़, मैं ख़ुद चला जाऊंगा। इफ आई एम रॉन्ग प्लीज़ करेक्ट मी, प्ले आपने ही लिखा है न? इट वॉज़ वंडरफुल!'

राबिया ने हां में सिर हिलाया, 'जी, मैं यहां हिस्ट्री टीचर हूं।'

अफ़ज़ल ने बात आगे बढ़ाई, 'आपको कैसे पता कि मैं अफ़ज़ल हूं?'

'जैसे एनाउंसमेंट से आपको पता चला कि प्ले मैंने लिखा है, वैसे ही मुझे भी पुलिस वाले ने बोला था आपको रिसीव करने को...सो सिंपल न।'

तभी प्रज्ञा ठाकुर बैग से माऊज़र और किंगशिप सिक्कों की थैली निकाल कर बोली, 'ये काकोरी है साइंटिस्ट साहब, यहां या तो लोग बंदूक की नोक पे लूट लिए जाते हैं, या सिक्कों में बिक जाते हैं।'

अफ़ज़ल ने दोनों हाथ ऊपर उठाते हुए कहा, 'अरे मैं तो सचमुच डर गया मैडम।'

प्रज्ञा ने हाथ बढ़ाया, 'माय सेल्फ प्रज्ञा ठाकुर, मैडम हिस्ट्री में रहती हैं और हम प्रेज़ेंट कॉटीन्यूअस में। हिस्ट्री को मिट्टी में ढाल देते हैं, बस!'

राबिया ने अफ़ज़ल को हंसते हुए बताया, 'क्ले आर्टिस्ट है...इसी ने बनाए हैं ये सिक्के और माऊज़र। एकदम ओरिजनल लगते हैं ना!'

अफ़ज़ल ने माऊज़र और सिक्के हाथ में लेकर कहा, 'एकदम रैप्लिका!'

प्रज्ञा ने चुटकी ली, 'साइंटिस्ट सर, पर राबिया की कोई रैप्लिका नहीं है। ओरिजनल मोनालिसा फ्रॉम काकोरी! पर आज कल हमारी मोनालिसा *कपूर एंड संस* की आलिया भट्ट हो गई है, तय ही नहीं कर पा रही है कि सिद्धार्थ मल्होत्रा के साथ जाए या फ़वाद ख़ाँ के साथ।'

राबिया ने उसे घूरा और बोली, 'अबराम और आप एकदम अलग हैं।'

तीनों बातें करते रहे और फिर अफ़ज़ल बोला, 'अबराम ने बताया कि आपके अब्बू ने अपना ब्रैंड और अपने घर पर काउंटर तक दे रखा है। वो एक दिन ज़रूर कुछ बड़ा करेगा।'

राबिया ने भी आमीन कहा।

प्रज्ञा ने शरारत की, 'अरे साइंटिस्ट सर, अपना फ़ोन नंबर देने में कोई प्रॉब्लम तो नहीं होगी आपको?'

'जी बिलकुल नहीं,' कहते हुए अफ़ज़ल ने अपने मोबाइल का लॉक खोला और प्रज्ञा को थमा दिया। प्रज्ञा ने अफ़ज़ल के फ़ोन पर राबिया का नंबर डायल कर दिया, 'इट्स डन, अब हमारी मोनालिसा के मोबाइल पर आपका नंबर सेव हो गया।'

अफ़ज़ल ने शरारत की, 'ओह, पर मुझे तो आपका नंबर चाहिए था मैम।'

'नहीं, फ्रेंड रिक्वेस्ट रिजेक्टेड,' प्रज्ञा ज़रा इतरा कर बोली।

राबिया सोचने लगी कि शायद वो ख़ुद ही नहीं जानती कि वो अबराम को लेकर सीरियस है या नहीं। या फिर अबराम उसे लेकर सीरियस है कि नहीं, इसका भी उसे कोई इल्म नहीं है। उसे सिर्फ इतना

पता था कि चांद और नसीम जैसे लोफ़रों ने उसका जीना दूभर किया हुआ है। शायद वो सच में ऑप्शन ही तलाश रही थी। ख़ैर जो भी हो देखा जाएगा। अगर अबराम मान गया तो ठीक, नहीं तो अफ़ज़ल से बात करेगी। प्रज्ञा ने ज़ोर से चुटकी बजाई तो राबिया अपने ख्यालों से बाहर आई। अफ़ज़ल मुस्कुराते हुए उसे देख रहा था।

अफ़ज़ल ने जाने से पहले उसकी तरफ हाथ बढ़ाया तो राबिया ने भी हाथ मिला लिया। टेराकोटा से बना माऊज़र और सिक्के प्रज्ञा को लौटा कर अफ़ज़ल स्कूल से बाहर जाने लगा। राबिया ने दो रिक्शे बुलाए। एक पर राबिया और प्रज्ञा बैठ गईं, दूसरे पर अफ़ज़ल। राबिया ने अफ़ज़ल को आंखों-आंखों में जल्दी मिलने का इन्वीटेशन दे दिया। दोनों रिक्शे आगे बढ़े और अपने रास्ते चल दिए।

अफ़ज़ल रिक्शे से घर पर उतरा ही था कि पीछे से चांद और नसीम पपीतेवाले के साथ टैंपो पर अबराम भी आ गया।

अबराम ने उनका तार्रुफ कराया, 'गुरू, ये चांद खुतरा है और ये है नसीम उर्फ़ नसीम पपीतेवाला; और ये अफ़ज़ल है, मेरा जुड़वां भाई।'

अफ़ज़ल ने दोनों से हाथ मिलाया और अबराम के साथ अंदर चला गया। अंदर पहुंच कर अबराम तुरंत किचन की तरफ गया और प्लेट लगा कर सीधे डाइनिंग टेबल पर बैठ गया, 'आ जा गुरू, बहुत तेज़ भूख लगी है।'

अफ़ज़ल हाथ धोकर टेबल पर बैठा, 'आज कुछ अलग सा अहसास है, लगता है काकोरी से एक और रिश्ता बन जाएगा, गुरू।'

अबराम ने मुस्कुरा कर खिंचाई की, 'राबिया से मिला क्या?'

'हां!' अफ़ज़ल ने रूमाली तोड़ते हुए कहा।

अबराम ने फिर पूछा, 'क्या बात हुई?'

अफ़ज़ल थोड़ा हंसा और बोला, 'नॉट लाइक दैट, जस्ट एन इंट्रोडक्शन।'

फिर अबराम ने अफ़ज़ल को बताया, 'राबिया शादी करना चाहती है मुझसे।'

अफ़ज़ल थोड़ा नर्वस हो गया, 'ओह, रियली! बताया नहीं उसने।'

अबराम बोला, 'अरे, ऐसा कोई सीरियस नहीं, बस वही पिंग करती है।'

'कब से है? ख़ाँ साहब को पता है?' अफ़ज़ल ने सवाल किया।

अबराम ने सीरियस होने का नाटक किया, 'छह महीने से है, बस ये मान ले कि जब से आया तब से। किसी को कुछ नहीं पता, थोड़ा टिपिकल इंडियन लड़की है; ये मत करो, वो मत करो टाइप।'

अफ़ज़ल टेबल से उठा और वॉशबेसिन पर हाथ धोने लगा, 'ऑल डन।'

अबराम भी वॉशबेसिन तक आया और बोला, 'नहीं गुरू, फिज़िकल तो नहीं हुआ कुछ, बस ये निकाह का झंझट थोड़ा बोरिंग लगता है।'

अफ़ज़ल ने तौलिए से हाथ पोंछे और हंसते हुए बोला, 'नहीं यार, ऑल डन मतलब मेरा पेट भर गया है। तू दरवाज़ा बंद कर ले, मैं तेरे कमरे में कुछ काम करूंगा इसलिए तू ख़ाँ साहब के कमरे में सो जा। चल, गुड नाइट।'

अबराम बोला, 'तू कहे तो तेरे लिए बात करूं? अपना कोई सेंटीमेंटल एंगल नहीं है, गुरू! बस टाइम पास है, राबिया भी मुझे लेकर कंफ्यूज़ ही है।'

अफ़ज़ल मुस्कुराते हुए बोला, 'चल देखा जाएगा, सुबह मिलते हैं।'

अबराम बोला, 'पंडित जी एसएसपी साहब के साथ हैं, फ़ोन आया था कि खाना खा लेना। रोज़ का ड्रामा है, कह देते हैं, "दरवाज़ा खुला रखना, देर हो जाएगी।"'

दोनों भाई दरवाज़ा उढ़का कर कमरों की तरफ चले गए।

19 जुलाई 2019

सुबह के आठ बजे, एसएसपी शैलेश कृष्णा को काकोरी पुलिस गेस्टहाउस से लखनऊ रवाना करने के बाद इंस्पेक्टर अश्फ़ाक़ उल्ला बिस्मिल की जीप अपने सरकारी घर पर आकर रुकी। अश्फ़ाक़ उल्ला ने विकिपीडिया को तुरंत तैयार होकर आने को कहा और अंदर चला गया। दरवाज़ा खोल कर वो अंदर पहुंचा तो अबराम सोया हुआ था। अफ़ज़ल का लैपटॉप तो ऑन था, लेकिन वो भी बेसुध था। किचन में जाकर अश्फ़ाक़ ने चाय बनाई और दोनों बेटों को आवाज़ देकर जगाया। चाय की पहली चुस्की अभी गले से उतरी ही थी कि अश्फ़ाक़ उल्ला का मोबाइल बजा। मोबाइल स्क्रीन पर एसएसपी साहब का नाम चमक रहा था।

अश्फ़ाक़ फ़ोन उठा कर बाहर चला गया, 'जय हिंद, सर!'

एसएसपी ने अश्फ़ाक़ को डांटते हुए पूछा, 'क्या है ये सब?'

अश्फ़ाक़ चौंका, 'क्या हुआ सर, हम कुछ समझे नहीं? कोई गुस्ताखी हो गई हमसे? मुर्गा तो एकदम फ़र्स्ट क्लास चौकस देसी था, सर।'

एसएसपी शैलेश का पारा सातवें आसमान पर चढ़ गया, 'व्हॉट्सएप देखा तुमने? तुम्हारे इलाके में लड़की की नेकेड बॉडी मिली है। लाश के सामने दो-दो सिपाही खड़े हैं लेकिन बॉडी पर कपड़ा तक नहीं डाला। डीजीपी तक फ़ोटो पहुंच गईं और तुम्हें ख़बर तक नहीं है।'

अश्फ़ाक़ परेशान हो गया, 'सर हम वाट्सप रखते ही नहीं हैं, हमारे मोबाइल पर केवल इनकमिंग और आउटगोइंग की सुविधा है।'

एसएसपी ने फिर से झाड़ा, 'लड़की की नंगी बॉडी का फ़ोटो वाइरल हो रहा है, और तुम बारह सौ रुपए का मोबाइल लिए टहल रहे हो!'

इस बार अश्फ़ाक़ ने झूठ बोला, 'सर बॉडी का हमको पता है, फोर्स भी भेज दिए हैं...अब कौन फ़ोटो खींच कर भेज दिया, अभी देखता हूं।'

एसएसपी ने अश्फ़ाक़ को डांट लगाते हुए मौक़ा-ए-वारदात पर पहुंच कर रिपोर्ट देने को कहा और फ़ोन रख दिया।

अश्फ़ाक़ ने जय हिंद कहकर फ़ोन रखा और बड़बड़ाने लगा, 'ये साला कन्या राशि की वक्र दृष्टि हम पर काहे पड़ गई है? कभी गऊ माता तो कभी लड़की की बॉडी, वो भी नेकेड।'

अश्फ़ाक़ त्रिपुरारी को फ़ोन मिलाने ही वाला था कि त्रिपुरारी का ही फ़ोन आ गया।

अश्फ़ाक़ भनभनाया, 'अबे इससे पहले कि मादरे हिंद का फ़ोन आए, ये बताओ कि हुआ क्या है? कहां मिली है बॉडी?'

त्रिपुरारी बोला, 'सर हमारे वाट्सप पर जैसे ही फ़ोटो आया, हम तुरंतै गौतम और रमाकांत को मौक़े पर रवाना कर दिए। आधा घंटा हो गया सर, बॉडी पोस्टमॉर्टम के लिए टैंपो पर लाद दी गई है।'

अश्फ़ाक़ खीझ गया, 'अबे तुमको आधे घंटे से पता है? फोर्स रवाना हो गया, पोस्टमॉर्टम के लिए ऑन कॉल टैंपो भी मंगा लिए हो, तो भाई हमको काहे नहीं बताए पहले? और ये नंगा फ़ोटो कौन खींच लिया?'

त्रिपुरारी बोला, 'सर वो साला मुन्नालाल पत्रकार खींचा है सब, और ख़बर भी दाग दिया है। आप रात भर के जगे थे, सोचा आराम करने दूं, इसलिए सारा मैनेजमेंट करने के बाद आपको फ़ोन किया।'

अश्फ़ाक़ चिल्लाया, 'अबे आराम को मारो गोली, रॉकेट की गति से गाड़ी भेजो फ़ौरन। डॉक्टर को दो-चार सौ पकड़ा कर पोस्टमॉर्टम का टाइम एक घंटा पहले का लिखाना, वर्ना चमन चूतिया एसएसपी साला देसी मुर्गा खाने के बाद भी हमें ही मुर्गा बना देगा।'

अश्फ़ाक़ उल्ला घर के अंदर आया। दोनों बेटों को मर्डर और लड़की की नेकेड बॉडी का मसला समझा कर वो मुंह धोने लगा। तभी बाहर जीप का हॉर्न बजा। अश्फ़ाक़ फ़ौरन बाहर जाकर जीप पर बैठा और रवाना हो गया–उसी मौक़ा-ए-वारदात की ओर चल दिया, जहां कल रात को काकोरी थाने का नशेड़ी सिपाही अंगद यादव बाग के मज़दूरों के साथ भोजपुरी गाने पर डांस कर रहा था, जिस बाग में एक

मोटरसाइकिल आई थी और नशे में धुत अंगद यादव सिसकारियां और चीख़ें सुन कर बौराया जा रहा था। काकोरी-लखनऊ हाईवे पर मौजूद आम के बाग का चप्पा-चप्पा छान रहे अशफ़ाक़ उल्ला बिस्मिल ने पेड़ से टिकी बिना नंबर प्लेट की मोटरसाइकिल का पुर्ज़ा-पुर्ज़ा पैनी नज़रों से देखने के बाद आम की गुठली चूस कर फेंक दी और त्रिपुरारी पांडे के गले में हाथ डालते हुए फिर मज़दूरों के कमरे की तरफ लौटा, जहां आग में पुलिस की वर्दी जलाई गई थी। उत्तर प्रदेश पुलिस का ब्रास बैज देखते ही अशफ़ाक़ बोला, 'अबे त्रिपुरारी, इस तरफ किसका पिकेट ड्यूटी था, वो स्मैकिए अंगद का एरिया है न ये?'

त्रिपुरारी ने हां में सिर हिलाया और बिना कहे अंगद यादव को फ़ोन मिलाया, लेकिन फ़ोन नहीं उठा, 'नसेड़ी फ़ोन नहीं उठा रहा है, सर। घर से घसीट लाएं का साले को?'

तभी सामने मोटरसाइकिल पर धड़धड़ाता हुआ मुन्नालाल पत्रकार कैमरामैन सिंटू दुबे के साथ आया और सीधे अशफ़ाक़ उल्ला के मुंह पर माइक लगा कर पूछा, 'मर्डर हो गया है, कैसा लग रहा है सर?'

अशफ़ाक़ बौरा गया, 'अइसा लग रहा है जैसे हमारी फटने वाली है।'

मुन्नालाल ने फिर सवाल किया, 'सर ये मर्डर के बारे में आपका क्या कहना है?'

झुंझलाकर माइक हटाते हुए अशफ़ाक़ बोला, 'एकदमै चूतिया हो का बे?'

मुन्नालाल ने जवाब दिया, 'चूतिया नहीं सिजेरियन हैं, जवाब दीजिए।'

अशफ़ाक़ का फ़ोन रिंगरिंगाया, स्क्रीन पर "डीजीपी सर" नाम चमका। फ़ोन काट कर अशफ़ाक़ ने मुन्नालाल से पूछा, 'कोई ब्रेकिंग पेल दिए हो का?'

मुन्नालाल ने सीना छप्पन इंच फुलाया और बोला, 'डेड बॉडी का नाम खोल दिए हैं।'

अशफ़ाक़ ने पुचकार कर पूछा, 'सेवा में संपादक महोदय, नाम बताइए।'

मुन्नालाल का सीना छप्पन, सत्तावान, अट्ठावन हो गया, 'राबिया बसर।'

त्रिपुरारी ने चौंककर पूछा, 'राबिया बसर! वो तहव्वर की लौंडिया, स्कूल टीचर?'

अशफ़ाक़ सीरियस हो गया।

उसके मोबाइल पर डीजीपी का फ़ोन फिर टुनटुनाया। फ़ोन उठाते ही वो बोला, 'मिसकॉल हो गया था सर, फ़ोन सिपाही के पास था। स्पॉट पर हूं सर, रेप एंड मर्डर केस है सौ परसेंट, तीन-चार लोगों का काम लगता है। इंवेस्टिगेशन में लगा हूं। राबिया बसर है सर, वो काकोरी शरीफ़ की उर्स कमेटी के सेक्रेटरी तहव्वर ख़ाँ की बेटी। स्कूल टीचर है सर, आप देखेंगे तो पहचान जाएंगे। वर्दी जलाई गई है, कोई पुलिसवाला भी शामिल लगता है, सर।'

डीजीपी बोले, 'ठीक है, ठीक है। मुझे पता है कि तुम वर्कआउट कर लोगे। मेक इट डन, एएसएपी। और ये मीडिया को ज़रा सेट करके रखो अशफ़ाक़, मुझे काकोरी एनिवर्सरी तक कोई सेंसिटिव सिचुएशन नहीं चाहिए, ओके?'

अशफ़ाक़ बोला, 'पक्का, सर! जय हिंद, सर!'

फ़ोन रखने के बाद अशफ़ाक़ ने मुन्नालाल का कंधा थपथपाया और एक बार फिर आम के पेड़ के पास चल दिया, 'तुम कुछ दिन सीसीटीवी न्यूज़ में काम कर लो मुन्नालाल, फिर डीजीपी से कहकर किसी कायदे के चैनल में तुमको एंकर बनवाता हूं। यहां तो तुम्हारे टैलेंट का शीघ्रपतन हो रहा है।'

मुन्नालाल ने दांत निपोरे और सिंटू दुबे से कैमरे का ढक्कन बंद करने को कहा। अशफ़ाक़ ने मुन्नालाल को दो हज़ार और सिंटू दुबे को पांच सौ का नोट थमाया और बोला, 'अब पहले हमारे फ़ोन पर ब्रेकिंग कराया करो। 9 अगस्त निपट जाने दो, तब तक काकोरी के इतिहास पर

दो-चार सॉफ्ट स्टोरीज़ करो। ए त्रिपुरारी! इनका ख्याल रखा करो, मैग्सेसे अवॉर्ड जीतने की क्षमता कूट-कूट कर भरी है इनमें।'

त्रिपुरारी ने हां में सिर हिला दिया। कई सिपाही बाग की तलाशी करके हांफते हुए लौटे। एक सिपाही बोला, 'सर बारिश की वजह से बहुत कीचड़ है, और तो कुछ नहीं मिला है, थोड़ा सूख जाए तो मज़दूरों से झाड़ू लगवा कर एक बार और चेक करा लेंगे।'

कीचड़ पर चल रहे अशफ़ाक़ के बूट के नीचे कुछ आया। उसने ज़मीन पर बैठ कर कीचड़ हटा कर देखा तो एक टूटा हुआ मल्टीमीडिया मोबाइल मिला। अशफ़ाक़ ने मोबाइल को गौर से देखा। ऐसा लग रहा था जैसे किसी ने जूतों के नीचे कुचल कर मोबाइल चकनाचूर किया हो। अशफ़ाक़ ने मोबाइल विकिपीडिया की तरफ बढ़ाया, 'इसे भी पाउच में रख लो, और हां, सारे एविडेंस फॉरेंसिक इन्वेस्टिगेशन के लिए लैब भेज दो। त्रिपुरारी, तुम लड़की का नंबर पता करके सारे कॉल डिटेल्स मंगवा लो, जल्दी।'

त्रिपुरारी ने हां में जवाब दिया और दो सिपाहियों को वहीं तैनात कर अशफ़ाक़ के साथ जीप पर बैठ गया। जीप तेज़ी से थाने की तरफ चल दी। मुन्नालाल और कैमरामैन सिंटू भी पुलिस से विदा लेकर मोटरसाइकिल से बढ़ लिए। थोड़ा आगे जाकर मोटरसाइकिल ड्राइव कर रहे सिंटू से मुन्नालाल ने पूछा, 'काहे सिंटू, जब हम कैमरे का ढक्कन बंद करने को कहते हैं तो बंदै कर देते हो न, या शूटिंग चालू रहती है?'

सिंटू ने गुटखे की पीक थूकी, 'मुन्ना भाई, कंफ्यूज़न कहो या अंडर की स्टैंडिंग, हम तो इसे कोड वर्ड समझते हैं। तुम ढक्कन बंद करने को जब भी बोले, हम समझ गए कि बंद तो होना ही नहीं है।'

मुन्नालाल ने पीछे बैठे-बैठे उसे शाबाशी दी और फिर मुन्नालाल की फटफटिया लखनऊ मेडिकल कॉलेज के पोस्टमॉर्टम हाउस की तरफ बढ़ गई। वहां पहुंच कर मुन्नालाल अंदर दाख़िल हुआ। पोस्टमॉर्टम हाउस के अंदर स्ट्रेचर्स पर कई लाशें पड़ी थीं। उनमें से एक लाश राबिया की भी थी। डॉक्टर ने राबिया का पोस्टमॉर्टम कर हाथ से ग्लव्स और चेहरे से मास्क उतारा ही था कि मुन्नालाल को बगल में खड़ा देख

गुस्से में बोला, 'सीसीटीवी न्यूज़ से हैं न आप? आपको पता नहीं कि पोस्टमॉर्टम हाउस के अंदर मीडिया अलाऊड नहीं है?'

मुन्नालाल ने गुज़ारिश की, 'बस सर ये बता दीजिए कि क्या निकला।'

डॉक्टर ने कहा, 'जो पता करना है थाने से पता कीजिएगा।'

मुन्नालाल नहीं माना तो डॉक्टर ने बाहर खड़े सिपाही को आवाज़ लगाई, 'हटाइए न इन सबको यहां से।'

मुन्नालाल फिर भी क्लू की आस में बोलता रहा, पर डॉक्टर ने मुंह घुमा लिया। मुन्नालाल पीछे से आवाज़ लगा कर बोला, 'सर, जब सब हो जाए तो पोस्टमॉर्टम रिपोर्ट की एक कॉपी दे दीजिएगा।'

इसके बाद मुन्नालाल ने सिपाही को पचास का नोट देकर उसके नंबर पर अपने नंबर से मिस कॉल दिया, 'सेव कर लो हमारा नंबर, और याद रखना हमारे रहते तुम्हें किसी ने टच बलिए किया, तो हम उसका नच बलिए करा देंगे। चुप्पे से रिपोर्ट का फ़ोटो खींचकर वाट्सप कर देना।' सिपाही ने पचास का नोट जेब में रखते हुए कहा, 'पूरी कोशिश करेंगे, सर।'

काकोरी थाने पर इंस्पेक्टर अशफ़ाक़ उल्ला बिस्मिल अपनी कुर्सी पर बैठा अख़बार पढ़ रहा था और थाने के पीछे की तरफ से कुछ लोगों के चीख़ने-चिल्लाने की आवाज़ें भी आ रही थीं। हेड कांस्टेबल त्रिपुरारी पांडे, सिपाही रमाकांत और गौतम ज़मीन पर पड़े हुए स्मैकिए सिपाही अंगद यादव के मुंह पर पानी डाल-डाल कर जगाने की कोशिश कर रहे थे। एक तरफ अंगद की बीवी गिरिजा और दो बेटे ज़मीन पर बैठे हुए थे, तो दूसरी तरफ अंगद नशे में बड़बड़ा रहा था *जीला टाप लागे लू, लालीपाप लागे लू, पाप लागे लू*।

अंगद की बीवी बच्चों के सिर पर हाथ रख रोते हुए बोली, 'साहब इ कुछौ नाहीं किए हैं, हम बच्चन की कसम खाय सकित है।'

रमाकांत ने बोला, 'अब ई साले पापी स्मैकिए के लिए तुम बच्चन साहब की कसम काहे खा रही हो? कछु और खाएं का हो तो बताओ!'

अंगद की बीवी ज़ोर से रोने लगी, 'केवल नसा पत्ती मा बरबाद हुई गै हैं साहब। बाकी दुई बच्चन के बाद कौनो काम के नाई बचे हैं।'

हवालात की तरफ से एक सिपाही हांफता हुआ आया, 'सर, एक भी मज़दूर कुछ नहीं बता रहा है, सब कह रहे हैं कि नशे में थे।'

अख़बार पढ़ रहे अशफ़ाक़ ने त्रिपुरारी को अंदर जाने का इशारा किया। त्रिपुरारी सीधे हवालात पहुंचा, जहां चारों मज़दूरों की हालत बता रही थी कि कम से कम एक घंटे से लगातार उनको सूता जा रहा था। तीन सिपाही थके हारे खड़े थे। त्रिपुरारी ने एक मज़दूर को उठाया और बाहर निकाल कर खंभे से चिपका दिया। दो सिपाहियों ने उसके हाथ पकड़ लिए। त्रिपुरारी ने उसे लाठी और पट्टे से जम कर पीटना शुरू किया। मज़दूर चिल्लाने लगा और पिटाई का डॉल्बी डिजिटल साउंड थाने के अंदर फिर गूंजने लगा। इंस्पेक्टर अशफ़ाक़ उल्ला अख़बार रख कर कुर्सी से उठा और अंगद यादव की तरफ इशारा करते हुए बोला, 'इस हरामजादे को होश में लाओ और जब तक इन सबके आकाशवाणी का विविध भारती केंद्र सच्चाई न बके, तब तक सालों को बजाते रहो।'

विकिपीडिया ने जीप स्टार्ट की और अशफ़ाक़ को क़ब्रिस्तान ले गया। क़ब्र खुद चुकी थी और राबिया को दफनाया जा रहा था। चांद खुतरा, नसीम पपीतेवाला, अफ़ज़ल, अबराम और काकोरी के तमाम बाशिंदों के अलावा काकोरी शरीफ़ से जुड़े लोगों की भीड़ मौक़े पर मौजूद थी। बेटी पर ख़ाक डाल रहे तहव्वर का रो-रो कर बुरा हाल था।

अशफ़ाक़ गाड़ी से उतरा और अबराम और अफ़ज़ल को देखता हुआ तहव्वर की तरफ बढ़ गया। तहव्वर के कंधे पर जैसे ही इंस्पेक्टर ने हाथ रखा, तहव्वर ने पलट कर देखा और कंधे से हाथ हटाकर बोला, 'साहब मैं सूफी हूं, किसी को बद्दुआ नहीं दे सकता। काकोरी के एक तरफ काकोरी शरीफ़ जन्नत के मानिंद है और काकोरी के दूसरे छोर पर काकोरी थाना है, जो थाना नहीं दोज़ख है। आपने क़ानून क़ायम रखा होता तो आज मेरी प्यारी बिट्टो की डोली उठती, जनाज़ा नहीं।'

अशफ़ाक़ ने चारों तरफ देखा और मौक़े की नज़ाकत समझते हुए तहव्वर के कंधों पर हाथ रखकर बोला, 'दो दिन में आपका गुनाहगार जेल में होगा तहव्वर साहब।'

तहव्वर बेचारगी से उसे देखते हुए बोला, 'इस बार सौदा मत कीजिएगा साहब।'

अशफ़ाक़ ने तहव्वर को गले लगाया और अबराम को इशारा किया कि वो तहव्वर को संभाले। अबराम और अफ़ज़ल दोनों आगे बढ़े और तहव्वर को लेकर क़ब्रिस्तान से वापस चल दिए। क़ब्रिस्तान में चांद खुतरा और नसीम पपीतेवाला भी खड़े थे। तहव्वर ने उन्हें देखते ही चांद का कॉलर दबोचा और नसीम को घूरने लगा, 'उठा ली लौंडिया! हो गया वलीमा! रूह तो नहीं मानती, पर मेरा अल्लाह कहता है कि तू ख़बीस नहीं हो सकता जो अपनी बहन को ही शैतान के हवाले करके उसका क़त्ल कर दे।'

चांद और नसीम आंखें झुकाए खड़े रहे। अबराम, अफ़ज़ल और इंस्पेक्टर के साथ तक़रीबन सारी भीड़ दोनों को घूरने लगी। अशफ़ाक़ ने तहव्वर को जीप में बैठने को कहा, लेकिन उसने इंकार कर दिया और काकोरी शरीफ़ के एक नुमाइंदे की गाड़ी में बैठ कर चला गया। अशफ़ाक़ उल्ला ने अफ़ज़ल और अबराम को जीप में बैठने को कहा, लेकिन दोनों ने टहलते हुए जाने की बात कहकर अशफ़ाक़ को थाने जाने दिया।

काकोरी की सड़कों पर टहलते हुए घर की ओर बढ़ रहे अफ़ज़ल ने कहा, 'इट्स अन्बिलीवेबल, किसी ने आपकी ज़िंदगी की डोर बेल बजाई, आपने दरवाज़ा खोला और सामने कोई नहीं...ऐसा भी होता है क्या?'

अचानक अबराम ने अफ़ज़ल को अपनी तरफ खींचा और उसके गले लगकर फफक-फफक कर रोने लगा। अफ़ज़ल अबराम के इस रवैये से चौंक गया। अफ़ज़ल ने हमेशा अबराम को एक नॉन सीरियस कैरेक्टर की तरह देखा था—हर बात को हंसी में उड़ा देना, किसी भी बात का ज़्यादा लोड न लेना, अबराम की आदत थी। मां की मौत को लेकर उसे कभी अशफ़ाक़ उल्ला से कोई शिकायत नहीं थी। अफ़ज़ल

और अश्फ़ाक़ उल्ला के कड़वे रिश्ते को भी वो हंसते-हंसते सुलझाने की कोशिश करता था। राबिया तो उसके लिए बस एक टाइमपास थी। अफ़ज़ल ने अबराम को गले लगाए-लगाए, उसका सिर सहलाया तो अबराम एकदम फट पड़ा, 'मुझसे तो कल ही उसने शादी की बात की थी, बट मैंने तो यही सोचा था कि चांद और नसीम पपीते से परेशान है इसलिए थोड़ा चार्ज्ड-अप है, कुछ दिनों में सब सेटल हो जाएगा। लेकिन राबिया का रेप एंड मर्डर, दिस इज़ वैरी हॉरिफिक फॉर मी।'

अबराम को अलग कर अफ़ज़ल ने सामने खड़ा किया और दोनों हथेलियों से उसके आंसू पोंछने लगा। उसने अबराम को समझाने की बहुत कोशिश की, लेकिन अबराम बस रोए जा रहा था। अबराम को फिर गले लगा कर अफ़ज़ल बोला, 'कल ही नंबर लिया था उसने, मैंने तो उसका नंबर सेव भी नहीं किया था। रात की आठ-दस मिस्ड कॉल पड़ी हैं। ट्रू कॉलर ने राबिया बसर नाम बताया। क्यों कॉल किया होगा उसने? कुछ तो कहना चाहती होगी वो।'

रोते-रोते अबराम ने भी अपना मोबाइल जेब से निकाल कर दिखाया, 'मुझे भी दो कॉल किए पर मैं सोता रहा। मैं तो रिंगर ऑन ही रखता हूं, बेचारी तड़प रही होगी, फ़ोन मिलाकर मुझसे मदद मांग रही होगी। जिसके अब्बू ने मुझे सब दिया, वक़्त आने पर, उस राबिया तक मैं पहुंच भी नहीं पाया। शायद वो बच जाती। वो तो इसी उम्मीद में होगी, कि अबराम उसे बचा लेगा, पर मैंने फ़ोन ही नहीं उठाया।'

अफ़ज़ल ने मोबाइल खोला, 'सच में बहुत मजबूर होगी, वर्ना रात में दो बजे कौन फ़ोन करता है, यार।'

अबराम बोला, 'मेरे फ़ोन पर भी दो बजे के आसपास ही आई थीं कॉल्स। आई एम सो सॉरी राबिया...।'

नाक से बहते नज़्ले को पोंछते हुए अबराम अफ़ज़ल से बोला, 'गुरू, पंडित जी को बता देते हैं।'

अफ़ज़ल ने मना कर दिया, 'जब कोई पूछेगा तो बता देंगे, अभी क्यों बताना।'

अबराम चीख़ते हुए बोला, 'नहीं गुरू, मैं ज़रूर बताऊंगा। राबिया का रेप हुआ है, गले में पेचकस घुसा कर बेरहमी से उसका क़त्ल किया गया है। मैं सच में सीरियस नहीं था, लेकिन मुझे आज क्यों लग रहा है, दैट आई एम मिसिंग समथिंग।'

अफ़ज़ल बोला, 'देख अबराम, तेरे लिए वो टाइमपास थी और तू उसके लिए एक ऑप्शन, बस। मुझे भी सिचुएशनल मिसिंग फीलिंग है, शायद इसलिए कि हम कल ही मिले थे। एक पल का अहसास और दूसरे पल जैसे कुछ भी न हो, तू फिक्र न कर। वक़्त आने पर हम ख़ाँ साहब को बता देंगे कि उसने हम दोनों को कॉल किया था। अभी कोई हड़बड़ी करने की ज़रूरत नहीं है।'

'कुछ भी हो गुरू, लेकिन उसके साथ जिसने ये किया उसका चेहरा ज़रूर सामने आना चाहिए।' ख़ुद पर काबू करते हुए, अबराम ने अफ़ज़ल से कहा।

दोनों भाई घर पहुंचे तो अबराम आराम करने लेट गया और अफ़ज़ल अपना लैपटॉप और फ़ाइलें लेकर फिर से पुलिस क्वार्टर की छत पर चला गया।

काकोरी थाने पर अंगद यादव का नशा अब उतर चुका था। उसे समझ नहीं आ रहा था कि आख़िर कल रात से लेकर आज तक हुआ क्या है। सारे सिपाही उसे घेरे खड़े थे। बीवी बच्चों को सामने देख कर उसने नज़र झुका ली। सामने कुर्सी पर बैठे अश्फ़ाक़ ने गुर्रा कर लेकिन धीरे से पूछा, 'का चूतियापा किए हो अंगद? नशे के साथ छिनरपन का शौक भी था तो मजा ले लेते, मार काहे दिए?'

अंगद गिड़गिड़ाया, 'साहब पता नहीं कइसे हो गया, कुच्छौ याद नहीं।'

तभी सिपाही रमाकांत ने अंगद यादव की शर्ट के अंदर हाथ डाला और छाती से एक बाल तोड़ कर ज़िपर बैग में रख लिया। फिर नेल कटर निकाल कर उसके नाख़ून काटने लगा। अंगद उठा और दौड़ कर अपने

बच्चों से लिपट गया, 'साहब ग़लती हो गई है, पर पता नहीं सर हम का किए हैं, बहुत धुंधला सा याद है, सर।'

अश्फ़ाक़ ने इशारा किया और दो सिपाही उसकी पत्नी और बच्चों को बाहर ले जाने लगे तो गिरिजा ने दौड़ कर अश्फ़ाक़ के पैर पकड़ लिए और चिल्लाने लगी, 'साहब, इ नसेड़ी तो कुच्छौ नहीं छोड़िस है, पर आप बताओ केत्ता पइसा लागी एका छोड़ैं मा?'

अश्फ़ाक़ ने ताली बजाते हुए ठहाका लगाया, 'अरे पहले इंवेस्टिगेशन तो हो जाने दे, देखें तो कौन-कौन सी धाराओं में क्राइम किया है मेरे रमन राघव ने, फिर कुछ कम ज़्यादा करके हिसाब-किताब कर लेंगे।'

गिरिजा ने हाथ जोड़े और बच्चों को लेकर बाहर जाने लगी। एक बार पलट कर उसने अंगद की तरफ देखा। अंगद ने गिरिजा को देख कर हाथ जोड़ लिए। गिरिजा ने फिर अश्फ़ाक़ की तरफ देखा, अपने आंसू पोंछे और हाथ जोड़ कर चली गई।

पूछताछ का सिलसिला फिर शुरू हुआ। पिटाई से बेहाल मज़दूरों को भी अश्फ़ाक़ उल्ला के सामने लाया गया। अश्फ़ाक़ ने सीधे सवाल दागा, 'क्या किए थे अंगद? सस्पेंस मत बनाओ, सीधे-सीधे सच बताओ।'

अंगद यादव हाथ जोड़ते हुए बोला, 'साहब वो अक्सर आती थी, आम के बाग वाले कमरे में। हम उसके लिए मज़दूरों को डांट फटकार कर कमरा भी खाली करवा देते थे, पर साली सबको देती थी, बस हमको फुसलाती रहती थी। मेरा उसका फिक्स था कि हमारी नाइट ड्यूटी में वो बाग में खुलकर धंधा करे, हमें कोई पइसा नहीं चाहिए था, बस दो-चार हफ्ते में एक बार हमको भी दे दे...दो-तीन बार दिहीस भी हमको, लेकिन कनेक्शन लूज रह गया साहब। इस बार हम सोच लिए थे, पटक-पटक कर पेल डालेंगे साली को, बस साहब यही ग़लती हुई।'

अश्फ़ाक़ ने टोका, 'मतलब तुम सांड़ हो गए, और जोश-जोश में मार भी डाले!'

अंगद गिड़गिड़ाया, 'ग़लती हो गई साहब।'

अशफ़ाक़ कुर्सी से उठा और अंगद का कॉलर पकड़ कर चिल्लाया, 'ग़लती हो गई! ग़लती तुम्हारी, साला भुगतें हम! तुमको एक टीचर ही मिली थी पेचकस पेलने को?'

अंगद चौंका, 'टीचर! कउन टीचर? रंडी थी, साली छिनार एक नंबर की।'

अशफ़ाक़ ने उसे ज़ोरदार तमाचा जड़ा, 'अबे छिनार थी, तो तुम मार डालोगे उसको? जब से तैनाती पाए हो हमारे थाने में, स्मैक के चक्कर में तुम्हारी नौकरी बचा रहा हूं, तुम हमारी ही नौकरी चाटने में लग गए? साला उसका बाप सबके सामने गरिया रहा था क़ब्रिस्तान में हमको, लौंडों के सामने घोर इंसल्ट हो गई हमारी।'

अंगद ने सवालिया नज़र से त्रिपुरारी की तरफ देखा।

त्रिपुरारी बोला, 'अबे राबिया का बाप, जिसकी बिटिया टपका दिए तुम!'

अंगद भौचक्का रह गया, 'कउन राबिया?'

अशफ़ाक़ ग़ुस्से से पागल हो गया और उसने अंगद को जूतों से मारना शुरू कर दिया।

अंगद दर्द से कराहने लगा, 'साहब राबिया नहीं, वो तो अनारकली थी। साहब एक बार सुन लीजिए, हम सच में नहीं जानते कि राबिया कउन है। वो नौटंकी वाली अनारकली अक्सर बाग में ग्राहकों के साथ आती थी, उसी का कांड किए हैं हम।'

अशफ़ाक़ थोड़ा सा सोच में पड़ गया तो रमाकांत सिपाही बीच में बोला, 'साहब वही जो ठेकेदार आया था न दो महीने पहले, थाने से नौटंकी की परमीसन लेने, वही नौटंकी। उसी नौटंकी में अनारकली काम करती है।'

त्रिपुरारी ने अशफ़ाक़ और सभी सिपाहियों को इशारा किया। उसने अंगद को पानी पिलाया और प्यार से पूछना शुरू किया। अंगद ने उस रात का किस्सा सुनाना शुरू किया, 'साहब घटाटोप अंधेरा था, हम कस कर दो-तीन राउंड फूंक चुके थे, ये सब भी हमारे साथ नाच गा रहे थे, तभी अनारकली आ गई। थोड़ी देर बाद उसका ग्राहक लौट गया। फिर

हम गए तो अनारकली लेटी थी। झीनी-झीनी बारिश में एकदम भीगी हुई थी, साहब। हम उसका एक-एक कपड़ा उतार दिए। हमारा हार्स पावर एकदम हाई था, हम मिसाइल दाग दिए।'

पूरा थाना अंगद यादव की कहानी चुपचाप सुन रहा था।

'हां साहब, उसका जोस तो गजबै था! उस दिन, वो कोई पैनी चीज हाथ में पकड़े थी और हमारी पीठ पर गोद रही थी। बहुत लग रहा था। हम उसके हाथ से छीन लिए। हम ठंडे पड़े और उठ गए, पर वो लेटी रही। आगे बढ़े तो मोटरसाइकिल की बत्ती जल रही थी, तब हम देखे कि जिसे हम पानी में भीगा बदन समझ रहे थे, वो तो ख़ून था। हम घबरा कर उसके पास गए तब तक वो मर चुकी थी। हम लौटे और आग में पूरा वर्दी जला दिए, काहे से कि वर्दी एकदम ख़ून में रंग चुकी थी। उसी आग में हम वो पेचकस भी फेंक दिए जिससे वो हमको गोद रही थी। हम अंधेरे में ही जांघिया, बनियान पहिने घर पहुंचे और फिर फूंक कर सो गए। और सवेरे नसा उतरा, तो देखा हम आपके सामने लेटे हैं।'

अश्फ़ाक़ का दिमाग़ सुन्न हो गया, 'साला! क्या दो-दो कांड हो गए एकै रात में, एकै जगह पर, एकै तरीके से? रमाकांत दौड़ के नौटंकी पहुंच और पता कर ज़रा ये अनारकली कहां है, क्या वो भी टपक गई?'

रमाकांत विकिपीडिया के साथ जीप से चल दिया। नौटंकी मैदान पर बहुत सारे टेंट लगे थे। इन्हीं में नौटंकी वाले रहते थे। रमाकांत ने एक टेंट खोला तो दो-तीन लड़कियां कपड़े बदल रही थीं। रमाकांत को देख कर लड़कियां ज़ोर से हंसने लगीं।

रमाकांत ने पूछा, 'अनारकली का टेंट कौन सा है?'

एक लड़की टेंट से सिर्फ ब्लाउज़ और पेटीकोट में बाहर आकर बोली, 'अरे कभी मधुबाला को भी ट्राई करके देखो, मेरे सलीम सिपय्या!'

रमाकांत ने फिर पूछा, 'अनारकली का टेंट कौन सा है?'

लड़की फिर ज़ोर से हंसने लगी, 'जाओ, जिल्ले इलाही से पूछ लो!'

रमाकांत को ग़ुस्सा आ गया। तब तक नौटंकी का ठेकेदार पहुंच गया, 'सर हमको बताइए क्या ढूंढ़ रहे हैं खानाबदोशों के तम्बुओं में?'

रमाकांत ने सीधे पूछा, 'अनारकली कहां है?'

ठेकेदार बोला, 'कल रात की गई है, अभी तक लौटी नहीं साहब।'

'कहां गई है? किसके साथ गई है?' रमाकांत ने सवाल किया।

ठेकेदार ने जानकारी दी, 'साहब रात क़रीब सवा एक बजा होगा, कोई मोटरसाइकिल से आया था, उसी के साथ गई है।'

रमाकांत तम्बुओं की तलाशी लेने लगा। ठेकेदार ने रमाकांत को समझाया, 'सर यही वाला टेंट है अनारकली का। कह गई थी कि सुबह तक आ जाएगी, पर आई नहीं।'

विकिपीडिया ने पूछा, 'कोई जगह बता गई थी? किसके साथ गई है, ये बताया?'

ठेकेदार ने ना में सिर हिला दिया, 'अक्सर जाती रहती है साहब। मैं अपने टेंट में ही था, बाहर से बोली कि लखनऊ रोड तक जा रही है।'

रमाकांत ने सवाल किया, 'फ़ोन मिलाया उसको?'

ठेकेदार बोला, 'हां सर कई बार मिलाया, स्विच ऑफ़ है।'

विकिपीडिया ने गाड़ी की तरफ चलते हुए कहा, 'ठीक है, नंबर दो उसका, और जैसे ही लौटे, बोलना साहब ने फ़ौरन थाने बुलाया है।'

ठेकेदार ने रमाकांत को अपना और अनारकली का नंबर नोट कराया, फिर खींसे निकाल कर बोला, 'जी ज़रूर बोल दूंगा, सर कोई ख़ास बात?'

रमाकांत ने धीरे से कहा, 'मर्डर का मामला है।'

ठेकेदार सन्न रह गया। दोनों सिपाही वापस थाने की तरफ चल दिए।

अगले दिन दोपहर का क़रीब एक बजा था। थाने में राबिया बसर के अब्बू तहव्वर ख़ाँ इंस्पेक्टर साहब के साथ बैठे थे। साथ में अबराम और अफ़ज़ल भी मौजूद थे। तहव्वर से अश्फ़ाक़ उल्ला बिस्मिल ने एक

तहरीर ली, लेकिन अंगद यादव के सामने बैठे होने के बावजूद तहव्वर ने तहरीर में किसी का नाम नहीं दर्ज कराया। अश्फ़ाक़ ने तहरीर पर दस्तख़त कराने के बाद तहव्वर से यह जानना चाहा कि क्या उन्हें ज़रा सा भी अंदाज़ा है कि राबिया इतनी रात में आम के बाग में गई क्यों होगी। तहव्वर ने सिर्फ इतना बताया कि उसे नहीं मालूम कि राबिया कब घर से निकली, किसके साथ गई, कहां गई। रोज़ की तरह वो खाना खाकर सो गए थे, लेकिन रात में वो कहीं चली गई, इसका इल्म तो ख़बर देखने के बाद ही हुआ। अश्फ़ाक़ ने तहव्वर को भरोसा दिलाया कि मामला जल्द ही सुलझ जाएगा, सिपाही अंगद यादव ने क़ुबूल कर लिया है कि वो उस रात वहां ड्यूटी पर था। वर्दी और वो पेचकस जिससे राबिया का क़त्ल हुआ, दोनों इसने ही जलाए हैं। बस पोस्टमॉर्टम और फॉरेंसिक रिपोर्ट आने के बाद सबकुछ साफ़ हो जाएगा। अश्फ़ाक़ ने तहव्वर को ये भी बताया कि बस एक ही बात अटक रही है कि अंगद बोल रहा है कि ये राबिया को जानता तक नहीं। जिस लड़की के साथ इसने रेप किया और जिस लड़की का क़त्ल हुआ, वो नौटंकी में काम करने वाली अनारकली थी न कि राबिया।

तहव्वर और अश्फ़ाक़ की इस बातचीत के बीच में विकिपीडिया बोला, 'सर अनारकली कल रात क़रीब एक बजे से लापता है। वो लखनऊ रोड कहकर किसी के साथ मोटरसाइकिल से निकली थी, लेकिन अभी तक लौटी नहीं है और अनारकली का फ़ोन भी स्विच ऑफ़ है।'

'मतलब वो भी लापता है...तो वो कौन है जो मोटरसाइकिल पर आया था? किसकी है मोटरसाइकिल? हम बोले थे कि इंजन और चेचिस नंबर से पता करो, कुछ पता चला?' अश्फ़ाक़ परेशान होकर बोला।

त्रिपुरारी ने तुरंत एक सिपाही को फ़ोन किया जिसे उसने पता लगाने के लिए आरटीओ ऑफिस भेजा था।

सिपाही ने जवाब दिया, 'सर आरटीओ वाले इंप्रेसन ले रहे हैं, कहे हैं कि रजिस्ट्रेशन नंबर होता तो तुरंत बता देते, तमाम रजिस्टर देखने पड़ेंगे। इसलिए आज तो नहीं, लेकिन कल तक ज़रूर बता देंगे।'

त्रिपुरारी ने डपटते हुए कहा, 'बोलो मर्डर का मामला है, जल्दी करें।'

त्रिपुरारी ने फ़ोन रख कर कहा, 'सर कल तक ही पता लगेगा, थोड़ा टेढ़ा काम है, पर हो जाएगा।'

अश्फ़ाक़ उल्ला बिस्मिल ने तहव्वर के हाथ पर हाथ रख कर कहा, 'आप फिक्र न करें, कोई बचेगा नहीं। अगर हमारा पुलिस वाला भी गुनाहगार होगा तो उसे भी हम सीधे जेल भेजेंगे।'

तहव्वर बोला, 'आप अपनी तफ़्तीश कर लीजिए, कोई बेगुनाह सज़ा न पाए।' इतना कहकर तहव्वर अफ़ज़ल और अबराम के साथ बाहर खड़ी उर्स कमेटी की एक गाड़ी से चला गया।

इंस्पेक्टर ने फ़ौरन जीप निकालने के लिए कहा। विकिपीडिया और त्रिपुरारी पांडे दौड़ कर बाहर आए। जीप पर बैठ कर तीनों लखनऊ मेडिकल कॉलेज की तरफ निकल पड़े।

काकोरी शरीफ़ पर तहव्वर को उतार कर अबराम और अफ़ज़ल पैदल घर की तरफ चल दिए। ख़ामोशी तोड़ते हुए अफ़ज़ल बोला, 'तू ठीक है न अब? सोच रहा हूं एक दिन के लिए लखनऊ हो आऊं, फिर सहारनपुर भी जाना है। कुछ डिटेल्स लेनी हैं।'

'अभी तो दो-तीन हफ्ते हैं न तेरे पास?' अबराम ने पूछा।

अफ़ज़ल बोला, 'दोनों जगहों पर प्रोजेक्ट का ही काम है, लेकिन उससे ज़रूरी प्रोजेक्ट ये है कि तू एकदम पहले जैसा हो जा—एकदम नॉन सीरियस, मलंग और अपने स्टैंड अप कॉमेडियन स्टाइल में।'

अफ़ज़ल की बात सुनते ही धीरे से अपने स्टाइल में आकर, अबराम ने अफ़ज़ल का हाथ पकड़ा और पूछा, 'यार, क्या प्रोजेक्ट है तेरा?'

अफ़ज़ल मुस्कुराया, 'हो जाने दे, वक़्त आने पर सब बता दूंगा।'

अबराम बोला, 'तू बता न बता, मैंने तेरी फ़ाइलें और लैपटॉप में सब देख लिया है। पता नहीं क्या-क्या कोड लैंग्वेज में लिखा है तूने।'

अफ़ज़ल चौंका, 'कब देखा? और क्या ज़रूरत थी?'

अबराम हंसा, 'अरे, उस रात तू सो गया था, तेरा लैपटॉप ऑन था, बस बढ़ा ली अपनी नॉलेज। पर सच में कुछ समझ में नहीं आया।'

अफ़ज़ल ने ठंडी सांस ली, 'होटल मैनेजमेंट नहीं है, प्लेनेटरी साइंस है...सब कोड में ही रहता है, पाई-फाई-साई टाइप्स। पर आगे से मत देखना।'

अबराम ने अपनी थ्योरी ऑफ़ लाइफ़ समझाते हुए कहा, 'यार, अपना तो खुल्ला खेल फर्रुखाबादी है...खुलेआम, सरेआम। जो पंडित जी ने फॉर्मूला दिया उसी पर जीते हैं—खुलकर खेलो, छुप कर क्या खेलना! बड़ी नौकरी छोड़ी, होटल के दोस्त ने नसीम पपीते का पता दिया, नसीम ने चांद से मिलाया और चांद ने तहव्वर चाचा से...बस हो गया अपना *बड्स एंड ब्लास्ट* काकोरी कबाब, वो भी असली वाला!'

अफ़ज़ल बोला, 'देख यार मेरा नेचर ऑफ़ वर्क ही ऐसा है कि किसी से कुछ शेयर नहीं कर सकता, सो प्लीज़ लेट मी मेंटेन माय सीक्रेसी...और प्लीज़ अब दोबारा कभी मेरी चीज़ें मत खंगालना।'

अफ़ज़ल की बात पर चेहरा लटकाने के बजाय अबराम ने ठहाका मारा, 'ओह्हो इतना सीरियस, अभी तो मुझको समझा रहा था कि नॉन सीरियस हो जा, देख मैंने कंट्रोल किया न! अब तो ज़रूर देखूंगा तेरा लैपटाप, चाहे कितना भी रोक ले।'

'आई एम सीरियस एंड आई मीन इट, गुरू!' अफ़ज़ल गंभीर होकर बोला।

माहौल थोड़ा सा हल्का हुआ। अबराम ने अफ़ज़ल को भरोसा दिलाया कि वो अब कभी ऐसा नहीं करेगा। दोनों बातें करते हुए घर की तरफ चल दिए।

मेडिकल कॉलेज में इंस्पेक्टर अश्फ़ाक़ उल्ला बिस्मिल डॉक्टरों के साथ बैठा था। डीजीपी से लेकर एसएसपी तक का ज़बरदस्त दबाव था उस पर, इसलिए उसे जल्द से जल्द पोस्टमॉर्टम और फॉरेंसिक रिपोर्ट हासिल करनी थी। अश्फ़ाक़ सोच रहा था कि जब अंगद यादव ने सारी बात

क़ुबूल कर ही ली है तो जल्द से जल्द केस की जांच पड़ताल ख़त्म होनी चाहिए। फॉरेंसिक एक्सपर्ट डॉक्टर सिन्हा ने अश्फ़ाक़ से एक दिन का वक़्त मांगते हुए कहा, 'मिस्टर अश्फ़ाक़, अंगद यादव के बाल और नाख़ूनों के सैंपल हमें मिल गए हैं, राबिया बसर के सैंपल हमारे पास हैं हीं, बस दोनों मैच कर गए तो समझ लीजिए आपका केस सॉल्व।'

अश्फ़ाक़ ने फिक्र दिखाते हुए पूछा, 'वो मोबाइल का क्या हुआ?'

डॉक्टर सिन्हा ने हौसला बढ़ाया, 'आप फिक्र मत करो इंस्पेक्टर, हमने मोबाइल डाटा रिकवर करने के लिए सॉफ्टवेयर इंजीनियर को भेजा है। आ जाएगा जल्दी, मामला सेंसिटिव है, कोई हड़बड़ी ठीक नहीं है।'

अश्फ़ाक़ ने पोस्टमॉर्टम करने वाले डॉक्टर रमेश कटियार से पूछा, 'आपकी रिपोर्ट कब तक पूरी हो जाएगी डॉक्टर साहब?'

डॉक्टर कटियार ने बताया, 'बस दस मिनट में पूरी हो जाएगी, अपने साथ ही लेते जाइएगा। केस सॉल्व है आपका।'

इसी बीच एसएसपी का फ़ोन आया। अश्फ़ाक़ ने फ़ोन उठाया, 'जय हिंद सर! पोस्टमॉर्टम रिपोर्ट दस मिनट में मिल जाएगी। सात-आठ घंटे में फॉरेंसिक रिपोर्ट भी आ रही है। अंगद और मज़दूरों को हमने कस्टडी में ले लिया है, अंगद ने सबकुछ क़ुबूल भी कर लिया है, बस रिपोर्ट्स लगा कर जेल भेज देंगे सर, बाकी कुछ है नहीं केस में...नशे में लड़की का रेप और फिर क़त्ल कर दिया गया है।'

एसएसपी ने पूछा, 'तो ये अनारकली का क्या एंगल है?'

अश्फ़ाक़ ने जवाब दिया, 'कुछ नहीं सर, झूठ बोल रहा है साला।'

एसएसपी ने ग़ुस्से में पूछा, 'तो अनारकली मिसिंग क्यों है?'

अश्फ़ाक़ बोला, 'आ जाएगी सर, किसी कस्टमर के साथ होगी। इनका तो धंधा आप समझते ही हैं, मोबाइल ऑफ़ है उसका।'

एसएसपी तेवर दिखाते हुए बोला, 'केस को जल्दी सॉल्व करो, और हां, मीडिया मैनेज रखना, ओके?'

अश्फ़ाक़ ने गहरी सांस लेकर फ़ोन रखा। एक सबॉर्डिनेट पोस्टमॉर्टम रिपोर्ट लेकर अंदर आया। डॉक्टर कटियार ने रिपोर्ट ली और

पढ़ना शुरू किया, 'रात दो से ढाई के बीच में डेथ हुई है। लड़की की वेजाइना में सीमेन मिला है। शार्प वूंड है ट्रैकिया में, मतलब सांस की नली में कोई पैनी चीज़ घोंप कर मारा गया है। मुंह और नाक के अलावा वूंड से एक्सेस ब्लीडिंग हुई है। ब्रेस्ट और बॉडी के कई पार्ट्स पर गहरी खरोंचों के निशान हैं। जिसने भी किया है, इट्स ए वैरी फोर्सफुल एक्ट!'

अश्फ़ाक़ बुदबुदाया, 'साला जानवर हो गया नशे और फ्रस्ट्रेशन में।'

डॉक्टर कटियार बोले, 'हां, सेक्सुअली इंकॉम्पिटेंट लोग ऐसे ही पेश आते हैं, उनके अंदर किसी को हरा देने का बिहेवियर काम करता है। ऐसे कई केसेस हैं। ऐसे लोग इरादतन नहीं, बल्कि ख़ुद को मर्द साबित करने के लिए क़त्ल तक कर देते हैं। इससे इनको सेक्सुअल सैटिस्फेक्शन मिलता है। लड़की ने शायद ख़ुद पैनी चीज़ गले से निकाली और अटैक से रिकवर करने के लिए आदमी पर वार किए होंगे।'

अश्फ़ाक़ उठा और रिपोर्ट हाथ में लेकर बोला, 'सबकुछ तो मैच करता है, बस सिन्हा साहब फॉरेंसिक रिपोर्ट थोड़ा जल्दी दे दीजिए। देख तो रहे हैं आप, केस प्रोग्रेस को लेकर फ़ोन पर फ़ोन आ रहे हैं।'

त्रिपुरारी और विकिपीडिया के साथ अश्फ़ाक थाने की ओर चल दिया। उसके चेहरे पर चिंता साफ़ दिख रही थी, 'यार बड़ी डबल मिस्ट्री टाइप है...ये अनारकली का सस्पेंस नहीं खुला तो बहुत बखेड़ा हो जाएगा। अइसा तो नहीं कि अनारकली को कोई और लाया हो, और राबिया बसर किसी दूसरे चक्कर में वहां गई हो और साला अंगद यादव अनारकली समझ कर राबिया का रेप किया हो और फिर मारे जोश में मर्डर कर दिया हो?'

त्रिपुरारी बोला, 'सर ऐसा तो नहीं कि अनारकली का भी मर्डर हुआ हो और हमको सिर्फ एक लाश मिली हो, और दूसरी कीचड़ या किसी बरसाती गड्ढे में दबी हो?'

त्रिपुरारी ने बाग में तैनात सिपाहियों को फ़ोन मिलाया तो पता चला कि बाग में अच्छे से कीचड़ साफ़ किया गया, पर कुछ नहीं मिला। त्रिपुरारी बोला, 'सर वहां तो सब निल है, अब एक बात ज़रूरी है कि

अनारकली या अनारकली की बॉडी मिलने से पहले ये पता लगाया जाए कि मोटरसाइकिल कहां से आई और किसकी है, तभी इस कांड का गुप्त कालीन रहस्य समझ में आएगा!'

थाने पर जीप रुकते ही अशफ़ाक़ ने देखा कि जो मोटरसाइकिल बाग से बरामद हुई थी वो थाने में खड़ी है, 'अरे क्या हुआ गाड़ी नंबर का कुछ पता लगा आरटीओ से या नहीं?'

आरटीओ से लौटे दोनों सिपाहियों में से एक बोला, 'साहब चेचिस नंबर और इंजन नंबर देखने में बहुत सारा रजिस्टर पलटना पड़ रहा है।'

'चूतिया हो क्या बे! अब सब कंप्यूटराइज़ है,' अशफ़ाक़ झल्लाकर बोला।

विकिपीडिया बोला, 'सर अब तो नंबर डालिए और सब सामने आ जाता है। नंबर नहीं तो चेचिस, इंजन नंबर डाल कर भी सब पता लग जाएगा। पर बिना पैसा कोई काम कहां करता है!'

अशफ़ाक़ ने विकिपीडिया को घूरा, 'अबे तुम जाओ, ये साले सब गधा शिरोमणि हैं। पैसा देकर निकलवाओ। ध्यान रखना, खाली हाथ मत लौटना, बस बता दे रहे हैं।'

विकिपीडिया एक सिपाही को लेकर निकल लिया। अशफ़ाक़ ने आवाज़ लगाई, 'अंगद को बाहर लाओ।'

दो सिपाही अंगद को पकड़ कर बाहर लाए। अशफ़ाक़ ने अंगद को पास बुलाया और मोटरसाइकिल को ध्यान से देखने को कहा। अंगद ने मोटरसाइकिल देखी, 'साहब क्या यही मोटरसाइकिल थी उस रात को?'

अशफ़ाक़ चिड़चिड़ाया, 'लौंडिया अंधेरे में भी दिख गई, मोटरसाइकिल नहीं पहचान पा रहे हो? बाग में ग्राहक अक्सर आते थे न अनारकली के साथ, तो बताओ किस कस्टमर की गाड़ी है? याद करो।'

अंगद ने फिर से मोटरसाइकिल को देखना शुरू किया। उसकी नज़र टूटी हुई टेल लाइट पर गई। पेट्रोल टंकी के ढक्कन को हाथ से पकड़ कर पूछा, 'त्रिपुरारी भैया इसका चाबी कहां है?'

त्रिपुरारी के इशारे पर सिपाही ने जेब से चाबी निकाली। अंगद ने सिपाही से टंकी का ढक्कन खोलने को कहा। सिपाही ने चाबी से कई बार कोशिश की। टंकी के लॉक में चाबी घुसी तो, लेकिन न इधर हुई न उधर। अंगद ने बताया कि चाबी घूमेगी ही नहीं, क्योंकि ढक्कन लॉक होता ही नहीं। ढक्कन केवल घुमाने से खुल जाता है।

अशफ़ाक़ ने सारा तमाशा देख कर पूछा, 'बताना क्या चाहते हो बे?'

अंगद ने कहा, 'साहब ये मोटरसाइकिल हम ही थाने से चुराए थे।'

अशफ़ाक़ तिलमिला गया, 'मोटरसाइकिल चुराए थे? कब चुराए थे, साले?' उसे अचानक याद आया, 'अरे हां, उस दिन हिसाब में मोटरसाइकिल भी लापता थी, न! ज़रा लाओ तो रजिस्टर और देखो कब से ये सब चोरी चल रही है थाने में? और अंगद, तुम बताओ इतना श्योर कैसे हो कि ये वही मोटरसाइकिल है? बस टंकी और चाबी से?'

रमाकांत दौड़ कर हिसाब का रजिस्टर लेने अंदर चला गया।

अंगद ने कहा, 'हां सर, टंकी का चाबी नहीं घूमता, आप चाहो तो एक बार सीट भी उखाड़ कर देख लो, आपको पक्का हो जाएगा सब।'

त्रिपुरारी ने सीट उखड़वाई। सीट उखाड़ते ही सबकी आंखें खुली की खुली रह गईं। सीट के नीचे से स्मैक की चार पुड़िया निकलीं। त्रिपुरारी ने पुड़िया अशफ़ाक़ को दिखाईं, 'सर, सही बोल रहा है। साले ड्रगिस्ट का माल भी इसी में छुपा हुआ रखा है।'

इसी बीच रमाकांत भी हिसाब का रजिस्टर लेकर आया, 'सर ये एक्सीडेंट वाली गाड़ी है। चार साल पहले दरगाह रोड पर ट्रक ने एक आदमी को कुचल दिया था, उसी वाले मुकदमे की गाड़ी है।'

'किसके नाम पर है गाड़ी?' अशफ़ाक़ ने पूछा।

रमाकांत बोला, 'साहब किशोरी लाल गुप्ता के नाम पर रजिस्टर्ड है। अयोध्या का नंबर है। पटाखा कारोबारी था, पटाखा लेने आता था यहां। एक्सीडेंट में मौक़े पर ही मर गया था। ट्रक भी ज़ब्त कर लिया था, वो देखिए थाने में ही ट्रक खड़ा है, मुकदमा सुलटा नहीं है अभी तक।'

अंगद अश्फ़ाक़ से बोला, 'साहब हम ही सामान चुरा कर बेचते थे।'

अश्फ़ाक़ ने तेज़ी से आकर उसे एक ज़ोरदार तमाचा मारा, 'लाओ तो लाठी, साला सब प्रूव हो गया। इसी का मोटरसाइकिल, इसी ने रेप किया और इसी हरामी ने साला बेवजह एक लड़की को मार डाला।'

अंगद रोने लगा, 'साहब हम नसे में पता नहीं काहे मार दिए उसे, लेकिन हम अनारकली को मारे होंगे, राबिया को तो पक्का नहीं मारे।'

अश्फ़ाक़ ने अंगद पर लाठी बजाना शुरू कर दिया। वो बिलखने लगा, 'साहब हम सब बताए हैं आपको, कुछ नहीं छुपाए।'

अश्फ़ाक़ चिल्लाया, 'अब बचा क्या है छुपाने को!'

अंगद फिर बोला, 'सर हम पंद्रह-बीस दिन पहले चुराए थे मोटरसाइकिल और पन्ना कबाड़ी के यहां बेच दिए थे। आज गाड़ी देखे तो याद आया कि हम तो खुदै चार पुड़िया माल गद्दी के नीचे छुपाए थे। हम चोरी का सारा माल पन्ना को ही बेचते हैं सर।'

त्रिपुरारी अश्फ़ाक़ से बोला, 'आप छोड़ो सर, ये हर बार एक नया एंगल पेल रहा है। कभी अनारकली, कभी पन्ना कबाड़ी, ये साला हम सबको घुमा रहा है।'

थाने में अंगद की पिटाई चल ही रही थी कि अचानक मेडिकल कॉलेज की जीप आकर रुकी। गाड़ी से डॉक्टर कटियार और डॉक्टर सिन्हा उतरे। डॉक्टर कटियार ने अश्फ़ाक़ से अंदर चलने को कहा। अश्फ़ाक़ ने अंदर जाते-जाते त्रिपुरारी को अंगद को उसी हवालात में बंद करने का हुक्म दिया जहां मज़दूर भी क़ैद थे। इसी बीच आरटीओ से लौटकर आए विकिपीडिया ने बताया कि एक दिन बाद ही नंबर निकल पाएगा।

अंदर आकर डॉक्टर कटियार फ़ाइल से रिपोर्ट निकाल कर बोले, 'स्वैब स्लाइड की टेस्ट रिपोर्ट से साफ़ है कि राबिया के वेजाइना में अंगद यादव का सीमेन है। राबिया के नेल्स में अंगद की स्किन और ब्लड है और अंगद के नाख़ूनों में राबिया के ही स्किन और ब्लड पार्टिकल मिले

हैं। सब मैच हो गया है, एक मैनिऐक की तरह अंगद ने राबिया का रेप किया और फिर ब्रूटली उसे मार डाला।'

अश्फ़ाक़ ने चैन की सांस ली कि सारा मामला सुलझ गया। उसने त्रिपुरारी से कहा कि मुन्नालाल पत्रकार को फ़ोन करे और बाकी मीडिया वालों को भी कल सुबह बुला ले। अश्फ़ाक़ ने दोनों डॉक्टर्स से भी प्रेस कॉन्फ्रेंस में मौजूद रहने को कहा और सीधे डीजीपी को फ़ोन लगाया, 'जय हिंद, सर! सब मैच हो गया है सर, पोस्टमॉर्टम रिपोर्ट, फॉरेंसिक रिपोर्ट, मोटरसाइकिल—सब सॉल्व हो गया है। अंगद यादव ही निकला सर। कल प्रेस बुला ली है सर, आप ही आकर मीडिया बंधुओं को संबोधित कर दें, तो और अच्छा रहेगा।'

डीजीपी ने कहा, 'नहीं अश्फ़ाक़, मेरे आने से खामखां केस का प्रोफ़ाइल बड़ा हो जाएगा। तुमने केस खोल ही दिया है, छोटा सा मामला है, हैंडिल कर लो। एसएसपी को बता देना, भूलना मत।'

डीजीपी से बात करने के बाद अश्फ़ाक़ ने एसएसपी को फ़ोन लगाया और वही बातें दोहरा दीं। एसएसपी ने बेमन से ही सही, लेकिन शाबाशी दी। अश्फ़ाक़ ने प्रेस कॉन्फ्रेंस में आने को कहा तो एसएसपी ने भी मना कर दिया।

त्रिपुरारी ने अश्फ़ाक़ को जानकारी दी कि मुन्नालाल के अलावा बाकी मीडिया को भी बुला लिया है और सारा इंतज़ाम अच्छे से कर दिया है—समोसे, अदरक वाली चाय और पत्रकारों को डग्गा देने के लिए, एक-एक चिकन का कुर्ता-पजामा और पांच-पांच सौ रुपए के पटाखे। जर्नलिज़्म की दुनिया में प्रेस कॉन्फ्रेंस में दिए जाने वाले गिफ्ट को कोडवर्ड में 'डग्गा' कहते हैं।

सारा इंतज़ाम होने के बाद अश्फ़ाक़ घर लौट आया। घर पर अबराम और अफ़ज़ल अपने-अपने कमरों में थे। जीप के रुकने की आवाज़ सुनकर अबराम बाहर गया। अश्फ़ाक़ ड्राइवर को सुबह जल्दी आने का ऑर्डर देकर अबराम के साथ अंदर आ गया, 'अफ़ज़ल कहां है? आओ तसल्ली से चाय पी जाए।'

अफ़ज़ल कमरे से निकल कर सीधे चाय बनाने किचन में चला गया और पांच मिनट में ट्रे में तीन कप सजा कर ले आया, 'लीजिए ख़ाँ साहब, अदरक, इलायची, लौंग और मसाले वाली चाय! मज़ा न आए तो पैसे वापस।'

अशफ़ाक़ हंसा, 'चाय है या *बड्स एंड ब्लास्ट* के मसालेदार लंबे वाले सीख कबाब?'

अबराम हंसते हुए बोला, 'पंडित जी गुरू के लैपटॉप और गुरू की कोड लैंग्वेज के बाद, अब जनता की बेहद मांग पर पेश है गुरू की कबाबी चाय!'

तीनों हंसने लगे और अशफ़ाक़ बोला, 'लाओ भाई, एक कप गरम कबाबी चाय।'

अबराम थोड़ा सीरियस होकर बोला, 'पंडित जी, एक बात बतानी थी आपको...'

अशफ़ाक़ ने चाय की चुस्की ली, 'हां, हां बोलो!'

अबराम ने अफ़ज़ल की तरफ देखा, 'वो राबिया बसर की बात है।'

अफ़ज़ल ने अबराम को आंख दिखाई, 'चल चाय पीने दे उनको।'

अशफ़ाक़ थोड़ा चौंका, 'बोलो क्या बताना है राबिया बसर के बारे में?'

इससे पहले की अफ़ज़ल टोकता, अबराम ने फट से कहा, 'पंडित जी जिस रात को मर्डर हुआ था, उस रात दो बजे के आसपास मेरे मोबाइल पर राबिया की दो-तीन मिस्ड कॉल थीं और अफ़ज़ल के मोबाइल पर भी आठ-दस मिस्ड कॉल आई थीं...मतलब हम सो रहे थे और जो भी कॉल्स राबिया ने किए होंगे वो सब मिस हो गए।'

अफ़ज़ल ने बीच में सफाई दी, 'स्कूल फंक्शन वाले दिन नंबर लिया था उसने मेरा।'

अशफ़ाक़ बोला, 'हां लिया होगा, तो? अबराम से राबिया ने नंबर लिया, इसीलिए मिलाया होगा।'

अबराम बोला, 'हां पंडित जी, लेकिन मर्डर कितने बजे हुआ उसका?'

अश्फ़ाक़ चौंक गया, 'हां यार दो से ढाई बजे के बीच ही हुआ है। इसका मतलब वो मुसीबत में रही होगी, कई लोगों को फ़ोन किया होगा...तुम लोगों को भी फ़ोन मिला कर वो कुछ मदद मांग रही हो शायद। बड़ा ग़लत हो गया उसके साथ, लेकिन तुम लोग चिंता मत करो, केस सॉल्व हो गया है।'

अबराम बोला, 'हां, वो अंगद यादव को देखा हम लोगों ने टीवी पर। साला, चौराहे पर लटका कर फांसी देनी चाहिए उसको।'

अफ़ज़ल ने अश्फ़ाक़ के हाथ से खाली कप ले लिया और बोला, 'ख़ाँ साहब, ये अनारकली और पन्ना कबाड़ी का क्या मसला है?'

अश्फ़ाक़ को नींद का झोंका आ रहा था। वो उठा और वर्दी उतारता हुआ कमरे की तरफ चल दिया, 'अरे हमारे थाने के ख़बरी मुन्नालाल पत्रकार को क्लू देते रहते हैं, वो साला सबका ब्रेकिंग पट्टी बनाकर चला देता है। अनारकली मिसिंग है और मोटरसाइकिल ख़ुद अंगद ही चुराया था, बाकी कुछ नहीं है। बहुत ज़ोर से नींद आ रही है...'

अश्फ़ाक़ के कमरे में जाते ही अबराम का कॉलर पकड़ कर अफ़ज़ल हंसते हुए बोला, 'तुम को मना किया था, फिर भी नहीं माने! मैं भी बताऊं जाकर कि शादी करना चाहती थी तुझसे?'

अंगद के पकड़े जाने के बाद राबिया के गिल्ट को अनलोड कर चुका अबराम, कॉलर छुड़ा कर अश्फ़ाक़ के कमरे की तरफ दौड़ा, लेकिन तब तक अश्फ़ाक़ सो चुका था। अबराम पलटा, 'मैं डरता नहीं हूं, सुबह उठने दे, ख़ुद ही बता दूंगा। हम पिच पर टाइम नहीं वेस्ट करते गुरू, सीधे विरेन्दर सहवाग की तरह खुल्ला खेल फर्रुखाबादी है!'

दोनों हंसते-हंसते अपने कमरे में चले गए। हर किसी को सुबह का इंतज़ार था।

काकोरी थाने में इंस्पेक्टर अशफ़ाक़ उल्ला बिस्मिल अपनी कुर्सी पर बैठा था। डॉक्टर कटियार और डॉक्टर सिन्हा भी साथ में मौजूद थे। भीड़ भी काफ़ी थी। तहव्वर ख़ाँ के साथ दरगाह के दर्जनों लोग खड़े थे। अबराम और अफ़ज़ल के अलावा चांद खुतरा और नसीम पपीतेवाला भी जानने आए थे कि उस रात राबिया के साथ क्या और कैसे हुआ। एक दर्जन न्यूज़ चैनल्स की माइक आईडी मेज़ पर रखी थीं, लेकिन कैमरा सिर्फ एक लगा था। ये कैमरा था सीसीटीवी न्यूज़ का और रिपोर्टर के नाम पर सिर्फ मुन्नालाल पत्रकार सामने की कुर्सी पर सवाल पूछने के लिए बैठा था। अशफ़ाक़ ने त्रिपुरारी से पूछा, 'बाकी मीडिया नहीं आया क्या? सबको इन्वाइट किए थे न?'

इससे पहले त्रिपुरारी कोई जवाब देता, मुन्नालाल पत्रकार बोल पड़ा, 'अरे सर, चाइना के प्रेसिडेंट आए हैं, यहां कउन आएगा कवर करने! लखनऊ में सारे बड़े-बड़े चैनलों के ब्यूरो चीफ बैठे हैं, और दिल्ली में सबके एडीटर...हम ठहरे छोटे से चैनल के छोटे से स्ट्रिंगर, हम ही ब्यूरो चीफ और हम ही एडीटर। काकोरी में किसी को कोई भी न्यूज़ चाहिए, वीडियो चाहिए, बाइट चाहिए तो मुन्नालाल पत्रकार है न! सारे चैनल वाले हमको अपना माइक आईडी दे दिए हैं, आप चिंता न करें प्रेस कॉन्फ्रेंस शुरू कीजिए। हर चैनल को आपका इंटरव्यू पहुंच जाएगा। आप बस खुलासा कीजिए और देखिए आधे घंटे में कमाल!'

अशफ़ाक़ उल्ला बिस्मिल ने अंगद यादव और चार मज़दूरों को पेश करके पूरे कांड का खुलासा किया। अशफ़ाक़ उल्ला ने कैमरे पर पूरा ब्यौरा दिया। मुन्नालाल ने अंगद यादव को भी बोलने के लिए कहा, तो अंगद यादव ने एक बार फिर अनारकली और पन्ना कबाड़ी का एंगल छेड़ दिया।

मुन्नालाल पत्रकार ने अशफ़ाक़ से सवाल पूछा, 'सर ये बताइए कि ये बार-बार कह रहा है कि मोटरसाइकिल इसने थाने से चुराई ज़रूर थी, लेकिन पन्ना कबाड़ी को बेच दी थी, फिर कबाड़ी से पूछताछ हुई क्या?'

अशफ़ाक़ उल्ला बिस्मिल के बोलने से पहले ही डॉक्टर कटियार बोल पड़े, 'देखिए इस सवाल का कोई रेलिवेंस है ही नहीं, सीमेन, ब्लड और स्किन पार्टिकल्स राबिया बसर और अंगद यादव के बीच मैच

हो चुके हैं। अंगद मान चुका है कि उसने ही वर्दी भी जलाई थी और मज़दूरों के बयानों से भी साबित हो गया है कि उस रात ये सब वहीं थे। मोटरसाइकिल तो इसी ने चुराई, अब बेचने की बात कह रहा है तो हम साइंटिफिक प्रूफ्स देखेंगे, या इस झूठ पर सवाल करेंगे?'

मुन्नालाल का अगला सवाल आया, 'चलिए मान लिया, फिर ये अनारकली की क्या थ्योरी है? कहां ग़ायब है अनारकली? अब तक ट्रेस क्यों नहीं हुई?'

अश्फ़ाक़ बोला, 'अनारकली और मोटरसाइकिल का मसला एक जैसा है। अंगद कह रहा है कि उसने रेप तो किया है, पर राबिया का नहीं, अनारकली का; मोटरसाइकिल तो चुराई है, पर पन्ना कबाड़ी को बेच दी है। हम अनारकली को ट्रेस कर रहे हैं। कॉल डिटेल्स आने दीजिए अनारकली का चक्कर भी खुल ही जाएगा।'

'अनारकली, उर्फ अनारा शुक्ला कोई चक्कर नहीं चलाती। इकॉनिमिक्स में पोस्टग्रेजुएट हूं, इसलिए श्योर शॉट जानती हूं कि चक्कर तो मोहब्बत करने वालों का चलता है। यहां तो कैश ऑन डिलिवरी वाला सिस्टम है, सर जी!' एक औरत की खनकती आवाज़ सुन कर सब सन्न रह गए। ख़ुद अनारकली दफ़्तर के दरवाज़े पर खड़ी थी। महंगी स्किन फिट जीन्स, डीप नेक वाली टी-शर्ट, कोल्हापुरी चप्पल और ब्रैंडेड सनग्लासेस पहने अनारकली अंदर आई।

अंगद यादव के चेहरे पर राहत थी, लेकिन भौचक हो चुके अश्फ़ाक़ ने उसे इशारे से अंदर बुलाया। सिंटू दुबे ने कैमरा उसकी तरफ मोड़ दिया। मुन्नालाल ने माइक लगा दिया, 'मैडम ज़रा डिटेल में बताइए।'

अनारकली ने अंगद को देखा और ब्यौरा दिया, 'हां, हम अक्सर जाते थे आम के बाग में। अंगद से हमारा कारोबारी रिश्ता है। पैसे का नहीं, बल्कि कॉमोडिटी एक्सचेंज का।'

मुन्नालाल हंसा, 'वो सब तो ठीक है, लेकिन उस रात आप कहां थीं?'

अनारकली ने अफ़ज़ल की तरफ देखा, और फिर इंस्पेक्टर की तरफ देखते हुए बोली, 'बेटा बिल्कुल बाप पर गया है। ख़ैर छोड़िए, हम लखनऊ गए थे। डार्लिंग डिलाइट्स होटल, कमरा नंबर 376, आठ घंटे की शिफ्ट थी। कस्टमर को हमारा फेसबुक एकाउंट इतना पसंद आ गया कि लाइक और कमेंट से पूरा इनबॉक्स भर दिया साले ने। एक शिफ्ट की बुकिंग थी, साला पांच शिफ्ट ड्यूटी करनी पड़ी!'

इस बार अश्फ़ाक़ ने सवाल किया, 'तुम किसकी मोटरसाइकिल पर थीं अनारकली? और तुमने फ़ोन स्विच ऑफ़ क्यों रखा इतने घंटों तक?'

अनारकली मुस्कुराई, 'ड्यूटी के टाइम मोबाइल ऑफ़ कर देती हूं। रही बात कि किसके साथ थी, किसकी मोटरसाइकिल पर गई थी, तो साहब वो मेरा मेक माय ट्रिप है, वही बुकिंग लाता है और ले जाता है। काकोरी में कई लोग हैं, बस नाम मत खुलवाइए...ट्रेड सीक्रेट है, सर।'

अश्फ़ाक़ ने प्रेस कॉन्फ्रेंस ख़त्म की और कहा, 'इनकी बातों की सच्चाई का पता हम जल्द लगा लेंगे। अंगद को हम अदालत में पेश करके जेल भेज रहे हैं, सारी रिपोर्ट्स के साथ। थैंक्यू!'

भीड़ से निकल कर तहव्वर ने अश्फ़ाक़ के सामने हाथ जोड़े और इंसाफ़ के लिए एक पुलिस वाले को भी न छोड़ने का शुक्रिया किया। तहव्वर की नज़र चांद और नसीम पर भी पड़ी, लेकिन उसने दोनों को बस देख कर अनदेखा सा कर दिया और दरगाह के लोगों के साथ वापस चला गया।

अनारकली भी बाहर निकली और एक शख़्स के साथ मोटरसाइकिल पर बैठ गई। उसने अबराम और अफ़ज़ल को देखा और फिर मुस्कुरा कर चांद खुतरा और नसीम पपीतेवाले को आंख मारती हुई चली गई। इंस्पेक्टर अश्फ़ाक़ उल्ला ने उसे आंख मारते हुए देख लिया। मुन्नालाल भी सबके हिस्से का डग्गा लेकर चलता बना।

अश्फ़ाक़ उल्ला गहरी सांस लेता हुआ कुर्सी पर धम्म से बैठ गया। सारे सिपाही पूरी तसल्ली के साथ खड़े थे। अबराम और अफ़ज़ल सामने वाली कुर्सी पर बैठे थे। अश्फ़ाक़ बोला, 'सब सुलझ गया, सारे सवालों

के जवाब मिल गए, बस अफसोस इस बात का है कि साला पुलिस का सिपाही ही रेपिस्ट निकला।'

विकिपीडिया बोला, 'बड़ी टफ सिचुएशन थी आपके लिए, कैसे किए सब?'

अश्फ़ाक़ बोला, '*दीवार* फ़िल्म देखे हो? बेचारे शशि कपूर पुलिस इंस्पेक्टर और बच्चन साहब स्मगलर। अब बच्चन साहब भाई भी थे और सुपर स्टार भी, भला कैसे गोली मारें? आज समझ आया कि बेचारे शशि कपूर कैसे चलाए होंगे गोली। बस *दीवार* फ़िल्म से प्रेरणा लिए और अंगद को जेल भेज दिए।'

सब हंसने लगे। अबराम बीच में बोला, 'मुझे लगता है पंडित जी कि अनारकली की बातों में कुछ तो है, फिर पन्ना कबाड़ी से मोटरसाइकिल की पूछताछ करने में हर्ज क्या है?'

'अब काहे गोभी खोदी जाए जब सीज़न निकल गया?' अश्फ़ाक़ बोला।

अबराम ने बात को हल्का किया, 'वही तो मैं कह रहा हूं, सारी रिपोर्ट्स मिल गई हैं, अंगद जेल चला गया, अनारकली आ गई...नाऊ केस इज़ ओपेन एंड शट; फिर भी अंगद ने जो कहा, जिसे हम झूठ समझ रहे हैं, उस झूठ को तलाशने में, आई थिंक देयर इज़ नो हार्म! शायद कुछ मिल जाए। नहीं मिला तो कोई नुकसान नहीं, और मिल गया तो सच ही होगा।'

तभी एक सिपाही अंदर आया, 'साहब आरटीओ वाले ऑफिस से कोई बिज्जन बाबू आए हैं, विद्यासागर भैया ने बुलाया है।'

अश्फ़ाक़ बोला, 'बुलाओ, बुलाओ।'

बिज्जन बाबू ने अंदर आकर दो कागज़ विकिपीडिया को थमा दिए, 'भैया, वो जिस मोटरसाइकिल के इंजन और चेचिस नंबर का आपने इंप्रेसन उतरवाया था, वो तो उत्तर प्रदेश में कहीं भी रजिस्टर्ड नहीं है।'

विकिपीडिया ने कहा, 'अरे पता लग गया है, गाड़ी अयोध्या की है। काकोरी के एक्सीडेंट में मालिक मर गया था, थाने में जमा थी।'

बिज्जन चौंक गया, 'नहीं भैया, आपके कहने पर पूरा कंप्यूटर छान मारा है ऑनलाइन, अयोध्या की गाड़ी नहीं है वो।'

'अयोध्या की नहीं है, तो कहां की है?' विकिपीडिया ने सवाल किया।

बिज्जन बोला, 'गाड़ी न तो अयोध्या की है और न मोटरसाइकिल है!'

इस बार अफ़ज़ल बोला, 'तो डिटेल दो।'

बिज्जन ने कहा, 'साहब, ये चेचिस नंबर और इंजन नंबर मोटरसाइकिल का नहीं, एक कार का है, और नंबर यूपी का नहीं कश्मीर का है।'

इंस्पेक्टर अशफ़ाक़ चौंक गया, 'अरे मोटरसाइकिल हमने बाग से बरामद की है। मोटरसाइकिल को अंगद ने पहचाना—टंकी का ताला नहीं खुलता था, टेल लाइट टूटी थी और वो सीट उखाड़ने को भी बोला था। उसके कहने पर सीट उखाड़ी तो कई पुड़िया स्मैक भी निकली थी अंदर से।'

त्रिपुरारी ने विकिपीडिया से कागज़ लिए और अलमारी की तरफ गया। अलमारी से रजिस्टर निकाल कर त्रिपुरारी ने एक्सीडेंट वाली फ़ाइल से कागज़ निकाले और दोनों कागज़ मिलाने लगा, 'सर ये अयोध्या के नंबर पर रजिस्टर्ड है। इसका इंजन नंबर, चेचिस नंबर भी पड़ा है, लेकिन हम लोगों को बिज्जन बाबू जो इंप्रेसन का कागज़ दिए हैं, उसका इंजन और चेचिस नंबर तो एकदम अलग है।'

विकिपीडिया ने मोटरसाइकिल लेकर आरटीओ गए दोनों सिपाहियों से पूछा, 'तुम दोनों अपने सामने इंप्रेसन उतरवाए थे न?'

बिज्जन बोला, 'अरे विद्यासागर भैया, ये दोनों सिपाही वहीं खड़े थे और हमने इन दोनों के सामने ही इंप्रेसन उतारा था।'

अफ़ज़ल और अबराम भी चौंक गए। अफ़ज़ल हल्का सा मुस्कुराया, 'एक तो वैसे ही पेंच हैं केस में, अब एक और नया पेंच सामने आ गया है।'

अबराम ने ख़ुद की तारीफ की, 'हमने कहा था न, मोटरसाइकिल और अनारकली वाले एंगल पर काम करने में कोई भी हर्ज नहीं है!'

अश्फ़ाक़ ने बिज्जन से पूछा, 'कैसे पता किया कश्मीर का नंबर?'

बिज्जन बोला, 'सर अब देश के किसी भी आरटीओ ऑफिस से किसी भी स्टेट का या शहर का नंबर ऑनलाइन पता किया जा सकता है। विद्यासागर भैया ने बोला था कि मर्डर का मामला है, इसलिए सिरियसली नंबर पता किया है। कोई लापरवाही नहीं है।'

विकिपीडिया ने कागज़ अपने पास रख लिए और बिज्जन चला गया। पूरा थाना अब एक नई उलझन में था। केस में एक नया मोड़ आ चुका था। ये सिर्फ एक इत्तेफ़ाक है, या किसी की शरारत? किसी को कुछ समझ में नहीं आ रहा था। सवाल ये कि मोटरसाइकिल अंगद ने पहचानी थी, और सीट के नीचे से स्मैक निकाल कर पहचान साबित भी कर दी थी। फिर थाने के पेपर्स क्यों बता रहे हैं कि गाड़ी अयोध्या की है? सवाल नंबर दो, अगर थाने के पेपर्स सही हैं, तो इंजन और चेसिस नंबर का इंप्रेशन क्यों कह रहा है कि गाड़ी कश्मीर में रजिस्टर्ड है, वो भी मोटरसाइकिल नहीं बल्कि कार!? क्या राज़ है इन कागज़ों का? ये सवाल हर किसी का दिमाग़ ख़राब कर रहा था। तय किया गया कि पन्ना कबाड़ी से पहले पूछा जाएगा कि क्या सच में अंगद ने पंद्रह-बीस दिन पहले थाने से मोटरसाइकिल चुरा कर उसे बेची थी? ये भी फैसला किया गया कि अनारकली से भी सवाल-जवाब कर लिया जाए, ताकि रात के अंधेरे की कहानी उजाले में आ सके। ये सब सोच कर अश्फ़ाक़ ने फ़ौरन त्रिपुरारी से पन्ना कबाड़ी के ठिकाने पर छापा मारने को कहा और ख़ुद अनारकली के नौटंकी मैदान जाने के लिए खड़ा हो गया। जीप पर बैठते-बैठते अश्फ़ाक़ बोला, 'त्रिपुरारी तुमसे बोले थे न हम कि राबिया और अनारकली के कॉल डिटेल मंगा लो? साला केस सॉल्व हो गया, तो तुम राहत इंदौरी हो गए! चलो ख़ैर, केस निबट गया है, आराम से हफ्ते दो हफ्ते में डिटेल मंगा लो, फिर देखते हैं, क्या करना है।'

अश्फ़ाक़ उल्ला नौटंकी मैदान की तरफ निकला, अबराम घर की तरफ और अफ़ज़ल घर से लैपटॉप और फ़ाइलें लेकर काकोरी स्टेशन पहुंचा। नौटंकी मैदान पर झालरें टिमटिमा रही थीं। काकोरी के सैकड़ों

जवान लड़के सीटियां और ताली बजा-बजा कर नाच रहे थे। स्टेज पर ख़ुद अनारकली बाकी डांसर्स के साथ नाच रही थी और लोगों के हाथ से नोट भी पकड़ रही थी।

चांद खुतरा और नसीम पपीतेवाला भी स्टेज पर चढ़ कर उसके साथ नाच रहे थे। अनारकली दोनों को हटाने की कोशिश कर रही थी। तभी एनाउंसर ने जनता की बेहद मांग पर ऐलान किया कि अनारकली शकीरा के गाने पर डांस करेगी। भीड़ भी ज़ोर-ज़ोर से चिल्लाने लगी और साउंड सिस्टम पर गाना गूंजा। गाने पर अनारकली के कूल्हे शकीरा से ज़्यादा शातिर अंदाज़ में थिरक रहे थे। भीड़ में पीछे खड़े इंस्पेक्टर अश्फ़ाक़ से अनारकली की नज़र मिली और वो स्टेज के पीछे चली गई। अश्फ़ाक़ उल्ला सीधे अनारकली के ड्रेसिंग रूम में पहुंचा। भीतर पहुंचते ही अनारकली बोली, 'साहब हमें ही बुला लिया होता।'

अश्फ़ाक़ बोला, 'उस दिन बाग में राबिया नहीं आपका क़त्ल हो जाता, ज़रा भी डर नहीं लगा आपको?'

अनारकली अपने अंदाज़ में बोली, 'सच में साहब डर तो बहुत लगा हमको, फिर सोचा जिंदा हैं तो डरना कैसा! इसलिए शो मस्ट गो ऑन।'

अश्फ़ाक़ ने सीधे सवाल किया, 'अंगद यादव बार-बार तुम्हारा नाम क्यों ले रहा था?'

अनारकली उदासी के साथ मुस्कुराई, 'उसकी बंदूक में बारूद तो बहुत था, लेकिन बेचारे की नली में जंग लगी थी।'

अश्फ़ाक़ से रहा नहीं गया और बोला, 'अब इस अंदाज़ में हमसे बात मत करो अनारकली उर्फ़ अनारा शुक्ला। सीधे-सीधे बताओ कि तुम उस दिन बाग में गई थीं या नहीं? तुमने कुछ देखा था वहां?'

अनारकली उठी और ड्रेसिंग टेबल की दराज़ से कागज़ निकाल कर उसने अश्फ़ाक़ को थमा दिया, 'आप तो मंगा ही चुके हैं, लेकिन हमने पहले ही मंगा लिए हैं। ये हमारे मोबाइल के कॉल डिटेल्स हैं। चौंकिए मत, पूरे एक महीने का आइटमाइज्ड बिल है—इनकमिंग, आउटगोइंग का कंप्लीट डिटेल। अब लोकेशन आप पता कर लीजिएगा।

कई बार आपको हमारी लोकेशन बाग में मिलेगी, लेकिन उस दिन हम नहीं गए थे। हां, हम रात में जब जा रहे थे तो हमने लखनऊ-काकोरी रोड पर एक मोटरसाइकिल पर लड़के-लड़की को आम के बाग की तरफ मुड़ते तो देखा था साहब, ये पक्का है।'

'कौन था वो लड़का? और लड़की क्या राबिया ही थी?' अश्फ़ाक़ ने पूछा।

अनारकली ने न में सिर हिलाया, 'नहीं साहब, लड़का मुंह पर रूमाल बांधे हुए था और लड़की शायद राबिया बसर ही होगी क्योंकि सफेद रंग का कुर्ता पजामा पहने थी वो लड़की। लड़की का जो फ़ोटो और कपड़े टीवी पर हमने देखे थे, वो एक जैसे ही लग रहे थे साहब।'

अश्फ़ाक़ ने पूछा, 'तुमने नसीम पपीते को आंख क्यों मारी?'

अनारकली ज़ोर से हंसी, 'अरे सर, वो तो उसको ओटीपी भेजा था हमने।'

'ओटीपी मतलब?' अश्फ़ाक़ ने जानकारी मांगी।

अनारकली बोली, 'किसी से कहिएगा नहीं साहब। नसीम पपीते-वाला नया कस्टमर है हमारा। हमें घर बुला रहा था कई दिनों से, पर हम बिज़ी थे इसलिए मना कर दिए। आज फुर्सत थी, तो बस आंख मार कर ओटीपी दे दिया कि रात में पहुंचेंगे घर, एक बजे।' वो फिर बोली, 'एक सवाल तो आपने पूछा ही नहीं?'

अश्फ़ाक़ चौंका, 'कौन सा सवाल?'

'यही कि हमने ये क्यों बोला कि आपका बेटा आप पर गया है?'

'हां, तो बता दो क्यों बोला था?' अश्फ़ाक़ ने ज़्यादा तरजीह न देते हुए पूछा।

'इसलिए कि *बड्स एंड ब्लास्ट* वाले अबराम को हम पहचानते हैं। अक्सर होम डिलीवरी होती है उसके काउंटर से, पूरी नौटंकी के लिए। एक-दो बार काउंटर से डायरेक्ट हम ही लिए हैं डिलीवरी, कसम से क्या गिलावटी काकोरी कबाब बनाता है। अफ़ज़ल एक दिन लैपटॉप लिए दरगाह के सामने वाली बेंच पर बैठा कुछ काम कर रहा था, तब

देखा था उसे। शक्ल बहुत मिलती है दोनों की, आप भी जवान रहे होंगे तो ऐसे ही स्मार्ट होंगे। ओह्ह सॉरी, जवान तो आप आज भी हैं, एकदम *वीर ज़ारा* वाले ओल्ड शाहरुख ख़ाँ की तरह हैंडसम!'

अश्फ़ाक़ हंस पड़ा, 'जुड़वां हैं दोनों, दिखते तो काफ़ी कुछ एक जैसे हैं, लेकिन नेचर बहुत अलग है दोनों का।' बात ख़त्म करते ही अश्फ़ाक़ कुर्सी से उठ गया, 'मुझे उम्मीद है तुमने सब सच बोला है। कुछ और हुआ तो हम तुमसे मिल लेंगे।'

जीप पर बैठ कर अश्फ़ाक़ ने अनारकली से कहा, 'तुम्हारा बहुत लोगों से मिलना रहता है, हर किसी की हिस्ट्री जाग्रफ़ी तुम्हारी जेब में है। कहीं ज़रा सा भी कुछ नज़र आए तो ज़रूर बताना हमें।'

अनारकली ने भरोसा दिलाया कि उसे जो कुछ भी पता चलेगा वो ख़ुद थाने आकर बता देगी। जीप चली गई और अनारकली पलट कर टेंट की तरफ चल दी। गेट पर पहुंचते ही चांद खुतरा और नसीम पपीतेवाला टेंट के पीछे से निकले। अनारकली थोड़ा चौंक गई।

चांद खुतरा ने रंगबाज़ी दिखाई और नसीम पपीतेवाले को हाथ मारते हुए बोला, 'अरे हम स्टेज पर शकीला के साथ जस्टिन बीरबल की तरह नाच रहे थे, और यहां शकीला इंस्पेक्टर को देख कर भाग आई।'

अनारकली ग़ुस्से में बोली, 'सुन बे खुतरे, और बता दे अपने पपीते को भी, अनारा प्रीपेड है! जितना पेमेंट उतना टॉक टाइम...यहां टॉप अप की कोई स्कीम नहीं है, इसलिए आगे-पीछे घूमते मत दिखाई देना। मेरा नाम अनारकली है, राबिया बसर नहीं जिसे मसल लेगा तू।'

नसीम बोला, 'अरे हम तो मज़ाक़ कर रहे हैं, बस इंस्पेक्टर को देख कर थोड़ा टेंशन हो गई। बाकी ऑल इज़ वेल, बेबो!'

काकोरी का भी गज़ब हाल था। चंदा मामा खो गए और सूरज चाचू जाग गए थे, लेकिन कमाल ये था कि आज कुरैशी कसाई के पिंजड़े में बंद थके हुए बॉयलर मुर्गे भी ग्रुप बांग दे रहे थे। चौबीस कैरेट दुरुस्त सबूतों के साथ राबिया मर्डर केस में अंगद यादव जेल में था। अफ़सर भी

हैप्पी-हैप्पी थे। काकोरी के क़रीब दो हफ़्ते बड़े आराम से गुज़र चुके थे। अनारकली से इंटेरोगेशन के बाद मोटरसाइकिल का कश्मीर कनेक्शन भुलाकर रेस्ट मोड में आ चुके अश्फ़ाक़ उल्ला साहब, आज आराम से अख़बार पढ़ रहे थे। अबराम और अफ़ज़ल भी साथ में बैठे राष्ट्रीय चिंतन में जुटे थे। मुद्दा था—सकल घरेलू उत्पाद। मूडीज़ का दावा था कि जीडीपी कम रहेगी, जबकि अफ़ज़ल का तर्क था कि मंदी तो ग्लोबल है। अबराम का मानना था कि कश्मीर से धारा 370 हटाना, राम मंदिर का फैसला, तीन तलाक और एनआरसी, सीएए जैसे मसलों में सरकार आम जनता को लगातार उलझाए हुए है।

अफ़ज़ल ने मज़ाक़ किया, 'मैं तो कहता हूं अमेरिका निकल लो, यहां तो पता नहीं कौन-कौन से डॉक्यूमेंट चेक करने वाली है सरकार।'

अबराम ने मुंह बनाया, 'गुरू इट्स नॉट ए जोक। स्टूडेंट्स मारे जा रहे हैं, पुलिस घर में घुस कर मुसलमानों को निशाना बना रही है।'

अश्फ़ाक़ उल्ला ने आवाज़ तेज़ की, 'पागल, तू भी पागलों की तरह बातें करने लगा? जिसे देखो बस पुलिस वालों को गरिया रहा है। पुलिस की गाड़ियां जलाईं, पुलिस वालों के सिर फोड़े गए, वो किसने किया है?'

'वो स्टूडेंट्स के बीच छुपे दंगाइयों ने किया है,' अबराम ने दलील दी।

अफ़ज़ल भी फैमिली डिबेट में कूद गया, 'सच बोलूं, मसला दोनों तरफ से है—स्टूडेंट्स, दंगाई, पुलिस, सरकार, अपोज़िशन—सब खेल रहे हैं।'

माहौल गर्म हो रहा था और तीन कप चाय ठंडी हो रही थी। अफ़ज़ल ने ऊंची आवाज़ में बताया कि बालाकोट की सर्जिकल स्ट्राइक हो या उरी का बदला, सेना ने घुस कर मारा है। अश्फ़ाक़ उल्ला ने पियो और पीने दो का मतलब समझाया। चाय का कप दोनों की तरफ ये कहते हुए बढ़ाया कि इससे पहले चाय का टेम्प्रेचर कश्मीर की तरह माइनस में चला जाए, चाय तो पी ली जाए।

राष्ट्रहित से जुड़े फैमिली आर्ग्यूमेंट का रडार अबराम ने अब अश्फ़ाक़ की तरफ घुमा दिया, 'पंडित जी, आपने राबिया मर्डर केस में एक बड़ा पॉइंट मिस कर दिया। आपने ये तो पूछा ही नहीं कि मोटरसाइकिल अगर कश्मीर में रजिस्टर्ड है, तो कश्मीर में कहां और किसके नाम पर रजिस्टर्ड है?'

अश्फ़ाक़ बोला, 'अरे जब गाड़ी यहीं की है, तो क्यों चेक कराएं दोबारा? केस सॉल्व हो चुका है। तेरह-चौदह दिन शांती से गुज़र गए हैं, तुमसे हमारा सुकून झेला नहीं जाता है क्या, अब हम काहे पड़ी लकड़ी ले लें, बताओ?'

अबराम ने ज़ोर दिया, 'चलिए मान लिया, पर अगर आरटीओ वाले ने ही इंजन और चेसिस नंबर का इंप्रेशन ग़लत ले लिया है तो? दोबारा थाने पर इंप्रेशन निकालवा लीजिए, देखिए तो मसला क्या है? छोड़िए मत कुछ!'

चाय की चुस्की लेते हुए अफ़ज़ल ने पूछा, 'अनारकली से बात की आपने?'

अश्फ़ाक़ ने हां में जवाब दिया और कहा, 'कुछ ख़ास नहीं निकला।'

अबराम बोला, 'हो गई न तसल्ली अनारकली से बात करके, तो फिर मोटरसाइकिल का लफड़ा भी पता करके डिलीट करिए न!'

अंदर ही अंदर झल्लाने के बाद भी अबराम की बात अश्फ़ाक़ के पल्ले पड़ गई। उसने तुरंत त्रिपुरारी को फ़ोन लगाया और मालूम किया कि दो हफ़्ते पहले पन्ना कबाड़ी के गोदाम पर जो छापा मारा गया था, उसका रिज़ल्ट क्या रहा। त्रिपुरारी ने बताया कि छापा मारा, लेकिन कुछ ख़ास हाथ नहीं लगा। अश्फ़ाक़ चिल्लाया, 'अरे भाई कोई इन्कम टैक्स का छापा नहीं था कि कितना कैश मिला और कितना गोल्ड। बात तो सिर्फ ये तय हुई थी कि छापा मारकर ये पता करो कि क्या सच में अंगद यादव ने थाने से मोटरसाइकिल चुराकर, उसे ही बेची थी।' त्रिपुरारी ने कंफर्म किया कि अंगद यादव सच कह रहा था।

अशफ़ाक़ ने ग़ुस्से में ही पूछा, 'मोटरसाइकिल की पहचान पन्ना कबाड़ी से कंफर्म हुई कि नहीं?'

त्रिपुरारी पांडे का जवाब इस बार मिस्टेक नहीं, ब्लंडर था। उसने अशफ़ाक़ को बताया कि पन्ना कबाड़ी ने अपनी दराज़ में पड़ी हुई मोटरसाइकिल की अयोध्या रजिस्ट्रेशन वाली असली नंबर प्लेट दिखा कर कंफर्म कर दिया कि जो मोटरसाइकिल आम के बाग में मिली थी, वो ही मोटरसाइकिल थाने से अंगद यादव ने चुराई थी, और मोटरसाइकिल का रजिस्ट्रेशन भी अयोध्या का ही है। इंस्पेक्टर का मूड अब चाय से भी ज़्यादा गर्म हो चुका था। अशफ़ाक़ ने त्रिपुरारी को ऑर्डर दिया कि वो एक घंटे में थाने पहुंच जाए।

फ़ोन कटते ही अबराम ने पूछा, 'क्या हुआ, वही सही है न जो मैंने कहा था? इसे कहते हैं पुलिस कंसल्टेशन, वो भी फ्री!'

अशफ़ाक़ ने उठते हुए जवाब दिया, 'हां यार, एकदम सही है, अंगद ने मर्डर से पंद्रह दिन पहले फटफटिया थाने से चुराई और पन्ना कबाड़ी को बेची। पन्ना के पास असली नंबर प्लेट भी है। सबकुछ क्रॉस चेक हो गया है।'

अबराम ने सिलसिला जारी रखा, 'इसका मतलब अंगद सही बोल रहा था। अगर यही सही है, तो मर्डर के वक़्त अंगद के पास मोटरसाइकिल थी ही नहीं। फिर पन्ना कबाड़ी से ये मोटरसाइकिल लेकर कौन गया उस रात आम के बाग में? और गया था, तो गाड़ी क्यों छोड़ गया?'

अबराम के सवालों में अशफ़ाक़ को दम नज़र आया, लेकिन अफ़ज़ल जैसे एकदम बोर हो गया, और काम पर निकलने की बात कहकर अंदर चला गया। अशफ़ाक़ उल्ला के दिमाग़ में अब दो बातें कौंध रही थीं—पहली ये कि अंगद अनारकली का नाम ले रहा था, मगर अनारकली तो ज़िंदा है। अंगद ने मोटरसाइकिल चोरी की बात भी ख़ुद ही बताई। उसकी ये बात भी सच निकली। पर सबसे ज़्यादा ताज्जुब इस बात का था कि मोटरसाइकिल का जो नंबर अयोध्या का था, वो कश्मीर का कैसे हो गया? आज अशफ़ाक़ हर सवाल का जवाब तलाशने की ज़िद में था। उसने तय किया कि झारदार प्याज़ बन चुके इस केस की

हर पर्त छीलेगा, भले ही छीलते-छीलते उसकी आंखों से आंसू ही क्यों न बहने लगें।

काकोरी थाना आज इन्वेस्टिगेशन का स्टेट ऑफ़ आर्ट बन चुका था। एक-एक पुलिस वाला, थाना कैंपस में मौजूद था। पन्ना कबाड़ी भी मौजूद था। मोटरसाइकिल के इंजन और चेसिस नंबर का ताज़ा इंप्रेशन लेने के लिए पहले कागज़ लगाया गया, फिर कागज़ के ऊपर से पेंसिल घिसना शुरू किया गया। विकिपीडिया गाड़ी के पुराने कागज़ और आरटीओ वाले इंप्रेशन और बाकी दस्तावेज़ लेकर खड़ा था। गाड़ी का फ्रेश इंप्रेशन उतरा। सारा कन्फ्यूज़न अब दूर हो गया। आरटीओ वाला सही कह रहा था। इंजन और चेसिस पर जो नंबर पड़ा था, वो सच में यूपी का नहीं, कश्मीर का था।

फॉरेंसिक और पोस्टमॉर्टम रिपोर्ट की बिनाह पर अंगद यादव जेल भेजा जा चुका था। ये भी प्रूव हो चुका था कि जो मोटरसाइकिल आम के बाग से मिली थी, वही अंगद ने थाने से चुराई थी। केस पूरी तरह सॉल्व हो चुका था। फिर भी, आज अबराम के टोकने के बाद अशफ़ाक़ उल्ला बिस्मिल तय कर चुका था कि केस भले ही सॉल्व हो चुका है, मगर मिस्ट्री सॉल्व नहीं हुई है। अब उसे जो-जो क्लू मिलेगा, उसे हर हाल में इंवेस्टिगेट किया जाएगा। लिहाज़ा अशफ़ाक़ ने ज़ोर से पूछा, 'कश्मीर में गाड़ी किसके नाम पर रजिस्टर्ड है, विकिपीडिया?'

विकिपीडिया ने सीधे आरटीओ का कागज़ पढ़कर सुनाया, 'सर इस गाड़ी के मालिक का नाम है—सज्जाद अहमद भट। उम्र सत्रह साल, गांव महरम, डिस्ट्रिक अनंतनाग, कश्मीर।'

अशफ़ाक़ ने कबाड़ी की तरफ नज़र घुमाई, 'अब तुम बोलो पन्ना, जब ये गाड़ी यूपी की है, तो इसका चेचिस नंबर कश्मीर का कैसे हो गया?'

कबाड़ी कुड़कुड़ाया, 'साहब, हम तो अंगद यादव से ख़रीदने के दो दिन बाद ही गाड़ी मेवालाल एंड संस के मालिक को बेच दिए थे।'

'तुमने इसकी असली नंबर प्लेट अपने पास क्यों रखी?' अशफ़ाक़ ने पूछा।

कबाड़ी बोला, 'साहब नंबर प्लेट हमने नहीं रखी, वो मेवालाल एंड संस का नौकर मोटरसाइकिल की नंबर प्लेट ख़ुद ही उतार कर दे गया था। कह रहा था कि लाल स्टीकर वाली नई नंबर प्लेट बनवाएगा।'

'सर, सज्जाद अहमद भट का नाम कहीं सुने हैं हम।' विकिपीडिया बीच में बोला।

'अबे नाम छोड़ो, पहले मेवालाल की तरफ गेयर दबाओ,' अशफ़ाक़ झल्लाया और बिना टाइम वेस्ट किए पन्ना कबाड़ी को गाड़ी में बैठा कर, दो-तीन सिपाहियों के साथ सीधे मेवालाल एंड संस की दुकान की ओर चल पड़ा। मेवालाल एंड संस काकोरी में होलसेल पटाखों की बड़ी दुकान थी। उत्तर प्रदेश का शायद ही कोई ऐसा ज़िला हो, जहां मेवालाल के पटाखे न दगते हों। अब मेवालाल तो बचा नहीं, सिर्फ संस ही संस बचे हैं, और मेवा खा-खाकर लाल हो रहे हैं। मेवालाल तो अपने आख़िरी वक़्त में छुआरे की तरह सूख कर मर गया, लेकिन मेवालाल के नालायक संस ने मेवा की सेवा तक नहीं की। बेचारा मेवालाल ख़ुद तो ज़िंदगी भर दूसरों की दीवाली धमाकेदार सेलिब्रेट कराता रहा, पर ख़ुद फुस्स पटाखे की तरह बिना आवाज़ किए, सीधे स्वर्ग सिधार गया।

पुलिस की जीप देखते ही मेवालाल के बेटे गद्दी से उतरे और चिल्ला कर एक साथ बोले, 'अबे सीको, साहब के लिए कॉफी ला गर्मागरम।'

अशफ़ाक़ सीधे पॉइंट पर आया, 'हम यहां कॉफी विद करन खेलने नहीं आए हैं। सीधे केबीसी के सवालों का जवाब दो, वो भी बिना ऑप्शन।'

दोनों बेटों ने फिर एक साथ बोला, 'हां सर, पूछिए न!'

अशफ़ाक़ ने पन्ना कबाड़ी को कॉलर खींचते हुए आगे किया, 'इससे कोई मोटरसाइकिल ख़रीदी थी तुम लोगों ने?'

अब उनमें से एक बेटा बोला, 'जी सर, ख़रीदी थी।'

'अबे वो गाड़ी राबिया के मर्डर में इस्तेमाल की गई है, कहां है गाड़ी?' अशफ़ाक़ ने सवाल किया।'

मेवालाल का बेटा बोला, 'हे भगवान! वो स्कूल टीचर, जिसका मर्डर हुआ था आम के बाग में? वो गाड़ी मर्डर में इस्तेमाल की गई? भगवान क़सम सर, वो मोटरसाइकिल तो फुलझड़ी ले गया था, छिन गई है।'

अशफ़ाक़ ने डांटा, 'अबे फुलझड़ी ले गया हो या रॉकेट, गाड़ी कहां है?'

दोनों बेटे एक ही साथ बोले, 'फुलझड़ी हमारा कारीगर है। उसके लिए ही ख़रीदी थी, पन्ना कबाड़ी से। रबिया के मर्डर के तीन दिन पहले काकोरी मोड़ पर, किसी ने कट्टा दिखा कर मोटरसाइकिल छीन ली थी।'

अशफ़ाक़ ने माथा पीटा, 'साला काकोरी में खुतरा, पपीता, कबाड़ी तो सुन ही लिए थे, बस ये सीको और फुलझड़ी सुनना रह गया था। अबे तुम काकोरी वाले एक भी सिंपिल और ईज़ी नाम नहीं रख सकते हो?'

पन्ना कबाड़ी ने फ़र्ज़ी हंसी के साथ जवाब दिया, 'अरे सर, नाम तो आपका भी नायाब है, अशफ़ाक़ उल्ला बिस्मिल! लगता है हर वक़्त सेल्यूट करते रहें आपको, और हर 9 अगस्त को फूल चढ़ाते रहें।'

मेवालाल के बेटे बोले, 'सर हम पटाखों के नाम पर इसलिए नाम रखते हैं क्योंकि कारीगर भागते बहुत हैं, अब किस-किस का नाम याद रखें! ये सीको है, मतलब छोटा बम, फुलझड़ी तो आप समझ ही गए होंगे, हमारी काकोरी का नेम ट्रेंड फेमस है सर।'

'फुलझड़ी को जलाओ। मेरा मतलब बुलाओ,' अशफ़ाक़ ने आदेश दिया।

फुलझड़ी को बुलाया गया और वो दौड़ कर आ गया। उसने सारा किस्सा सुनाया—वो गाड़ी लेकर जा रहा था। रात हो चुकी थी। तभी काकोरी मोड़ पर मंकी कैप पहने एक आदमी ने उसे कट्टा दिखा कर रोका और कंटाप मार कर भगा दिया। अशफ़ाक़ का दिमाग़ घूम गया—अंगद ने चुराई, कबाड़ी को बेची, कबाड़ी से मेवालाल संस ने ख़रीदी,

फुलझड़ी से किसी ने तमंचे की नोक पर छीन ली। वही गाड़ी आम के बाग से बरामद हुई, जिसके टूल बॉक्स के पेचकस से राबिया का क़त्ल किया गया। और अब, गाड़ी अयोध्या की नहीं, कश्मीर की है। उसके दिमाग़ में एक सवाल कौंधा—छीनी थी तो एफआईआर दर्ज क्यों नहीं कराई? जवाब भी आसान था, क्योंकि गाड़ी चोरी की थी।

एक और सवाल अश्फ़ाक़ के दिमाग़ में आया कि असली नंबर प्लेट तो कबाड़ी के पास थी, तो क्या नई नंबर प्लेट फुलझड़ी ने लगवाई थी? इसका भी जवाब सिंपल था। हां, नई नंबर प्लेट लगवाई थी, वो भी रात में चमकने वाले रेडियम स्टीकर वाली। जिसने छीनी होगी उसने ही नंबर प्लेट हटा दी होगी, ताकि पता ही न चले कि गाड़ी है किसकी। अब फाइनल सवाल था, कि जो नंबर प्लेट हटा सकता है क्या वो इंजन, चेसिस नंबर भी बदलवा सकता है? ये जवाब तो सिर्फ पन्ना कबाड़ी दे सकता था, क्योंकि चोरी की गाड़ियां तो कबाड़ी ही ख़रीदता था। फिर क्या था, मेवालाल एंड संस को फ्यूचर में पूछताछ का नोटिस थमा कर, अश्फ़ाक़ उल्ला पन्ना कबाड़ी को लेकर वापस चल दिया। अब तो काकोरी थाने में ही पन्ना कबाड़ी का फिज़िकल वैरिफ़िकेशन भी होगा। सिर्फ फिज़िकल वैरिफ़िकेशन ही नहीं लाठियों, पट्टों, जूतों, थप्पड़ों से नागरिक सम्मान भी किया जाएगा।

थाने पहुंचते ही अश्फ़ाक़ ने कबाड़ी को लतियाते हुए हवालात के अंदर कर दिया और त्रिपुरारी को सबसे मोटी वाली लाठी छांट कर लाने का फ़रमान सुनाया। सिपाहियों ने लाठियां एक जगह इकट्ठा कीं। टायर के पट्टे को पानी में भिगोकर पैंट के साथ कबाड़ी की पैंटी भी उतार कर फेंक दी गई। त्रिपुरारी ने पैंटी को लेकर ज़्यादा दिमाग़ नहीं लगाया। वो समझ गया कि या तो पन्ना कबाड़ी भी अनारकली का कस्टमर है, या फिर साले का किसी से इल्लिसिट रिलेशन है। दोनों ही सूरतों में अंधेरे की ज़रूरत तो पड़ती ही है। हो गई होगी अदला-बदली। आज नहीं तो कल वापस कर देगा पैंटी। मुद्दे की बात ये है कि हवालात ऑपरेशन थिएटर लग रहा था। सारे अपरेटस स्टरलाइज़ किए जा रहे थे। इतना ज़ोरदार दृश्य देख कर पन्ना कबाड़ी की आंखें फटी की फटी रह गईं। सोच-सोच कर दिमाग़ भी फटने लगा। मतलब कुछ यूं समझ लीजिए, कि पंचतत्वों से निर्मित ईश्वर प्रदत्त इस नश्वर शरीर में जो कुछ भी फट

सकता था, सब का सब फटने लगा। अचानक एक सौ साठ डेसिबल से थोड़ी ज़्यादा तीव्रता वाली आवाज़ गूंजी—सटाक! सटाक! सटाक! तीनों बार "सटाक" के बीच की टाइमिंग भी एक ही थी। तीन लाठी पड़ते ही न्यूटन, गैलीलियो, आर्केमिडीज़, फैराडे और आईंस्टीन के सारे फॉर्मूले लागू हो चुके थे। बॉयोलॉजिकली कानों से सुना जाए, तो लगा जैसे बम फट गया। हालांकि फटा तो बम ही था, लेकिन ये बम कोई सुतली बम नहीं, बल्कि कबाड़ी का बम था। चौथे सटाक की आवाज़ से पहले ही कबाड़ी का सामान्य ज्ञान जाग गया। उसकी आत्मा ने आवाज़ दी कि बेटा कबाड़ी, इससे पहले कि ये पुलिस वाले तेरी कोलोनोस्कोपी करें, मुंह से सब उगल दे। पन्ना कबाड़ी ने साहब-साहब चिल्ला कर शरीर के दक्षिणी गोलार्ध का भूगोल बदलने से बचा लिया और इतिहास उगल दिया, 'साहब हम चोरी का सारा माल ख़रीदते-बेचते हैं। कई इंटरस्टेट वाहन चोर गैंग हमें अपना माल बेचते हैं, लेकिन साहब पूछ लीजिए त्रिपुरारी भैया से, हर महीना थाने को पूरा पैसा टाइम से पहुंचाते हैं।'

अश्फ़ाक़ ने फिर लाठी उठाई, 'इंजन, चेचिस नंबर का क्या खेल है?'

कबाड़ी ने थूक गटका, 'साहब ये ऑटो लिफ्टर गैंग बहुत शातिर हैं, फ़ौरन गाड़ी की नंबर प्लेट हटा देते हैं। हम जिस हालत में गाड़ी गैंग से ख़रीदते हैं, वैसे ही बेच देते हैं। पर ये गाड़ी तो हम सीधे अंगद यादव से ख़रीदे थे, इसीलिए नंबर प्लेट हटा कर बेच दिए थे, साहब।'

अश्फ़ाक़ ने लाठी ज़मीन पर पटक दी और बोला, 'साले इतना जानता है तो ये भी जानता होगा कि गैंग वाले नंबर प्लेट और चेचिस नंबर कैसे अदला-बदली करते हैं? इतना तो मधुर संबंध है ही न तुम्हारा?'

कबाड़ी गिड़गिड़ाया, 'सर हमको पता तो नहीं है, बस सुना है कि गाड़ियां चुराकर लखनऊ के रकाबगंज में खरादी के कारखाने जाती हैं। वहां असली नंबर प्लेट फ़ौरन बदल दी जाती है, फिर खराद, यानी ग्राइंडर से घिसकर इंजन और चेचिस नंबर भी मिटा दिया जाता है। उसके बाद नया नंबर गोदा जाता है। पर हम कभी नहीं गए, साहब।'

विकिपीडिया बोला, 'सर गाड़ियां तो हमेशा पार्किंग, मकान, दुकान या ऑफिस के बाहर से चुराई जाती हैं, इसका मतलब जो गाड़ियां

छीनी जाती हैं, वो भी तो ऑटो लिफ्टर ही होते हैं। अगर मेवालाल एंड संस वाले फुलझड़ी से मोटरसाइकिल, मर्डर के तीन दिन पहले कट्टा दिखा कर छीनी गई, तो वो भी नंबर बदलने के लिए खराद कारखाने भेजी गई होगी, क्यों न हम रकाबगंज वाले खराद कारखाने से पता करें?'

अश्फ़ाक़ उल्ला एक भी क्लू मिस नहीं करना चाहता था। असल में वो सवालों से जूझ रहा था। पहला सवाल, आख़िर मोटरसाइकिल फुलझड़ी से किसने छीनी? दूसरा सवाल, जिसने छीनी अगर वो चोर ही है, तब तो चेसिस नंबर बदलवाना बनता है, लेकिन अगर चोर नहीं है, तो क्यों बदलवाया? तीसरा सवाल, अगर छीनने वाला ऑटो लिफ्टर गैंग का है, तो क्या उस रात आम के बाग में वो चोर ही राबिया के साथ गया था? चौथा सवाल, अगर चोरी की गाड़ी किसी और ने ख़रीद ली हो, तो फिर चोर नहीं, बल्कि मोटरसाइकिल का ख़रीदार ही वो शख़्स होगा, जो क़त्ल की रात बाग में गाड़ी छोड़ गया था।

बिना वक़्त गंवाए, विकिपीडिया दो सिपाहियों के साथ लखनऊ के रकाबगंज खराद कारखाने के तरफ निकलने को हुआ, तो इंस्पेक्टर ने उसे ताकीद की कि किसी भी हालत में लखनऊ पुलिस को पता न चले कि काकोरी पुलिस किसी पूछताछ के सिलसिले में लखनऊ आई है। क्योंकि लखनऊ पुलिस को पता चला, तो एसएसपी साहब को पता चल जाएगा, और अगर एसएसपी साहब को पता चला, तो वो तुरंत समझ जाएंगे कि राबिया रेप एंड मर्डर केस में अभी भी कुछ लोचा है।

विकिपीडिया ने गाड़ी दौड़ाई और सीधे लखनऊ के रकाबगंज जाकर रुका। इधर-उधर पता करने के बाद, काकोरी पुलिस खराद के कारखाने पहुंच गई। पुलिस की गाड़ी देख कर कारखाने के लोग शटर गिराकर भागने लगे। विकिपीडिया को अश्फ़ाक़ की ताकीद याद थी। हालात संभालते हुए विकिपीडिया ने सबको गारंटी दी कि किसी को कोई परेशानी नहीं होगी। गारंटी कार्ड मिलने के बाद खराद कारखाने का मालिक, बाबूराम बाघमार सामने आया। उसने बिना कुछ पूछे ही बता दिया कि वो ऑटो लिफ्टर गैंग का मेंबर तो नहीं है, बस गाड़ियों के

नंबर, ग्राइंडर से घिसकर बदलता है और इसके बदले उसे मोटी रकम मिलती है। इस मोटी रकम का एक तगड़ा हिस्सा, थाना रकाबगंज को हफ्ते के हिसाब से भेजा जाता है। चोरी की गाड़ियों का सारा किस्सा सुनने के बाद, विकिपीडिया ने सिर्फ एक सवाल किया, 'बस इतना बता दो बाबूराम, कैसे करते हो सब?'

बाबूराम ने ग्राइंडर और नए नंबर डालने वाली हीट मशीन दिखा कर बताया, 'साहब जो गाड़ियां चोरी होकर आती हैं, हम उनके इंजन और चेचिस नंबर ग्राइंडर से घिस कर मिटा देते हैं, फिर हीट मशीन से दूसरे नंबर इंजन और चेचिस में गोद देते हैं।'

सिस्टम समझते हुए विकिपीडिया बोला, 'इंजन और चेचिस में नंबर छापने वाली ये मशीन तो गाड़ियां बनाने वाली फैक्ट्रियों में होती हैं, फैक्ट्री से ही नंबर छप कर आता है, तुम्हारे पास मशीन कहां से आई?'

बाबूराम ने मासूम सा जवाब दिया, 'साहब कहने को तो नोट छापने की मशीन सिर्फ रिजर्व बैंक में ही है, फिर बाहर कैसे छप जाती है करेंसी?'

बाबूराम की बात विकिपीडिया के दिमाग़ में सीधे उतर गई। उसने फिर पूछा, 'करेंसी तो समझ गए, लेकिन गाड़ियों पर तुम जो नंबर छापते हो, वो नंबर आते कहां से हैं तुम्हारे पास?'

बाबूराम ने सबकुछ साफ़-साफ़ बताया, 'साहब गैंग वाले ही चोरी की मोटरसाइकिल और कार के साथ नंबर दे जाते हैं। आरटीओ वालों से उनकी सेटिंग होती है, वो दूसरे शहरों और स्टेट के नंबर दे जाते हैं। कार का नंबर मोटरसाइकिल पर, मोटरसाइकिल का नंबर कार पर। कभी ट्रक का नंबर, तो कभी टैंपो का नंबर, जो नंबर दे जाते हैं वो छाप देते हैं। गाड़ी पकड़ी जाए तो कंफ्यूज़न बना रहे, इसलिए नंबर इधर का उधर छापवाते हैं। कोई कड़क ट्रैफिक वाला मिल गया, तो ढूंढ़ता रहेगा कि किसकी गाड़ी किसके नाम रजिस्टर्ड है।'

विकिपीडिया ने पूछा, 'अरे वो मैं सब समझ गया, लेकिन इतने के लिए लिस्ट की क्या ज़रूरत है? अपने मन से कोई भी नंबर लिख दो।'

बाबूराम बाघमार बोला, 'लिख सकते हैं साहब, पर कितना लिखें, कौन सा लिखें? लिस्ट है, तो बस कापी पेस्ट करना रहता है।'

विकिपीडिया को अब सारे ही सवालों के जवाब मिल चुके थे। बस एक आख़िरी सवाल उसके दिमाग़ में कुलबुला रहा था, 'अच्छा ये भी बताओ कि सिर्फ गैंग वाले ही आते हैं, या कोई प्राइवेट आदमी भी नंबर मिटाने और नया नंबर छपवाने आता है, तुम्हारे पास?'

बाघमार के चेहरे पर टेंशन आ गई, 'साहब, आप क्या जानना चाहते हैं?'

'बस ऐसे ही, कुछ ख़ास नहीं,' विकिपीडिया ने थोड़ा टालते हुए कहा।

बाघमार ने फिर पूछा, 'सर, कोई केस हो गया है क्या?'

विकिपीडिया ने फटकारा, 'देखो बाघमार, तुम नाम के बाघमार होगे, अभी तो हम बहुत आराम से पूछ रहे हैं, फिर अपने पर आ गए तो तुम अपना नाम गीदड़मार बताओगे सबको। जो पूछा है, वो बताओ!'

'साहब, दसियों साल से तो सिर्फ गैंग वाले ही आते हैं। अभी तक बस एक ही आया जिसने अपनी मोटरसाइकिल का नंबर घिसवा कर कार का नंबर छपवाया,' बाघमार ने दबी ज़बान में जवाब दिया।

इतना सुनते ही विकिपीडिया ने पूछा, 'कौन आया था?'

बाबूराम बाघमार ने अलमारी खोलकर सैकड़ों कागज़ निकाले। उन कागज़ों पर दूसरे स्टेट्स और शहरों की कारों, मोटरसाइकिलों, ट्रकों और ट्रैक्टरों तक के इंजन नंबर, चेसिस नंबर और रजिस्ट्रेशन नंबर लिखे थे। वो कागज़ों को उलटने-पलटने लगा। उनके बीच में से अचानक ग्लॉसी पेपर पर छपी एक फ़ोटो गिरी। बाघमार ने कागज़ छोड़ कर ज़मीन से फ़ोटो उठाई और विकिपीडिया को थमा दी, 'ये लीजिए साहब।'

विकिपीडिया ने फ़ोटो देखी। फ़ोटो कलर्ड थी, किसी के जनाज़े की। लाश पाकिस्तानी झंडे से लपेट कर रखी गई थी। कुछ लोग जनाज़े के पास बैठे रो रहे थे। जनाज़े के पीछे, मैदान में सैकड़ों की भीड़ दिखाई दे रही थी। फिरन, जैकेट्स देख कर समझ आ रहा था कि सर्दियों की फ़ोटो है। विकिपीडिया ने बाघमार से पूछा, 'फ़ोटो काहे का है बे?'

बाघमार बोला, 'अरे नहीं! फ़ोटो नहीं साहब, फ़ोटो को पलटिए फिर बताइए कि क्या इसी नंबर की तलाश है आपको?'

विकिपीडिया ने फ़ोटो को फ़ौरन पलटा। फ़ोटो के पीछे वाले सफेद हिस्से पर किसी ने काले रंग के मार्कर पेन से लिखा था, इंजन नंबर G12BN164140 और चेसिस नंबर MA3ERLF1SOO183735। फ़ोटो में गाड़ी के रजिस्ट्रेशन नंबर के आगे लिखा था 33.964722 डिग्री नॉर्थ और 74.964444 डिग्री ईस्ट। उसने फ़ौरन सिपाही को बाहर भेजा और आरटीओ वाली फ़ाइल मंगवाई। सिपाही दौड़ कर फ़ाइल लाया। फ़ाइल के कागज़ और फ़ोटो पर लिखे नंबर को विकिपीडिया ने मिलाया तो सकपका गया। ये दोनों ही इंजन और चेसिस नंबर एक थे। विकिपीडिया ने बाघमार की पीठ थपथपाई, 'बहुत बड़ा काम कर दिया तुमने बाघमार! बस एक आख़िरी बात और बता दो, कौन दे गया था ये?'

'जाने दीजिए साहब, चोर नहीं है, प्राइवेट आदमी है,' बाघमार ने कहा।

'जानवरों की तरह एक लड़की का रेप करके मार दिया गया है। नाम बता दोगे तो इंसाफ़ मिल जाएगा एक बूढ़े बाप को,' विकिपीडिया बोला।

बाघमार अलर्ट हो गया, 'आप काकोरी से आए हैं साहब?'

'हां, काकोरी से ही आया हूं,' विकिपीडिया साफ़ बोला।

बाघमार ने थोड़ा संकोच किया, फिर कहा, 'तो क्या चांद भाई...'

विकिपीडिया हड़बड़ाया, 'कौन चांद भाई?'

'चांद खुतरा,' बाघमार की ज़ुबान ने पूरा नाम खोल दिया।

विकिपीडिया ने बाघमार से तुरंत चाय मंगाने को कहा और उसके कंधे पर हाथ रख कर वहीं बैठ गया। चाय पीते-पीते बाघमार ने बताया कि वो गाड़ियों के स्टील के साइलेंसर, मडगार्ड और तमाम चीज़ों को ग्राइंड करके चमकाता है। जब ट्रकों, बसों, टैंपो के पिस्टन और सिलेंडर के बीच चलते-चलते जगह बन जाती है, तो गाड़ी एवरेज कम देने लगती है। सिलेंडर में मेटल भर कर घिसाई की जाए तो जगह भर जाती है और एवरेज फिर दुरुस्त हो जाती है।

चांद खुतरा कई बार टैंपो के पिस्टन और सिलेंडर की खराद कराने आता था। पिछले हफ्ते वो इंजन और चेसिस नंबर घिस कर, नया नंबर छपवाने के लिए मोटरसाइकिल लाया था। नंबर भी वो ख़ुद लिख कर लाया था। फ़ोटो पर लिखा नंबर, कागज़ों के साथ उसके पास पड़ा था, जो आज बाघमार ने विकिपीडिया को दिया। विकिपीडिया ने ये भी पूछा कि रजिस्ट्रेशन नंबर की जगह जो नॉर्थ-ईस्ट और डिजिट्स लिखे हैं, उसका क्या मतलब है। इस पर बाघमार ने बताया कि उससे सिर्फ इंजन और चेसिस नंबर बदलने को कहा गया था। बाकी और सब क्या लिखा है, न वो जानता है, और न ही उसने चांद खुतरा से पूछा था। विकिपीडिया ने जेब से दो हज़ार का नोट निकाल कर बाघमार को दिया। बाघमार यूपी के गिने चुने लोगों में होगा जो ग़लत धंधे में भी इन्वॉल्व था, और पुलिस उसी को घूस दे रही थी। विकिपीडिया ने उससे वादा लिया कि वो इस पूछताछ के बारे में किसी को नहीं बताएगा। बाघमार ने भी विकिपीडिया को क़सम खिलाई कि उसका नाम कहीं नहीं आना चाहिए। विकिपीडिया ने बाघमार को भरोसा दिलाया और सीधे काकोरी की तरफ चल दिया।

काकोरी थाने पर जीप से उतर कर विकिपीडिया तेज़ी से इंस्पेक्टर अश्फ़ाक़ उल्ला बिस्मिल के दफ़्तर में दाख़िल हुआ। उसने सैल्यूट किया और फ़ोटो सीधे इंस्पेक्टर के सामने रख दी। अश्फ़ाक़ ने दराज़ से मैग्नीफाइंग लेंस निकाला और फ़ोटो देखने लगा। विकिपीडिया ने फ़ौरन टोका, 'साहब फ़ोटो में कुछ नहीं है, जो भी है फ़ोटो के पीछे, प्लेन वाले हिस्से पर है।' अश्फ़ाक़ ने फ़ोटो पलटी और फिर मैग्नीफाइंग लेंस से काले रंग के मार्कर पेन से लिखा हर एक एल्फ़ाबेट और डिजिट पढ़ना शुरू कर दिया। सब पढ़ने के बाद अश्फ़ाक़ बोला, 'अबे विकिपीडिया ये क्या है? इतना पढ़े-लिखे होते तो सिपाही काहे भर्ती होते, बिना गुडवर्क और प्रमोशन के इंस्पेक्टर न बन जाते?'

विकिपीडिया ने बताना शुरू किया, 'सर ये वही नंबर हैं जो मोटरसाइकिल पर छापे गए हैं। मोटरसाइकिल वास्तव में अयोध्या के नंबर की ही है। इसी मोटरसाइकिल का एक्सीडेंट हुआ था ट्रक से। यही

गाड़ी तो अंगद यादव थाने से चुरा कर पन्ना कबाड़ी को बेचा था। फिर कबाड़ी ने यही गाड़ी मेवालाल एंड संस को बेची थी। फुलझड़ी तीन दिन पहले, जब यही गाड़ी लेकर जा रहा था, तब मंकी कैप पहने किसी आदमी ने कट्टा दिखा कर उससे गाड़ी छीन ली थी। इस गाड़ी का असली इंजन, चेचिस और रजिस्ट्रेशन नंबर तो हमारे थाने के पास है, लेकिन चोरी की गाड़ी ख़रीद कर पन्ना ने नंबर प्लेट हटा दी थी। फिर फुलझड़ी ने रात में चमकने वाली नंबर प्लेट लगवाई, लेकिन जिसने फुलझड़ी से गाड़ी छीनी, उसने वो नंबर प्लेट हटवा दी और लखनऊ में रकाबगंज के खराद वाले से इंजन और चेचिस नंबर घिसवा कर नया नंबर छपवा दिया। यही नंबर आरटीओ वाले बिज्जन बाबू भी लेकर आए और बताया कि ये नंबर मोटरसाइकिल का नहीं कार का है। कार के मालिक का नाम है, सज्जाद अहमद भट—उम्र सत्रह साल, गांव महरम, डिस्ट्रिक अनंतनाग और 370 हटने के बाद कश्मीर।'

अशफ़ाक़ ने मैग्नीफाइंग लेंस से फिर नंबर देखा, 'हां तो इसमें नया क्या है? असली बात बताओ, नंबर बदलवाया कौन?'

'सर पहले ये बताइए, ईनाम क्या देंगे?' विकिपीडिया ने हंस कर पूछा।

अशफ़ाक़ झुंझलाकर बोला, 'पहले बताओ।'

विकिपीडिया ने साहब का मूड भांप लिया और झट से बोला, 'चांद।'

'कौन चांद?' अशफ़ाक़ ने पूछा।

विकिपीडिया फुसफुसाया, 'चांद खुतरा।'

अशफ़ाक़ उल्ला सन्न रह गया।

त्रिपुरारी चौंका, 'चांद खुतरा, माने वो राबिया की फूफी का लड़का!'

अशफ़ाक़ उल्ला बिस्मिल ने विकिपीडिया को गले लगा लिया। मतलब, पहले चांद खुतरा राबिया बसर को लेकर मोटरसाइकिल से आम के बाग पहुंचा। उसने राबिया के गले में टूल किट का पेचकस घोंप कर, उसका क़त्ल कर दिया। फिर मोटरसाइकिल मोड़ कर वापस ले

गया। चांद खुतरा को लगा कि राबिया बसर मर चुकी है। लेकिन राबिया तो अभी मौत से लड़ रही थी। अंगद यादव ने समझा की मोटरसाइकिल चली गई, यानी अनारकली का कस्टमर वापस चला गया। बस फिर क्या, अंगद यादव ने आख़िरी सांसें गिन रही राबिया के साथ बलात्कार कर दिया। धीरे-धीरे सबको समझ आने लगा कि उस रात शायद क्या हुआ होगा।

अंगद ख़ुद को मैच विनर समझकर आगे बढ़ा, तो मोटरसाइकिल चालू थी। लाइट जल रही थी। ऐसा इसलिए हुआ क्योंकि गाड़ी के लौटने और अंगद के अनारकली के पास तक जाने के बीच चांद खुतरा वापस आया और गाड़ी को ऑन छोड़ गया। हेडलाइट की रोशनी में अंगद को पता चला कि जिसे वो पसीना समझ रहा था वो ख़ून है। बदहवास सा अंगद वापस लौटा, तब तक राबिया मर चुकी थी। अंगद की बात सच थी। अंगद का दिमाग़ मान चुका था कि जो लड़की मरी वो राबिया नहीं, अनारकली थी। नशे, हैवानियत और क़त्ल के ट्रायंगल में फंसे अंगद ने उस रात मान लिया कि उसने अनारकली का रेप किया, फिर जोश में उसे मार भी डाला।

अब साफ़ हो चुका था कि चांद ने मर्डर किया और अंगद ने रेप। पेचकस के वार से बुरी तरह घायल राबिया बसर, बलात्कार के दौरान मर गई थी।

पेंच सिर्फ दो पॉइंट्स पर अटक रहा था—एक, चांद ने राबिया को मारा क्यों? और दूसरा सबसे अहम पॉइंट, छीनी हुई मोटरसाइकिल का इंजन और चेसिस नंबर चांद ने क्यों बदलवाया? और बदलवाया भी, तो खराद वाले से कह देता कि किसी भी गाड़ी का इंजन और चेसिस नंबर छाप दो। चांद ने ख़ुद नंबर लिखकर क्यों दिया? और नंबर कश्मीर की कार का ही क्यों दिया?

~

हर सवाल, सवाल का हर जवाब, और जवाब से फिर निकलने वाले नए सवाल जाकर चांद खुतरा पर टिक गए थे। बिना किसी शोरगुल के सीधे तहव्वर ख़ाँ के घर पर छापा मारा गया। चांद नसीम पपीते के साथ

रोज़मर्रा की तरह बस बैठा टाइम पास कर रहा था। अबराम अपने ऑर्डर्स टैंपो पर लोड करके रजिस्टर में कुछ हिसाब लिख रहा था। जीप रुकने के पहले ही अश्फ़ाक़ उल्ला ने आगे वाली सीट से छलांग लगाई, और चांद को कॉलर पकड़ कर उठा लिया। चांद ख़ुद को छुड़ा कर भागने लगा। नसीम ठिठक कर रुक गया। सारा तमाशा देख रहे अबराम के लिए ये सुपर सरप्राइज़ पैकेज था। भाग रहे चांद के पीछे सिपाही भागे। चांद घर के अंदर घुस गया। अश्फ़ाक़ भी तेज़ी से दौड़ा। सिपाही पीछे-पीछे और तेज़ दौड़ने लगे। एक कमरा, दूसरा कमरा, बारमदा, किचन और फिर सीढ़ी चढ़ कर पहली मंज़िल, और फिर एक और सीढ़ी। इस बार सीढ़ी छत पर जाकर खुली। चांद खुतरा उन पेटियों के पीछे छुप गया, जो उस दिन मज़दूर छत वाले कमरे में रखने के लिए चढ़ा रहे थे और राबिया मज़दूर से टकरा गई थी। अश्फ़ाक़ और सिपाही थोड़ी देर तक चांद को ढूंढ़ते रहे, फिर अश्फ़ाक़ ने एक पेटी उठाई। चांद खुतरा अब एकदम सामने था। अश्फ़ाक़ ने अपने हाथ में उठाई पेटी को चांद के सिर पर पटक दिया। चांद की खोपड़ी और पेटी, दोनों खुल गईं। उसके सिर से ख़ून, और पेटी से काले रैपर में पैक मीडियम साइज़ कैंडिल जैसे दर्जनों पीस कमरे में बिखर गए। अश्फ़ाक़ उल्ला चांद को कॉलर से पकड़ कर घसीटता हुआ सीढ़ी से नीचे ले आया, और जीप पर लाद कर थाने की तरफ चल दिया।

अबराम को समझते देर नहीं लगी कि हो न हो चांद को राबिया मर्डर केस की वजह से ही पुलिस उठा कर ले गई है। टैंपो पर काकोरी कबाब के डिब्बे लोड हो चुके थे। अबराम ने टैंपो ड्राइवर से काकोरी शरीफ़ दरगाह छोड़ने को कहा। टैंपो स्टार्ट ही हुआ था कि कबाब काउंटर के पीछे छुपा बैठा नसीम पपीतेवाला बाहर निकला। नसीम ने अबराम को ज़ोर से आवाज़ दी, 'गुरू, मुझे भी अपने साथ ले चलो।'

अबराम टैंपो से उतर कर नसीम के पास आकर बोला, 'नहीं यार, तू घर जा। मैं तहव्वर चाचा को लेकर थाने पहुंचता हूं। हंड्रेड परसेंट राबिया के मर्डर को लेकर कोई क्लू मिला है, इसीलिए चांद को उठा ले गए हैं।'

पसीने में तर-ब-तर हो चुका नसीम हांफ रहा था। उसने अबराम का हाथ पकड़ा, 'गुरू, दिल बहुत घबरा रहा है।'

अबराम दौड़कर काउंटर से शक्कर लाया, 'जल्दी से फांक ले, तेरी शुगर लो हो रही है। परेशान मत हो, कुछ नहीं होगा।'

नसीम ने शक्कर फांकी और वहीं बेंच पर बैठ गया। तीन-चार मिनट बाद वो थोड़ा नॉर्मल हुआ, तो अबराम ने उससे कहा, 'चल तू घर जा। मैं भी अब तहव्वर चाचा के पास नहीं जाऊंगा, वो भी खामखां परेशान हो जाएंगे।'

अबराम समझ गया कि अभी तहव्वर को कुछ भी बताना ठीक नहीं रहेगा। जिस टैंपो से अबराम, तहव्वर को लेने दरगाह जा रहा था, उस टैंपो पर उसने नसीम पपीते को बैठाया और ड्राइवर से नसीम को घर छोड़ने को कहा। टैंपो के जाने के बाद अबराम तहव्वर के घर के अंदर चला गया। पुलिस और चांद खुतरा की दौड़ भाग में पूरा का पूरा घर बिखरा पड़ा था। अबराम कमरा ठीक करने लगा। ग्राऊंड फ्लोर का कमरा ठीक करके वो जैसे ही फ़र्स्ट फ्लोर के लिए बढ़ा, उसे लगा कि राबिया की ड्रेसिंग टेबल की दराज़ खुली है। अबराम ने उसको बंद कर दिया। ताज्जुब की बात ये कि काले रैपर में मीडियम साइज़ की कैंडिल जैसा जो पीस राबिया ने उस दिन दराज़ में रखा था, वो आज दराज़ से ग़ायब था। अबराम ने ग्राऊंड और फ़र्स्ट फ्लोर के सभी कमरों में बिखरे हुए सामान को ठीक किया और छत की तरफ बढ़ गया। उसने छत के कमरे में बिखरे सारे पीस फिर से पेटी में भरे दिए।

फिर कुछ सोचते हुए उसने कैंडिल जैसा दिखने वाला एक पीस उठाया और रैपर हटा कर उसे तोड़ कर देखा, तो उसमें से पीले रंग के शक्कर जैसे दाने ज़मीन पर बिखर गए। अबराम ने झाड़ू से सारे दाने नाली में बहा दिए और टूटा हुआ वो पीस जेब में रख लिया।

चांद खुतरा के सिर से लगातार ख़ून टपक रहा था। पुलिस की जीप थाने की तरफ जा रही थी। एक सिपाही ने चांद के सिर पर रूमाल लगा कर ज़ख्म को दबा रखा था। हेड कांस्टेबल त्रिपुरारी ने इंस्पेक्टर अशफ़ाक़ को

सलाह दी कि चांद को पहले काकोरी के सरकारी अस्पताल ले चलना चाहिए। अशफ़ाक़ उल्ला बिस्मिल त्रिपुरारी की बात मान गया। गाड़ी थाने के बजाय सीधे जिला अस्पताल के लिए मुड़ गई। इमरजेंसी में डॉक्टर ने फ़ौरन चांद के सिर का घाव देखा। घाव काफ़ी गहरा था। डॉक्टर ने अशफ़ाक़ को बताया कि कम से कम अठारह टांके आएंगे। अस्पताल के बाहर तक चांद के चीख़ने की आवाज़ आ रही थी।

चीख़ते हुए चांद के दोनों गालों को अशफ़ाक़ ने अपने हाथों से दबाया, 'क्यों दर्द हो रहा है क्या? देखो साले खुतरे को, इस मर्द को दर्द होता है।'

अशफ़ाक़ को छोड़ कर, सारे पुलिस वाले इमरजेंसी से बाहर चले गए। चांद खुतरा निढाल सा हो चुका था। कंपाउंडर ने पहले चांद की जैकेट उतारी, फिर कैंची से उसकी टी-शर्ट काटी। टी-शर्ट काटने के बाद कंपाउंडर ने जैसे ही बनियान काटी, वैसे ही काले रैपर में पैक कैंडिल जैसा पीस ज़मीन पर गिरा। अशफ़ाक़ ने कंपाउंडर से ज़मीन पर गिरा पीस उठाने को कहा। कंपाउंडर ने उसे उठा कर अशफ़ाक़ को दे दिया। अशफ़ाक़ ने पीस को देखा और त्रिपुरारी को आवाज़ दी।

त्रिपुरारी आवाज़ सुन कर अंदर आया, तो अशफ़ाक़ ने उसे पीस थमा दिया, 'वो जो पेटी साले के सिर पर पटकी थी, उसी में से निकलकर बनियान में फंसा रह गया है शायद। रख लो, बाद में देखेंगे।'

त्रिपुरारी पीस लेकर बाहर चला गया। कंपाउंडर ने चांद की टी-शर्ट और बनियान काट दी। उसके गले में एक ताबीज़ था। कंपाउंडर जैसे ही उसे काटने लगा, चांद ने उसका हाथ पकड़ लिया और मुसलमान होने का हवाला देते हुए, ताबीज़ नहीं काटने की गुज़ारिश की। उसे ताबीज़ को बचाते हुए देख अशफ़ाक़ ज़ोर से हंसा, 'कउनो भसम-भभूत, ताबीज़, टोटका तुमको बचा नहीं पाएगा खुतरा बाबू। कित्ती भी कोशिश कर लो... तुम तो गए!'

चांद ने अशफ़ाक़ को देखा और दर्द के बावजूद भी हंस दिया।

अशफ़ाक़ भी हंसा, 'अरे कंपाउंडर साहब, वो पिक्चर में कौन रहता है, जो केवल रूपा वाला अंडरवियर पहनता है? बहुत बड़ी बॉडी

वाला, ग्रीन-ग्रीन कलर का...अरे वो, जो हथौड़े वाले थॉर के साथ रहता है ना?'

कंपाउंडर ख़ून साफ़ करता हुआ बोला, 'इंक्रिडिबिल हल्क न, सर।'

अश्फ़ाक़ फिर ज़ोर से हंसा, 'इनको देखो, हमको देख कर हंस रहे हैं। चिर के चार हो गई है, लेकिन इंक्रिडिबिल हल्क बन के दिखा रहे हैं।'

चांद की बॉडी से ख़ून साफ़ हो जाने के बाद डॉक्टर ने टांके लगाना शुरू किया। चांद ज़ोर-ज़ोर से चीख़ने लगा और हिलने-डुलने लगा, 'अरे अल्लाह! सर, कसम से बहुत दर्द हो रहा है। सिर को सुन्न कर दीजिए, मुझे बोहेश करके टांके लगा दीजिए, सर।'

अश्फ़ाक़ ने दो-तीन पुलिसवाले अंदर बुलवाए। उन्होंने चांद को कस कर पकड़ लिया और फिर डॉक्टर ने टांके लगा कर उसे पेन किलर इंजेक्शन दे दिया। ये सब होने के बाद अश्फ़ाक़ बोला, 'डॉक्टर साहब, अब हम इसे थाने ले जाते हैं।'

डॉक्टर चौंक कर बोला, 'नहीं, नहीं इंस्पेक्टर साहब, अठारह टांके लगे हैं! काफ़ी डीप कट है। पेन किलर तो दे दिया है, नींद का भी एक इंजेक्शन दे देता हूं, थोड़ा आराम कर लेगा तो आपके थाने ले जाने लायक हो जाएगा।'

अश्फ़ाक़ को ये सही नहीं लगा, लेकिन डॉक्टर के कई बार कहने पर उसे समझ में आ गया। खराद के कारखाने से मिले सबूत से लेकर चांद को दबोचने तक का मामला उसने अभी तक छुपा ही रखा था। वो नहीं चाहता था कि किसी भी हाल में अफसरों तक ये बात पहुंचे कि राबिया बसर केस में कोई कसर बाकी रह गई थी। लिहाज़ा अश्फ़ाक़ ने चांद को नींद का इंजेक्शन देने की हामी भर दी। चांद को डॉक्टर और चार सिपाहियों के सुपुर्द कर वो त्रिपुरारी, विकिपीडिया, रमाकांत और गौतम के साथ थाने वापस चल दिया।

जीप थाने पहुंची तो देखा कि फॉरेंसिक एक्सपर्ट, डॉक्टर कटियार भी वहां तभी पहुंचे थे। थाने के बाहर ही वो बोले, 'थैंक गॉड अश्फ़ाक़,

राबिया बसर का मोबाइल रिकवर हो गया है। सारे डिटेल्स ऐज़ इट इज़ हैं।'

अश्फ़ाक़ ने डॉक्टर कटियार के हाथ से मोबाइल ले लिया और बोला, 'बहुत-बहुत शुक्रिया डॉक्टर साहब!'

फ़ोन अश्फ़ाक़ के सुपुर्द कर डॉक्टर कटियार वापस चले गए। अश्फ़ाक़ राबिया का मोबाइल लेकर अंदर चल दिया। अश्फ़ाक़ ने फैसला किया था कि वो किसी को ये पता ही नहीं चलने देगा कि अभी भी राबिया रेप एंड मर्डर केस में उसे कई क्लू मिले हैं, इसलिए उसने डॉक्टर से भी इसका ज़िक्र नहीं किया। अश्फ़ाक़ नहीं चाहता था कि अंगद यादव को जेल भेज कर उसने जो असली गुडवर्क किया है, उसकी कोई भी ख़बर लीक हो। उसे डर था, तो केवल मुन्नालाल पत्रकार का क्योंकि चांद खुतरा अस्पताल में भर्ती था और मुन्नालाल ख़बर के चक्कर में हर जगह घूमता रहता था। अश्फ़ाक़ ने समय गंवाए बिना ही मुन्नालाल का नंबर डायल कर दिया। फ़ोन उठाते ही अश्फ़ाक़ ने मुन्नालाल से पूछा, 'अरे कहां ग़ायब हो एडीटर साहब? कितने दिन हो गए, आपके दूरदर्शन ही नहीं हुए...सब सूई पटक सन्नाटा है न हमारी काकोरी में?'

उधर से मुन्नालाल पत्रकार की आवाज़ आई, 'इंस्पेक्टर साहब, आपकी सेंस ऑफ़ ह्यूमरता का तो क्या कहना, कोई न कोई अइसा सेंटेंस बोल देते हैं, कि मजा आ जाता है!'

अश्फ़ाक़ ने हंसते हुए मुन्नालाल की तारीफ की, 'अरे नहीं भाई, आप जैसे दोस्त हों, तो हंसी-मज़ाक़ बस चलता रहना चाहिए। वैसे कहां हो आजकल? आओ कभी, बहुत दिनों से चाय समोसा नहीं हुआ।'

मुन्नालाल बोला, 'अरे सर, वो हमारा कैमरामैन है न—सिंटू दुबे, उसकी तशरीफ़ में बलतोड़ हो गया है, उसी को लेकर सरकारी अस्पताल आए हैं।'

सरकारी अस्पताल का नाम सुनकर अश्फ़ाक़ के होश उड़ गए।

तभी मुन्नालाल बोला, 'सर, डॉक्टर साहब बताए कि आप चांद को पकड़ कर लाए हैं? खोपड़ी फटी है उसकी, बाला बन कर लेटा है। हम इंतज़ार कर रहे हैं, उठे तो बाइट ले लें।'

अशफ़ाक़ तुरंत बोला, 'अरे नहीं, लोफ़र हैं साले, क्या बाइट लेना। तुम सिंटू का आधार कार्ड ठीक करा कर इधर ही आ जाओ, फिर चाय पीते हैं और समोसे खाते हैं, कम तेल वाले।'

मुन्नालाल पत्रकार ने एक-दो घंटे में हाज़िर होने की बात कह तो दी, पर अशफ़ाक़ के लिए नई मुसीबत ये थी कि चांद अगर टीवी स्क्रीन पर चमक गया, तो सब किए कराए पर पानी फिर जाएगा। अशफ़ाक़ ने त्रिपुरारी को कहा कि अस्पताल में चांद की चौकसी में तैनात सिपाहियों को फ़ोन करके कह दे कि किसी भी हालत में सीसीटीवी न्यूज़, इमरजेंसी वॉर्ड के अंदर न जाने पाए। इतना कहने के बाद अशफ़ाक़ ने विकिपीडिया को राबिया का मोबाइल चेक करने को दे दिया, और त्रिपुरारी को बुला कर पूछा, 'ये बताओ त्रिपुरारी, जब मोबाइल रिकवर होकर आ गया, फिर राबिया के कॉल डिटेल्स अभी तक क्यों नहीं आए?'

त्रिपुरारी ने तुरंत ही मोबाइल नेटवर्क कंपनी को फ़ोन मिलाया और पता किया कि अभी तक डिटेल्स क्यों नहीं आईं।

उधर से अवाज आई, 'सर आपने मना कर दिया था कि केस सॉल्व हो गया है, अब ज़रूरत नहीं है। डिटेल तो हमने एक-दो हफ़्ते पहले से निकाल कर रखी हैं।'

त्रिपुरारी बोला, 'यार, ये सब छोड़ो, तुम फ़ौरन लेकर आओ।'

अशफ़ाक़ ने घूर कर त्रिपुरारी को देखा। इतने में राबिया बसर का मोबाइल और कागज़ पर लिखी डिटेल लेकर विकिपीडिया उसके पास आया, 'सर पैंतीस फ़ोटो हैं गैलरी में। ज़्यादातर प्रज्ञा ठाकुर के साथ राबिया की सेल्फी हैं, स्कूल के बच्चों के ड्रामे वाले फ़ोटो, सन राइज़, सन सेट के फ़ोटो हैं। वाट्सप पर गुड मॉर्निंग, गुड नाइट वाले फ़ालतू के मैसेज हैं। चैट भी प्रज्ञा के साथ हैलो-हाय, ड्रामे की स्क्रिप्ट, डायलॉग। राबिया के मोबाइल में कुछ इंपॉर्टेंट नहीं मिला, सर।'

अशफ़ाक़ ने विकिपीडिया की तरफ देख कर सवालिया चेहरा बनाया, 'एक भी ख़ास चीज़ नहीं मिली?'

विकिपीडिया ने जवाब दिया, 'सर राबिया ने मोबाइल में स्वच्छता अभियान चला रखा था। मतलब जो काम की चीज़ नहीं है, वो डिलीट।

वाट्सप से फ़ोटो और वीडियो की डायरेक्ट डाउनलोडिंग बंद की हुई है। एक बात ख़ास है सर, पंद्रह दिन के जो वाट्सप मैसेज हैं, उसमें साले नसीम पपीतेवाले के एक-एक दिन में तीस-चालीस फ़ोटो मैसेज हैं...सब शेरोशायरी, लेकिन कुछ को छोड़ कर राबिया मैसेज देखती तक नहीं थी। बाकी सब ठीक है।'

अश्फ़ाक़ बड़बड़ाया, 'साला! इसे भी नापते हैं, थोड़ा रुक जाओ बस। और बताओ कॉल रजिस्टर में कुछ ख़ास मिला कि नहीं?'

विकिपीडिया ने कॉल रजिस्टर के डिटेल पढ़ना शुरू किया, 'मिस कॉल, आउटगोइंग, इनकमिंग मिला कर केवल नौ दिन का हिसाब है इसमें—चांद और पपीते के ढेर सारे मिस कॉल, तहव्वर और प्रज्ञा से दिन में कई-कई बार बात, बाकी स्कूल के नंबरों से बात हुई है।'

अश्फ़ाक़ उल्ला बिस्मिल ने दराज़ से मैग्नीफाइंग लेंस और वो फ़ोटो फिर निकाली, जिस पर चांद खुतरा ने कश्मीर की कार का इंजन और चेसिस नंबर लिख कर बाबूराम बाघमार को दिया था। फ़ोटो को उलट-पलट कर देखते हुए अश्फ़ाक़ बोला, 'उस रात अबराम और अफ़ज़ल को भी फ़ोन मिलाया था राबिया ने, उसका भी हिसाब दो जल्दी से।'

'सर मर्डर से पहले, करीब पंद्रह दिन में राबिया की अबराम भैया से आठ-नौ बार, बस एक या दो मिनट ही बात हुई है। क़त्ल की रात, अगर सिर्फ बारह से दो-ढाई बजे की बात करें, तो सवा एक बजे के आसपास प्रज्ञा के नंबर से राबिया के फ़ोन पर एक कॉल आई। दोनों की क़रीब तीन मिनट बात हुई। पंद्रह मिनट बाद प्रज्ञा के नंबर पर राबिया ने कॉल की, सर ये कॉल दो बज कर तीन मिनट तक चली। मान लीजिए कि राबिया ने प्रज्ञा से क़रीब आधा घंटे लगातार बात की, दो बज कर पांच मिनट पर राबिया ने अबराम भैया को दो और अफ़ज़ल भैया को नौ कॉल किए, लेकिन दोनों ने फ़ोन ही नहीं उठाया।'

बेटों के नाम सुनने के बाद भी अश्फ़ाक़ ने ख़ुद को जानबूझ कर रिलैक्स दिखाया, 'अफ़ज़ल और अबराम ने मुझे बताया था कि उस रात कॉल्स आए थे, इसीलिए हम तुम्हारे बताने से पहले ही पूछ लिए। लेकिन मर्डर से पहले, प्रज्ञा ठाकुर का फ़ोन आना, फिर राबिया का प्रज्ञा को

फ़ोन मिलाकर आधे घंटे तक बात करना, ये समझ में नहीं आ रहा है। रिपोर्ट के मुताबिक, दो से ढाई बजे के बीच राबिया का क़त्ल हुआ था, तो ये राबिया प्रज्ञा से इतनी देर तक क्या बात कर रही थी? प्रज्ञा का फ़ोन काटने के बाद, उसने शायद मदद के लिए अबराम और अफ़ज़ल को फ़ोन मिलाया...अबे कहां है तुम्हारी कॉल डिटेल्स, त्रिपुरारी?'

त्रिपुरारी बोला, 'बस सर आती ही होगी।'

अश्फ़ाक़ ने विकिपीडिया से पूछा, 'क्या करें, वो कश्मीर की कार के मालिक के बारे में पता किया जाए, या रहने दें उसे?'

विकिपीडिया बोला, 'सर, कश्मीर के नाम पर तो हम सब को जम्मू पता है और जम्मू के नाम पर सिर्फ वैष्णों देवी जी के दर्शन किए हैं...मातारानी की कसम हमारा कोई पुलिस वाला कनेक्शन तो है नहीं, फिर कश्मीर में कैसे पता करेंगे? वहां की पुलिस से पता करने के लिए बड़े साहब से कहना पड़ेगा, और ये आप चाहते नहीं कि उन लोगों को कुछ भी पता चले।'

अश्फ़ाक़ ने फिर लेंस लगाकर नंबर पढ़ा, 'अरे नहीं यार, मन कहता है कि फ़र्ज़ी ही कश्मीर का नंबर लिखा दिया है, पर साला दिमाग़ कह रहा है कि कहीं कोई चक्कर तो नहीं है? एक बात बताओ, इंजन चेचिस नंबर तो ठीक है, पर साला चांद खुतरा फ़ोटो में नॉर्थ और ईस्ट का क्या आंकड़े लिखा है? हमने तो ये सब कभी नहीं पढ़े हाईस्कूल में।'

विकिपीडिया ने कॉलर खड़े किए, 'सर, हम ग्रेजुएशन के फ़र्स्ट इयर में फेल होकर सिपाही बन गए, वर्ना चांद बाबू की नॉर्थ ईस्ट की सारी आंकड़ेबाज़ी, मैंडलीफ की पिरियॉडिक टेबल की तरह ट्रांसलेट कर देते।'

त्रिपुरारी को लगा कि उसके नंबर कम हो रहे हैं इसलिए लपक कर बोला, 'सर, काकोरी है क्या, लखनऊ की एक छोटी सी तहसील। डेंगू भी हो जाए, तो अस्पताल वाले लाद कर लखनऊ मेडिकल कॉलेज भेज देते हैं। पोस्टमॉर्टम लखनऊ में, फॉरेंसिक लखनऊ में, एसएसपी साहब लखनऊ में। कुल जमा एक थाना है काकोरी में, अब भला छोटे से काकोरी में लड़की का मर्डर हो गया, तो कश्मीर से धारा 370 हटने

का इससे क्या लेना-देना? आप तो बस ये कॉल डिटेल और चांद खुतरा की जांच करके तसल्ली कर लीजिए, बाकी तो सब टाइम वेस्ट है, सर।'

इसी उधेड़-बुन के बीच थाने के अंदर टेलीकॉम कंपनी से एक छोटे क़द का कर्मचारी, राबिया बसर के छह महीने के कॉल डिटेल्स लेकर घुसा और पतली आवाज़ में बोला, 'सर त्रिपुरारी पांडे सर ने बुलाया था, हम डिटेल्स लेकर आए हैं।'

त्रिपुरारी ने फ़ौरन टेलीकॉम कंपनी के लड़के से कॉल डिटेल्स का पैकेट ले लिया और उसे सौ का नोट देकर बोला, 'अबे पर्सनाल्टी तो तुम्हारी राग भीमपलासी है, और आवाज़ एकदम जीरो फिगर! किसी कायदे के सर्विस सेंटर में दिखा कर, अपने साउंड सिस्टम का बेस बढ़वाओ बे।'

टेलिकॉम कंपनी का लड़का, लड़कियों की तरह बैसाखी मुस्की छोड़ता हुआ निकल लिया और त्रिपुरारी ने सारे कागज़ अश्फ़ाक़ उल्ला को दे दिए। अश्फ़ाक़ उल्ला ने फिर लेंस लगा कर कागज़ देखना शुरू किया, 'ये तो पूरे छह महीने का कोर्स है भाई, अइसे नहीं समझ आएगा। त्रिपुरारी, तुम और विद्यासागर दोनों मिल कर चेक करो और फिर हमको मेन-मेन डिटेल निकाल कर आराम से बताओ।'

तभी, लंगड़ाता हुआ कैमरामैन सिंटू दुबे मुन्नालाल के साथ दफ़्तर में घुसा। अश्फ़ाक़ उन्हें देखते ही बोला, 'ओह्हो सिंटू को काहे ले आए, महाराज?'

'अरे मानै नहीं रहे थे सिंटू बाबू, बोले हम भी चलेंगे,' मुन्नालाल ने जवाब दिया।

'बालतोड़ के चक्कर में सिंटू का शॉकर बैठ गया है,' अश्फ़ाक़ बोला।

मुन्नालाल हंसा, 'इंस्पेक्टर साहब के दिमाग़ में मोटरसाइकिल चढ़ गई है—टंकी, मीटर, इंजन, चेचिस नंबर, और अब सिंटू बाबू का शॉकर...हाहाहा!'

कुर्सी पर तिरछे बैठकर कराहते हुए सिंटू बोला, 'अरे कैमरामैन की भाषा में बोलें, तो बस समझ लीजिए हमारा ट्रायपॉड ख़राब हो गया है भाई।'

अश्फ़ाक़ ने सिपाही को बुलाकर चाय समोसा मंगवाया, 'बढ़िया गर्मागरम लाना!' और फिर मुन्नालाल से बोला, 'अरे यार मुन्नाभाई, तुम तो घर के हो—मोटरसाइकिल, चांद खुतरा—सारा लफड़ा तो समझ ही रहे हो, बस ख़बर थोड़ा अवॉइड करना इस मामले में।'

मुन्नालाल पत्रकार ने स्टाइल मारा, 'इंस्पेक्टर साहब आप तो जानते ही हैं, जर्नलिज्म हमारा फैशन है। ख़बर मुन्नालाल से बचकर जाएगी कहां? लेकिन आपके लिए हम न्यूज़ का फ्यूज़ उड़ा देते हैं। टेंशन मत लो आप।'

त्रिपुरारी अलमारी से एक लिफ़ाफ़ा लेकर आया और अश्फ़ाक़ को थमा दिया। अश्फ़ाक़ ने लिफ़ाफ़ा मुन्नालाल पत्रकार की तरफ बढ़ा दिया। पैकेट खोल कर मुन्ना ने देखा तो, बीस हज़ार रुपए निकले। मुन्नालाल की अंतरात्मा अलादीन बन गई, और उसे अश्फ़ाक़ उल्ला इंस्पेक्टर लैंप वाला जिन्न नज़र आने लगा। हज़ार, पांच सौ, दो हज़ार तक तो ठीक था, मगर बीस हज़ार तो उसने नोटबंदी के दौरन टीवी पर ही देखे थे। फिर भी फ़र्ज़ीफिकेशन में माहिर मुन्नालाल पत्रकार हंस कर बोला, 'का करेंगे इतने पैसे का?'

अश्फ़ाक़ बोला, 'अरे, सिंटू भाई के बमतोड़ हो गया है, थोड़ा ख्याल रखो भाई। दोनों ही लोग फ्रूट्स और हरी सब्जी ज़रूर खाया करो, सुबह उठ कर गरम पानी—पेट सफा, हर रोग दफ़ा।'

सिंटू ने मन ही मन अपना कैमरा हमेशा के लिए बंद कर दिया। सिंटू दुबे का हाथ दबा कर मुन्नालाल ने इशारों में समझाया कि हम हैं तो ख़बरें हैं, खबरें हैं तो पइसा है, इसलिए कैमरा ऑन रखो और पइसा आने दो। सिंटू तक मुन्नालाल की आवाज़ पहुंच चुकी थी। ख्यालों में बंद किया गया कैमरा फिर ऑन हो गया।

त्रिपुरारी और विकिपीडिया कॉल डिटेल के पॉइंटर्स लिख कर ले आए। अश्फ़ाक़ ने दोनों का चेहरा पढ़ते ही मुन्नालाल को वहां से चलता किया।

त्रिपुरारी और विकिपीडिया ने बताना शुरू किया, 'सर टॉवर रिपोर्ट के साथ पूरे छह महीने का कॉल डिटेल है। उस रात राबिया के मोबाइल

पर सवा एक बजे के क़रीब जिस नंबर से फ़ोन आया, वो नंबर अलग है और डेढ़ बजे के क़रीब ख़ुद राबिया ने जिस नंबर पर फ़ोन मिलाया, वो दूसरा नंबर है। हालांकि दोनों नंबर राबिया के मोबाइल में प्रज्ञा के नाम से ही सेव हैं। एक नंबर से तीन मिनट और दूसरे पर क़रीब आधा घंटा राबिया की बात हुई। क्लासिक ये है सर कि जिस नंबर से पहले फ़ोन आया, यानी जिस नंबर पर तीन मिनट बात हुई, उस नंबर से छह महीने में केवल पंद्रह-बीस बार ही राबिया की बात हुई है...वो भी एक-एक, दो-दो घंटे, रात में दो-दो बजे तक।'

त्रिपुरारी बोला, 'दोनों सहेलियां इतनी रात में घंटों क्या बातें करती होंगी?'

गौतम का डायलॉग आया, 'अइसा तो नहीं कि दोनों सहेलियां गे हों?'

विकिपीडिया ने अंग्रेज़ी झाड़ी, 'गे नहीं बे, लिस्बियन कहते हैं उसको।'

अशफ़ाक़ बोला, 'यहां काम की बात चल रही है, तुम दोनों चिपचिपी बातें करने लगे। हम्म...इसका मतलब ये कि प्रज्ञा ठाकुर दो मोबाइल रखती है—पहले प्रज्ञा ने एक नंबर से ख़ुद राबिया को फ़ोन मिलाया, और तीन मिनट बात की, फिर राबिया ने प्रज्ञा के दूसरे नंबर पर कॉल किया, और आधे घंटे लगातार बात की। उस रात लोकेशन क्या है, राबिया के नंबर की?'

'सर, जब प्रज्ञा के पहले नंबर से राबिया के फ़ोन पर कॉल आई, तो राबिया की लोकेशन उसके घर के पास की है। राबिया ने जब प्रज्ञा के दूसरे नंबर पर फ़ोन मिलाया, तो राबिया की लोकेशन—पहले घर, फिर दरगाह, फिर काकोरी स्टेशन की रेलवे क्रॉसिंग है। उसके बाद टॉवर लोकेशन के हिसाब से, राबिया लखनऊ-काकोरी रोड तक पहुंची। सर, राबिया की लास्ट लोकेशन आम का बाग है, जहां उसका रेप और मर्डर हुआ। उसके बाद से मोबाइल स्विच ऑफ़ है।' विकिपीडिया बोला।

अशफ़ाक़ ने तुरंत ऑर्डर दिया, 'प्रज्ञा ठाकुर की लोकेशन पता करो, फ़ौरन। हम अभी आते हैं, प्रज्ञा ठाकुर से मिल कर।'

विकिपीडिया और दो सिपाहियों के साथ अशफ़ाक़ उल्ला ने स्कूल का रुख़ किया। स्कूल पहुंचने पर पता चला कि जिस रात राबिया का मर्डर हुआ, उसके अगले दिन से प्रज्ञा स्कूल ही नहीं आई। प्रिंसिपल ने बताया कि प्रज्ञा का फ़ोन बंद है। जब अशफ़ाक़ ने प्रज्ञा के दूसरे नंबर के बारे में पूछा, तो पता चला कि स्कूल में किसी के पास प्रज्ञा का दूसरा नंबर नहीं है। इंस्पेक्टर को थोड़ा ताज्जुब हुआ। उसने प्रिंसिपल से प्रज्ञा के अयोध्या वाले घर का पता और घरवालों के मोबाइल नंबर मांगे। प्रिंसिपल ने बताया कि राबिया के क़त्ल के दूसरे दिन, जब स्कूल के प्यून को प्रज्ञा के काकोरी वाले घर पर भेजा, तो वहां ताला पड़ा था। इसके बाद अयोध्या में प्रज्ञा के पापा और भाई को कई बार फ़ोन लगाया, लेकिन फ़ोन स्विच ऑफ़ थे। अशफ़ाक़ प्रिंसिपल पर भड़क गया क्योंकि प्रज्ञा हफ्ते भर से ग़ायब थी, और स्कूल ने पुलिस को ख़बर तक नहीं दी। वो भी कोई और नहीं, बल्कि राबिया बसर की सबसे पक्की और इकलौती सहेली। प्रिंसिपल ने सॉरी बोल अपनी राष्ट्रीय ज़िम्मेदारी पूरी कर दी। अशफ़ाक़ ने मन ही मन कुछ सोचा, और प्रज्ञा ठाकुर के काकोरी वाले घर की तरफ चल पड़ा।

प्रज्ञा ठाकुर के घर पर ताला लटका था। काफ़ी सोचने के बाद, अशफ़ाक़ ने सिपाहियों से ताला तोड़ने को कहा। ताला तोड़ा गया, तो अंदर एकदम सन्नाटा था। सबने तलाशी शुरू की—पलंग, रज़ाई, गद्दा, किचन से लेकर मेज़ की एक-एक दराज़, पर कहीं कुछ नहीं मिला। फिर ताला तोड़ कर, अलमारी खोली गई। अलमारी में काकोरी कांड का जर्मन माऊज़र और किंगशिप के वो सिक्के मिले, जो स्कूल प्ले में इस्तेमाल किए गए थे। अलमारी के नीचे वाली रैक में भगत सिंह, चंद्रशेखर आज़ाद, सुभाष चंद्र बोस, झांसी की रानी की मूर्तियां रखी हुई थीं। ये मूर्तियां प्रज्ञा ठाकुर ने बनाई थीं। प्रज्ञा क्ले आर्टिस्ट थी। उसके हाथों में एक शानदार कुम्हार और मूर्तिकार की जोड़ी बसती थी। अशफ़ाक़ के कहने पर अलमारी को थोड़ा और टटोलने पर काकोरी कांड की उस 8 डाउन पैसेंजर ट्रेन का छोटा सा क्ले मोल्डेड मॉडल भी मिला, जिसकी चेन खींचकर चंद्रशेखर आज़ाद, अशफ़ाक़ उल्ला ख़ाँ और राम प्रसाद बिस्मिल ने अंग्रेज़ों का आठ हज़ार रुपए का ख़ज़ाना लूटा था। पॉलीथिन बैग्स में मोल्डिंग क्ले और टैराकोटा के ग्रेन्यूल्स भरे पड़े थे। अलमारी

की सबसे नीचे वाली शेल्फ में मूर्तियों के सांचे, और टैराकोटा ग्रेन्यूल्स मेल्ट करने वाली मेल्टिंग मशीन भी पड़ी थी। पूरी छानबीन में कुछ हाथ नहीं लगा। अश्फ़ाक़ ने प्रज्ञा के पापा और भाई को फ़ोन लगाया। दोनों के फ़ोन बंद ही थे।

अश्फ़ाक़ ने त्रिपुरारी को प्रज्ञा ठाकुर के पापा और भाई के नंबर नोट कराए और उनके डिटेल तुरंत लाने को कहा। अब तक अश्फ़ाक़ समझ चुका था कि राबिया बसर केस सिर्फ अंगद यादव तक नहीं, बल्कि चांद खुतरा से लेकर प्रज्ञा ठाकुर तक, मकड़ी के जाले की तरह फैला हुआ है। बस, क्या? क्यों? और कैसे? इसका जवाब अश्फ़ाक़ के पास नहीं था। अश्फ़ाक़ का खुराफाती दिमाग़, लाउडस्पीकर की तरह ज़ोर से चिल्ला रहा था कि छुपाने से कुछ नहीं होगा। कुछ बड़ा खुला, तो लेने के देने पड़ जाएंगे। आख़िरकार उसने डीजीपी बृजलाल को फ़ोन लगाया।

डीजीपी के फ़ोन उठाते ही अश्फ़ाक़ ने जय हिंद के साथ बात शुरू की, 'सर, राबिया बसर केस में कुछ ज़रूरी डिटेल शेयर करनी हैं आपसे।'

ऑफिस की मीटिंग में बैठे डीजीपी बोले, 'हां, बोलो अश्फ़ाक़।'

अश्फ़ाक़ ने बोलना शुरू किया, 'सर मर्डर स्पॉट पर जो मोटरसाइकिल मिली थी, वो अंगद यादव ने चुराई थी, ये तो आपको पता ही है, पर उस मोटरसाइकिल के चेचिस और इंजन नंबर पर राबिया बसर की फूफी के बेटे—चांद—ने कश्मीर की एक कार का नंबर प्रिंट कराया है। चांद को कस्टडी में ले लिया है, सिर पर चोट लगी है और अभी अस्पताल में भर्ती है। लेकिन सर प्रज्ञा ठाकुर नाम की एक टीचर है, जो राबिया बसर के साथ काम करती थी, वो भी मर्डर वाली रात से फैमिली के साथ ग़ायब है।'

डीजीपी ने चुप्पी तोड़ी, 'क्या करना है, बोलो?'

अश्फ़ाक़ ने रिक्वेस्ट की, 'सर, अयोध्या पुलिस से हेल्प लेनी है। वहां पता कर लिया जाए कि घरवालों ने फ़ोन बंद क्यों कर रखे हैं? सर मुझे लग रहा है कि इसमें और भी लोग इंवॉल्व हैं।'

डीजीपी ने चुटकी ली, 'अयोध्या में मेरी हेल्प चाहिए, और लखनऊ के रकाबगंज थाने में चुपचाप पुलिस भेज दी थी! तुम को क्या लगा, मुझे कुछ पता नहीं रहता? एक-एक डिटेल है मेरे पास, बस इंतज़ार कर रहा था कि तुम ख़ुद मुझे कब बताओगे। बी सीरियस, अश्फ़ाक़!'

अश्फ़ाक़ बोला, 'सर, एसएसपी साहब पता नहीं क्यों नाराज़ रहते हैं हम से, इसलिए चुपचाप काम कर रहे थे। लेकिन सर, ये बिल्कुल सच है कि हमें आपसे कंसील्मेंट ऑफ़ फैक्ट नहीं करना चाहिए था।'

डीजीपी ने सख़्त लहजे में कहा, 'देखो अश्फ़ाक़, मैं अयोध्या पुलिस को तुमसे कॉन्टेक्ट करने को बोलता हूं, लेकिन मुझे फिर बता दो, तुम 9 अगस्त तक संभाल लोगे ना? या मैं किसी को काकोरी भेजूं?'

अश्फ़ाक़ ने डीजीपी को कॉन्फिडेंस दिखाया, 'नहीं सर, सब संभल जाएगा। आप हमें यहां लाए हैं, हम सब हैंडिल कर लेंगे। सत्ताईस सालों की नौकरी में, कई जिलों में आप हमारे कप्तान और डिप्टी रह चुके हैं।'

डीजीपी से बात करके अश्फ़ाक़ उल्ला बिस्मिल ने, एटमोस्फियर से ख़ूब सारी ऑक्सिजन एक साथ फेफड़ों में भर कर सांस ली और सिपाहियों को प्रज्ञा के घर पर नया ताला लगाने का ऑर्डर दिया। सिपाहियों ने बाज़ार से आनन-फानन में नया ताला ख़रीदा, और घर को फाइनली लॉक कर दिया गया। फिर सब सरकारी जीप में वापस थाने की ओर रवाना हो लिए। रास्ते में अश्फ़ाक़ बोला, 'अरे विकिपीडिया, कुछ नोटिस किए? प्रज्ञा बड़ी भक्त टाइप की है! शहीदे आजम भगत सिंह, चंद्रशेखर आज़ाद और तमाम क्रांतिकारियों का एकदम मैचिंग मूर्तियां बना कर रखी है।'

विकिपीडिया ने हां में सिर हिलाया, 'देखे सर, क्ले आर्टिस्ट है न।'

'बहुत बड़ी देश भक्तिन लगती है, ये प्रज्ञा ठाकुर,' अश्फ़ाक़ बोला।

विकिपीडिया ने पूछा, 'क्या मतलब, सर? देश भक्तिन कैसे?'

अशफ़ाक़ ने विकिपीडिया को झिड़का, 'अबे सारी की सारी मूर्तियां आज़ादी के लिए लड़ने वालों की हैं। गणेश, लक्ष्मी, शंकर जी और बजरंगी भाईजान की तो एक्कौ मूर्ति नहीं दिखाई दी हमको वहां।'

अशफ़ाक़ ने त्रिपुरारी को फ़ोन लगाया, 'त्रिपुरारी मैं बहुत थक गया हूं, घर जा रहा हूं। कल का लिस्ट बोल रहा हूं, दिमाग़ में नोट कर लो फ़ौरन।'

थाने में बैठे त्रिपुरारी ने नोट करना शुरू किया, 'सर बोलें।'

अशफ़ाक़ उल्ला बिस्मिल ने लिस्ट डिक्टेट की, 'नंबर एक, प्रज्ञा ठाकुर के दोनों मोबाइल नंबरों की पूरी डिटेल; नंबर दो, प्रज्ञा के पापा और भाई के भी मोबाइल का कच्चा चिट्ठा; नंबर तीन, नसीम पपीते को थाने लाओ; नंबर चार, चांद खुतरे का स्वास्थ्य बुलेटिन अस्पताल से पता करो, बोलो कल तक खुतरा होश में आ जाए वर्ना हम से बुरा कोई नहीं; नंबर पांच, वो जेलर है न आकाश शर्मा, उससे मिल कर पता तो करो कि अंगद का पांव अभी तक जमा है या उखड़ गया।'

त्रिपुरारी पांडे धीरे से मिनमिनाया, 'सर और कुछ, या लिस्ट बंद करूं?'

अशफ़ाक़ खिलखिलाया, 'अब नंबर छह से लेकर नौ तक तुम खुदै सोचो।'

त्रिपुरारी फ़ौरन बोला, 'सर नंबर छह, अंगद के बीवी बच्चों की खोज ख़बर भी ले लूंगा और थाने के मिस्लीनियस फंड से कुछ रकम दे दूंगा; नंबर सात, मलिहाबाद इंस्पेक्टर से चरस का पेमेंट पेंडिंग है; नंबर आठ, हमें *दबंग* थ्री का डीवीडी लाना है, काहे से कि आप बहुत दिन से कौनो फ़िल्म नहीं देखे हैं; नंबर नौ, थाने की जीप का इंजन ऑयल बदले तीन महीने हो गए हैं, कल सिपाही को वर्कशॉप भेजना है।'

अशफ़ाक़ ने ओवर एंड आउट कहकर फ़ोन रखा, फिर विकिपीडिया से बोला, 'पांडे हमारा *हैरी पॉटर* पार्ट थ्री है, और तुम जेम्स बांड शून्य शून्य सात। एक बात कहें, अगर क्रिकेट टीम में युवराज, विराट, सचिन और रोहित शर्मा जैसे चार-पांच खिलाड़ी हों, तो महेंद्र सिंह धोनी वर्ल्ड कप जीतेगा ही जीतेगा। चलो गाड़ी घर लगा दो चल के।'

विकिपीडिया तारीफ सुनकर ख़ुश हो गया, 'सर, आपके भले ही दो सगे बेटे हों, लेकिन आप पूरे थाने के बाप हैं। एकदम *दबंग* वन और टू वाले रॉबिनहुड पांडे की तरह, सच्ची।'

पुलिस क्वार्टर के पास आते ही जीप झटके देते हुए रुक गई। कई बार चाबी घुमाई पर गाड़ी स्टार्ट नहीं हुई। विकिपीडिया ने गाड़ी से बाहर आकर जैसे ही बोनेट खोला, उसमें से तेज़ धुआं निकला। खांसते हुए विकिपीडिया ने रेडिएटर का ढक्कन हटाया, तो उबलते पानी का फव्वारा निकल पड़ा। इंजन ऑयल वाला कैप हटाया, तो अंदर ऑयल था ही नहीं। अश्फ़ाक़ उल्ला जीप में बैठे-बैठे बोला, 'का हुआ? लिस्ट का काम नंबर नौ, इंजन ऑयल ख़त्म!'

विकिपीडिया ने कपड़े से हाथ साफ़ करते हुए कहा, 'सर इंजन चोक हो गया है। सुबह मिस्त्री को बुलाते हैं।'

विकिपीडिया जीप की चाबी निकाल कर सिपाहियों के साथ पैदल चल दिया, और अश्फ़ाक़ अपने घर के अंदर। हमेशा की तरह दरवाज़े की कुंडी खुली थी। अश्फ़ाक़ पहले अपने कमरे में गया। वहां अबराम सो रहा था और पलंग पर अफ़ज़ल का लैपटॉप ऑन था और कुछ फ़ाइलें खुली पड़ी थीं। अश्फ़ाक़ ने अफ़ज़ल के लैपटॉप को दो-चार मिनट देखने के बाद, फ़ाइलों के कागज़ पलटना शुरू किया। लैपटॉप और फ़ाइलें उठा कर वो अबराम के कमरे में पहुंचा, तो वहां अफ़ज़ल भी गहरी नींद में सो रहा था। अश्फ़ाक़ ने लैपटॉप और फ़ाइलें अफ़ज़ल के पलंग के सामने रखी मेज़ पर रख दिए। नींद मानो अश्फ़ाक़ की आंखों से लापता थी। वो डाइनिंग टेबल की तरफ आया और टीवी ऑन करके बैठ गया। एक चैनल पर *सिंघम* टू फ़िल्म आ रही थी। बैठे-बैठे अश्फ़ाक़ ने वर्दी पर लगी नेमप्लेट को गौर से देखा और कंधों पर लगे स्टार्स को सहलाया। अश्फ़ाक़ वापस अपने कमरे में गया, और वर्दी को खूंटी पर टांग दिया। लुंगी और शर्ट पहन कर अश्फ़ाक़ फिर बाहर आया। जाने क्यों आज उसे भूख नहीं लग रही थी। शायद टेंशन ने नींद और भूख से दोस्ती कर ली थी।

उसने अपने लिए चाय बनाई और चाय की चुस्कियां लेते हुए फ़िल्म देखने लगा।

टीवी पर *सिंघम* टू चल रही थी, लेकिन पता नहीं कैसे, *सिंघम* के बैकग्राउंड से किशोर कुमार का गाना सुनाई देने लगा:

आ चल के तुझे, मैं लेके चलूं

इक ऐसे गगन के तले

जहां ग़म भी न हो

आंसू भी न हो

बस प्यार ही प्यार पले...

अशफ़ाक़ उल्ला की आंखों के किवाड़ बंद हो चुके थे। फ़िल्में अशफ़ाक़ के लिए मेंटली रिलैक्स होने का एक ज़रिया रही थीं। हर बात में फ़िल्मी डायलॉग, हर एग्ज़ाम्पल फ़िल्मी। राबिया केस में उलझे होने की वजह से अशफ़ाक़ ने कई दिनों से कोई भी फ़िल्म नहीं देखी थी, इसीलिए त्रिपुरारी ने वर्कलिस्ट में *दबंग* थ्री की डीवीडी लाने का वादा किया था। अशफ़ाक़ के ज़ेहन में अभी भी किशोर कुमार का गाना बजता जा रहा था।

अशफ़ाक़ के सपनों का नाइट शो शुरू हो चुका था। यही गाना बीस साल पहले, सहारनपुर दंगों के वक़्त, अशफ़ाक़ के पुलिस लाइन वाले घर में रखे रेडियो पर बज रहा था। सहारनपुर के छनियापुरा इलाके में, नव दुर्गा के मूर्ति विसर्जन के रास्ते को लेकर हिंदू-मुस्लिम आमने-सामने आ गए थे। मामला बढ़ते-बढ़ते दंगे में तब्दील हो गया। पुलिस दंगे को कंट्रोल ही नहीं कर पा रही थी। एक से दो और दो से चार थाने करते-करते, बारह थानों में आने वाले सभी इलाकों में कर्फ़्यू लगाना पड़ा। दोनों तरफ से क़रीब ग्यारह लोगों की मौत हो चुकी थी। सौ से ज़्यादा अस्पतालों में भर्ती थे। हालात इतने ख़राब थे कि सीआरपीएफ के अलावा आसपास के ज़िलों की फोर्स और पीएसी तैनात करनी पड़ी थी। एक धर्म के दंगाई पुलिस वालों से बेहद नाराज़ थे। उनका मानना था कि पुलिस एक तरफ के लोगों को बचा रही है और दूसरी तरफ के लोगों को जेल भेज रही है। दंगे के दहशतज़दा माहौल के बीच छह थानों में तीन दिन बाद, दो घंटे के लिए कर्फ़्यू हटाया गया था। इन इलाकों में पुलिस लाइन भी शामिल

थी। अशफ़ाक़ उल्ला के पास उस वक़्त कोई थाना नहीं था। पैसे लेकर क्रिमिनल्स को छोड़ने की वजह से अशफ़ाक़ को लाइन हाज़िर कर दिया गया था। बिना फील्ड पोस्टिंग के अशफ़ाक़ पुलिस लाइन में ही, लाइन हाज़िरी काट रहा था। इससे ज़्यादा वक़्त उसने अपने बीवी बच्चों को कभी नहीं दिया था। नन्हे अबराम और अफ़ज़ल कमरे में खेल रहे थे। अशफ़ाक़ रेडियो पर बज रहे गाने के साथ-साथ बेसुरा सुर मिला रहा था। बीवी मरियम चाय बना कर लाई। अशफ़ाक़ ने मरियम को हाथ पकड़ कर बैठा लिया, 'साला क्रिमिनल्स की शक्लें देख-देख कर मैं भूल ही गया कि मेरी पंडिताइन इत्ती ख़ूबसूरत है। बुर्के में रहा करो, वर्ना आपके ख़ूबसूरत चेहरे को मेरी ही नज़र लग जाएगी, मरियम!'

मरियम झट से उठी, 'हाय अल्लाह! सच्ची मेरे मुंह की बात छीन ली, पंडित जी। नज़र लगे इस नौकरी को जिसने तुमको ईद का चांद बना दिया है। पहली बार इतनी फुर्सत में हो, कहीं मेरी ही नज़र न लग जाए, इसलिए अब जब तक घर में हो, पर्दे से ही देखूंगी तुमको।'

मरियम कमरे से उठ कर चली गई। बच्चे अशफ़ाक़ की गोद में चढ़ गए। अशफ़ाक़ उल्ला बिस्मिल की गोद में बैठा छोटा सा अबराम बोला, 'अब्बू कित्ते दिन हो गए, आई स्पाई खेलो न। मैं ढूंढूंगा, और आप छुपना।'

अशफ़ाक़ को भी मरियम के पास जाने का बहाना मिल गया। उसने अफ़ज़ल को गोद से उतारा और अबराम को दस तक गिनती गिन कर आने को कहा। अफ़ज़ल दौड़ कर कोने में पड़े बक्से के पीछे जाकर छुप गया। अबराम घर की बालकनी में दीवार की तरफ अपना मुंह छुपा कर गिनती गिनने लगा। अशफ़ाक़ फ़ौरन मरियम के कमरे में गया। मरियम बुर्का पहन ही रही थी कि अशफ़ाक़ ने मरियम को पीछे से जकड़ लिया और बुर्का उतारने लगा। तभी अबराम की आवाज़ सुनाई दी, 'छह, सात, आठ, नौ, दस...अब्बू मैं आ रहा हूं आपको पकड़ने।'

अबराम ने अफ़ज़ल को ढूंढ़ लिया। अब दोनों अशफ़ाक़ को ढूंढ़ने लगे। अबराम दौड़ कर किचन की तरफ गया। बुर्का पहने मरियम कुकर में चावल चढ़ा रही थी। छोटे से अबराम और अफ़ज़ल ने मरियम से पूछा, 'अब्बू कहां हैं?' मरियम ने अपने कमरे की तरफ उंगली से

इशारा किया। दोनों बच्चे जैसे ही कमरे में पहुंचे, तो देखा मरियम वहां कपड़े तह कर रही थी। बच्चे चौंक गए कि अगर अम्मी यहां हैं, तो फिर बुर्का पहनकर किचन में कौन है। दोनों दौड़ कर बाहर जाने ही लगे कि अचानक बुर्के वाली अंदर आई और उसने बुर्का उठाया। बुर्के में से अश्फ़ाक़ उल्ला निकला तो बच्चे चीटिंग-चीटिंग चिल्लाने लगे। हंसती हुई मरियम, सच में किचन की तरफ चली गई।

अश्फ़ाक़ अपने बेटों से बोला, 'बेटा, अगर छुप गए तो सब ढूंढ़ेंगे, पर जो सामने है उसे कोई नहीं ढूंढ़ता। अफ़ज़ल छुपा था, तो तूने ढूंढ़ लिया और अब्बू सामने था, फिर भी तू नहीं ढूंढ़ पाया। ज़िंदगी में कभी छुपना मत, कुछ छुपाना मत...एकदम खुलकर जियो, बस खुलेआम, सरेआम!'

बाप-बेटे गले लगकर हंस रहे थे कि अचानक घर का दरवाज़ा टूटने की आवाज़ आई। हाथों में चापड़ और तलवारें लेकर भीड़ घुसी और घुसते ही मरियम पर टूट पड़ी। पेट में तलवार घुसते ही मरियम ज़मीन पर गिर पड़ी। दंगाई उस पर लगातार वार करते रहे। दरवाज़ा टूटने और भीड़ के शोर के बीच मरियम की चीख़ सुनकर अश्फ़ाक़ को समझने में देर नहीं लगी कि दंगाइयों ने धावा बोल दिया है। कमरे के दरवाज़े पर लटका पर्दा छोटा था। ज़मीन पर पड़ी मरियम को अंदर से अश्फ़ाक़ और बच्चे साफ़ दिखाई दे रहे थे। बिना वक़्त गंवाए, बच्चों को पलंग के नीचे छुपाकर, अश्फ़ाक़ जैसे ही बाहर आने को पलटा, पर्दे के नीचे से मरियम से उसकी आंखें मिलीं। ख़ून से नहाई मरियम ने हाथ जोड़कर आंखों-आंखों में उससे बाहर न आने की गुज़ारिश की। घर में फैल चुके दंगाई कमरों के पर्दे हटा-हटा कर तलाशी ले रहे थे। तभी पुलिस लाइन कैंपस में सायरन और टियर गैस दागने की आवाज़ें सुनाई देने लगीं। आंसू गैस का एक गोला, बालकनी से होकर, अश्फ़ाक़ के घर के अंदर आ गिरा। दंगाई भागने लगे और पुलिस ने दंगाइयों को दबोचना शुरू किया। जैसे ही एक दंगाई ने पुलिस पर फ़ायर किया, पुलिस ने भी फायरिंग शुरू कर दी। इसमें कुछ दंगाई मारे गए। लेकिन कुछ पलों का ये तूफ़ान, अश्फ़ाक़ उल्ला बिस्मिल की ज़िंदगी में तबाही मचा गया। अबराम और अफ़ज़ल के साथ पलंग के नीचे से अश्फ़ाक़ धुएं के पीछे से मरियम को सांसें गिनते देखता रहा। अश्फ़ाक़ बच्चों का मुंह दबाए रोए

जा रहा था। उसे शक था कि हो सकता है दंगाई अभी भी वहां मौजूद हों। वो बच्चों को गंवाना नहीं चाहता था।

हर तरफ धुआं ही धुआं था। आंसू तो यूं भी बह रहे थे, पर टियर गैस ने रही सही कसर भी पूरी कर दी थी। मरियम की आंखें खुली थीं, मगर सांसें थम चुकी थीं। धुंध का पर्दा खोलकर अश्फ़ाक़ बच्चों को लेकर बाहर आया। बच्चे अम्मी से लिपटकर रोने लगे, तभी पुलिस के जवान अंदर घुसे और तीनों को लेकर चले गए।

अश्फ़ाक़ के सपने का नाइट शो ख़त्म हो गया। वो मरियम-मरियम चिल्ला रहा था। अफ़ज़ल और अबराम दौड़ कर अपने कमरों से बाहर आए। पसीने से नहाए अश्फ़ाक़ की आंखें खुलीं, तो दोनों बेटे पास खड़े थे। अफ़ज़ल ने अबराम से पानी मंगाया। *सिंघम* के डायलॉग टीवी पर गूंज रहे थे—

मैं यहां इन्वेस्टिगेशन करने आया हूं,

दो कौड़ी का प्रवचन सुनने नहीं!

इन्वेस्टिगेशन क्या करना है?

तेरी टीम का कांस्टेबल पैसों के साथ पकड़ा गया है!

अश्फ़ाक़ चौंककर खड़ा हो गया। बेटों को देखकर उसने ख़ुद को संभाला, 'अच्छी पिक्चर है...मैं सो गया था, छूट गई। कल थाने में देखता हूं, *सिंघम* टू।'

अबराम ने पूछा, 'पंडित जी यहां क्यों सो रहे हैं? अंदर चलिए।'

अश्फ़ाक़ मुस्कुराया, 'मरियम आ गई थी, उसी से बात कर रहा था।'

अफ़ज़ल ने ताना कसा, 'ख़ाँ साहब, अम्मी से बात करने की फ़ुर्सत ही कब थी आपको? आख़िरी वक़्त भी पलंग के नीचे छुपकर आपने अम्मी को सिर्फ मरते हुए देखा था। वो मरती रही और हम तीनों ज़िंदा हैं, अम्मी को रोज़-रोज़ मरता हुआ देखने के लिए।'

अश्फ़ाक़ ने अफ़ज़ल के कंधे पर हाथ रखा, 'तू नहीं समझेगा, शायद कभी नहीं। पता नहीं तूने अपने दिल में क्या-क्या छुपा रखा है, मैं जैसा भी था, मरियम ने मुझे वैसे ही क़ुबूल किया। मरियम हमेशा कहती थी, "पंडित जी, मैंने क़ुबूल-क़ुबूल-क़ुबूल कह दिया है, अब जैसे भी हो खुलेआम रहो, सरेआम रहो; न कभी छुपना, न कुछ छुपाना।"'

अश्फ़ाक़ हंसकर बोला, 'मैंने भी तो यही कहा था तुम दोनों से—खुलकर जियो। अबराम को देख, न छुपता है, न छुपाता है। खुलकर रहता है। पर तू अपने ख़ाँ साहब से, अबराम से और ख़ुद से न जाने क्यों छुपता रहा है, छुपाता रहता है?'

अफ़ज़ल बोल पड़ा, 'समझ तो आप नहीं पाए, ख़ाँ साहब। आप समझ ही नहीं पाए कि अम्मी के क़ातिल तो आप हैं। और हां, मुझे ढूंढ़ने की कोशिश भी मत कीजिए, मैं कभी सामने नहीं आऊंगा।'

अबराम ने अफ़ज़ल को पकड़ कर कहा, 'हमने फ़ैसला किया था न कि जब तक तू यहां है, पंडित जी से पंगा नहीं होगा? और हां, कोई भी तुझे नहीं ढूंढ़ेगा—न मैं, न पंडित जी—कुछ दिन प्यार से रह ले, फिर चले जाना।'

अफ़ज़ल का मूड नहीं बदला, मगर अबराम की बात सुनकर अश्फ़ाक़ ने अपनी आदत के मुताबिक सबकुछ भुला दिया। माहौल बदलते हुए अश्फ़ाक़ ने अफ़ज़ल की तरफ देख कर कहा, 'वैसे तू कितना भी छुपा ले, आज तेरा लैपटॉप और फ़ाइलें तो मैंने भी ताड़ ली हैं बेटा!'

अफ़ज़ल अबराम से झुंझलाकर बोला, 'देख यार समझा दे, ये सब ठीक नहीं है।'

अश्फ़ाक़ बोला, 'ये बताओगे मुझे, तुम्हारा लैपटॉप मेरे कमरे में क्यों था?'

अबराम ज़ोर से हंसा, 'गुरू, पंडित जी खामखां फंसा रहे हैं मुझे।'

अश्फ़ाक़ ने चुटकी ली, 'देख बेटा, फंस तो तू गया ही है अब।'

अफ़ज़ल भी हंस दिया, 'बस अबराम, प्रॉमिस मी, इट्स लास्ट टाइम!'

अबराम ने फिर एक बार तोड़ देने के लिए वादा किया। अफ़ज़ल भी अबराम के वादे की औकात जान चुका था। माहौल हल्का हुआ और सब वापस सोने चल दिए। ठहरी हुई रात फिर आगे बढ़ने लगी।

पिंजड़े में न कोई देसी बचा था, न बॉयलर। लकड़ी के खूंटे में, एक ज़िंदा क्रॉयलर मुर्गे का लेगपीस बंधा हुआ था। मुर्गा जैसे ही बांग देने को हुआ, चापड़ लेकर कुरैशी कसाई बाहर आ गया। मुर्गा समझ गया कि आज उसकी कहीं अर्ली मॉर्निंग सप्लाई है। खूंटे से खोल कर कुरैशी ने क्रॉयलर मुर्गे को पंजों से पकड़कर उल्टा लटकाया और दुकान के अंदर चल दिया। बल्ली में बंधे तीन खस्सी बकरों ने, पहले मुर्गे की तरफ देखा, फिर पिंजड़े की तरफ। बकरे समझ गए, आज काकोरी को बिना बांग के जागना पड़ेगा। मुर्गे ने बकरों की आंखों में ऐसे देखा, जैसे कहना चाह रहा हो कि अगर मुर्गों की ताज़ी खेप आ गई तो ठीक है, वर्ना कल से तुम लोग ही, मैं-मैं करके काकोरी को जगा देना। मुर्गा अब लकड़ी के ठूंठ पर रखा था। कुरैशी ने चापड़ उठाया। मुर्गे की गर्दन पर निशाना लगाया। इतने में मुर्गे की अजर-अमर आत्मा जैसे बोल पड़ी—*गिव मी सम सन शाइन, गिव मी सम रेन, गिव मी अनदर चांस, आई वॉना ग्रो अप वन्स अगेन*। कुरैशी चकराया कि ये मोहम्मद रफी की आवाज़ में अंग्रेज़ी गाना कौन गा रहा है। कुरैशी कसाई का चापड़ गर्दन तक आने में ग्यारह सेकेंड लेट हो गया। बस लेट-लतीफी का फायदा उठाकर, मुर्गे ने राइट टाइम स्टीरियो फॉनिक बांग दी। समाज के प्रति मुर्गे का मुर्गधर्म पूरा हुआ, और काकोरी आज फिर जाग गया।

कल रात में पुलिस की जो जीप ख़राब हुई थी, वो अभी भी पुलिस क्वार्टर के बाहर खड़ी थी। ज़बरदस्त टेंशन में विकिपीडिया अकेला जीप के पास खड़ा था। दो सिपाही मैकेनिक लेने गए थे, अब तक लौटे ही नहीं थे और अफ़ज़ल को लखनऊ जाना था। इंस्पेक्टर अश्फ़ाक़ उल्ला की वर्क लिस्ट तो कल ही त्रिपुरारी नोट कर चुका था। रात का झगड़ा ख़त्म होने के बाद आज बाप बेटों ने साथ में ब्रेकफास्ट किया और सीधे

बाहर निकले। जीप ख़राब देखकर अश्फ़ाक़ बोला, 'अबे विकिपीडिया, तुम तो ओपनिंग में ही ज़ीरो बना कर आउट हो गए!'

विकिपीडिया नर्वस हो गया, 'सर हम तो अर्ली मार्निंग भेज दिए थे मिस्त्री के पास, वो साला सिपाही गड़बड़ कर दिया डायलॉग मार कर।'

'डायलॉग मार दिया! मतलब?' अश्फ़ाक़ ने पूछा।

'अरे सर, सिपाही कल रात में कौनो हॉरर पिक्चर देख लिया था। डरते-डराते मुंह अंधेरे पहुंच तो गया, पर वहां साला पता नहीं किस पिनक में मैकेनिक से बोल दिया, "ओ मिस्त्री कल आना!"'

अफ़ज़ल, अबराम और अश्फ़ाक़ उल्ला ज़ोर-ज़ोर से हंसने लगे। अबराम ने कहा कि वो टैंपो से अश्फ़ाक़ को थाने, और अफ़ज़ल को लखनऊ ड्रॉप करा देगा। उसने बताया, 'लखनऊ के फाइव स्टार होटल में एक सरकारी लंच पार्टी है जिसका ऑर्डर काफ़ी बड़ा था, इसलिए रात भर कारीगरों ने काम किया। माल लोड करके, टैंपो आने ही वाला है।' इतने में ही टैंपो आता दिखाई दे गया। अश्फ़ाक़ ने विकिपीडिया को जीप बनवा कर सीधे अस्पताल आने का हुक्म दिया। अबराम ने ड्राइवर को कबाब के डिब्बों के साथ पीछे बैठाया और अश्फ़ाक़ और अफ़ज़ल को आगे बैठा कर ख़ुद टैंपो ड्राइव करने लगा। टैंपो आगे बढ़ा ही था कि अश्फ़ाक़ ने त्रिपुरारी को फ़ोन लगाकर फ़ौरन नसीम पपीतेवाला के घर पहुंचने को बोला। अश्फ़ाक़ की बात सुनते ही अबराम ने टैंपो को नसीम के घर की तरफ मोड़ दिया।

नसीम पपीतेवाले के घर के बाहर, रोज़मर्रा की तरह फ्रूट्स टैंपो पर लोड हो रहे थे। सुबह-सुबह टैंपो पर अश्फ़ाक़ उल्ला को आते देख नसीम टेंशन में आ गया। अश्फ़ाक़ के साथ-साथ ही मोटरसाइकिल से त्रिपुरारी भी वहां पहुंच गया। अश्फ़ाक़ चिल्लाया, 'अबे पांडे, पपीते के गाल पर एक कंटाप तो रसीद कर भनभना कर! काहे से कि हम मारे, तो क्यूआर कोड छप जाएगा।'

त्रिपुरारी ने तुरंत ही पपीतेवाले के गाल पर झन्नाटेदार कंटाप जड़ दिया। कंटाप खाकर नसीम का शरीर ऐसे हिला मानो भूकंप आ गया हो, और रिक्टर स्केल पर इसकी तीव्रता बारह से भी ज़्यादा हो। अश्फ़ाक़

टैंपो से उतरा और नसीम के पास पहुंचा, 'अबराम बता रहा था तुमको शुगर है, इसलिए हमने सोचा कि बात करने से पहले एक एम्पल इंसुलिन तो ठोंक ही दें तुम्हारी डिग्गी में।'

नसीम थोड़ा सा ग़ुस्से में बोला, 'एक आम नागरिक को आप ऐसे नहीं मार सकते। पहले बताइए, मैंने किया क्या है, जो इसने मारा मुझे?'

अश्फ़ाक़ ने बेहद शातिराना अंदाज़ में मौज ली, 'ओह्हो, पपीते का रेडिएटर गरम हो गया। थोड़ा कूलेंट डाल लो बेटा, नहीं तो गाड़ी फुंक जाएगी।'

अफ़ज़ल और अबराम भी टैंपो से उतर कर बाहर आ गए। अश्फ़ाक़ ने त्रिपुरारी से डिटेल देने को कहा। त्रिपुरारी ने व्हॉट्सएप मैसेज की हार्ड कॉपी निकाल कर नसीम पपीतेवाले के हाथ में थमा दी। राबिया को भेजे सारे आशिक मिजाज़ मैसेज पढ़कर पपीते का रक्तचाप चढ़ गया।

'साहब हम राबिया से निकाह करना चाहते थे, बस इसीलिए मैसेज भेजते थे उसको। हमने उसके अब्बू से मना कर दिया था कि अगर वो नहीं चाहती, तो निकाह नहीं होगा। सच्ची,' नसीम गिड़गिड़ाया।

अफ़ज़ल और अबराम चुपचाप खड़े देख रहे थे। नसीम ने दोनों को देख कर कहा, 'अबराम भाई आप बताओ न इंस्पेक्टर साहब को, हम तो साथ में काम भी करते हैं। कभी कोई हरकत करते देखा है आपने?'

अश्फ़ाक़ गुर्राया, 'साला, मस्तराम यूनिवर्सिटी का वाइस चांसलर बन गया, लड़की का जीना हराम कर दिया तूने! और अबराम क्या बताएगा बे?'

अबराम बोला, 'पपीते बता दे जो भी किया है, सच बोल दे...'

नसीम बीच में ही बोल पड़ा, 'कसम से अबराम भाई, कुछ है ही नहीं तो बताएं क्या? हां, मैसेज भेजे थे, पर पढ़ती ही नहीं थी राबिया।'

अबराम को ग़ुस्सा आ गया, 'तो क्या राबिया झूठ बोलती थी? राबिया ने ख़ुद तेरी लफ़ंगई का एक-एक सच मुझे बताया था। तूने उसका

जीना हराम कर रखा था नसीम। दोस्त समझ ले, या तो जो सच है बता दे, वर्ना पुलिस हलक़ में हाथ डालकर सच निकाल लेगी।'

नसीम पपीतेवाले को लगा था कि अबराम उसका साथ देगा, लेकिन उसने राबिया की शिकायत सबके सामने खोल दी। नसीम ने अबराम की आंखों में देखते हुए इल्तिजा की, 'मैसेज के अलावा कुछ निकल जाए, तो पपीते को ब्रेकफास्ट में खा जाइएगा।'

अश्फ़ाक़ ने अबराम को किनारे किया और नसीम से बोला, 'ये जो गोल्डन जूते पहने रहते हो न हर वक़्त, इनको पहन कर कहीं पैदल यात्रा पर भी मत जाना इन दिनों, क्योंकि हम कभी भी थाने बुला सकते हैं तुमको। ये फ्रूट्स का धंधा जैसे भी चला रहे हो, चुपचाप चलाते रहो। काकोरी में ही दिखाई देना। लखनऊ भी गए, तो तुम्हारे ड्राई फ्रूट तोड़ डालेंगे हम। ज़िंदगी भर टूटी-फ्रूटी की तरह टांग फैला कर टहलोगे काकोरी में।'

बेहद बायोलॉजिकल धमकी देकर अश्फ़ाक़ ने त्रिपुरारी से नसीम पर नज़र रखने को कहा, और टैंपो पर बैठ गया। अफ़ज़ल और नसीम देर तक एक दूसरे की आंखों में देखते रहे। अबराम ने टैंपो में बैठ कर अफ़ज़ल को बुलाया। अफ़ज़ल पलट कर टैंपो में बैठा और सब अस्पताल की तरफ निकल गए। नसीम सकपकाया हुआ था। उसे ग़ुस्सा आ रहा था, पर वो मजबूर था। अबराम ने टैंपो के साइड मिरर में देखा, तो नसीम उसे लगातार घूर रहा था। त्रिपुरारी टैंपो के पीछे-पीछे चल रहा था। उसे आज कई काम करने थे। गाड़ी चलाते-चलाते, उसने फ़ोन पर गौतम को *दबंग* थ्री की सीडी का इंतज़ाम करने को कहा, फिर टेलिकॉम कंपनी के लोकल मैनेजर को फ़ोन करके प्रज्ञा ठाकुर के दोनों मोबाइल नंबरों के साथ प्रज्ञा के पापा और भाई के नंबरों की कॉल डिटेल भी दोपहर तक लाने के लिए धमकाया।

सभी काकोरी अस्पताल पहुंचे। इंस्पेक्टर अश्फ़ाक़, अबराम और अफ़ज़ल टैंपो से उतरे। त्रिपुरारी को लेकर अश्फ़ाक़ अस्पताल के अंदर चल दिया। अबराम के साथ अफ़ज़ल फिर टैंपो की तरफ बढ़ लिया।

अचानक अश्फ़ाक़ ने आवाज़ लगाई, 'अफ़ज़ल, अंदर आकर ज़रा देख तो लो अबराम बाबू के दोस्त कितने शरीफ़ हैं—एक साला खुतरा हुआ चांद है, और दूसरा कमबख़्त सड़ेला पपीता।'

अफ़ज़ल ने अबराम को शरारती नज़रों से देखा, 'सही कहा ख़ाँ साहब, ज़रा मैं भी तो देख लूं अबराम का प्रोफेशनल टैंपो पार्टनर चांद दिखता कैसा है? और बेचारा खुतरा क्यों है?'

'गुरू टैंपो पार्टनर तो पपीतेवाला है, जिसके गाल पर आज पंडित जी का क्यूआर कोड छपते-छपते रह गया।' अबराम थोड़ा चिढ़ कर बोला।'

अश्फ़ाक़ उल्ला ने बात संभालते हुए कहा, 'अरे नहीं अबराम, मैं तो मौज ले रहा हूं। तुम तो मेरे राजा बेटा हो। तुम ही तो हमको अनारकली, और कश्मीर की कली का आईडिया दिए थे, यार।'

अबराम ने फिर चिढ़ते हुए पूछा, 'कौन सी कश्मीर की कली?'

अश्फ़ाक़ बोला, 'अरे तुम बोले थे न, अनारकली का दोबारा इंटेरोगेशन कर लो; मोटरसाइकिल किस कश्मीर की कली के नाम रजिस्टर्ड है, ये भी तो आईडिया तुम ही दिए थे बेटा। तुम्हारे ही आईडिया से पता चला कि चांद खुतरा ही मोटरसाइकिल पर कश्मीर का नंबर छपवाया था। आओ, अंदर चलते हैं।'

सब अस्पताल के उस वॉर्ड में पहुंच गए जहां चांद की चांद पर पट्टी बंधी हुई थी। डॉक्टर साहब चांद खुतरा का ब्लड प्रेशर नाप रहे थे और एक नर्स ग्लूकोज़ की बोतल बदल रही थी।

'का बे चांद, एकदम बाला बने लेटे हो!' अश्फ़ाक़ ने घुड़की सी लगाई।

'हम डर गए थे साहब, इसीलिए भागे थे।' चांद ने कराहते हुए कहा।

'भागने में तो तुम कार्ल लुइस का भी रिकॉर्ड तोड़े हो। फिकर ना करो, पोडियम पर चढ़ाकर गोल्ड मेडल हम ही देंगे तुमको,' अश्फ़ाक़ हंसा।

तभी डॉक्टर ने अपनी रिपोर्ट दी, 'अभी थोड़ा टाइम लगेगा। ही इज़ रिकवरिंग फास्ट। पेनकिलर्स दिए हैं, दो यूनिट ब्लड भी चढ़ चुका है, बस ग्लूकोज़ की दो-तीन बोतल और चढ़ाएंगे।'

अशफ़ाक़ ने धमकी वाले स्टाइल में चांद खुतरा का गाल थपथपाया, 'अबे खुतरे तुम तो पक्के ड्रैकुला बन गए हो, ख़ून पे ख़ून पिए जा रहे हो। चलो चंदा मामा, ढाई सौ ग्राम ख़ून हम भी पीते हैं तुम्हारा।'

डॉक्टर ने टोका, 'आराम से इंस्पेक्टर साहब, चोट गहरी है।'

अशफ़ाक़ त्रिपुरारी की ओर घूमा, 'ए त्रिपुरारी, फ़ाइल लेकर आओ ज़रा।'

त्रिपुरारी दौड़कर बाहर गया। मोटरसाइकिल से बैग निकाल कर वॉर्ड में वापस लौटा। अफ़ज़ल और अबराम चांद के पैरों की तरफ खड़े उसे देख रहे थे। त्रिपुरारी ने फ़ाइल खोलकर अशफ़ाक़ को दी। अशफ़ाक़ ने फ़ाइल से फ़ोटो निकाली, और चांद के सामने लहराई। चांद ने फ़ोटो को ऐसे देखा, जैसे पहली बार देख रहा हो, 'इसमें क्या है साहब?'

अशफ़ाक़ बोला, 'तुम्हीं बताओ! हम तो मैग्नीफाइंग लेंस से फ़ोटो को दर्जनों बार देख चुके हैं। साला थॉमस एडिसन भी कैमरे का आविष्कार किए होंगे, तो सोचे नहीं होंगे कि फ़ोटो का पिछवाड़ा भी कभी चांद खुतरा के काम आएगा। फ़ोटो पलट कर देख चूतिए और फटाफट उगल कि ये का आंकड़ेबाजी लिखे हो।'

चांद ने लेटे-लेटे फ़ोटो पलटी और कुछ सेकेंड का पॉज़ देकर बोला, 'साहब इंजन और चेचिस नंबर लिखा है ये तो।'

अब अशफ़ाक़ ने भौंहें चढ़ाईं, 'कहां से पाए ये नंबर?'

खुतरा कुछ नहीं बोला। अशफ़ाक़ गुर्राया, 'चांद, ये नंबर कहां से पाए हो?'

खुतरा इस बार भी साइलेंस ज़ोन में था।

त्रिपुरारी बोला, 'काहे शिनचैन की तरह बदमाशी कर रहा है बे, बोल?'

अबराम ने भी टोका, 'सच बता दे चांद।'

खुतरा ख़ामोशी तोड़कर बुदबुदाया, 'बस ऐसे ही फ़र्ज़ी लिख दिए हैं।'

'अबे तो क्या काकोरी में कश्मीर का नंबर पेलोगे?' अश्फ़ाक़ भड़का।

चांद खुतरा ने फ़ोटो अश्फ़ाक़ को वापस कर दी, 'साहब हमें नहीं पता ये कश्मीर का है कि कन्याकुमारी का।'

अश्फ़ाक़ ने फ़ोटो त्रिपुरारी की ओर बढ़ाया। इससे पहले कि त्रिपुरारी फ़ोटो फ़ाइल में रखता, अबराम ने फ़ोटो उसके हाथ से ली और ध्यान से देखा। फिर अफ़ज़ल को फ़ोटो के पीछे लिखा नंबर दिखाते हुए बोला, 'गुरू, इसमें तो कुछ जियोग्राफिकल डेटा भी है।'

अफ़ज़ल देखते ही बोला, 'ये तो कॉर्डिनेट्स हैं!'

'कॉर्डिनेट्स तो तुम्हारे लैपटॉप पर देखे थे मैंने।'

अफ़ज़ल थोड़ा अचकचाया। तभी त्रिपुरारी ने अबराम के हाथ से फ़ोटो लेकर फ़ाइल में रख दी। त्रिपुरारी फ़ाइल को जैसे ही बैग में वापस रखने लगा, बैग ज़मीन पर गिर पड़ा और सारे कागज़ बिखर गए। काले रैपर में पैक कैंडिल जैसा पीस भी बैग के बाहर आ गया।

अबराम ने फ़ौरन पीस ज़मीन से उठाया और फिर अपनी जेब में हाथ डालकर वैसा ही दूसरा पीस निकाला। अबराम को ये पीस उस वक़्त मिला था, जब पुलिस रेड के बाद वो बिखरे हुए घर की सफ़ाई कर रहा था। ये वही पीस था, जिसे अबराम ने तोड़ा था, और तोड़ने पर उस पीस में से पीले रंग के शक्कर जैसे दाने निकले थे। अबराम ने दोनों पीस एक दूसरे से मिलाने की कोशिश की, तभी त्रिपुरारी बोला, 'दोनों एक्कै जैसे हैं, लेकिन आप कहां से पाए, अबराम भैया?'

'तुमको कहां से मिला था?' अबराम ने भी सवाल किया।

'अरे ई तो इंस्पेक्टर साहब जब चांद के सिर पर पेटी पटके थे, तो साला पेटी टूट गई थी और चांद की बनियाइन में फंस गया था। कंपाउंडर जब बनियाइन काटा, तो उसी में मिला था।'

'तो हम कहां काम करते हैं पांडे जी?' अबराम ने पूछा।

'अरे हां, आप भी तो वहीं काम करते हैं,' त्रिपुरारी झेंपते हुए बोला।

अबराम ने खिंचाई की, 'चांद को पकड़ने के चक्कर में आप पुलिस वाले पूरे घर का सामान बिखेर कर चले आए थे। मुझे अकेले ही घर की सफ़ाई करनी पड़ी। तभी मिला था, पांडे जी।'

अबराम ने पलट कर चांद से पूछा, 'ये क्या है चांद?'

चांद धीरे से बोला, 'येलो शुगर है, गुरू।'

अशफ़ाक़ चांद से मुखातिब हुआ, 'अबे रुको यार, ये शक्कर का चक्कर बाद में निबटाएंगे, पहले कश्मीर का कनेक्शन बको बे।'

चांद फिर ख़ामोश हो गया।

अशफ़ाक़ ग़ुस्से में तेज़ी से आगे बढ़ा ही था कि डॉक्टर ने अशफ़ाक़ को रोक लिया और बोला, 'लेट हिम रिकवर, फिर पूछताछ कीजिएगा।'

अशफ़ाक़ ने ग़ुस्से में डॉक्टर का हाथ मरोड़ने की कोशिश की, पर तभी त्रिपुरारी, अबराम और अफ़ज़ल ने अशफ़ाक़ के हाथ से डॉक्टर का हाथ छुड़वाया और उसे समझाया कि चांद के साथ कुछ भी गड़बड़ हो गई, तो लेने के देने पड़ जाएंगे। बेहतर यही है कि डॉक्टर जो कह रहा है, उसे मान लिया जाए। अबराम ने डॉक्टर को सॉरी बोलकर अशफ़ाक़ को पीछे किया और बेंच पर बैठा दिया। जब माहौल का टेम्प्रेचर थोड़ा डाउन हुआ, तो अबराम ने चांद की तरफ देखा और घूरते हुए कहा, 'जो किया है बोल दे, क्यों किया है ये भी बोल दे चांद! बता दे कि राबिया के साथ क्या किया है तूने? कश्मीर का क्या चक्कर है? सब बता दे वर्ना एक बात तो पक्की है चांद, तू बचेगा नहीं।'

चांद आख़िरकार दोनों हाथों का सहारा लेते हुए अस्पताल के पलंग पर कराहते हुए उठकर बैठ गया। उसने अफ़ज़ल की आंखों में आंखें डाल कर गौर से देखा और फिर डॉक्टर, त्रिपुरारी पांडे और अशफ़ाक़ को देखते हुए अबराम से बोला, 'हर सुराग, सुराग नहीं होता। हर सबूत, सिर्फ सबूत नहीं होता। हो सकता है, जिसे पुलिस सुराग समझ रही हो, वो सुराग नहीं संदेश हो! अपने बाप को समझा अबराम, जो सुराग उसने तलाशे हैं, वो सुराग तो ख़ुद चलकर आए हैं उसके पास। मैं

बचूंगा या नहीं, पता नहीं, पर इंस्पेक्टर अश्फ़ाक़ उल्ला बिस्मिल तुम तो गए, तुम्हारा काम ख़त्म।'

सुराग और संदेश की पहेली में सबको उलझाकर चांद ने अपने हाथ धीरे-धीरे गर्दन की तरफ बढ़ाए और झट से ताबीज़ तोड़कर मुंह में डाल लिया। इससे पहले कि वो ताबीज़ चबा जाता, अश्फ़ाक़ बेंच से उठकर तेज़ी से चांद की तरफ लपका और उसने अपने मज़बूत पंजों से उसका जबड़ा दबा दिया। चांद का मुंह खुल गया और अश्फ़ाक़ ने गहरे तक उसकी हलक़ में उंगली डालकर ताबीज़ बाहर निकाल लिया। डॉक्टर ने नर्स को आवाज़ दी और नींद का इंजेक्शन लाने को कहा। सबने चांद के दोनों हाथ जकड़ लिए। चांद खुतरा की इस हरकत से सब के सब बौराए हुए से थे। वॉर्ड के भीतर हर कोई सन्न था। ऐसा लगा जैसे किसी ने सिर के अंदर बम फोड़ दिया हो। हर किसी के ज़ेहन में सिर्फ एक ही बात थी—क्या चांद खुतरा टेररिस्ट है? क्योंकि सभी ने अभी तक सिर्फ फ़िल्मों में ही देखा था कि आतंकवादी गले में कैप्सूल लटकाए रहते हैं और जब फंस जाते हैं, तो उसे तोड़ कर खा जाते हैं।

अश्फ़ाक़ उल्ला अंदर तक हिल गया। मर्डर केस में फंसे कई लोगों को अश्फ़ाक़ ने जेल के अंदर, जेल के बाहर, थाने के हवालात में भी ख़ुदकुशी करते देखा था और सुना भी था, लेकिन ये पहला मर्डर केस था जिसमें सिर्फ इन्वेस्टिगेशन से बचने के लिए किसी ने सायनाइड का कैप्सूल खाकर अपनी जान लेने की कोशिश की हो। अश्फ़ाक़ उल्ला के चेहरे से बहता हुआ पसीना और तेज़ सांसें बता रही थीं कि अश्फ़ाक़ कितना भी शातिर हो, लेकिन उसकी उम्र हो गई थी। राबिया केस अब सिर्फ मर्डर या रेप केस नहीं था। इसमें तो कुछ और ही छुपा था। अश्फ़ाक़ के भीतर बैठे कमज़र्फ़ पुलिस वाले ने ख़ुद को संभाला और समझाया कि अगर आज वो टूट गया, तो सब छूट जाएगा। वो ख़ुद पर चिल्लाया, ख़ुद को झकझोरने लगा कि अश्फ़ाक़ तेरे सामने आज एक टेररिस्ट है, और टेररिस्ट का नाम है चांद खुतरा। टेररिस्ट नहीं होता तो कैप्सूल खाकर ख़ुद को मारने की कोशिश नहीं करता, ख़ुद को संभाल अश्फ़ाक़! अश्फ़ाक़ के चेहरे से पसीना ग़ायब होने लगा। उसका शातिर दिमाग़, उसके उम्रदराज़ शरीर को क़ाबू में कर चुका था। अश्फ़ाक़ ने मन ही मन ख़ुद से कहा कि वो काकोरी का सबसे बड़ा विलेन है, और

काकोरी में जो सबसे बड़ा विलेन है, वो ही काकोरी का हीरो है। इसके बाद अश्फ़ाक़ ने चांद खुतरा का ताबीज़ खोला और उसकी तरफ फिर वही विलेन वाली स्माइल देकर बोला, 'अश्फ़ाक़ के रहते काहे अकेले-अकेले बीकोसूल खा रहे हो खुतरा? इलाज में कोई कमी रह गई थी तो बताते, हम डॉक्टर से इंजेक्शन ठुंकवा देते।'

चांद बस हांफ रहा था और अश्फ़ाक़ को घूरे जा रहा था। वो मौत से बस एक खुराक की दूरी पर रह गया। उसके मुंह से बुरी तरह थूक गिर रहा था। अश्फ़ाक़ ने ताबीज़ और कैप्सूल त्रिपुरारी को थमाते हुए ज़िपर बैग में रखने को कहा और चांद की तरफ मुड़कर अपने ही अंदाज़ में मुस्कुराया, 'बांधो साले के हाथ। सुन बे सूअर की औलाद, ये सुराग संदेस का खेल हमसे मत खेल, काहे से हम इस खेल के रिकी पॉन्टिंग हैं। अबे हम तो खुदै तुमको सबके सामने संदेसा बना दिए हैं, ताकि तुम एक और सुराग उगल दो। और देखो तुम कितना जल्दी दे दिए हमको सुराग का रीचार्ज कूपन। संदेस तो हमको बहुत पहले ही मिल गया था तुम्हारा, लेकिन तुम्हारे कैप्सूल ने कश्मीर का कनेक्शन क्रिस्टल क्लियर कर दिया है।'

अब तक नर्स, कम्पाउंडर, वॉर्डबॉय और सिपाही चांद खुतरा के दोनों हाथ पलंग पर बांध चुके थे। डॉक्टर ने फ़ौरन उसे नींद का इंजेक्शन दिया। चांद मिनटों की जगह सेकेंडों में ही बिस्तर पर लुढ़ककर डीप स्लीप में चला गया। अफ़ज़ल और अबराम घबराए हुए थे, दोनों ने ही किसी को ख़ुदकुशी की कोशिश करते पहली बार देखा था। सायनाइड का तो सिर्फ नाम सुना था, देखा तो पहली बार था। सिर्फ टीवी और अखबारों में आतंकवादी देखे थे। चांद की शक्ल में एक टेररिस्ट, अब उनके सामने था। दिल मानने को तैयार नहीं था कि चांद आतंकी हो सकता है, पर सायनाइड ने फिलहाल साबित कर दिया था कि चांद टेररिस्ट ही था। सुन्न हो चुके दिमाग़ को हिलाते हुए अश्फ़ाक़ ने सबसे पहले डीजीपी बृजलाल कुलश्रेष्ठ को ख़बर दी। वो समझ चुका था कि राबिया बसर केस अब सिर्फ काकोरी का छोटा-मोटा लोकल केस नहीं रह गया है। फ़ोन पर अश्फ़ाक़ उल्ला के साथ आज डीजीपी उतना कैज़ुअल नहीं था, जैसा हमेशा रहता था। डीजीपी बृजलाल की सीरियसनेस का अंदाज़ा लगा कर अश्फ़ाक़ उल्ला भी अब अपनी पोजिशन को लेकर बहुत श्योर

नहीं था। अश्फ़ाक़ को समझ में आ चुका था कि उसके ख़िलाफ़ किसी भी वक़्त कोई भी एक्शन लिया जा सकता है। अपनी बीवी मरियम की मौत के वक़्त भी उसका हाल कुछ ऐसा ही था। लेकिन तब बेटों के लिए उसने चेहरे पर नकाब पहन लिया था। यही नकाब अश्फ़ाक़ के भीतर बैठा बहरूपिया है। फिर एक बार चेहरे से टेंशन हटाकर, अश्फ़ाक़ ने अबराम और अफ़ज़ल को बाहर चलने का इशारा किया। सब वॉर्ड से बाहर आ गए। अश्फ़ाक़ ने त्रिपुरारी को दो सिपाही वॉर्ड के अंदर और दो बाहर तैनात करने को कहा और फिर अफ़ज़ल से बोला, 'ख़ुद पर क़ाबू रख अफ़ज़ल, तेरे चेहरे पर पसीना क्यों है?'

अफ़ज़ल ने अश्फ़ाक़ का चेहरा पढ़ते हुए कहा, 'टेंस तो आप लग रहे हैं ख़ाँ साहब। ख्याल रखिए अपना, उम्र हो गई है आपकी।'

अश्फ़ाक़ के भीतर बैठे बहरूपिए ने अफ़ज़ल की फिक्र को टाल दिया। उसने अबराम को देखा, तो अबराम बोला, 'मैं भी दुरुस्त हूं। अफ़ज़ल ठीक ही कह रहा है पंडित जी, अपना ख्याल रखिए। केस के चक्कर में अपना केस मत ख़राब कीजिए।'

अश्फ़ाक़ मुस्कुराया और बोला, 'अरे त्रिपुरारी, वो कौन सी फ़िल्म है जिसमें वो साला गायतोंडे है?'

त्रिपुरारी फ़िल्म सोचने लगा कि साहब इतनी फ़िल्में देखते हैं, पता नहीं कौन सी फ़िल्म की बात कर रहे हैं। इतने में अबराम बोला, 'अरे, फिर शुरू हो गई आपकी फ़िल्मी फिलॉसिफी!'

अश्फ़ाक़ बोला, 'अरे बताओ तो कौन सी फ़िल्म थी? कई पार्ट थे।'

'फ़िल्म नहीं वेब सीरीज़ थी,' अबराम ने जवाब दिया।

अश्फ़ाक़ ज़ोर से हंसा और बोला, 'गायतोंडे को तो कभी-कभी लगता था कि वो भगवान है, पर हम तो सेंट परसेंट कंफर्म हैं कि हम ही भगवान हैं, और भगवान का कोई कुछ उखाड़ नहीं सकता।'

फिर उसने अफ़ज़ल से पूछा, 'तू कब तक लौटेगा लखनऊ से?'

'टाइम लगेगा, शायद कल तक ही आ पाऊं।' अफ़ज़ल ने जवाब दिया।

'गुरू, कहे तो टैंपो वहीं रोक दूं?' अबराम बोला।

'अरे नहीं, उसकी ज़रूरत नहीं, मैं ट्रेन से आ जाऊंगा।' अफ़ज़ल ने जवाब दिया।

अबराम अफ़ज़ल को टैंपो तक ले गया और ड्राइवर से बोला, 'लखनऊ माल अनलोड कर देना। साहब कहें तो रुक जाना, वर्ना वापस आ जाना।'

टैंपो लखनऊ की तरफ चल पड़ा। अशफ़ाक़ ने त्रिपुरारी से अबराम को तहव्वर के घर तक छोड़ने को कहा। अबराम को पीछे बैठाकर त्रिपुरारी वहां से निकल गया। तभी विकिपीडिया जीप लेकर अस्पताल पहुंच गया। अशफ़ाक़ ने विकिपीडिया की तरफ देखा, 'अरे मैं कुछ कहना भूल गया। त्रिपुरारी को फ़ोन करो और प्रज्ञा ठाकुर के डिटेल्स लेकर थाने पर आने को बोलो।'

विकिपीडिया ने फ़ोन लगाया ही था कि अशफ़ाक़ ने जोड़ा, 'कल रात में *सिंघम* टू देखते-देखते हम नींद में परलोक सिधार गए थे, त्रिपुरारी को बोलो कहीं से भी ढूंढ़ कर *सिंघम* टू की डीवीडी लाए, आज थाने को थिएटर बना देंगे।'

अशफ़ाक़ की बात सुनते ही विकिपीडिया ने त्रिपुरारी पांडे को फ़ोन पर इंस्पेक्टर साहब का पूरा मेन्यूकार्ड पेश कर दिया। अशफ़ाक़ फिर एक बार चांद के वॉर्ड में गया, तो देखा चांद पर अमावस छाई हुई थी। चांद खुतरा के वॉर्ड में लगातार ड्यूटी दे रहे सिपाही सोए ही नहीं थे, उनकी आंखों में नींद सवार थी। सिपाहियों को अशफ़ाक़ ने समझाया कि रात में उनकी ड्यूटी चेंज कर दी जाएगी, पर तब तक डॉक्टर के अलावा बाहर से कोई अंदर न आ सके और अंदर से कोई बाहर न जा सके। सिपाहियों को समझा कर अशफ़ाक़ वापस थाने आ गया।

काकोरी थाना टेलिकॉम डिपार्टमेंट बना हुआ था। त्रिपुरारी पांडे प्रज्ञा ठाकुर, उसके पिता और छोटे भाई के कॉल डिटेल्स उलटता-पलटता अशफ़ाक़ के सामने पहुंचा, 'सर ये रहीं डिटेल्स।'

'कुछ हाथ लगा त्रिपुरारी?' अश्फ़ाक़ ने पूछा।

'हां साहब, प्रज्ञा के जिस मोबाइल से राबिया को तीन मिनट की कॉल की गई थी, वो मोबाइल इस कॉल के फ़ौरन बाद ही स्विच ऑफ़ हो गया था। ख़ास बात ये है साहब कि ये सिमकार्ड क़रीब छह महीने पहले ख़रीदा गया और छह महीनों में क़रीब बीस कॉल ही हुए हैं इससे।'

अश्फ़ाक़ चौंका, 'लोकेशन क्या कह रही है?'

त्रिपुरारी बोला, 'साहब लोकेशन कभी राबिया का स्कूल, कभी घर, कभी दरगाह, तो कभी काकोरी का झंकार रेस्टोरेंट...ये मोबाइल छह महीने में पंद्रह बीस बार ही ऑन हुआ, बाकी स्विच ऑफ़ ही रहा है।'

अश्फ़ाक़ ने तुरंत पूछा, 'और दूसरे नंबर का क्या हाल है?'

'सर दूसरा नंबर परफेक्ट है। राबिया ने उस रात प्रज्ञा के इस नंबर पर क़रीब आधे घंटे बात की और तब तक इस मोबाइल की लोकेशन प्रज्ञा ठाकुर के घर के ही पास थी,' त्रिपुरारी पांडे ने जवाब दिया।

अश्फ़ाक़ हैरत में पड़ गया और बोला, 'कहीं ऐसा तो नहीं कि प्रज्ञा ने पहले नंबर से राबिया को फ़ोन करके स्विच ऑफ़ कर दिया हो, फिर दूसरा नंबर ऑन करके अपने घर पर ही छोड़ दिया हो?'

विकिपीडिया ने ज्ञान बघारा, 'हां सर, कई बार ऐसा होता है कि लोग फ़ोन काटे बिना ही "ओके बाय, गुडनाइट" कह देते हैं, पर कॉल कनेक्ट रहती है। हो सकता है अपना मोबाइल ऑन छोड़कर, राबिया के साथ कोई और नहीं, बल्कि ख़ुद प्रज्ञा ठाकुर आम के बाग गई हो।'

अश्फ़ाक़ की चिंता बढ़ गई, 'क्या ठकुराइन मोटरसाइकिल चला लेती थी?'

जवाब रमाकांत की ओर से मिला, 'सर जब तहव्वर को प्रज्ञा ठाकुर की मिसिंग के बारे में हम इंफ़ॉर्म किए थे, तब वो बोले थे कि राबिया तो स्कूटी ख़रीदना चाहती थी, पर प्रज्ञा ही उससे बोली थी कि इस बार अयोध्या से अपनी मोटरसाइकिल ले आएगी।'

गौतम ने भी अपनी राय सामने रखी, 'साहब, प्रज्ञा एकदम लौंडों की तरह रहती थी। जीन्स, स्पोर्ट्स शूज़, टी-शर्ट और हेयर स्टाइल तो एकदम हक्कानी लौंडा कट!'

अश्फ़ाक़ के लिए सबकुछ किसी सस्पेंस फ़िल्म की तरह था। वो बड़बड़ाया, 'अंगद यादव जेल में है, चांद खुतरा अस्पताल में है, देश भक्तिन प्रज्ञा ठाकुर लापतागंज है—साला दिमाग़ डिसमेंटल हो गया है।'

सस्पेंस में डूबे अश्फ़ाक़ का फ़ोन बजा और अश्फ़ाक़ बोला, 'हां बोलो।'

उधर से आवाज़ आई, 'अश्फ़ाक़ भाई, डीजीपी साहब का ऑर्डर मिला था, थाना अयोध्या से इंस्पेक्टर रमाशंकर कठेरिया बोल रहा हूं।'

अयोध्या का नाम सुनते ही अश्फ़ाक़ कुर्सी से खड़ा हो गया, 'अरे कठेरिया साहब, क्या हालचाल? अयोध्या कब पहुंच गए आप? जब आप प्रतापगढ़ थाना प्रभारी थे, तब हम कुंडा चौकी इन्चार्ज थे, याद है?'

'डेढ़ साल हो गया अयोध्या में हमको। क्या बताएं अश्फ़ाक़ बाबू आप तो मजे में हैं, अयोध्या में तो हमारा बैंड ही बजा हुआ है। जबसे राम मंदिर वाला सुप्रीम कोर्ट का फैसला आया है, तब से गश्त कर-करके पांव थक गए और तलाशी ले-लेकर हाथ पक गए हैं।'

अश्फ़ाक़ बोला, 'राम, राम, राम। आपका तो राम नाम सत्य हो गया।'

कठेरिया की आवाज़ आई, 'वो प्रज्ञा ठाकुर के डिटेल मांगे थे न आपने?'

'हां, हां बताइए, क्या हुआ उसमें?' अश्फ़ाक़ ने झट से पूछा।

'भाई जिस दिन से आपके काकोरी में क़त्ल हुआ है उस लड़की का, उसी दिन से प्रज्ञा की फैमिली ताला बंद करके ग़ायब है,' कठेरिया बोला।

'बाप पीडब्ल्यूडी में है न? और भाई कहीं पढ़ता है,' अश्फ़ाक़ ने पूछा।

इंस्पेक्टर कठेरिया बोला, 'सिपाहियों को पीडब्ल्यूडी के लोकल ऑफिस और लड़के के स्कूल भी भेजे थे, कोई ख़बर नहीं...सब मिसिंग हैं।'

अश्फ़ाक़ निराश हो गया, 'अरे साला! अच्छा, उस लड़की की मोटरसाइकिल का क्या?'

कठेरिया ने जवाब दिया, 'वो भी मिसिंग है।'

बात ख़त्म हुई तो फ़ोन काटकर अश्फ़ाक़ ने त्रिपुरारी की तरफ देखा, 'अरे यार, अयोध्या में तो सब मिसिंग हैं। प्रज्ञा के भाई और बाप का क्या डिटेल है पांडे?'

'सर क़त्ल की रात के बाद से प्रज्ञा ठाकुर के दोनों नंबर बंद हैं और अगले दिन सुबह ग्यारह बजे से उसके बाप और भाई का मोबाइल भी स्विच ऑफ़ है,' त्रिपुरारी ने बाप, बेटे और बेटी का ब्यौरा बांचा।

'बाप और भाई की आख़िरी लोकेशन क्या है?' अश्फ़ाक़ ने सवाल किया।

'अयोध्या स्टेशन,' त्रिपुरारी ने जवाब दिया।

अश्फ़ाक़ की चिंता गहरी हो गई, 'सबके नंबरों के डिटेल में जो-जो नंबर कॉमन हों, उनका भी थर्ड पार्टी डिटेल निकलवाओ। एकदम सब के सब कैसे ग़ायब हो गए? ज़रूर कोई दूसरा सिमकार्ड ख़रीदकर ये फैमिली इस्तेमाल कर रही है, इन नंबरों से कनेक्शन का तो पता लगेगा ही लगेगा।'

विकिपीडिया भला अपनी जनरल नॉलेज पेलने में क्यों पीछे रहता, 'हां सर, ये आईडिया काम करेगा। जितने कॉमन नंबर हैं, उन पर जैसे ही किसी नए नंबर से फ़ोन आए, तो समझ लीजिए कि यही लोग फ़ोन मिलाए हैं, और कहीं किसी रिश्तेदार के यहां डेरा जमा लिए हैं।'

त्रिपुरारी ने विकिपीडिया के साथ कॉमन नंबर निकालने शुरू किए। अश्फ़ाक़ दराज़ से लेंस निकालकर हाथों की रेखाएं पढ़ने लगा, 'लिखा तो है कि आज *सिंघम* टू देखनी है। अबे त्रिपुरारी, नंबर निकाल कर हमारे साथ *सिंघम* देखो, और फ़िल्म देख कर तुम, विकिपीडिया, रमाकांत

और गौतम अस्पताल में ड्यूटी देना। दो दिन से ड्यूटी देकर चारों सिपाही थकान भारती हो गए हैं। बेचारों को छुट्टी दे देना।'

गौतम बोला, 'साहब, खुतरा टेरेरिस्ट निकल गया फिर भी आप ठंडा-ठंडा, कूल-कूल कइसे रह लेते हैं?'

अशफ़ाक़ ने फिर फ़िल्मी फिलॉसिफी समझाई, 'अबे *राउडी राठौर* देखे हो? उसमें एक दरोगा ईमानदार है और दूसरा एकदम हरामी, बस समझ लो हम हरामी वाले हैं।'

अशफ़ाक़ के साथ सभी हंसने लगे और अब काकोरी थाने में टीवी चल रहा था। अपनी कुर्सी के सामने एक और कुर्सी पर पैर रख कर लेटा अशफ़ाक़, आज ज़बरदस्त टेंशन के बाद भी ख़ुद से भीतर ही भीतर लड़कर नॉर्मल दिखने की कोशिश कर रहा था। वैसे भी फ़िल्में उसका टॉनिक थीं। सामने टीवी पर फ़िल्म चल रही थी और बाजीराव सिंघम अपने सेकेंड पार्ट के डायलॉग बोल रहा था।

टीवी पर बाजीराव सिंघम के साथ सिस्टम से लड़ने के लिए पूरा का पूरा पुलिस डिपार्टमेंट वर्दी फेंक कर सड़क पर उतर पड़ा। विकिपीडिया, त्रिपुरारी, रमाकांत, गौतम के साथ थाने के दूसरे सिपाही ताली बजा-बजा कर अशफ़ाक़ उल्ला बिस्मिल की तरफ देखने लगे। ये देख कर लग रहा था जैसे थाने में भी कॉर्पोरेट कल्चर लागू है। असल में बॉस की हर बात पर यस बॉस बोलना भी एक डिसिप्लीन है। फिर चाहे सरकारी दफ़्तर हो, प्राइवेट ऑफिस हो या फिर थाना काकोरी।

अशफ़ाक़ ने भी ताली बजाई, 'अइस्साला! देखो, एक छोटे से सिपाही के लिए कैसे इंस्पेक्टर पूरा का पूरा सिस्टम हिला दिहिस, यार!'

रमाकांत बोला, 'सर एकदम आपै की तरह है सिंघम टू।'

थाने में हर कोई अशफ़ाक़ की जी हुजूरी करने लगा और अपनी वफादारी साबित करने को तैयार था।

विकिपीडिया कुर्सी से उठकर अशफ़ाक़ के पैर छूने लगा, 'हमें पूरा नॉलेज है सर, आप चांद को लेकर डिस्टर्ब हैं। हम सब आपके साथ हैं सर।'

त्रिपुरारी पांडे भी विकिपीडिया के कंपिटीशन में आ गया और अशफ़ाक़ के पैर पकड़ कर बोला, 'सर आपके लिए जान देंगे, नहीं तो ले लेंगे।'

अशफ़ाक़ उल्ला ने दोनों हाथ फैलाकर विकिपीडिया, त्रिपुरारी, रमाकांत, गौतम को बुलाया। सब आकर अशफ़ाक़ के गले लग गए। अशफ़ाक़ ने फिर मौज ली, 'अबे पिक्चर इतनी लल्लन टॉप लग गई क्या कि पूरा काकोरी थाना इमोशनल हो गया? अइसा है तो दूसरा शो भी देख ही लिया जाए, मगर सालों फ़िल्म के चक्कर में ड्यूटी रिपिटीशन न करा देना। चारों सिपाहियों को छुट्टी देने टाइम से चले जाना अस्पताल।'

त्रिपुरारी पांडे, रमाकांत, गौतम, विकिपीडिया अशफ़ाक़ उल्ला की कुर्सी के पास बेंच लगाकर बैठ गए। फ़िल्में देखे या मौज ले ले, मगर टेंशन ने अशफ़ाक़ के दिमाग़ को फ्लाइट मोड पर डाल दिया था। कुछ समझ नहीं आ रहा था कि केस कैसे सॉल्व किया जाए। इसी ज़िक-ज़ैक सोच के बीच अशफ़ाक़ ने फिर दराज़ से फ़ोटो निकाली और लेंस से उसे देखना शुरू किया। भले ही सब फ़िल्म देख रहे हों, लेकिन अशफ़ाक़ की पूरी टीम अपने इंस्पेक्टर साहब का दिमाग़ पढ़ रही थी। त्रिपुरारी, गौतम, रमाकांत, विकिपीडीया टीवी छोड़कर साहब के लेंस से फ़ोटो देखने लगे। अशफ़ाक़ उल्ला ने कुर्सी के हुड पर सिर टिका दिया और बड़ी बेचारगी से बोला, 'ये साला कश्मीर का कनेक्शन सुलझाना है। लगता है ज़िंदगी फिर आई-स्पाई खेल रही है, अशफ़ाक़ से।'

त्रिपुरारी ने फ़ोटो और लेंस उठाकर दराज़ में रख दिए और अशफ़ाक़ उल्ला को भरोसा दिलाया कि सब मिलकर केस सॉल्व करेंगे। टीम को परेशान देख कर अशफ़ाक़ ने फिर अपने चेहरे का इमोजी बदला और सबको देख कर मुस्कुराया। तभी एक सिपाही गर्मागरम कुल्हड़ वाली चाय और बंद मक्खन लेकर आया। सबने चाय के घूंट गले में उतारना शुरू किए। फिर क्या था, छोटे से ब्रेक के बाद थाने में *सिंघम* टू का सेकेंड शो शुरू हो गया।

रात के क़रीब दो बजे थे। अंधेरे ने काकोरी को अपनी गिरफ्त में ले लिया था। अस्पताल में अंधेरे के साथ सन्नाटे ने दोस्ती कर ली थी। ये दोस्ती अभी हुई ही थी कि खट्ट की आवाज़ के साथ लाइट भी चली गई। अंधेरे में कोई था जो कॉरिडोर से होता हुआ चांद खुतरा के वॉर्ड तक जा रहा था। बरामदे में मरीज़ों के एक-दो तीमारदार गहरी नींद में सोए हुए थे। नर्स लापता थी। एक वॉर्डबॉय इमरजेंसी स्ट्रेचर पर तकिया लगाए सो रहा था। सिपाहियों की ड्यूटी बदल चुकी थी। त्रिपुरारी और विकिपीडिया वॉर्ड के बाहर खर्राटे भर रहे थे। अंधेरे में आगे बढ़ रहा ये शख़्स, वॉर्ड के दरवाज़े पर पहुंचा। उसने आहिस्ता से कुंडी खोली और वॉर्ड के अंदर दाख़िल हो गया। वॉर्ड के अंदर रमाकांत बेंच पर, और गौतम बेंच के नीचे ज़मीन पर अस्पताल की चादर ओढ़कर सोया हुआ था। कोई था जिसने चांद के चेहरे को क़रीब से देखा। चांद अभी भी इंजेक्शन के ज़रिए नसों में उतरी नींद की आगोश में था।

~

कुरैशी कसाई का पिंजड़ा खाली था। मतलब साफ़ था कि मुर्गों का नया कंसाइन्मेंट कल से नहीं आया था। कल जिस बल्ली में तीन बकरे बंधे थे, उनकी पॉपुलेशन भी कम हो चुकी थी। बचे हुए दो खस्सी बकरों की आंखें बता रही थीं कि बेचारा एक बकरा कल क्रॉयलर मुर्गे की अंत्येष्टि के बाद, रेस्ट इन पीस करने चला गया था। बकरों ने मुर्गे का टाइम टेबल फॉलो किया और मैं-मैं करके काकोरी की नींद उड़ा दी।

सुबह-सुबह काकोरी थाने में अश्फ़ाक़ के मोबाइल पर त्रिपुरारी की कॉल आई। टीवी अभी ऑन ही था, मगर पिक्चर नहीं चल रही थी। इंस्पेक्टर अश्फ़ाक़ सो रहा था। फ़ोन बजे जा रहा था। अश्फ़ाक़ ने कुनमुनाते हुए फ़ोन उठाया, 'कौन है बे?'

त्रिपुरारी की घबराई हुई आवाज़ आई, 'साहब, चांद निकल लिया।'

अश्फ़ाक़ ने जम्हाई ली, 'अबे तो सुबह हो गई है, चांद तो निकल ही लेगा न!'

'नहीं साहब, चांद खुतरा मर गया,' त्रिपुरारी ने डरते हुए बताया।

अशफ़ाक़ के हाथ से फ़ोन छूटते-छूटते बचा, 'क्या?'

जिला अस्पताल के वॉर्ड में त्रिपुरारी पांडे लाश के क़रीब खड़ा था। लाश एकदम काली पड़ चुकी थी। त्रिपुरारी लाश को ऊपर से नीचे तक देखकर बोला, 'साहब चांद खुतरा काला तो था ही, अब तो और भी काला हो गया है।'

'अबे चुप कर, फ़ौरन आ रहा हूं,' अशफ़ाक़ ने फ़ोन रख दिया।

अशफ़ाक़ तुरंत जीप में बैठा और अस्पताल पहुंच गया। सरकारी अस्पताल पर जीप रुकते ही अशफ़ाक़ वॉर्ड की तरफ भागा। वॉर्ड के बाहर से अंदर तक नर्स, डॉक्टर और तीमारदारों की भीड़ थी। अशफ़ाक़ के पहुंचते ही सब तितर-बितर हो गए। अशफ़ाक़ उल्ला लाश को देख कर बुरी तरह चौंक गया। चांद की लाश कोई और भी देखता तो ऐसे ही चौंक जाता। ये लाश एक लाश नहीं थी, बल्कि सुराग की शक्ल में एक संदेश थी। चांद सिर से पांव तक काला पड़ चुका था। उसकी छाती पर ए फोर साइज़ का एक पेपर चिपका था, जिस पर अंग्रेज़ी में छपा था—*हिंदुस्तान रिपब्लिकन एसोसिएशन*। किसी ने छाती को क्लिप बोर्ड की तरह इस्तेमाल किया था। थंब पिन्स से ये पेपर चांद खुतरा की छाती पर टैग करा गया था। लाश से लेकर बेड तक, ब्रिटिश किंगशिप के दर्जनों चांदी सोने के सिक्के फैले थे। ये वही सिक्के थे, जो प्रज्ञा ठाकुर ने टैराकोटा मोल्डिंग से बनाए थे। ये वही सिक्के थे, जो स्कूल प्ले में बच्चों ने इस्तेमाल किए थे। ये वही सिक्के थे, जो प्रज्ञा ठाकुर के घर पर रेड मारने के दौरान, अशफ़ाक़ उल्ला बिस्मिल ने अलमारी में देखे थे।

आज पहली बार, अशफ़ाक़ उल्ला का विलेन वाला हीरो ऐसा महसूस कर रहा था, जैसे उसके हाथ-पैर खंभे में बांध कर किसी ने घंटों तक पीटा हो। अशफ़ाक़ तेज़ी से वॉर्ड से बाहर आ गया और अस्पताल के गेट से पहले बने लॉन में खड़ा हो गया। उसने दोनों हाथ फैलाए और चेहरे को आसमान की तरफ उठा कर ज़ोर से चीख़ने लगा। उसके मुंह से लार गिरने लगी, आंखों से पानी बहने लगा। उसकी आवाज़ लगातार बढ़ रही थी। न जाने वो किससे और क्या कहना चाह रहा था। ख़ुद से वो क्या बताना चाहता था? उसकी आवाज़ इतनी तेज़ थी कि पूरा अस्पताल हिल गया। सब दौड़ कर बाहर आ गए। पहली बार अशफ़ाक़ उल्ला की ऐसी

हालत देख कर त्रिपुरारी, गौतम, विकिपीडिया और रमाकांत डरे-सहमे बस दूर खड़े थे। किसी की हिम्मत नहीं थी कि अश्फ़ाक़ के क़रीब जा सके। अश्फ़ाक़ के अंदर चल रहे भूचाल से सब कांप गए। सबने त्रिपुरारी को आगे बढ़ाया। सहमे हुए त्रिपुरारी ने जाकर धीरे से अपने साहब को आवाज़ लगाई। अश्फ़ाक़ एकदम से ख़ामोश हो गया। फिर त्रिपुरारी की जेब से रूमाल निकाल कर मुंह की लार और आंखों का पानी पोंछते हुए शातिर मुस्कुराहट लिए वॉर्ड की तरफ चल दिया। डॉक्टर, नर्स, स्टाफ और तमाम लोगों की भीड़ लगी थी। अश्फ़ाक़ अपने अंदाज़ में लौटा और बोला, 'कोई टपका गया चांद के टुकड़े को, अब झेलो एक और बवाल। बहुत खर्राटा लेने का शौक है न!'

अश्फ़ाक़ ने डॉक्टर से पूछा, 'कोई ग़लत इंजेक्श तो नहीं लग गया?'

डॉक्टर चौंक गया, 'आप देख तो रहे हैं पूरी बॉडी में ब्लैकनिंग है, और ये सोने चांदी के सिक्के, ये पेपर जो छाती से चिपका है—इट्स ए सिंपिल केस ऑफ़ पॉयज़निंग, बाकी तो पोस्टमॉर्टम बताएगा।'

तभी कैमरामैन सिंटू दुबे और मुन्नालाल वॉर्ड में पहुंचे।

अश्फ़ाक़ ने मुन्नालाल को ताकीद की, 'ये बिहार वाला अस्पताल नहीं है, जहां जो चाहे घुसता चला आए और अपनी टीआरपी बढ़ाने लगे।'

मुन्नालाल ने अश्फ़ाक़ को समझाया कि ख़बर वो फ़ोन पर ब्रेक कर चुका है, बस विजुअल और बाइट लेनी है। अश्फ़ाक़ ने ब्रेकिंग का नाम सुन कर मुंह बनाया, तो मुन्ना ने उसे फिर समझाइश दी कि सबको पता चल चुका है। अब जो पता चल चुका है, उसकी रिपोर्टिंग में कोई दिक्कत नहीं है। कानाफूसी अभी हो ही रही थी कि अश्फ़ाक़ के मोबाइल पर एसएसपी शैलेश कृष्णा का फ़ोन आ गया। अश्फ़ाक़ मोबाइल पर 'जय हिंद' कहकर बाहर निकल लिया।

अब मौक़ा-ए-वारदात पर सिंटू का कैमरा और मुन्नालाल की सनसनी शुरू हो गई: 'लाश को ज़रा गौर से देखिए! बॉडी काली पड़ चुकी है। किसी बेरहम ने नुकीली पिनों से लाश के सीने पर पेपर लगा

दिया है। पेपर पर *हिंदुस्तान रिपब्लिकन एसोसिएशन* लिखा हुआ है। लाश पर चांदी और सोने के सिक्के भी बिखरे हुए हैं। ये लाश किसी और की नहीं, उस चांद खुतरा की है जो दो दिन से अस्पताल में भर्ती था और राबिया बसर की फूफी का लड़का था। काकोरी में एक के बाद एक, दो क़त्ल हो गए और क़त्ल करने वाला हैवान पुलिस की पकड़ से बाहर है। कैमरामैन सिंटू दुबे के साथ सीसीटीवी न्यूज़ के लिए काकोरी से मुन्नालाल पत्रकार की स्पेशल इन्वेस्टिगेटिव रिपोर्ट।'

फ़ोन पर एसएसपी की लताड़ सुनने के बाद जैसे ही अशफ़ाक़ वॉर्ड में वापस आया, उसने ख़ुद मुन्नालाल का माइक अपने मुंह पर लगा लिया और सवाल पूछने को कहा। सिंटू ने कैमरा ऑन किया। मुन्नालाल ने सवाल किया, 'सर कैसा लग रहा है?'

अशफ़ाक़ बोला, 'ऐसा लग रहा है जैसे मर्डर हो गया है चांद का।'

मुन्नालाल ने दूसरा सवाल किया, '*हिंदुस्तान रिपब्लिकन एसोसिएशन* का पर्चा और सोने-चांदी के नकली सिक्के—इन्हें देखकर क्या लगता है?'

अशफ़ाक़ ने जवाब दिया, 'ये सुराग हैं, जो क़ातिल ने दिए हैं।'

मुन्नालाल ने फिर पूछा, 'क्या राबिया बसर के क़त्ल से इस क़त्ल का कोई कनेक्शन है, क्योंकि चांद को कश्मीर के नंबर वाले मामले में आपने दो दिन पहले हिरासत में लिया था, या कुछ और वजह है?'

अशफ़ाक़ ने बिना देरी किए कहा, 'राबिया बसर के क़त्ल के बाद जो गाड़ी हमें मौक़े से मिली थी, उसका इंजन और चेचिस नंबर चांद ने ही बदलवाया था। वो नंबर मोटरसाइकिल का नहीं बल्कि कार का था, और ये कार कश्मीर के अनंतनाग डिस्ट्रिक्ट के महरम गांव में रहने वाले किसी सज्जाद अहमद भट के नाम पर रजिस्टर्ड है।'

'आपने चांद से पूछताछ की?' मुन्नालाल ने आख़िरी सवाल दागा।

अशफ़ाक़ ने फिक्र दिखाई, 'कल पूछताछ की थी...पूछताछ के दौरान ही कैप्सूल खाकर ख़ुदकुशी की कोशिश की थी, लेकिन हमने उसे बचा लिया था। बाकी आप डॉक्टर और स्टाफ से भी पूछ सकते हैं।'

मुन्नालाल ने अश्फ़ाक़ के बगल में ही खड़े डॉक्टर के मुंह के आगे माइक लगा दिया, 'सर खुतरा की हालत कैसी थी? वो ख़ुदकुशी क्यों कर रहा था?'

डॉक्टर बोला, 'मैं भी पूछताछ के दौरान साथ ही था। सबकुछ हमारी आंखों के सामने हुआ। चांद जवाब नहीं दे रहा था, पुलिस थोड़ा सख़्ती से पेश आ रही थी। चांद लगातार धमकी दे रहा था। बात करते-करते उसने ताबीज़ तोड़ कर ख़ुद को मारने की कोशिश की। हो सकता है उसे लग रहा हो कि वो फंस चुका है, या फिर हो सकता है कि उसे अहसास हो चुका हो कि कोई उसे मार डालेगा।'

'ऐसा तो आतंकवादी करते हैं,' मुन्नालाल धीरे से बोला।

अश्फ़ाक़ ने मुन्ना की आंखों में देखा, 'यही सबसे इंपॉर्टेंट क्लू हैं। राबिया का मर्डर, प्रज्ञा ठाकुर का ग़ायब होना, और किसी टेररिस्ट की तरह चांद के कैप्सूल खाने की कोशिश बताती है कि इसमें टेरर एंगल है।'

~

अश्फ़ाक़ उल्ला बिस्मिल का जो इंटरव्यू अभी तक काकोरी के जिला अस्पताल में शूट हो रहा था, अब वो टीवी पर चल रहा था। ये टीवी कहीं और नहीं बल्कि सरकार के चीफ सेक्रेटरी आनंद मोहन राय के ऑफिस में चल रहा था। ऑफिस की राउंड टेबल पर चीफ सेक्रेटरी के साथ डीजीपी बृजलाल कुलश्रेष्ठ, लखनऊ के एसएसपी शैलेश कृष्णा और बाकी तमाम पुलिस अफ़सर और ब्यूरोक्रेट्स बैठे थे। सब के सब इस टीवी रिपोर्ट को ध्यान से देख रहे थे। चीफ सेक्रेटरी आनंद मोहन ने टीवी ऑफ़ कर दिया और सीधे मुद्दे पर आ गए, 'हां तो मिस्टर डीजीपी, आपको इसमें कोई टेरर एक्टिविटी का इंप्रेशन मिल रहा है, या हम बेवजह इसे सीरियसली ले रहे हैं?'

डीजीपी बृजलाल बोले, 'सर राबिया बसर केस के बाद से अभी तक हमें कोई इंटेलिजेंस इनपुट तो नहीं मिला है। इन्फैक्ट, पिछले पांच-छह महीने से किसी एजेंसी ने कोई टिप ऑफ़ भी नहीं दिया है हमको।'

एसएसपी शैलेश कृष्णा ने डीजीपी और चीफ सेक्रेटरी की तरफ रुख़ किया, 'सर, मे बी इट्स ए सीरियल किलिंग! या हो सकता है राबिया केस में कोई ऐसा शख़्स इन्वॉल्व हो जो किसी मॉड्यूल का स्लीपर सेल हो और बेवजह इस केस से लाइम लाइट में आ गया हो, क्योंकि चांद खुतरा की कहीं कोई हिस्ट्री तो है नहीं। रेप और मर्डर केस में अंगद यादव अंदर है। बस इसमें ये सायनाइड फैक्टर मिस्टीरियस है, सर।'

डीजीपी बृजलाल ने चीफ सेक्रेटरी आनंद मोहन को तसल्ली दी, 'सर, सारे डाउट्स क्लियर करने के लिए मैंने एटीएस चीफ दुर्गा शक्ति ठाकरे को इन्वेस्टिगेशन दी है। शी विल हैंडिल दिस केस नाऊ।'

इसी बीच चीफ सेक्रेटरी आनंद मोहन के पीएस ने एटीएस चीफ के आने की ख़बर दी। आनंद मोहन ने फ़ौरन अंदर भेजने को कहा। अंदर आकर पूरी वर्दी में आईपीएस दुर्गा शक्ति ठाकरे ने सेल्यूट के साथ परमिशन मांगी, 'मे आई, सर!'

आनंद मोहन और बृजलाल कुलश्रेष्ठ ने हंसते हुए उसे अंदर आने को कहा। अंदर आते ही एसएसपी शैलेश कृष्णा खड़े हो गए। डीजीपी ने सभी से बैठ जाने को कहा, 'हां तो दुर्गा, हम कह रहे थे कि ये सिर्फ लोकल क्राइम है, अदरवाइज़ एजेंसीज़ का इनपुट अब तक ज़रूर मिलता। बस एक सायनाइड वाला पॉइंट ही स्ट्रॉन्ग है।'

दुर्गा बोली, 'सर इनपुट हो न हो, दो-तीन पॉइंट्स बहुत ज़रूरी हैं—पहला कश्मीर से 370 हटी है, दूसरा सुप्रीम कोर्ट से राम मंदिर के फेवर में डिसीज़न हुआ है। सर, हो सकता है कि किसी टेररिस्ट ग्रुप ने किसी एक्टिविटी का ब्लूप्रिंट फ़ाइनल किया हो और इसी बीच राबिया बसर केस हो गया हो। चांद खुतरा केस में फंस रहा था, इसलिए उसने सायनाइड ट्राय मारा, बट अवर पोलीस सेव्ड हिम। देन उसके किसी काउंटर पार्ट ने उसकी अंतिम इच्छा पूरी कर दी। बट सायनाइड...सर सायनाइड, इट्स नॉट सेरिडॉन की सिरदर्द वाली गोली सर, इट्स वैरी-वैरी सीरियस इश्यू! कहां से आया सायनाइड? कौन लाया? मला माहित नाही, सर।'

डीजीपी ने हंसते हुए दुर्गा की तरफ देखा, 'एसएसपी तुम्हें डिटेल्स दे देंगे, लेकिन आई एम श्योर कि शैलेश कृष्णा को मराठी नहीं आती।'

दुर्गा ने सभी को हंसते हुए देखा और फ़ौरन जवाब दिया, 'हऊ सर! नो प्रॉब्स, बट आपके पास आने से पहले वी वर्क्ड ऑन इट। पहले राबिया बसर का मर्डर हुआ। एकॉर्डिंग टू फॉरेंसिक रिपोर्ट बॉडी में सीमेन और स्किन-ब्लड मैचिंग वॉज़ परफेक्ट टु थ्रो अंगद यादव बिहाइंड द बार्स...'

एसएसपी शैलेश कृष्णा बीच में बोले, 'एक मोटरसाइकिल भी स्पॉट पर मिली थी जो अंगद ने काकोरी थाने से चुराई थी। वो बाइक उसने कबाड़ी को बेची, कबाड़ी ने काकोरी के लोकल क्रैकर्स होलसेलर को बेच दी थी...'

दुर्गा शक्ति ठाकरे ने शैलेश कृष्णा की बात को आगे बढ़ाया, 'और क्रैकर्स होलसेलर मेवालाल एंड संस के नौकर फुलझड़ी से मोबाइक राबिया के मर्डर केस के पहले छीन लिया गया था। चांद खुतरा ने ओरिजनल इंजन और बॉडी नंबर इरेज़ कराया और उस पर कश्मीर की एक कार का नंबर री-प्रिंट किया गया। कार का मालिक सज्जाद अहमद भट है, जो डिस्ट्रिक्ट अनंतनाग के महरम विलेज का रेज़िडेंट है।'

डीजीपी बृजलाल कुलश्रेष्ठ सोचते हुए बोले, 'दुर्गा हू इज़ दिस कश्मीरी बॉय सज्जाद भट? सच में इसका केस से कोई कनेक्शन है, या कैजुअली एक कार का नंबर मिला और मोबाइक पर छाप दिया?'

दुर्गा शक्ति इन्फॉर्मेशन छुपाते हुए ज़ोर से हंसी, 'हे कसे हेऊ शकते सर, सज्जाद भट का कनेक्शन हो या न हो, लेकिन उसके नंबर का कनेक्शन तो काकोरी जाकर ही पता चलेगा। वी आर ऑन इट, सर। बहुत सारी डिटेल्स हैं जो प्रिमेच्योरिली शेयर नहीं कर सकती आपसे। गिव मी सम टाइम। लेट मी रीच देयर, जल्दी बताती हूं, सर।'

आनंद मोहन राय ने पूछा, 'बट ये चांद खुतरा की बॉडी पर *हिंदुस्तान रिपब्लिकन एसोसिएशन* और किंगशिप के सिक्कों का क्या इशारा है?'

दुर्गा शक्ति ने जवाब दिया, 'सर, कोई हमारे साथ वीडियो गेम खेल रहा है—कभी मोबाइक पर कश्मीर का नंबर, कभी *हिंदुस्तान रिपब्लिकन एसोसिएशन* और ये किंगशिप कॉइन्स ड्रॉप करके वो पुलिस

को कंफ्यूज़ करना चाहता है ताकि हम उलझे रहें कि इज़ इट ए सिंपल मर्डर सीक्वेंस, ऑर इज़ देयर ए टेररिस्ट आउटफिट विद एन इंडियन नेम, लाइक *इंडियन मुजाहिदीन,* जिसे रियाज़ भटकल ने बनाया था।'

डीजीपी बृजलाल ने दुर्गा की तारीफ की, 'गुड दुर्गा! बाकी चांद खुतरा के साथ क्या हुआ, ये तो तुम को पता ही है। हमारा इंस्पेक्टर अश्फ़ाक़ उल्ला बिस्मल तुम्हें वहां मिलेगा, उसी ने सारा केस क्रैक किया है। ही वॉज़ वर्किंग ऑन इट, लेकिन बीच में चांद खुतरा का मर्डर हो गया।'

अश्फ़ाक़ उल्ला से हमेशा नाराज़ रहने वाले एसएसपी शैलेश कृष्णा ने भी डीजीपी की बात आगे बढ़ाई, 'मैम ही इज़ वैरी शार्प पुलिसमैन। डर्टी माइंड, बट काम करने का उसका अपना अलग स्टाइल है। थोड़ा हैंकी-पैंकी करता रहता है। अंगद यादव को जेल भेजने के बाद भी अश्फ़ाक़ ने केस को थरली इन्वेस्टिगेट किया—गाड़ी, चांद, अनारकली—ईवेन प्रज्ञा ठाकुर की मिसिंग पर भी वो काम कर रहा है। ही इज़ एन इंट्रस्टिंग क्रीचर।'

दुर्गा सीरियस हुई, 'प्रज्ञा ठाकुर इस केस में सबसे डिफरेंट एंगल है। वी आर ऑलरेडी ऑन इट। बट सर, लखनऊ, अयोध्या, फैज़ाबाद से हमें इंटेलिजेंस इनपुट लेने चाहिए क्योंकि हो सकता है कोई ग्रुप अपने स्लीपर सेल्स एक्टिव कर रहा हो। अयोध्या सेंसिटिव है, सर।'

'हां पॉइंट तो है, लेकिन अगर सिर्फ लोकल क्राइम है तो इसे बहुत हाइप देने की ज़रूरत नहीं है। बेवजह स्टेट में अनरेस्ट होगा। वैसे भी अपोजिशन हर बात का बतंगड़ ही बना देता है, सो हैंडिल इट वैरी केयरफुली,' सबकुछ सुन रहे चीफ सेक्रेटरी आनंद मोहन ने राय दी।

डीजीपी ने कहा, 'नो डाउट, अयोध्या एंगल इज़ वैरी सेंसिटिव, और प्रज्ञा अयोध्या से ही है। हम एजेंसीज़ से बात करते हैं, लेकिन तुम 9 अगस्त अपने दिमाग़ में रख लो—काकोरी एनिवर्सरी है, और आज का दिन एड कर लो, तो सिर्फ चार दिन बचे हैं उसमें, दुर्गा।'

अपने अफसरों को भरोसा दिलाते हुए दुर्गा शक्ति ठाकरे उठी और सेल्यूट मार कर बाहर निकल गई। दुर्गा मुंबई के दादर की रहने वाली थी।

बचपन में दुर्गा ने 'क' से कबूतर नहीं बल्कि 'क' से कर्फ़्यू पढ़ा था। वो हमेशा कहती थी कि उसे स्कूल जाना है, लेकिन उन दिनों घरवाले बताते थे कि स्कूल बंद है, अभी कर्फ़्यू लगा है। जिस उम्र में आज के बच्चे एवेंजर्स सीरीज़ के खिलौने ख़रीदने की ज़िद्द करते हैं, उस उम्र में दुर्गा के साथ पढ़ने वाले बच्चे किसी दाऊद इब्राहिम के बारे में बहुत बातें करते थे। बड़ी हुई तो 26/11 के मुंबई हमलों ने दुर्गा को सिर्फ नाम से नहीं, बल्कि काम से दुर्गा शक्ति बनने का हौसला दिया। बैच की आईएएस टॉपर, मगर आईपीएस ऑप्ट किया। ढाका, कुवैत और कश्मीर में दुर्गा ने कई इंटेलिजेंस और एंटी टेररिस्ट ऑपरेशंस को अंजाम दिया। फिलहाल यूपी में ऑन डेप्युटेशन एटीएस चीफ, दुर्गा शक्ति के रिकॉर्ड में अब तक सात-आठ मेडल्स थे। वो हर बार मेडल पर अपना नाम लिख कर ख़ुद को भरोसा दिलाती कि वो फिर एक बार जीत गई और टेररिस्ट एक बार फिर हार गया। उसका नेटवर्क स्ट्रॉन्ग था और कई बार काम पूरा होने तक वो डिटेल्स शेयर भी नहीं करती थी। ज़िद्दी, चालाक, गुस्सैल—बस एक पॉइंट पर हमेशा कंफ्यूज़ कि आख़िर हर बार एक मुसलमान ही टेररिस्ट क्यों निकलता है। वर्दी बदल कर जीन्स और टी-शर्ट में दुर्गा काकोरी की तरफ निकल पड़ी। दुर्गा की टीम में सब इंस्पेक्टर सम्मान सिंह और देवव्रत सोमवंशी भी शामिल थे।

काकोरी सरकारी अस्पताल के बाहर इंस्पेक्टर अश्फ़ाक़ उल्ला बिस्मिल फ़ोन पर डीजीपी से बात कर रहा था। वो काफ़ी सीरियस था। आख़िर वही हुआ जिसका उसे अंदाज़ा था। अश्फ़ाक़ को इंफॉर्म कर दिया गया कि अब पूरे केस का इंवेस्टिगेशन एटीएस चीफ दुर्गा शक्ति करेगी। अश्फ़ाक़ फैसले से ख़ुश नहीं था। उसकी नाख़ुशी का अंदाज़ा लगा कर डीजीपी ने अश्फ़ाक़ को तसल्ली दी कि वो भी एटीएस टीम के साथ काम करेगा। असल में अश्फ़ाक़ को डीजीपी की नज़रों में अपने नंबर कम होने का फ्रस्ट्रेशन था, मगर ख़ुद पर भरोसा भी था कि साम-दाम-दंड-भेद का जुगाड़ फिट करके वो दुर्गा को भी डीजीपी की तरह सेट कर लेगा। थोड़ी ख़ुशी, थोड़े ग़म वाले मूड में अश्फ़ाक़ फिर अस्पताल के उस वॉर्ड में घुस गया जहां चांद की लाश पड़ी थी। अश्फ़ाक़ ने त्रिपुरारी

को डीजीपी का ऑर्डर सुनाया और बताया कि जब तक एटीएस की टीम नहीं आ जाती, चांद की लाश पोस्टमॉर्टम के लिए नहीं भेजी जाएगी। त्रिपुरारी और अशफ़ाक़ की बात चल ही रही थी कि दो-तीन लोग वॉर्ड में घुसे। अशफ़ाक़ ने तीनों को फ़ौरन बाहर जाने को कहा। असल में ये दुर्गा शक्ति ठाकरे थी। अशफ़ाक़ उल्ला बिस्मिल उसे जीन्स टी-शर्ट में पहचान ही नहीं पाया। सब-इंस्पेक्टर सम्मान सिंह और देवव्रत भी सिविल ड्रेस में थे। दुर्गा ने अशफ़ाक़ की वर्दी पर लगी नेमप्लेट हाथ से पकड़ कर पढ़ी, 'कसा आहेस अशफ़ाक़ उल्ला बिस्मिल? मी दुर्गा, अधिक माहिती डीजीपी साहेब साठी संपर्क करा।'

अशफ़ाक़ उल्ला ने फ़ौरन सेल्यूट मारा, 'जय महाराष्ट्र, सर!'

दुर्गा शक्ति ज़ोर से हंस दी, 'लेट इट बी जय हिंद, अशफ़ाक़।'

'त्रिपुरारी फ़ौरन गर्मागरम चाय ला,' अशफ़ाक़ ने मस्का लगाया।

दुर्गा बोली, 'त्रिपुरारी वॉर्ड खाली करा, लउकर!'

काकोरी थाने की पुलिस आनन-फानन में अस्पताल से लेकर वॉर्ड तक लगी भीड़ को कैंपस से खदेड़ कर बाहर करने लगी। उधर सम्मान सिंह ने लाश के फ़ोटोग्राफ्स लेना शुरू किया। दुर्गा शक्ति ने अपनी पैनी नज़रों से चांद खुतरा की लाश को हर एंगल से देखा। कैमरा फेल हो सकता था, मगर दुर्गा के कॉर्निया से गुज़र कर रेटिना में जो तस्वीर क़ैद होती, उसका रेज़ेल्यूशन एचडी क्वॉलिटी होता था। देवव्रत ने ग्लव्स पहने। प्लकर से चांद के सीने में घुसी हुई पिन्स बाहर निकालीं और उन्हें एविडेंस पाउच में बंद कर दिया। चांद खुतरा के चेस्ट पर चिपके जिस पेपर पर *हिंदुस्तान रिपब्लिकन एसोसिएशन* लिखा था, उसे भी ट्रांस्पेरेंट फ़ाइल में सील कर दिया गया। देवव्रत किंगशिप के सिक्के एविडेंस ज़िपर में रख रहा था, तभी दुर्गा ने लाश पोस्टमॉर्टम के लिए भेजने को कहा। चांद की बॉडी सील करके एम्बुलेंस में पोस्टमॉर्टम के लिए रखी गई। दुर्गा ने अशफ़ाक़ की तरफ देखा और बोली, 'सम्मान और देवव्रत काकोरी में रहेंगे अशफ़ाक़। तुम बॉडी के साथ दो लोग पोस्टमॉर्टम हाउस भेजो, फास्ट। डोंट मेक एनी डिले, मुझे दो घंटे में ही रिपोर्ट चाहिए। पूरा वॉर्ड सील कर दो, एक भी चीज़ इधर से उधर नहीं होगी।'

अशफ़ाक़ ने रमाकांत और गौतम को एम्बुलेंस में साथ जाने का इशारा किया और विकिपीडिया से वॉर्ड सील करने को कहा। अशफ़ाक़ की बात सुनकर साथ में खड़े डॉक्टर ने फ़ौरन वॉर्डबॉय से ताला मंगाया और वॉर्ड सील कर दिया गया। डॉक्टर ने चाबी दुर्गा शक्ति की तरफ बढ़ाई। दुर्गा ने चाबी अशफ़ाक़ उल्ला को थमा दी। फिर उसने त्रिपुरारी की तरफ देख कर आवाज़ लगाई, 'त्रिपुरारी, ला तो ज़रा गरम चाय, एकदम पेशल!'

इतने में मुन्नालाल पत्रकार ने एंट्री मारी, 'मेरे लिए भी एक ईमानदार चाय।'

अशफ़ाक़ ने दुर्गा शक्ति से मुन्नालाल को इंट्रोड्यूस कराया, 'मैडम ये हैं सीसीटीवी न्यूज़ के सनसनीखेज़ एडीटर, मुन्नालाल जर्नलिस्ट।'

दुर्गा ने फ़र्ज़ी स्माइल दी।

मुन्नालाल बेझिझक बोला, 'मैडम पूरे काकोरी में सिर्फ एक ही सीसीटीवी है।'

दुर्गा बोली, 'यस, आई नो। सारा लोग तेरे से ही ख़बर मांगता। जो चाहिए मुन्ना को बोलो, आता पॉइंट वर ये मुन्ना, लउकर...'

मुन्ना कन्फ्यूज़ हो गया, 'मैं अंडरस्टैंड नहीं कर पाया मैडम।'

'रे बाबा बोलो कइसा आना हुआ? क्या पॉइंट है?' दुर्गा ने हंस कर पूछा।

मुन्नालाल पत्रकार नर्वस हो गया, 'बस मैडम सोचा आपने केस हैंडिल कर लिया है, तो चांद के मर्डर पर एक इंटरव्यू ले लेता आपका।'

दुर्गा फ़ौरन बोली, 'तेरे को साक्षात्कार दिया न अशफ़ाक़ अबी? कुछ नया होता तो बताती, अपना नंबर दे दे, संपर्क करती मैं।'

मुन्नालाल खिसियाकर कैमरामैन सिंटू दुबे के साथ वापस चल दिया। काकोरी थाने के पुलिस वालों को समझ में नहीं आ रहा था कि वो दुर्गा शक्ति को अपना बॉस मानें या अशफ़ाक़ को। सबने ये फैसला लिया कि दिल और इरादों में उनका बॉस सिर्फ और सिर्फ अशफ़ाक़ उल्ला बिस्मिल ही है। गुनगुनी धूप में कुर्सियां लगा कर दुर्गा शक्ति और

अशफ़ाक़ अस्पताल के कैंपस में बैठे थे। दुर्गा ने अशफ़ाक़ से राबिया मर्डर केस के शुरू से आज तक के सारे डिटेल्स डिस्कस किए। चाय पीते-पीते अशफ़ाक़ उल्ला ने दुर्गा शक्ति ठाकरे को सबकुछ बताया।

दुर्गा ने सवाल किया, 'प्रज्ञा ठाकुर के बारे में कुछ पता किया क्या?'

अशफ़ाक़ बोला, 'थर्ड पार्टी के नंबर्स पर नज़र है, जैसे ही इन पर कोई नया नंबर कॉल करेगा, हम उस पर नज़र रखेंगे। हो सकता है एक-दो नंबर ब्लाइंड लग जाएं, पर कोई तो ऐसा नंबर होगा जिस पर प्रज्ञा नए नंबर से कॉन्टेक्ट करेगी, या फिर प्रज्ञा का कोई मिलने वाला उसे कॉन्टेक्ट करेगा। थोड़ा इंतज़ार करिए मैडम—जाल बिछा दिया है, मछली जैसे ही फंसेगी, हमें इस केस में कोई न कोई नई लीड ज़रूर मिलेगी।'

दुर्गा शक्ति के माथे पर थोड़ी शिकन थी। उसे समझ में आ चुका था कि प्रज्ञा ठाकुर की लीड ही इस केस में सबसे इंपॉर्टेंट है। थोड़ा सोचते हुए दुर्गा ने अशफ़ाक़ को कुरेदा, 'प्रज्ञा के रिश्तेदारों और मिलने वालों के बारे में कुछ पता किया? माने फिज़कली चेक किया पुलिस ने?'

अशफ़ाक़ ने पूरे कॉन्फिडेंस से जवाब दिया, 'अयोध्या, लखनऊ, कानपुर, इलाहाबाद और आज़मगढ़ में उसके तमाम रिश्तेदार रहते हैं। डीजीपी साहब से कहकर हर जगह पुलिस भेजी, लेकिन कहीं भी प्रज्ञा और उसकी फैमिली ने कोई कॉन्टेक्ट नहीं किया। ये सब हमारे रडार पर हैं। अयोध्या स्टेशन पर उसके पापा का फ़ोन स्विच ऑफ़ हुआ था, पर स्टेशन से भी कुछ पता नहीं चला। बस एक शक है कि क़त्ल की रात राबिया बसर से आधा घंटा उसने बात की, फिर वो फैमिली के साथ भाग गई।'

'क्या लगता है अशफ़ाक़, ज़िंदा तो है न प्रज्ञा?' दुर्गा ने थोड़ा परेशान होते हुए पूछा।

अशफ़ाक़ ने उसकी फिक्र दूर की, 'दो सौ परसेंट ज़िंदा है वो!'

दुर्गा को थोड़ा अजीब लगा और उसने पूछा, 'इतना श्योर कैसे हो?'

अश्फ़ाक़ ने पुलिस थ्योरी बताई, 'मैडम पूरी फैमिली मिसिंग है; अगर वो ज़िंदा नहीं है, तो फिर चारों में से कोई भी ज़िंदा नहीं है।'

दुर्गा का दिमाग़ तेज़ी से चल रहा था। उसके मन में लगातार सवाल आ रहे थे। क्या प्रज्ञा किसी ऐसे मामले में इन्वॉल्व है, जिसके खुल जाने से उसकी पूरी फैमिली ख़तरे में आ जाएगी? या, प्रज्ञा ख़ुद किसी मिशन को लीड कर रही है और फिलहाल फैमिली के साथ अंडरग्राउंड हो गई है? प्रज्ञा को लेकर उठ रहे इन सवालों के पीछे दुर्गा के मन में दो मज़बूत वजहें थीं—पहली, राबिया केस के बाद वो भागी क्यों? दूसरी, प्रज्ञा ठाकुर का अयोध्या कनेक्शन। सुप्रीम कोर्ट का फैसला आने के बाद अयोध्या सेंसिटिव भी था। अश्फ़ाक़ ने बताया कि प्रज्ञा लड़कियों की तरह रहती ही नहीं थी। उसके घर पर जब रेड की गई, तो वहां मिली तमाम चीज़ों से साफ़ पता चलता है कि प्रज्ञा की पर्सनेल्टी कट्टर हिंदूवादी टाइप है। चांद की लाश पर जो किंगशिप सिक्के मिले, वो भी प्रज्ञा ठाकुर ने ही बनाए थे। अश्फ़ाक़ की बात सुनते ही दुर्गा शक्ति, अश्फ़ाक़ उल्ला के साथ प्रज्ञा ठाकुर के घर चल दी। घर पहुंचते ही दोनों सीढ़ियों से प्रज्ञा के रूम पर पहुंचे। दरवाज़े पर लगा ताला और कुंडी टूटी पड़ी थी। अश्फ़ाक़ उल्ला ये देख कर चौंक गया। अब ये कंफर्म था कि किसी ने ताला तोड़कर ही सिक्के चुराए थे। अश्फ़ाक़ ने उढ़का हुआ दरवाज़ा धीरे से खोला। दुर्गा ने अपनी पिस्टल निकाल कर कॉक कर ली। अश्फ़ाक़ के दरवाज़ा खोलते ही दोनों चौंक गए। दरवाज़े के पास टूटा हुआ ताला और किंगशिप का एक सिक्का पड़ा था। अश्फ़ाक़ ने सिक्का उठा लिया। उसने दुर्गा को बताया कि पिछली रेड में भी पुलिस ने दरवाज़े का ताला तोड़ा था और बाद में नया ताला लगा दिया था। अश्फ़ाक़ और दुर्गा हर तरफ नज़र दौड़ा कर पूरे घर की तलाशी लेने लगे। अलमारी में चंद्रशेखर आज़ाद, भगत सिंह, सुभाष चंद्र बोस की मूर्तियां, मूर्तियों की डाई, क्ले और टेराकोटा के ग्रेन्यूल्स वैसे ही रखे थे, जैसे वो पिछली बार छोड़ गया था। बस किंगशिप के सारे सिक्के ग़ायब थे। अश्फ़ाक़ बोला, 'लगता है कि चोर जाते वक़्त धोखे में ताला चाबी और सिक्का यहीं छोड़ गया है।'

दुर्गा बोली, 'हो सकता है जानबूझ कर सिक्का छोड़ दिया हो।'

अशफ़ाक़ ने हां में सिर हिलाया, 'जी, ये भी हो सकता है।'

दुर्गा ने अशफ़ाक़ को डांटा, 'जब राबिया केस के बाद से प्रज्ञा ग़ायब है, तो यहां पर कोई पुलिस वाला सिक्योरिटी में क्यों नहीं लगाया?'

अशफ़ाक़ उल्ला बिस्मिल के पास कोई जवाब नहीं था, 'मैडम, सच में ग़लती हो गई।'

दुर्गा ग़ुस्से में बोली, 'साला दिमाग़ तो कह रहा है कि प्रज्ञा घर आई और सिक्के लेकर चली गई। हो सकता है उसी ने राबिया और चांद खुतरा का क़त्ल किया हो, तभी तो वो सिक्कों का क्लू छोड़ गई है।'

अशफ़ाक़ हंसा, 'आपको भी लगता है कि प्रज्ञा ने ही ऐसा किया होगा?'

'मतलब? कोई और भी लगता है क्या?' दुर्गा ने सवाल किया।

अशफ़ाक़ बोला, 'हां, मेरे कई सिपाहियों को लगता है। मेरे अंदर के पुलिस वाले को भी कभी-कभी ऐसा ही लगता है। बस अपोजिशन पार्टी वालों को ये लगता है कि इसमें हिंदू-मुस्लिम एंगल है।'

दुर्गा ने दिमाग़ पर ज़ोर डाला, 'क्या नाम था उस एसोसिएशन का?'

अशफ़ाक़ उल्ला बोला, '*हिंदुस्तान रिपब्लिकन एसोसिएशन*।'

दुर्गा ने अंदाज़ा लगाया, 'मे बी प्रज्ञा ठाकुर इज़ ऑन ए मिशन।'

अशफ़ाक़ चौंक कर बोला, 'प्रज्ञा की पर्सनैलिटी हिंदूवादी देशभक्त जैसी तो है और वो हिंदू है भी। जिस तरह से ग़ायब है, कह सकते हैं कि वो मुसलमानों को ही मार रही है, लेकिन किन मुसलमानों को? मान लिया कि चांद टेररिस्ट था और उसे प्रज्ञा ने मार दिया, तो क्या राबिया बसर भी आतंकवादी थी? प्रज्ञा ने राबिया को भी इसीलिए मार डाला?'

दुर्गा बोली, 'आई एम नॉट श्योर अशफ़ाक़, लेकिन तुम मुस्लिम होकर प्रज्ञा ठाकुर के फेवर में अइसा पॉज़िटिव कैसे सोच सकता है?'

अशफ़ाक़ मुस्कुरा कर बोला, 'मुंबई के दंगे और 26/11 झेलने के बाद, आप भी तो मुसलमानों के बारे में पॉज़िटिव ही सोचती हैं न मैडम।'

दुर्गा ने अश्फ़ाक़ की मुस्कुराहट का जवाब मुस्कुरा कर दिया और फिर बोली, 'बहुत रीसर्च किया मेरे बारे में तू, पन तुझे क्या मालूम मैं क्या सोचती?'

'रीसर्च तो चेहरों की होती है मैडम। किसी को नहीं पता साला दिमाग़ क्या बक-बक कर रहा है, और चेहरा क्या बोल रहा है,' अश्फ़ाक़ बोला।

दुर्गा ने बात बदली, 'तो तुम को लगता है प्रज्ञा इनोसेंट है?'

अश्फ़ाक़ ने दलील दी, 'प्रज्ञा का नाम राबिया बसर होता तो कभी नहीं लगता कि वो इंनोसेंट है। नाम से ही तो नतीजे निकलते हैं आजकल।'

'कोई पॉइंट है तुम्हारे पास जो कहे कि प्रज्ञा इंनोसेंट है?' दुर्गा ने फिर पूछा।

अश्फ़ाक़ ने बात आगे बढ़ाई, 'एक प्वाइंट है और बहुत मज़बूत प्वाइंट है—कश्मीर का इंजन और चेचिस नंबर तो चांद ने दिया न मैडम। वो क्लू चांद ने दिया। उसके बाद फिर से चांद को क्लू देने की क्या ज़रूरत थी? क्या वो प्रज्ञा से क्लू-क्लू खेल रहा था कि मैंने क्लू दे दिया है, अब आपकी बारी है, आइए मुझे मार डालिए और अपना क्लू दीजिए!'

दुर्गा ने अपना तर्क दिया, 'क्योंकि चांद ने नंबर दिया, फिर सायनाइड खाने की कोशिश की; यू कैन से कि प्रूव कर दिया कि वो टेरेरिस्ट टाइप कुछ है। बस प्रज्ञा ने अपना अगला निशाना चांद पर लगाया, सिंपल।'

अश्फ़ाक़ ने एक बार फिर अपना तर्क रखा, 'तो फिर राबिया बसर को क्यों मारा? राबिया की लाश के पास चांद ने क्यों कश्मीर का नंबर क्लू दिया? प्वाइंट तो ये भी है कि प्रज्ञा कुछ जानती है या फिर उसने कुछ ऐसा देखा है जिससे उसे ख़ुद की जान का ख़तरा हो, इसलिए पूरी फैमिली के साथ छुप गई है कहीं।'

'आई डोन्ट नो, वी आर जस्ट प्लेइंग बिटवीन गेस एंड गट फीलिंग्स। कहीं कोई पेंच तो है, जो खुलना बाकी है। ये पेंच प्रज्ञा ठाकुर ही खोल पाएगी...सीरियसली, मैं बहुत कंफ्यूज़ हूं।' दुर्गा बोली।

अश्फ़ाक़ ने दुर्गा शक्ति को तसल्ली दी, 'हो जाएगा मैडम, सब सेटल हो जाएगा। फिक्र छोड़ दीजिए, हम साथ मिलकर सॉल्व कर लेंगे।'

दुर्गा ने टॉपिक बदला, 'चांद का मर्डर होते ही तुमने सिक्के पहचाने थे?'

'जी, तुरंत पहचान गया था,' अश्फ़ाक़ बोला।

दुर्गा ने माथा पीटा, 'फिर प्रज्ञा के घर पर दोबारा रेड क्यों नहीं किया?'

अश्फ़ाक़ ने सफाई दी, 'वो डीजीपी साहब का ऑर्डर था कि केस एटीएस को हैंडिल करना है; किसी भी एविडेंस को टच भी नहीं करना है, इसलिए।'

दुर्गा ने अफसोस जताया, 'चांद के मर्डर का क्राइम सीन अनटच्ड रखने को बोला था, डीजीपी साहेब थोड़ा जासती समझ लिया।' फिर उसने अश्फ़ाक़ के हाथ से सिक्का ले लिया, 'चलो छोड़ो, ये बताओ अश्फ़ाक़ कि तुमने रेड का डिटेल तो लिखा होगा...यहां से और कुछ तो ग़ायब नहीं है? मतलब कोई ऐसी चीज़ जो पहले हो और अब नहीं है।'

अश्फ़ाक़ ने अलमारी को फिर टटोला और हर तरफ देखने के बाद अश्फ़ाक़ उल्ला हैरान परेशान हो गया, 'मैडम, प्रज्ञा ठाकुर ने टैराकोटा का जर्मन माऊज़र भी बनाया था, वो ग़ायब है। और हां, 8 डाउन काकोरी पैसेंजर का मिनिएचर मॉडल भी ग़ायब है।'

दुर्गा शक्ति ठाकरे ने सम्मान सिंह को फ़ोन लगाया और ऑर्डर किया, 'सम्मान विदआउट वेस्टिंग एनी टाइम, कंप्यूटर पर एक पोस्टर ड्रॉ करो। पोस्टर में प्रज्ञा ठाकुर और उसके फैमिली का फ़ोटो लगाओ। मेरा और अश्फ़ाक़ का मोबाइल नंबर भी प्रिंट कर दो। लिखो, "किसी के पास भी कोई भी इन्फॉर्मेशन हो तो दोनों में से किसी भी नंबर पर कॉन्टैक्ट

करे। इन्फॉर्मेशन शेयर करने वाले का नाम सीक्रेट रखा जाएगा।" मेरे को पोस्टर अयोध्या, लखनऊ, फैज़ाबाद—सभी जगह मांगता, बर?'

अश्फ़ाक़ ने कहा, 'मैडम, काकोरी में भी चिपका देते हैं पोस्टर।'

दुर्गा ने अश्फ़ाक़ का मज़ाक़ उड़ाया, 'वैरी इंपॉर्टेंट सजेशन अश्फ़ाक़, डू यू फील आई एम ए फ़ूल? काकोरी का केस है और हम काकोरी में पोस्टर नहीं लगाएंगे क्या? मला समझत नाही तू पुलिस में कैसे भर्ती हो गया। कॉल ए मीटिंग एंड लेट्स एक्सचेंज द डिटेल्स, चला चला!'

अश्फ़ाक़ उल्ला को दुर्गा शक्ति का इस तरह मज़ाक़ अच्छा नहीं लगा, लेकिन फिलहाल उसे ख़ुद पर क़ाबू रखना था। राबिया केस से ज़्यादा उसे इस बात की फिक्र थी कि कहीं उसका केस बिगड़ न जाए। एक और चिंता उसे परेशान कर रही थी, वो थी भाषा की। अपनी ज़िंदगी ही नहीं, पूरी नौकरी में मराठी भाषा से उसका कभी भी सामना नहीं हुआ था। हां, ये बात सही है कि *सामना* अख़बार का नाम उसने सुना था। अश्फ़ाक़ को आज उन लोगों पर ग़ुस्सा आ रहा था जिन्होंने वक़्त रहते महाराष्ट्र को उत्तर प्रदेश में शामिल नहीं किया। चलो नहीं किया तो नहीं किया, लेकिन हिंदी भाषा को राष्ट्रभाषा का दर्जा अभी तक क्यों नहीं दिया? मराठी की मेंटल मैकेनिक्स से बाहर निकल कर अश्फ़ाक़ ने विकिपीडिया को फ़ोन मिलाया और बेहद गंदी धमकी के साथ कामचलाऊ मराठी का ज्ञान इकट्ठा करने का ऑर्डर दिया। बात यहीं ख़त्म नहीं हुई। अश्फ़ाक़ ने अगला नंबर त्रिपुरारी पांडे को मिलाया और ऑफिस में इमरजेंसी मीटिंग के अर्जेंट इंतज़ाम करने को कहा। अश्फ़ाक़ दुर्गा को गाड़ी में बैठा कर थाने की तरफ चल दिया। रास्ते में दुर्गा ने अश्फ़ाक़ से अंगद यादव, चांद खुतरा, नसीम पपीतेवाला, मेवालाल एंड संस के बेटों, फुलझड़ी और मोटरसाइकिल पर नंबर प्रिंट करने वाले बाबूराम बाघमार से जुड़ी एक-एक बात फिर से पूछी। अश्फ़ाक़ उल्ला बिस्मिल पहले ही सब बता चुका था, पर इस बार दुर्गा सबके पर्सनल डिटेल खंगाल रही थी। वो सबका बिहेवियर और आपसी रिश्तों के बारे में जानने में ज़्यादा दिलचस्पी ले रही थी। सबकुछ जानने

के बाद दुर्गा ने गाड़ी चला रहे अश्फ़ाक़ से पूछा, 'अश्फ़ाक़, आर यू श्योर, यू आर नॉट मिसिंग एनी डिटेल?'

अश्फ़ाक़ ने दिमाग़ पर ज़ोर डाला, 'नहीं मैडम, सबकुछ बता दिया।'

दुर्गा ने फिर अश्फ़ाक़ की तरफ देखा, 'पक्का न, अश्फ़ाक़!'

अश्फ़ाक़ भी दुर्गा की तरफ मुड़ा, 'मैडम, आपको कुछ ख़ास पूछना हो तो बोलें।'

दुर्गा हल्का सा मुस्कुराई, 'तुमने अपने बेटों के बारे में नहीं बताया।'

अश्फ़ाक़ चौंक गया, 'मेरे बेटों का इस केस से क्या कनेक्शन है, मैडम?'

दुर्गा ने गहरी सांस ली, 'राबिया से दोनों बेटों का कोई कनेक्शन था?'

अश्फ़ाक़ जो भी भूल रहा था, वो उसे फ़ौरन याद आ गया। 'ओह्ह! हां मैं सच में भूल गया था। मर्डर वाली रात राबिया ने अबराम और अफ़ज़ल को भी फ़ोन किया था। सभी मिस कॉल्स थे, हो सकता है राबिया ने मदद के लिए फ़ोन किया हो। ये बात मुझे कॉल डिटेल्स आने के पहले ही अबराम और अफ़ज़ल ने ख़ुद बताई थी। अबराम से राबिया की अक्सर बात होती थी क्योंकि राबिया के अब्बू, तहव्वर ख़ाँ ने ही अबराम को अपनी काकोरी कबाब ऑन लाइन चेन चलाने के लिए घर में जगह दी, और साथ में अपना ब्रैंड भी दिया है।'

दुर्गा बोली, 'वई तो! फिर बताना क्यों भूल गए अश्फ़ाक़? लक्ष्य ठेवा! एवरी माइक्रो डिटेल इज़ वैरी-वैरी इंपॉर्टेंट, इंस्पेक्टर साहेब।'

अब अश्फ़ाक़ मुस्कुराया, 'मैडम ये सारी डिटेल्स राबिया बसर के फ़ोन और कॉल डिटेल्स में हैं, वहीं से तो आपको भी पता चला है सब। लक्ष्य ठेवा दुर्गा शक्ति ठाकरे मैडम, इसे छुपाना नहीं भूलना कहते हैं।'

दुर्गा अश्फ़ाक़ की मराठी पर हंसी, 'बर अश्फ़ाक़ उल्ला बर, डू वन थिंग—अबराम और अफ़ज़ल को भी थाने बुला लो, हो सकता है कोई नई टिप ऑफ़ मिल जाए।'

'मैडम आप *सैराट* फ़िल्म देखे हो?' अश्फ़ाक़ ने हंस कर सवाल किया।

दुर्गा हंस कर बोली, 'हऊ!'

अश्फ़ाक़ का अगला सवाल जैसे तैयार था, 'और *लयभारी* और *दगड़ी चाल?*'

'हां देखी हैं,' दुर्गा ने फिर हंस कर जवाब दिया। 'पर क्यों पूछ रहे हो?' इस बार दुर्गा ने सवाल किया।

अश्फ़ाक़ हंसा, 'करन जौहर को बोलो न जैसे *सैराट* की *धड़क* बनाई है वैसे ही *लयभारी* और *दगड़ी चाल* हिंदी में बना दें, तो समझ में आ जाए।'

दुर्गा समझ गई और ज़ोर से हंस पड़ी, 'मराठी से प्रॉब्लम होती है न तुमको? तुम भी मनोज तिवारी को बोलो, भोजपुरी को मराठी बनाए।'

जीप थाने की तरफ बढ़ रही थी। अश्फ़ाक़ ने अबराम को फ़ोन किया तो पता चला कि वो अफ़ज़ल को स्टेशन लेने जा रहा था। अश्फ़ाक़ ने अबराम को अफ़ज़ल के साथ सीधे थाने आने को कहा, और बताया कि एटीएस चीफ दुर्गा शक्ति ठाकरे, राबिया मर्डर केस में उन दोनों से बातचीत करना चहती हैं। अबराम बोला कि वो अफ़ज़ल के साथ थाने पहुंच जाएगा। बातचीत, पूछताछ और हंसी मज़ाक़ के बीच गाड़ी काकोरी थाने पहुंच गई। थाने को भीड़ ने घेर रखा था। एटीएस चीफ को देख कर भीड़ ने नारेबाज़ी शुरू कर दी, 'लोहिया जी का एक ही लाल, भूरेलाल भूरेलाल! हल्ला बोलो करो बवाल, भूरेलाल भूरेलाल! दो-दो हत्या बुरा है हाल, भूरेलाल भूरेलाल! भूरेलाल भूरेलाल!'

विकिपीडिया, त्रिपुरारी पांडे और बाकी पुलिस वालों ने भीड़ को लाठियों से धकेल कर किनारे कर जीप को अंदर जाने का रास्ता दिया। अश्फ़ाक़ उल्ला भूरेलाल को देख कर एकदम लाल हो गया। वो दौड़कर भूरेलाल के पास पहुंचा, 'का बे भूरे, फिर आगे से लाल हो रहे हो? पीछे

से भी लाल करें का? चलो बहुत तेज़ी से साइलेंट मोड पर आ जाओ, वर्ना अइसा पेलेंगे इस बार कि ज़िंदगी भर केवल वाइब्रेट करोगे।'

दुर्गा शक्ति अश्फ़ाक़ के पास आई, 'ज्यास्ती बोलू नका, ये मोर्चा विर्चा हटाओ यहां से...चलो भागो! पुलिस को काम करने दो।'

भूरेलाल पूरी तरह पॉलिटिकल हो गया और दुर्गा शक्ति की तरफ देख कर बोला, 'हमारे मुसलमान भाई-बहनों के मर्डर हो रहे हैं काकोरी में और एक हिंदू...हिंदू तो समझती हैं न मैडम? एक हिंदू देशभक्त प्रज्ञा ठाकुर ग़ायब है, बाकी आप ख़ुद समझदार हैं। और इतना तो समझ में हमको भी आता है कि कौन, किसे, और क्यों मार रहा है।'

दुर्गा को ज़बरदस्त ग़ुस्सा आ गया, 'ए चला चला, ये हिंदू-मुसलमान का वोटर लिस्ट जेब में डाल और इलेक्शन के लिए बचा कर रख।'

भूरेलाल गुर्राया, 'हमारी एक मुस्लिम बहन को नंगा करके मार डाला गया। हमारे एक मुस्लिम भाई का अस्पताल में कत्ल कर दिया गया। एक हिंदुत्ववादी लड़की मर्डर करके भाग गई है, और ये गैया को मैया मानने वाली पुलिस सिर्फ मुसलमानों को टेररिस्ट बताकर एक पालेटिकल पार्टी के लिए वोट बैंक का इंतज़ाम कर रही है।'

दुर्गा शक्ति ने भूरेलाल का कॉलर पकड़ लिया, 'च्यामाइला इतना ज़हर, तुमिच्च लोगों ने ज़्यादा कचड़ा कर रखा है देश का। साला पॉलिटिक्स के लिए कुछ भी करेगा, कुछ भी कहेगा? इतना सेंसिटिव मैटर को हम हैंडिल कर रहे हैं, तू अभी से जजमेंटल हो गया? साला मेंटल लोग!'

दुर्गा शक्ति का ग़ुस्सा अश्फ़ाक़ के लिए मालामाल वीकली लॉटरी का टिकट बन गया। उसे सांड़ की आंख, यानी अंग्रेज़ी में बुल्स आई साफ़-साफ़ दिखाई दे रही थी। अपने स्टाइल में उसने त्रिपुरारी को आवाज़ लगाई, 'अबे ए त्रिपुरारी पांडे, ज़रा देख वो काऊ किडनैपिंग में जो इसका कार्यकर्ता जेल भेजा था वो नारे लगा रहा है या नहीं? अगर है, तो ला साले को ज़रा सामने। उसके बयान फिर से लेने हैं, हिसाब कर इसका।'

त्रिपुरारी पांडे दौड़कर थाने के अंदर गया और विकिपीडिया भीड़ में कार्यकर्ता को ढूंढ़ने लगा। अशफ़ाक़ ने फिर भूरेलाल को समझाया, 'देखो यादव जी, ये मराठा मंदिर के सामने ज़्यादा गोल्डन जुबली न बनो। हमने टिकट काट दिया, तो मॉर्गिन शो में भी *शोले* अकेले देखोगे।'

दुर्गा शक्ति ने अशफ़ाक़ को बीच से हटा कर भूरेलाल को घूरा, 'बोलो क्या डिमांड है तुम्हारा? मेमोरेंडम दे दो, आई विल लुक इन टू दैट।'

त्रिपुरारी रजिस्टर ले आया और विकिपीडिया ने उस कार्यकर्ता को भीड़ में से ढूंढ़ निकाला जिसने गाय चोरी करने का जुर्म क़ुबूल किया था। अशफ़ाक़ ने दुर्गा की तरफ देखा, 'अरे छोड़िए मैडम, काहे संतोषी माता की तरह सॉफ्ट हो रही हैं। ये साले महिषासुर हैं, त्रिशूल पेले बिना मानेंगे नहीं। रुकिए, दुई मिनट में इनका *कबीर सिंह* निकालते हैं हम।'

इसके पहले कि दुर्गा शक्ति कुछ कह पाती अशफ़ाक़ उल्ला ने गाय की चोरी क़ुबूल करने वाले कार्यकर्ता को कॉलर से पकड़ा और थाने के अंदर ले जाने लगा। भूरेलाल यादव ने दुर्गा शक्ति के सामने हाथ जोड़े, 'मैडम हम जानते हैं कि आप आ गई हो तो सब ठीक ही हो जाएगा, वर्ना आपके इस इंस्पेक्टर ने पूरा थाना बेच डाला है। आईपीसी की हर धारा के हिसाब से पइसा लेता है ये पुलिस वाला। ये जो थाने में कबाड़ देख रही हो न आप, इसका भी रेट लिस्ट फिक्स है।'

दुर्गा भूरेलाल के साथ थाने के अंदर आ गई जहां अशफ़ाक़ उल्ला ख़ुद ही बोल-बोल कर कार्यकर्ता का बयान लिखवा रहा था, 'लिखो साले कि हम चारों गाय भूरेलाल यादव के कहने पर चुराए थे। भूरेलाल ने बोला था कि गाय काट कर फेंक देंगे तो दंगे हो जाएंगे, लोग मारे जाएंगे और सरकार की पूरे देश में थू-थू होगी, और जो मुस्लिम वोटर इधर-उधर चला गया है, वो फिर हमारी पार्टी में वापस लौटेगा।'

दुर्गा ने अशफ़ाक़ को डांटा, 'हाऊ कैन यू मैनेज इन दिस वे, अशफ़ाक़?'

अशफ़ाक़ ने दुर्गा की तरफ देखा, 'मैडम इस कहानी का कोई भी पात्र काल्पनिक नहीं है। इस कहानी का सच्चाई से सौ परसेंट लेना-देना

है। जो लिखा रहे हैं, वही सच है। पिछली बार पालटिकल डिस्क्लेमर का डिस्काउंट दे दिए थे। अब इस बयान पर मुकदमा फिर खोल कर साले को जेल भेज ही देते हैं, सब सेटल हो जाएगा।'

दुर्गा शक्ति के दिमाग़ में सिर्फ मर्डर से लेकर टेररिस्ट एक्टिविटी की उलझनें शोर मचा रही थीं। उसका टारगेट क्लियर था। ग़ुस्सा तो उसे बहुत आ रहा था, लेकिन फिलहाल वो ग़ुस्से से काम नहीं लेना चाहती थी। वो जानती थी कि अशफ़ाक़ उल्ला ने केस यहां तक खोला है और केस में आगे तक जाने के लिए उसे अशफ़ाक़ का साथ चाहिए। दुर्गा को अशफ़ाक़ के बारे में अफ़सर पहले ही बता चुके थे, इसीलिए भूरेलाल यादव ने करप्शन की जो बातें दुर्गा से कहीं, उसका दुर्गा पर कोई असर नहीं पड़ा। दरअसल भूरेलाल यादव को जिस तरह अशफ़ाक़ हैंडिल कर रहा था, वो स्टाइल दुर्गा को अच्छा ही लगा। कुछ सोच कर दुर्गा ने सभी को कमरे से बाहर निकाला और भूरेलाल यादव और अशफ़ाक़ उल्ला को साथ बैठाया, 'सुनो भूरेलाल, तुम्हारा पॉलिटिक्स ओके है। अभी मेरे को इंवेस्टिगेशन कर लेने दो, मैं लॉ एंड ऑर्डर की इंचार्ज नहीं हूं। थोड़ा दिन तुम्हारा ज़िंदाबाद मुर्दाबाद मेरे को सुनने को मांगता नई। नाऊ इट्स अप टू यू कि तू मेरी बात मानता है, या फिर मैं अशफ़ाक़ उल्ला की बात मान लूं और तुझे जेल जाने दूं?'

भूरेलाल यादव की नेतागिरी एक बार फिर दांव दे गई। अशफ़ाक़ एक बार फिर विलेन नंबर वन साबित हो गया। ख़ैर मरता क्या न करता, लिहाज़ा नेता जी ने "सिलेंडर" कर दिया। ये बात बहुत से लोग जानते हैं कि उत्तर प्रदेश के ज़्यादातर हिस्सों में सरेंडर को सिलेंडर ही कहा जाता है। शायद यूपी के लोगों को लगता है कि जिस किसी की गैस ख़त्म हो जाए तो वो सिलेंडर हो जाता है। बस यहीं से ये शब्द निकला और उर्दू, फारसी, अरबी की तरह इंग्लिश भी 370 हटने से पहले वाले कश्मीर की तरह हिंदी भाषा का अभिन्न अंग बन गई। भूरेलाल यादव थाने से भीड़ के साथ विदा हो गया। बस फिर क्या था, सम्मान सिंह और देवव्रत ने लैपटॉप निकाल कर फ़ौरन प्रोजेक्शन का इंतज़ाम किया। अब दुर्गा शक्ति कुछ ऐसा बताने जा रही थी, जो अब तक न किसी ने सोचा और न ही बताया।

विकिपीडिया और त्रिपुरारी ने सबके लिए कुर्सियां लगाईं। सम्मान सिंह और देवव्रत के साथ सारे सिपाही कुर्सियों पर बैठ गए। अश्फ़ाक़ उल्ला ने अपनी कुर्सी दुर्गा को ऑफ़र की मगर दुर्गा ने मेज़ पर रखे लैपटॉप के समाने कुर्सी डाल कर वीडियो प्रोजेक्शन शुरू किया। सबसे पहले एक एटीएम का वीडियो स्क्रीन पर दिखाई दिया। एक चौदह-पंद्रह साल का लड़का एटीएम से पैसे निकाल रहा था। पैसे निकालने के बाद उसने कार्ड वापस लिया फिर स्टेटमेंट स्लिप भी निकाली। लड़का मुड़ कर बाहर चला गया। दुर्गा ने वीडियो रोक कर पूछा, 'किसी ने पहचाना इस लड़के को? कौन है ये लड़का? कौन से एटीएम से पैसे निकाल रहा है?'

सब ख़ामोश थे। अश्फ़ाक़ भी अंदाज़ा नहीं लगा पाया। दुर्गा ने फिर कहा, 'ओके, नो इश्यू! इस लड़के को मैं भी नहीं पहचानती, लेकिन इस लड़के के कार्ड को पहचानती हूं। इस लड़के ने किसी दूसरे के एटीएम कार्ड से पैसे निकाले हैं और अगर ये कार्ड किसी दूसरे का नहीं होता, तो ये वीडियो हमको मंगाने की ज़रूरत ही नहीं पड़ती...नाऊ एनी गेस?'

सब ख़ामोश ही रहे, किसी को कोई अंदाज़ा नहीं था।

दुर्गा फिर बोली, 'ये एटीएम लखनऊ के हज़रतगंज का है। इस लड़के ने राबिया बसर केस के तीन दिन बाद एटीएम से पैसा निकाला। वो बहुत ही चालाक है जिसने अपना कार्ड इस लड़के को देकर एटीएम भेजा था, क्योंकि वो नहीं चाहता कि उसे कोई देखे या कोई उसे पहचान पाए।'

अश्फ़ाक़ बोला, 'अब बता भी दीजिए मैडम।'

दुर्गा ने मुस्कुराते हुए कहा, 'ये एटीएम कार्ड प्रज्ञा ठाकुर का है और जो पैसे निकाल रहा है, वो प्रज्ञा का छोटा भाई है। प्रज्ञा ठाकुर ख़ुद को सामने नहीं लाना चाहती, लेकिन उसे ये नहीं पता कि हमारी नज़र उसके एटीएम पर भी है। आख़िर जीने के लिए पैसे की तो ज़रूरत पड़ती ही है।'

विकिपीडिया कुर्सी से खड़ा हो गया, 'मैम, अभी तो आपने कहा कि आप प्रज्ञा ठाकुर के भाई को पहचानती नहीं, फिर इतना श्योर कैसे हैं आप?'

दुर्गा की मराठी फिर शुरू हो गई, 'ए तू गप्प बस रे! मैंने बोला, मैं भी इसे नहीं पहचानती अगर कार्ड प्रज्ञा ठाकुर का नहीं होता। कार्ड का डिटेल जब हमारे पास आ गया, तो अयोध्या से पूरी फैमिली फ़ोटोग्राफ मंगाई हमने। हमने अभी अपने रडार में सिर्फ प्रज्ञा ठाकुर की फ़ोटो फीड कर रखी है, अभी ये सारी फ़ोटो देख लो और इन सबको अच्छे से पहचान लो क्योंकि इनकी एक्टिविटी से हमें प्रज्ञा की एक्टिविटी का पता चलेगा।'

प्रोजेक्शन पर सबकी फ़ोटो और एटीएम कार्ड नंबर डिस्प्ले हो रहे थे।

अश्फ़ाक़ को कुछ याद आया, 'मैडम, जब आपके पास ये डिटेल थे, तो आपने मुझसे क्यों कंफर्म किया था कि प्रज्ञा ज़िंदा है या नहीं?'

दुर्गा हंसी, 'डीजीपी साहेब तेरा पुलिसिंग का बहुत तारीफ करते हैं रे! मैंने सोचा देखूं तो अश्फ़ाक़ उल्ला बिस्मिल का क्या लॉजिक है। यू वर करेक्ट अश्फ़ाक़, बस एक ग़लती की तुमने, अभी देखो उसको भी।'

दुर्गा शक्ति ने लैपटाप पर दूसरी स्लाइड खोली। इस बार स्क्रीन पर एक फ़ोटो थी। अपनी ठोड़ी पर हाथ रख कर पोज़ देता ख़ूबसूरत सा एक गोरा लड़का—हाथ में घड़ी, नीले रंग की जैकेट, चेहरे पर दाढ़ी, मासूम सी मुस्कुराहट और सिर पर नीले रंग की मखमली अफगानी टोपी। हर कोई गौर से फ़ोटो देख रहा था कि आख़िर कौन है ये बेहद नाज़ुक सा शहज़ादा। दुर्गा ने स्लाइड आगे बढ़ाई, एक बार फिर उसी लड़के की फ़ोटो। इस फ़ोटो में भी लड़के के चेहरे पर मासूमियत बरकरार थी, लेकिन मुस्कुराहट ग़ायब थी। अब सिर पर टोपी नहीं थी। जैकेट की जगह काले रंग की टी-शर्ट थी और गले में ब्लैक एंड व्हाइट चेक्स वाला मफलर। एक हाथ में पिस्टल और दूसरे में ए के 56 और पीछे जैश-ए-मोहम्मद का निशान। इस बार फ़ोटो ने कम से कम एक राज़ तो खोल दिया कि ये लड़का टेररिस्ट था। दुर्गा ने ज़ोर से पूछा, 'कोई जानता है इस लड़के को? कहीं देखा है इसको?'

अश्फ़ाक़ उल्ला बोला, 'ये पक्का बुरहान वानी तो है नहीं।'

दुर्गा ने सवाल किया, 'टीवी, न्यूज़ पेपर पर फ़ोटो देखकर बुरहान वानी को पहचानते हो, पन इसको नहीं पहचान पा रहे जो स्क्रीन पर है?'

अश्फ़ाक़ ने लापरवाही से जवाब दिया, 'अरे हम ओसामा जी, बगदादी जी, अज़हर मसूद, हाफिज़ सईद जी को भी पहचानते हैं मैडम, पर बुरहान वानी जी को ख़ास पहचानते हैं। ये साहब कश्मीर के मिस्टर टेरेरिस्ट थे, हिजबुल मुजाहिदीन के पोस्टर बॉय। आर्मी की दो गोली पड़ीं और जनाब ओला करके हूरों के पास निकल लिए। बेचारा, फटा पोस्टर निकला ज़ीरो! क्यों रे त्रिपुरारी, हम सेंट परसेंट सही बोले न?'

त्रिपुरारी बोला, 'साहबै हम लोगों को बताए थे कि वो श्रीनगर घूमने गए थे, तब्बै मार गोली, मार गोली आर्मी पेल दिहिस थी बुरहान वानी को! बस फिर सब बंद और दे पत्थरबाजी। साहबौ फंसे रहे कई दिन!'

दुर्गा ने अश्फ़ाक़ को एप्रिशिएट किया, 'पाकिस्तान रेलवे ने बुरहान वानी के मरने के बाद उसके पोस्टर लगा कर आज़ादी ट्रेन भी चलाई थी। ख़ैर, लेट्स नॉट डेविएट फ्रॉम द सब्जेक्ट। सो, हू इज़ देयर ऑन द स्क्रीन?'

विकिपीडिया झट से बोला, 'मैम हम देखे हैं इसे, बहुत क़रीब से देखे हैं।'

विकिपीडिया ने दिमाग़ पर ज़ोर डाला पर उसे कुछ याद नहीं आया।

दुर्गा ने विकिपीडिया को बक अप किया, 'क्या नाम है तुम्हारा?'

त्रिपुरारी हंसा, 'नाम तो इनका विद्यासागर है, पर ये खुदै भूल चुके हैं।'

विकिपीडिया सीरियस हो गया, 'जी मैम, हम विकिपीडिया हैं। थाने में साइबर सेल प्रभारी हैं, केस के झंझट में पढ़ाई-लिखाई सब ठप है।'

दुर्गा ज़ोर से हंसी, 'नाम तो अच्छा है, चलो सोच कर बताओ जल्दी।'

विकिपीडिया को सब ग़ुस्से से देखने लगे। बेवजह साला ज्ञानपीठ पुरस्कार विजेता बन रहा है। दुर्गा भी बेवजह सस्पेंस काहे बना रही हैं। अरे नाम पता बता कर कहानी आगे बढ़ाएं। मगर दुर्गा का इरादा कुछ और था। वो सबको समझाना चाहती थी कि अगर केस सॉल्व करना है, तो केस सॉल्व करने में हर एक डिटेल ज़रूरी होती है।

इसी बीच विकिपीडिया बोला, 'सर, ये तो सज्जाद अहमद भट है!'

अश्फ़ाक़ ने चिल्ला कर पूछा, 'कौन सज्जाद अहमद भट?'

विकिपीडिया बुदबुदाया, 'सर कश्मीर का टेररिस्ट है, ये तो।'

अश्फ़ाक़ सीधे सवाल पर आया, 'मैडम, इसका केस से क्या लेना-देना?'

दुर्गा सीरियस हो गई, 'लेना-देना है, अश्फ़ाक़। ये वो ही सज्जाद अहमद भट है, जो कश्मीर के अनंतनाग डिस्ट्रिक्ट के महरम गांव का रहने वाला है। ये वो ही सज्जाद अहमद भट है, जिसकी कार का इंजन G12BN164140 और चेसिस नंबर MA3ERLF1SOO183735 मोबाइक पर बाघमार के ग्राइंडिंग कारखाने में री-प्रिंट कराया गया था। ग़लती समझ में आई अपनी? तुमने आज तक पता करने की कोशिश ही नहीं कि...'

अश्फ़ाक़ उल्ला चौंका, 'ओह्ह स्साला! लेकिन ये तो मर चुका है मैडम?'

दुर्गा ने अश्फ़ाक़ उल्ला से कसकर हाथ मिलाया, 'यू आर करेक्ट अश्फ़ाक़! इसने 2 फरवरी 2019 को कार ख़रीदी, 25 फरवरी 2019 को इसका जैश-ए-मोहम्मद के बैनर वाला ये फ़ोटो सामने आया, और 18 जून 2019 को फोर्सेस ने एनकाउंटर में सज्जाद अहमद भट को उसके ही गांव, महरम, में मार गिराया। ये साला मर चुका है, ही इज़ नो मोर।'

अश्फ़ाक़ की नॉलेज का बैट्री बैकअप ख़त्म हो चुका था। अश्फ़ाक़ ने दराज़ से वो फ़ोटो निकाली और फिर प्रोजेक्शन स्क्रीन पर इंजन और चेसिस नंबर मिलाया, 'मैडम स्क्रीन पर जो ये रजिस्ट्रेशन नंबर के आगे

लिखा है 33.964722 डिग्री नॉर्थ और 74.964444 डिग्री ईस्ट—इसका भी तो कोई मतलब होना चाहिए, या ये निल बटा सन्नाटा है?'

दुर्गा ने अशफ़ाक़ उल्ला के हाथ से फ़ोटो लेकर गौर से देखा। दुर्गा को कोई नंबर नहीं दिखा। दुर्गा को समझ नहीं आया तो अशफ़ाक़ ने फ़ोटो पलट कर देखने को कहा। दुर्गा ने फ़ोटो पलट कर देखी और स्क्रीन पर लिखा नंबर दिखाते हुए बोली, 'अशफ़ाक़ उल्ला एकदम करेक्ट बोला, ये रजिस्ट्रेशन नंबर नहीं बल्कि कॉर्डिनेट पोज़ीशनिंग है।'

अचानक कमरे में एक आवाज़ गूंजी, 'ये लाथेपोरा के कॉर्डिनेट्स हैं।'

सिर्फ दुर्गा ही नहीं बल्कि पूरा का पूरा दफ़्तर चौंक गया कि आख़िर किसने लाथेपोरा का नाम लिया। सब विकिपीडिया की तरफ देखने लगे, लेकिन ये आवाज़ अफ़ज़ल की थी जो अबराम के साथ अभी-अभी दफ़्तर में दाख़िल हुआ था। अशफ़ाक़ उल्ला कुर्सी से उठ कर दुर्गा शक्ति के पास आया और बोला, 'ये दोनों मेरे बेटे हैं—अबराम और अफ़ज़ल। अबराम होटल मैनेजमेंट डिग्री होल्डर है, काकोरी में असली काकोरी कबाब की ऑनलाइन फूड चेन चलाता है। ये अफ़ज़ल है। है तो साइंटिस्ट, बाकी ख़ुद ही बताए तो ठीक है।'

अफ़ज़ल ने दुर्गा से हाथ मिलाया, 'माय सेल्फ अफ़ज़ल, प्लैनेटरी साइंटिस्ट हूं।'

दुर्गा ने बात आगे बढ़ाई, 'नासा के नॉमनक्लेचर ग्रुप में सेलेक्शन हुआ है और अब क्रेटर्स के नाम रखने के लिए एक महीने के वर्क फ्रॉम होम पर आए हैं और यहीं से अपने प्रोजेक्ट पर रिसर्च कर रहे हैं।'

अफ़ज़ल मुस्कुराया, 'आपको तो सब पता है।'

दुर्गा भी मुस्कुराई, 'जी, जैसे आपको सब पता है, मेरा मतलब लाथेपोरा।'

'मेरे काम का हिस्सा हैं कॉर्डिनेट्स,' अफ़ज़ल बोला।

अशफ़ाक़ उल्ला ने पूछा, 'हमको तो कभी नहीं बताए।'

अफ़ज़ल ने सवाल टाला, 'किसी ने पूछा ही नहीं, फिर क्यों बताएं?'

दुर्गा ने टीज़ किया, 'पूछा तो आज भी किसी ने नहीं।'

अफ़ज़ल ने अबराम की तरफ देखा और जवाब दिया, 'अबराम ने चुटकी काट कर बोलने को कहा, इसलिए बोल दिया।'

अबराम बोला, 'मैंने तो अफ़ज़ल के लैपटॉप में ऐसे बहुत से कॉर्डिनेट्स देखे थे, इसलिए बताने के लिए चुटकी काट ली।'

दुर्गा ने थोड़ा गंभीर होते हुए कहा, 'चलिए कभी हम भी देखते हैं आपका लैपटॉप।'

अफ़ज़ल प्रोफेशनली बोला, 'इट्स नासा, ए सीक्रेट प्रोफेशन।'

दुर्गा ने भी सीक्रेसी क़ुबूल की, 'ओके, ओके! पर्सनली, समटाइम।'

अफ़ज़ल ने मज़ाक़ उड़ाया, 'अबराम को तो हर टॉपिक पर ख़ाँ साहब को अपना पर्सनल व्यू देने का बहुत शौक है—इन्वेस्टिगेशन में फलाना पॉइंट थरली चेक कर लेना। ये पॉइंट मिस मत करना...'

अश्फ़ाक़ ने अबराम के सिर पर हाथ फेरा, 'ठीक ही तो करता है पंडित जी की मदद करके। तू बता देता, तो सज्जाद भी पता चल जाता हमें।'

दुर्गा ने ख़ुशी ज़ाहिर की, 'इंट्रेस्टिंग फैमिली! पंडित जी, ख़ाँ साहेब। पंडित जी वाले अबराम को बकबक की आदत है, और ख़ाँ साहेब के अफ़ज़ल को एकदम पिनड्रॉप साइलेंस चलता...बरोबर, एकदम बरोबर।'

अबराम ने दुर्गा से पूछा, 'हम दोनों को बुलाने की वजह?'

दुर्गा ने माहौल हल्का किया, 'बस अफ़ज़ल से कॉर्डिनेट पूछने के लिए।'

अफ़ज़ल बोला, 'पर मुझे तो लगा कि राबिया के मिस कॉल पूछने के लिए।'

'वैरी स्मार्ट! वो बाद में पूछूंगी, सिर्फ आपसे नहीं अबराम से भी, लेकिन पहले सबको कॉर्डिनेट्स समझाइए।' दुर्गा ने रिक्वेस्ट की।

दुर्गा को छोड़ कर सब क्लासरूम के स्टूडेंट्स की तरह बैठ गए और अफ़ज़ल ने समझाना शुरू किया, 'जैसे आप काकोरी से दिल्ली जाते हैं, वैसे ही आपके मोबाइल पर मैसेज आता है "वेलकम टू दिल्ली", कैसे पता चलता है टेलिकॉम कंपनी को कि अब आप दिल्ली में हैं? आपकी पोज़िशनिंग से, आपकी लोकेशन से। आपका शहर बदलता है, तो आपके मोबाइल टॉवर भी बदलते हैं और इन टॉवर्स से ही आप किसी केस को सॉल्व करने के लिए लोकेशन पता करते हैं। बस ऐसे ही ये दुनिया खड़ी और पड़ी लाइनों के जाल में घिरी है। इस जाल को कॉर्डिनेट ग्राफ कहते हैं। कौन सा शहर, कौन सा देश, कौन सा घर, कौन सा आदमी—कब कहां है, ये ग्राफ ही हमें बताता है। जब आप जीपीएस ऑन करके उसमें लोकेशन डालते हैं, तो जीपीएस आपको उस लोकेशन तक ले जाता है, यही कॉर्डिनेट्स हैं। जब आपको कैब मंगानी होती है, तो पता चल जाता है न कि कैब कितनी दूर है, और कैब वाले को मालूम पड़ जाता है कि आप कहां खड़े हैं—यही कॉर्डिनेट्स हैं। कॉर्डिनेट्स से ही प्लेन टेक ऑफ़ और लैंड करते हैं, कॉर्डिनेट्स से ही शिप का समुद्र में मूवमेंट होता है, वर्ना कौन बताएगा कि किस तरफ जाना है? कोई एक फ़ोटो भी खींचता है तो कॉर्डिनेट्स ही बताते हैं कि फ़ोटो किस जगह खींची गई है, बस। बहुत सिंपल है कॉर्डिनेट्स थ्योरी।'

विकिपीडिया बोला, 'भैया, आपको कैसे पता चला लाथेपोरा का?'

अफ़ज़ल ने दुर्गा की तरफ हंसते हुए देखा, फिर स्क्रीन की तरफ इशारा करके बताया, 'कोई जादू नहीं है, स्क्रीन पर कॉर्डिनेट लिखे हैं, बस सर्च इंजन में कॉर्डिनेट्स डाले और सर्च इंजन ने जगह का नाम बता दिया।'

इस बार सवाल अश्फ़ाक़ ने किया, 'मतलब हम जितने लोग यहां बैठे हैं, सबका कॉर्डिनेशन है सबके पास...मतलब कॉर्डिनेट पता है सबको?'

दुर्गा शक्ति ने इसका जवाब दिया, 'नहीं, आप कहां हैं, ये कॉर्डिनेट सिर्फ जीपीएस को मालूम है। अगर आपके पास किसी जगह का या

किसी आदमी का कॉर्डिनेट है, तो सर्च इंजन में कॉर्डिनेट्स फीड कीजिए, आपको लोकेशन पता चल जाएगी। जैसे हमको लाथेपोरा का कॉर्डिनेट जान बूझ कर बताया गया, कि बेटा अगर अकल हो तो जगह पता कर लो।'

अश्फ़ाक़ बोला, 'समझ गए, *उरी* फ़िल्म में भी तो दुश्मन के कैंप कॉर्डिनेट्स से ही मिलते हैं।'

दुर्गा जो भी करती, उसके पीछे कोई न कोई वजह होती थी। शायद दुर्गा सबको ट्रेंड करना चाहती थी, या शायद वो किसी और ही तलाश में थी। फिलहाल दुर्गा ने दोनों को थोड़ी देर वेट करने को बोला। अबराम और अफ़ज़ल बाहर जा ही रहे थे कि दुर्गा ने मन ही मन कुछ सोचा और दोनों को वहीं बैठने को कहा। त्रिपुरारी कुर्सियां लाया। दोनों बैठ गए और ब्रेक के बाद फिर से शुरू हो गया—राबिया मर्डर केस का वीडियो प्रोजेक्शन।

दुर्गा ने बोलना शुरू किया, 'तो ये कॉर्डिनेट्स लाथेपोरा के हैं। लाथेपोरा वो जगह है, जहां 14 फरवरी 2019 को सीआरपीएफ कॉन्वॉय पर हमला किया गया था। इस अटैक में हमारे चालीस जवान शहीद हुए थे।'

अश्फ़ाक़ उल्ला सीरियस हो गया, 'मतलब पुलवामा अटैक।'

विकिपीडिया भी खड़ा हो गया, 'सर वो कार सज्जाद अहमद की ही थी।'

दुर्गा ने ख़ुद को संभाला, 'हां, जिस कार का इंजन और चेसिस नंबर मोबाइक पर प्रिंट किया गया, वो सज्जाद अहमद की थी। इसी कार में एक्सप्लोसिव था। नामर्दों ने इसी कार से कॉन्वॉय को टक्कर मारी थी।'

दफ़्तर में सन्नाटा छा गया। दुर्गा ने ख़ुद को संभाला और फिर बोली, 'ये कार 2011 में अनंतनाग की हैवेन्स कॉलोनी के मोहम्मद जलील अहमद हक्कानी को बेची गई। सज्जाद अहमद भट के ख़रीदने से पहले, ये कार ग्यारह बार बेची और ख़रीदी गई थी। इट वॉज़ ए डेविल्स कार।'

अबराम से रहा नहीं गया, 'इट मीन्स समबडी इज़ प्लेइंग विद दीज़ डेविल नंबर्स! पुलिस को मिसगाइड कर रहा है? कोई खेल खेल रहा है?'

अश्फ़ाक़ उल्ला निश्चिंत होकर बोला, 'टास जीत कर चौव्वे-छक्के मार रहा है, तो मारने दो। जब हम खेलेंगे, खेल तो तभी ख़त्म होगा ना!'

दुर्गा ने ताली बजाई, 'ये हुआ न, अश्फ़ाक़ उल्ला का पुलिसिंग स्टाइल। चलो, अभी जो मिस हो गया, उसे जाने दो। अभी टीम वर्क के साथ, वी हैव टू विन। अब हमको सारे क्लूज़ पर पॉइंट टू पॉइंट काम करना है, बर?'

'हऊ शर!' विकिपीडिया जोश में बोला।

दुर्गा हंसी, 'ओह्हो, मराठी माणुष इन यूपी!'

माहौल थोड़ा नॉर्मल हुआ ही था कि तभी रमाकांत और गौतम चांद खुतरा की पोस्टमॉर्टम रिपोर्ट लेकर दफ़्तर के अंदर दाख़िल हुए। दुर्गा शक्ति ने रिपोर्ट पढ़ना शुरू किया। रिपोर्ट में साफ़ लिखा था कि चांद खुतरा की मौत हाई पोटेंशियल पॉयज़न से हुई थी। ज़हर उसके पेट में नहीं मिला, बल्कि उसे वेन्स के ज़रिए ज़हर दिया गया था। रिपोर्ट के मुताबिक चांद के सीने पर नौ पिनों के मार्क्स भी थे। ये वो पिन मार्क्स थे, जिनके ज़रिए चांद की चेस्ट पर *हिंदुस्तान रिपब्लिकन एसोसिएशन* लिखा पेपर लगाया गया था। लेकिन किसी भी पिन या छाती पर मिले मार्क्स में ज़हर नहीं मिला। ब्लड ट्रांसफ्यूजन और ग्लूकोज़ के लिए जो वीगो लगाया गया था उसके अलावा इंट्रावीनस या इंट्रामस्कुलर सिरिंज इंप्रेशन बॉडी में कहीं नहीं मिला। मतलब साफ़ था, ज़हर न तो खिलाया गया था, न ही ज़हर का इंजेक्शन दिया गया था, बल्कि ज़हर ड्रिप के ज़रिए ही बॉडी में गया। दुर्गा शक्ति ने अबराम और अफ़ज़ल से फिलहाल बाद में मिलने को कहा और अश्फ़ाक़ को लेकर थाने से बाहर चल दी। अश्फ़ाक़ के साथ त्रिपुरारी, देवव्रत, सम्मान सिंह और विकिपीडिया भी दौड़े और अस्पताल की ओर रवाना हो गए। अस्पताल पहुंचते ही दुर्गा ने हाथों में ग्लव्स चढ़ाते हुए डॉक्टर को वॉर्ड का ताला खुलवाने को कहा। ताला खुलते ही दुर्गा ने सबसे पहले ग्लूकोज़ की बोतल चेक की।

पूरी बोतल ग्लूकोज़ से भरी हुई थी। यानी चांद को ड्रिप तो लगाई गई, लेकिन चांद तब तक मर चुका था इसलिए ग्लूकोज़ बॉडी में गया ही नहीं। दुर्गा ने डस्टबिन में पड़ी डिस्पोज़िबल सिरिंज देखना शुरू कीं और देवव्रत से सारी सिरिंज सील करने को कहा। देवव्रत यूज़्ड सिरिंज सील कर ही रहा था कि दुर्गा ने फिर डॉक्टर से पूछा, 'कितने यूनिट ब्लड और ग्लूकोज़ चांद को चढ़ाए गए?' डॉक्टर ने चांद के बेड पर टंगी स्टेटस रिपोर्ट पढ़कर पूरा आंकड़ा बताया और साथ में पूरा ब्यौरा भी दे डाला—'इमरजेंसी के लिए कुछ ख़ास ब्लड ग्रुप की आठ-दस यूनिट रेफ्रिजरेटर में रखी जाती हैं। जिसका ब्लड ग्रुप नहीं होता है, उसे सीधे लखनऊ मेडिकल कॉलेज रेफर कर दिया जाता है। चांद के ब्लड ग्रुप की तीन यूनिट एवेलेबल थीं, इसलिए चढ़ा दी गईं।

दुर्गा ने चांद की मौत वाली रात को ड्यूटी पर मौजूद नर्स के बारे में पूछा, तो डॉक्टर ने बताया कि वो रात की शिफ्ट में आएगी।

दुर्गा ने स्टेटस रिपोर्ट हाथ में ली, 'टोटल तीन बोतल ग्लूकोज़ चढ़ाया गया है, आख़िरी बोतल कल रात में साढ़े दस बजे ड्रिप की गई, माने?'

डॉक्टर बोला, 'रिकवरी के लिए ब्लड काफी था मैडम, लेकिन फ्ल्यूड लेवल सही रखने के लिए तीन बोतल ग्लूकोज़ सफ़िशिएंट था—दो कल दिन में चढ़ाई गई थीं और एक रात में, मतलब तीन से चार घंटे में एक ड्रिप कंप्लीट होती है।'

'चलो चार घंटे मान लेते हैं, मतलब लास्ट बोतल रात में दो से ढाई बजे के बीच ख़त्म होनी चाहिए। पर पोस्टमॉर्टम रिपोर्ट तो बोल रही है कि चांद की मौत दो से ढाई बजे के बीच हुई है, फिर बोतल फुल कैसे है?'

सबके दिमाग़ में एक ही सवाल घूम रहा था—जब वीगो के अलावा कोई मार्क बॉडी में है ही नहीं, तो पॉयज़न बॉडी में गया कैसे? डॉक्टर ने बिना देरी किए सीधे नर्स को फ़ोन लगा दिया। नर्स ने बताया कि उसने रात में साढ़े दस बजे आख़िरी बोतल लगाई थी। साढ़े ग्यारह बजे, घर जाने से पहले, जब उसने चेक किया तो चांद सांस भी ले रहा था और वन फोर्थ ग्लूकोज़ बॉडी में जा चुका था। नर्स की ड्यूटी सुबह तक थी, तो वो रात में ही घर कैसे चली गई, इस बात के लिए डॉक्टर ने

उसे फ़ोन पर ही डांटा। इस बीच अशफ़ाक़ ने दुर्गा को स्टेटस रिपोर्ट में ग्लूकोज़ की बोतल का सीरियल और बैच नंबर चेक करने का सजेशन दिया। डॉक्टर ने फ़ौरन सारी बोतलों के नंबर चेक किए—जो बोतल आख़िर में लगी थी, उसका बैच नंबर तो स्टेटस रिपोर्ट में था ही नहीं। अशफ़ाक़ उल्ला के दिमाग़ में अब सिर्फ एक ही सॉल्यूशन था—ग्लूकोज़ का स्टॉक चेक किया जाए और ये देखा जाए कि यूज़्ड बोतलें कहां डंप की गई हैं। डॉक्टर के साथ सब दौड़ कर वॉर्ड के सामने ही बने रिसेप्शन काउंटर पर पहुंचे और वहां नीचे रखे तीन कार्टन उठा कर मेज़ पर रखे गए। एक तो पूरा सील्ड था। दूसरे में सिरिंज थीं और तीसरे में इक्कीस बोतल ग्लूकोज़, यानी बैच नंबर तो सबका एक ही था, बस सीरियल नंबर चेक करना था। स्टॉक रजिस्टर से आख़िरकार पता चला कि किस सीरियल नंबर की बोतल किस मरीज़ को चढ़ाई गई। पता तो ये भी चल गया कि चांद के बेड स्टैंड हुक पर जो बोतल लटकी थी, उस सीरियल नंबर की बोतल अस्पताल में किसी मरीज़ के पास भेजी ही नहीं गई। फिर वो चांद के पास कैसे पहुंच गई? इस बोतल की कोई एंट्री स्टॉक रजिस्टर में नहीं थी। अशफ़ाक़ के इशारे पर सारे सिपाही और वॉर्ड बॉयज़, दूसरी नर्स के साथ अस्पताल के मेन गेट कैंपस में गेट से थोड़ा हट कर रखे डस्बिन को खंगालने लगे।

दुर्गा ने सबको टोका, 'ए फालतू लोग, फोकट में अइसे मरने का है क्या? पूरा डस्टबिन गिरा पहिले, फिर ग्लव्स पहन के काम कर रे बाबा।'

काकोरी तहसील का ये छोटा सा सरकारी अस्पताल था इसलिए ज़्यादा तो नहीं, लेकिन फिर भी क़रीब पंद्रह-बीस बोतलें, गॉज़, बैंडेज और इंजेक्शन कूड़ेदान में पड़े थे। एक-एक बोतल का सीरियल नंबर देख कर स्टॉक रजिस्टर से मैच कराया जा रहा था। तभी विकिपीडिया के हाथ एक बोतल लगी और वो ज़ोर से चिल्लाया, 'यहां देखिए, जल्दी!' दुर्गा लपक कर उसके पास पहुंची और बोतल हाथ में लेकर बोली, 'यस दैट्स इट! यही वाली बोतल है पक्का।'

बोतल में सच में वन फोर्थ फ्लूड ही बचा था। दुर्गा ने गौर से बोतल को देखा तो उसमें वैसा ही कैप्सूल पड़ा था जैसा कैप्सूल चांद खुतरा ने खाने की कोशिश की थी। कैप्सूल बोतल में फूल कर फट चुका

था और सारा ज़हर ड्रिप के ज़रिए चांद की रगों में बह गया था। बस कैप्सूल का कवर बचे हुए ग्लूकोज़ में तैर रहा था। उसने बोतल को हर तरफ से घुमा कर देखा तो बोतल की ठीक उल्टी तरफ यानी हैंगिंग क्लिप के ठीक नीचे छोटा सा एक कट था। दुर्गा ने सोचना शुरू किया—इसी कट से कैप्सूल ड्रिप में डाला गया और गेट से जाते वक़्त क़ातिल ने बोतल को डस्टबिन में फेंक दिया। नर्स ने बताया था कि साढ़े ग्यारह बजे, जब उसने चेक किया था तो वन फोर्थ फ्लूड चढ़ चुका था। फिर बोतल में केवल वन फोर्थ फ्लूड क्यों बचा था? दुर्गा के दिमाग़ ने जवाब दिया—क्योंकि बोतल में कट था इसलिए बाकी का ग्लूकोज़ उससे बह गया। सबकुछ शीशे की तरह साफ़ था। क़ातिल ने नर्स की लगाई बोतल में कैप्सूल डाला। आराम से चांद के मरने का इंतज़ार किया। फिर स्टॉक से एकदम फ्रेश बोतल बदल दी, जो मरने के बाद नसों में चढ़ी ही नहीं और जाते वक़्त कैप्सूल वाली बोतल डस्टबिन में फेंक गया। उसे तो अंदाज़ा ही नहीं रहा होगा कि बैच और सीरियल नंबर भी चेक किया जाएगा। बस एक सवाल बाकी था, जिसका जवाब सिर्फ डॉक्टर दे सकता था। सवाल ये कि क्या स्टॉक ऐसे रिसेप्शन की मेज़ के नीचे यूं ही खुले में पड़ा रहता है? जो चाहे उठाए, जो चाहे चढ़ाए।

डॉक्टर ने पुलिस वालों की तरफ देखते हुए कहा, 'छोटा सा अस्पताल है, कभी कोई मरीज़ आ जाए तो इलाज मिल जाना चाहिए। ड्यूटी और ताला चाबी के चक्कर में पड़े, तो कभी कोई एबसेंट होता है, तो कभी किसी का बच्चा बीमार। ये पुलिस वाले भी तो एक्सीडेंटल मरीज़ ले आते हैं, तो वॉर्ड बॉय की मदद से ग्लूकोज़ वगैरह लगवा देते हैं।'

विकिपीडिया ने दुर्गा शक्ति की तरफ देख कर कहा, 'मैडम सरफ़रोशों ने गोरों का ख़ज़ाना काकोरी में सरेआम लूटा था। फांसी पर झूलते शहीदों ने यही सोचा होगा कि हिंदुस्तान आज़ाद होगा और सिस्टम काम करेगा, पर सिस्टम गया तेल लेने। बहत्तर साल बाद भी जुगाड़ काम कर रहा है।'

अशफ़ाक़ उल्ला बिस्मिल ने विकिपीडिया के कंधे पर हाथ रखा, 'सिस्टम जब तेल लेकर वापस लौटेगा तो तुम्हारी भी मालिश करा देंगे।

कल ग्लूकोज़ की बोतल फॉरेंसिक जांच के लिए भिजवा देना, समझे बाबू!'

दुर्गा शक्ति समझ ही नहीं पा रही थी कि आख़िर अश्फ़ाक़ उल्ला चीज़ क्या है—एक नंबर का करप्ट है, लेकिन अफ़सर मुरीद हैं। मसला कितना भी सीरियस हो, हमेशा नॉनसीरियस रहता है। वो कुछ कह पाती इससे पहले ही अश्फ़ाक़ बोला, 'मैडम मेरी षष्ठमेन्द्रीय अनुभूति कहती है कि पपीतेवाले का कैप्सूल कनेक्शन चेक करना चाहिए। ऐसा तो नहीं कि दोनों चड्डी-बड्डी फ्रेंड्स डॉक्टर-डॉक्टर खेल रहे हों?'

दुर्गा ने मुंह बनाया, 'रे बाबा, क्या षष्ठम् अनुभूति? कौन डॉक्टर?'

विकिपीडिया तुरंत बोला, 'मैडम सिक्स्थ सेंस।'

दुर्गा ने मुस्कुराते हुए कहा, 'मेरा भी षष्ठम् सेंस कहता है कि क्रॉस मैचिंग के लिए चांद खुतरा का ताबीज़ भी बोतल के साथ में भेज दो।'

अश्फ़ाक़ ने त्रिपुरारी की तरफ देखा, 'पांडे, कल पपीता मंगा ज़रा, थाने पर। सुबह नाश्ते में खाया जाए दुर्गा शक्ति मैडम के साथ।'

चांद की मौत का माहौल भले ही काकोरी के लिए फिक्र की वजह हो, मगर बेफिक्र अश्फ़ाक़ ने दुर्गा शक्ति ठाकरे को पुलिस गेस्ट हाउस तक जय हिंद कहकर सी ऑफ़ किया। विकिपीडिया और त्रिपुरारी अपने साहब को घर छोड़ कर थाने की तरफ चल दिए। रात का रंग गहरा हो रहा था, शायद एक और सुबह के इंतज़ार में। वो सुबह, जो आती तो हर रोज़ है, लेकिन सुराग के अंधेरे पर रोशनी डालने में नाकामयाब है।

काकोरी आज बिना बांग के जाग चुका था। पिंजड़े में न सिंगल पीस मुर्गा था, न मुर्गे का कोई पीस ही बचा था। बल्ली में बंधे खस्सी बकरे भी कर्मफल के हिसाब से चौरासी योनियों में अपना फ़ाइनल रिज़ल्ट देख चुके होंगे। मुक्ति सिर्फ उसी बकरे की पॉसिबल थी, जिसे ब्राह्मण के पेट से स्वर्ग का रास्ता प्राप्त हुआ होगा। कुरैशी कसाई की दुकान पर काकोरी थाने का एक सिपाही पोस्टर चिपका रहा था। पोस्टर में राबिया बसर, चांद खुतरा की लाशों की फ़ोटो और प्रज्ञा ठाकुर के साथ उसकी पूरी

फैमिली की फ़ोटो छपी थी। पोस्टर में लिखा था—राबिया और चांद के क़त्ल और प्रज्ञा के बारे में किसी को कुछ मालूम हो, तो वो दुर्गा शक्ति और अश्फ़ाक़ उल्ला बिस्मिल के मोबाइल नंबर पर ख़बर करे। ख़बर देने वाले का नाम और नंबर सीक्रेट रखा जाएगा।

अफ़ज़ल सुबह-सुबह लैपटॉप खोल कर नासा में अपने चीफ कॉर्डिनेटर से फ़ोन पर बातचीत में बिज़ी था। अबराम तैयार होकर एक बार फिर अपने काकोरी कबाब की सप्लाई के लिए काउंटर पर पहुंच चुका था। दोनों के बीच तय हुआ था कि आज का लंच *बड्स एंड ब्लास्ट* में होगा। सिपाही रमाकांत फॉरेंसिक इन्वेस्टिगेशन के लिए ग्लूकोज़ की बोतल और चांद खुतरा का ताबीज़ लेकर लखनऊ मेडिकल कॉलेज रवाना हो चुका था। अंगद यादव ने जेल की बैरक में स्मैक की खुराक के लिए चीख़-चीख़ कर हंगामा खड़ा कर दिया था। अनारकली डीजे वाले बाबू के साथ बैठी थी। आज रात डांस के लिए उसे कुछ नए गाने सुनने थे। नसीम पपीतेवाला इंसुलिन लगा रहा था। ब्रेकफास्ट के दस मिनट पहले वाली डोज़ थी ये। उसकी अम्मी ने अपने हाथ से नाश्ते में कबाब परांठे बनाए थे, भला दस मिनट इंतज़ार कैसे होगा। नसीम पपीता नाश्ता दस मिनट बाद करे या तुरंत कर ले, ज़रूरी बात ये थी कि प्रज्ञा ठाकुर आज भी लापता थी।

इंस्पेक्टर अश्फ़ाक़ उल्ला ख़ाँ थाने पर सभी के साथ मीटिंग कर रहा था—हेड कांस्टेबल त्रिपुरारी पांडे, विकिपीडिया, रमाकांत और गौतम सब साथ बैठे थे कि तभी एक सिपाही केतली और कुल्हड़ लेकर अंदर आया। अख़बार के लिफ़ाफ़े में समोसे भी थे। चाय समोसे के साथ थाने में सीरियस डिस्कशन शुरू हुआ। डिस्कशन का मुद्दा था—प्रज्ञा और डिप्रेशन का मुद्दा था—दुर्गा शक्ति। विकिपीडिया ने एटीएस चीफ का रिकॉर्ड अश्फ़ाक़ उल्ला के सामने रख दिया। पढ़ते-पढ़ते अश्फ़ाक़ मुंह बनाकर बोला, 'अबे ये दादर की एंजेलिना जॉली की तो सारी फ़िल्में हिट हैं! नौ साल में आठ मेडल हैं मैडम के नाम।'

त्रिपुरारी ने हाथ मलते हुए कहा, 'बस सर ये प्रज्ञा ठाकुर हाथ लग जाए...'

इस बार अश्फ़ाक़ उल्ला हाइपर हो गया, 'अबे प्रज्ञा के सर्च ऑपरेशन में किए का हो तुम अभी तक? देखे हो ना ये दादर-कुर्ला लोकल कितनी सुपरफास्ट है—एटीएम तक पहुंच गई, सज्जाद भट को ढूंढ़ निकालिस।'

विकिपीडिया ने त्रिपुरारी की तरफ नज़र करते हुए कहा, 'सर, हम दोनों लोग उसके रिश्तेदारों और नए नंबरों को एकदम साइंटिस्ट स्टाइल में टेलीस्कोप से देख रहे हैं, मगर हाथ ही नहीं लग रही है ठकुराइन।'

अश्फ़ाक़ सीरियस हो गया, 'चाचा चौधरी बन जाओ और कंप्यूटर से नहीं, एटीएस वाली जीजाबाई से तेज़ सोचो, नहीं तो वो ले उड़ेगी बाबू।'

रमाकांत ने इंट्रप्ट किया, 'सर, मिल जाए तो गोली मार देंगे।'

अश्फ़ाक़ उल्ला ग़ुस्से में बोला, 'गोली भी मारनी पड़े, तो पैर में मारना।'

थाने में इस बात की तैयारी हो रही थी कि प्रज्ञा को पकड़ना है, मगर इससे भी ज़्यादा तैयारी इस बात की हो रही थी कि उसे दुर्गा शक्ति ठाकरे से पहले पकड़ना है, क्योंकि ये फ़ाइनल था कि जो प्रज्ञा को पकड़ेगा, वो ही गेम विनर भी होगा और गेम चेंजर भी। दुर्गा शक्ति भी एटीएस चीफ थी। वो नींद में भी केस सॉल्व करने की स्क्रिप्ट पर काम करती थी। दुर्गा को पता था कि जब सौ शातिर मरे होंगे, तब अश्फ़ाक़ उल्ला बिस्मिल पैदा हुआ होगा। पुलिस गेस्ट हाउस के लॉन में बैठ कर दुर्गा सम्मान सिंह और देवव्रत के साथ मीटिंग कर रही थी। यहां भी डिस्कशन का मुद्दा प्रज्ञा ठाकुर ही थी।

दुर्गा शक्ति ने हुक्म दिया कि प्रज्ञा ठाकुर का क्लू जैसे ही मिले उठा लेना।

'मैम, बैंक एकाउंट्स और रिलेटिव्स पर पैनी नज़र है,' सम्मान बोला।

देवव्रत ने कहा, 'जहां-जहां आपने बोला था, वहां पोस्टर्स भी लग गए हैं।'

'मेरे को अश्फ़ाक़ से पहले प्रज्ञा चाहिए, एनी हाऊ,' दुर्गा ने ताकीद की।

सम्मान सिंह बोला, 'नसीम, अबराम और अफ़ज़ल से इंटेरोगेशन पेंडिंग है।'

दुर्गा शक्ति ने कुछ सोचते हुए सिर हिलाया, 'हम्म...पेंडेंसी तो बहुत है रे! इंटेरोगेशन तो करते, आज ही करते, पन तू ये साला तीनों लोगों का लउकरात लउकर डिटेल्स कढ़ा, कम से कम सिक्स मंथ्स।'

'जी मैम हो जाएगा...आज शाम तक हो जाएगा,' देवव्रत ने जवाब दिया।

'न रे, असा कसा? मेरे को लोकेशन डिटेल्स भी मांगता,' दुर्गा बोली।

देवव्रत सोच कर बोला, 'मैम टेलिकॉम कंपनी वालों को कम से कम दो दिन का टाइम देना पड़ेगा। टॉवर डिटेल्स में टाइम लगेगा थोड़ा।'

दुर्गा ने देवव्रत को देखा, 'ठीक है, पर जल्दी करने को बोलो। एंड रिमेंबर वन मोर थिंग, अश्फ़ाक़ को पता नहीं चलना चाहिए कि हम उसके बेटों पर नज़र रख रहे हैं, वर्ना दोनों अलर्ट हो जाएंगे।'

देवव्रत ने हां में सिर हिला दिया।

बातचीत चल ही रही थी कि टेबल पर रखे दुर्गा के मोबाइल पर एक व्हॉट्सएप नोटिफिकेशन आया। दुर्गा ने स्क्रीन पर नज़र डाली ही थी कि किसी अननोन नंबर से एक के बाद एक फ़ोटो मैसेज आना शुरू हो गए। दुर्गा ने तुरंत मोबाइल अनलॉक किया। पहला फ़ोटो दुर्गा का। दूसरा फ़ोटो दुर्गा और देवव्रत का। तीसरा फ़ोटो दुर्गा, देवव्रत और सम्मान सिंह का। फ़ोटो अभी खींचे गए थे, यानी पुलिस गेस्ट हाउस के जिस लॉन में दुर्गा मीटिंग कर रही थी, उसी वक़्त कोई उनके फ़ोटो भी खींच रहा था और रियल टाइम सेंड कर रहा था। दुर्गा ने बिना किसी हड़बड़ी के धीरे से मेज़ पर पड़ा रिवॉल्वर उठाया और लॉन के पेड़ों और कमरों की तरफ देखना शुरू कर दिया। एक और फ़ोटो व्हॉट्सएप पर आया। इस फ़ोटो में दुर्गा रिवॉल्वर मेज़ से उठा रही थी। दुर्गा को देख कर देवव्रत और सम्मान सिंह ने भी अपनी-अपनी रिवॉल्वर निकाल लीं। दोनों को ही नहीं

पता था कि अचानक मोबाइल पर उसने क्या देखा, और वो क्या ढूंढ़ रही थी। बिना कुछ जाने सम्मान और देवव्रत अपनी चीफ को लेफ्ट राइट कवर देते हुए उस तरफ भागने लगे, जिस तरफ दुर्गा शक्ति भाग रही थी।

सम्मान और देवव्रत को कवर करते देख दुर्गा ज़ोर से चिल्लाई, 'डोंट कवर मी। समबडी इज़ हियर, कोई है जो हमको देख रहा है। एक रूम की तरफ जाओ और एक बाहर जाकर देखो।'

सम्मान सिंह कमरों की तरफ भागा और देवव्रत गेस्ट हाउस के गेट से जाने के बजाय सीधे बाऊंड्री वॉल फांद कर बाहर निकल गया। सम्मान ने एक-एक कमरा और वॉशरूम तलाशा, मगर कहीं कोई नहीं मिला। वो दौड़ कर छत पर भी गया, पर वहां भी सन्नाटा था। दुर्गा ने एक-एक पेड़ के पीछे देखा और गलियों तक दौड़-दौड़ कर हांफता हुआ देवव्रत भी लौट आया। किसी को कहीं कोई भी नहीं मिला। दुर्गा ने सम्मान और देवव्रत को मोबाइल पर तीनों के फ़ोटो दिखाए। फिर उसने अननोन नंबर को डायल किया। नंबर स्विच ऑफ़ था, मगर ट्रू कॉलर ने फ़ौरन बता दिया कि ये नंबर प्रज्ञा ठाकुर का था। दुर्गा ने देवव्रत से फ़ाइल मंगाई। देवव्रत दौड़ कर अंदर से फ़ाइल लाया और दुर्गा ने प्रज्ञा के कॉल डिटेल्स देखना शुरू किया। ये प्रज्ञा का वो नंबर था जो ज़्यादातर स्विच ऑफ़ ही रहता था। वही नंबर जिससे क़त्ल की रात राबिया को फ़ोन मिलाया गया था और तीन मिनट बात की गई थी। यानी राबिया बसर के मर्डर की रात के बाद ये नंबर आज पहली बार ऑन हुआ था। तो क्या प्रज्ञा ठाकुर इस वक़्त काकोरी के पुलिस गेस्ट हाउस में कहीं थी? क्या उसने खुलेआम दुर्गा के फ़ोटो खींच कर उसे बता दिया कि वो सबकुछ देख रही है, और जब तक वो ख़ुद नहीं चाहेगी उसे कोई नहीं देख पाएगा? दुर्गा शक्ति ने डीजीपी बृजलाल कुलश्रेष्ठ को फ़ोन मिलाया और बताया कि प्रज्ञा ठाकुर काकोरी में थी, लेकिन अब उसका फ़ोन स्विच ऑफ़ था। डीजीपी ने नाकाबंदी कराने को कहा। दुर्गा ने प्रज्ञा ठाकुर की ख़बर देते हुए अश्फ़ाक़ को काकोरी आने वाले तीनों रास्तों पर पुलिस चेकिंग लगाने को कहा।

सम्मान बोला, 'मैडम प्रज्ञा ठाकुर अब तक तो निकल गई होगी।'

'भाग जाने दो, पर दोबारा आएगी...हमसे खेल रही है वो; देन प्ले मस्ट गो ऑन, सम्मान,' दुर्गा ने जवाब दिया।

सम्मान सिंह ने दुर्गा की हां में हां मिलाई, 'लेट्स होप फॉर द बेस्ट।'

दुर्गा ने तुरंत मूड बदला, 'झुनखा भाकर किदर को बी मिलेगा यहां?'

देवव्रत सकपका गया, 'मैडम काकोरी तो कबाब के लिए फेमस है!'

सम्मान सिंह बोला, 'मैम काकोरी आकर असली काकोरी कबाब न खाया, तो क्या खाया? एकदम माउथ मेल्टिंग डिश है।'

दुर्गा के चेहरे पर सस्पेंस वाली मुस्कुराहट आई और उसने दोनों को तैयार होकर सीधे *बड्स एंड ब्लास्ट* चलने को कहा। 'कबाब का कबाब, पूछताछ की पूछताछ...एक साथ दोनों काम हो जाएंगे।'

सूरज ठीक सिर के ऊपर था। *बड्स एंड ब्लास्ट* के बाहर कुर्सी मेज़ डाल कर बैठा अफ़ज़ल अपना मोबाइल चेक कर रहा था। हरदोई में किसी का वलीमा था, तो उसके लिए कारीगर कबाब बना भी रहे थे और *बड्स एंड ब्लास्ट* के ब्रैंडेड डिब्बों में पैक भी कर रहे थे। ऑर्डर डिलीवर करने के लिए टैंपो भी खड़ा था। काउंटर के अंदर से अबराम *बड्स एंड ब्लास्ट* के दो डिब्बे हाथ में लेकर बाहर आया। 'आज कबाब के साथ परांठे और शीरमाल भी है। एकदम अलग कॉम्बिनेशन।'

अबराम ने मेज़ पर दोनों डिब्बे रखे, 'गुरू, मोबाइल बंद कर और जल्दी से गर्मागरम कबाब समेट ले, मुझे तो ज़ोरों की भूख लगी है।'

अफ़ज़ल ने डिब्बे खोले, 'शीरमाल और परांठे दोनों? लुचई कहां है?'

अबराम हंसा, 'ओरिजनल है, खा ले...नासा में तो घंटा वर्चुअल भी नहीं मिलेगा। प्रॉन और क्रैब खाते रहना। लुचई छोड़, परांठा और शीरमाल तोड़।'

अफ़ज़ल ने कबाब तोड़ा और परांठे के साथ खाना शुरू किया, 'गुरू धंधा जम गया है, या नौकरी छोड़ कर पछता रहा है? मतलब ऑल वेल ना?'

अबराम खाते-खाते बोला, 'मस्त है, एकदम सॉफ्ट। नो झंझट, नॉट आंसरेबल टू एनीबडी। एक साल रुक, लखनऊ-दिल्ली तक चेन होगी अपनी।'

'दैट्स गुड! एप अच्छा है, बट ब्रैंडिंग मस्ट है आजकल।' अफ़ज़ल बोला।

'हम्म...कुछ लो बजट ब्रैंडिंग सोच तो रहा हूं,' अबराम ने जवाब दिया।

अफ़ज़ल बोला, 'मेरे पास आईडिया है, लुचई खिला तो बताऊं!'

अबराम कुर्सी छोड़कर बहुत तेज़ी से उठा और पानी से भरा जग लेकर अफ़ज़ल के सिर पर उड़ेलने के लिए दौड़ा, पर अफ़ज़ल को समझ में आ गया और वो सतर्क हो गया। अबराम ने कई बार कोशिश की, लेकिन अफ़ज़ल बच गया और जग के पानी ने किसी बारिश की तरह ज़मीन को भिगो दिया। हंसते हुए दोनों भाई एक-दूसरे के गले लग गए। इसी बीच दुर्गा शक्ति ठाकरे की जीप आकर रुकी। दुर्गा शक्ति फ़ोन पर अशफ़ाक़ उल्ला से बात कर रही थी। उसने अशफ़ाक़ को बताया कि वो अबराम के कबाब पॉइंट पर है और अफ़ज़ल भी साथ में है। दुर्गा ने अशफ़ाक़ को भी वहीं बुला लिया और फ़ोन काट कर गले लगे दोनों भाइयों की तरफ बढ़ गई। दुर्गा ने दोनों से हाथ मिलाया। अबराम ने एक लड़के को आवाज़ देकर कुर्सी मंगवाई। सम्मान सिंह और देवव्रत भी वहीं खड़े हो गए। अबराम ने बिना कुछ पूछे दुर्गा, सम्मान और देवव्रत के लिए काकोरी कबाब, परांठे और शीरमाल लाने को बोला।

दुर्गा ने हंसते हुए पूछा, 'समथिंग स्पेशल? बहुत ख़ुश हो दोनों।'

अफ़ज़ल बोला, 'वो हम लोग कबाब की ब्रैंडिंग पर बात कर रहे थे।'

अबराम भी हंसने लगा, 'मैं कह रहा था कि मेरा आईडिया अच्छा है, और अफ़ज़ल अपना आईडिया मुझे टैग कर रहा था, बस हो गई हाथापाई।'

दुर्गा ने कंधे उचकाए, 'ओह्ह, तो क्या था अफ़ज़ल का आईडिया?'

अफ़ज़ल बोला, 'अरे वो तो मैंने बताया ही नहीं।'

अबराम भी ज़ोर से हंसा, 'हां गुरू, वो तो मैंने भी नहीं बताया।'

दुर्गा ने दोनों की तरफ मुस्कुराते हुए देखा, 'कोई बात नहीं, अब बता दो दोनों।'

अफ़ज़ल बोला, 'काकोरी एनिवर्सरी पर काकोरी कबाब! कैसा आईडिया है?'

अबराम ने ज़ोर से ताली बजाई, 'अरे गुरू, यही तो मेरा भी है। मैंने तो स्कूल के बच्चों के लिए प्रिंसिपल से बात भी कर ली है।'

अफ़ज़ल ख़ुश हुआ, 'ग्रेट!'

9 अगस्त को काकोरी कांड एनिवर्सरी पर, 8 डाउन लखनऊ-सहारनपुर पैसेंजर में देशी-विदेशी मेहमानों को छोटे-छोटे बच्चों के हाथों काकोरी कबाब ट्रेन में सर्व कराने का आईडिया फ़ाइनल हो गया। इसी बीच टेबल पर तीन डिब्बे सजा दिए गए। दुर्गा ने दोनों का आईडिया एप्रीशिएट किया फिर डिब्बा खोला, '*बड्स एंड ब्लास्ट* इज़ ए यूनिक ब्रैंड नेम। और तू जो ये डिब्बे पर काकोरी स्टेशन का येलो स्टोनबोर्ड प्रिंट करवाया, इट इज़ ऑल्सो ए ग्रेट थॉट।'

अबराम हंसने लगा, 'मैडम बचपन से एक पज़ल सॉल्व करता रहा कि यार ट्रेन किसी स्टेशन के प्लेटफॉर्म पर जैसे ही एंटर करती है, तो बड़े से स्टोन बोर्ड पर काले रंग से स्टेशन का नाम लिखा होता है और जब चल देती है, तो प्लेटफॉर्म के लास्ट में भी वैसा ही स्टोन बोर्ड लगा रहता है—मगर पज़ल ये थी कि हर स्टेशन का स्टोन बोर्ड येलो क्यों होता है?'

दुर्गा ताली बजाते हुए ज़ोर से हंसी, 'यार पज़ल तो एक और भी है कि हर स्टेशन के स्टोन बोर्ड पर, वो समुंदर तल से ऊंचाई काई को लिखी होती है?'

अफ़ज़ल ने मुस्कुराते हुए कहा, 'समुंदर नहीं, समुद्र तल—सी लेवल।'

दुर्गा ने कबाब खाया, 'हां, वईच! गुड...नाईस, वैरी नाईस पैकिंग एंड पैकेजिंग विद समुंद्र। ओह्हो, सॉरी अफ़ज़ल! समुद्र तल से ऊंचाई वाला बोर्ड इज़ सुपर्ब आईडिया। अबराम वैरी टेस्टी, झकास कबाब्स!'

अबराम और अफ़ज़ल दोनों मुस्कुराने लगे, मगर दुर्गा कबाब परांठा खाते-खाते सीरियस होकर पॉइंट पर आ गई। उसने अफ़ज़ल की ओर रुख़ किया, 'सो अफ़ज़ल, टाइम बहुत नहीं है, मुझे सीधे जवाब चाहिए कि तू लखनऊ गवर्नमेंट के स्टैटेस्टिक्स डिपार्टमेंट काई को गया था? बोल।'

अफ़ज़ल ने सीधा जवाब दिया, 'ये तो सबको पता है, हां गया था।'

दुर्गा ने फिर सवाल किया, 'मेरे को भी मालूम, मेरा क्वैश्चन इज़ "काई को" गया?'

'मुझे स्टेट के सिटीज़, टाउन्स और उनके छोटे इलाकों के स्टैटेस्टिक्स कलेक्ट करने हैं। मेरे प्रोजेक्ट के लिए इंपॉर्टेंट हैं,' अफ़ज़ल ने फिर सीधा जवाब दिया।

'टेल मी इन डिटेल,' दुर्गा ने कबाब तोड़ते हुए कहा।

अफ़ज़ल बोला, 'मंगल, चंद्रमा या किसी भी और प्लैनेट की ज़मीन पर जो पहाड़ या गड्ढे, मतलब क्रेटर्स होते हैं, हमें उनके नाम रखने होते हैं। जिन क्रेटर्स का डायामीटर सिक्स्टी किलोमीटर से कम होता है, ऐसे क्रेटर्स का नाम उन शहरों या इलाकों के नाम पर रखा जाता है, जिनकी पॉप्युलेशन एक लाख से कम होती है।'

दुर्गा ने अफ़ज़ल को पैनी नज़र से देखा, 'और तू सिर्फ इसके लिए ही ये सारे स्टैटेस्टिक्स कलेक्ट कर रहा है, नथिंग मोर देन दिस?'

अफ़ज़ल ने सिर हिलाया, 'ऑफकोर्स!'

'राबिया को कॉल बैक क्यों नहीं किया?' दुर्गा ने तीखा सवाल किया।

'तब तक उसके मरने की ख़बर टीवी पर आ चुकी थी,' अफ़ज़ल बोला।

'कश्मीर कितनी बार गया तू?' दुर्गा ने फिर सवाल दागा।

इस बार अबराम बोला, 'दो बार आया था, अफ़ज़ल—एक बार पंडित जी...'

दुर्गा ने अबराम को घूर कर देखा, 'जबी तेरे को पूछूं, तब जवाब दे।'

अफ़ज़ल बीच में बोला, 'दो बार, दोनों बार अबराम से मिलने।'

'अबराम तू कितने साल नौकरी किया कश्मीर में?' दुर्गा ने पैंतरा बदला।

अबराम ने झट से जवाब दिया, 'क़रीब साढ़े तीन या चार साल।'

'राबिया से क्या रिलेशन था तेरा?' दुर्गा ने फिर पूछा।

अबराम ने बेहिचक कहा, 'फ्लर्ट था, दोनों ही तरफ से...नो बडी वॉज़ सीरियस। राबिया चांद और नसीम पपीते से परेशान थी, सो शी प्रोपोस्ड मी फ़ॉर मैरिज, बट वी बोथ वर नॉट श्योर अबाउट दैट।'

दुर्गा ने दोनों को अलर्ट किया, 'आई हैव माय रीज़न्स टू इन्वेस्टिगेट। मुझे मालूम है तुम अश्फ़ाक़ के बेटे हो, बट इट्स नॉट पर्सनल।'

अफ़ज़ल और अबराम ने दुर्गा शक्ति से कहा कि वो कभी भी, किसी भी वजह से उनसे कुछ भी पूछ सकती है। दुर्गा पहले ही अपनी टीम से दोनों के मोबाइल लोकेशन डिटेल्स निकलवाने का फैसला कर चुकी थी। वो वहां से वापस निकलने को ही थी कि अश्फ़ाक़ उल्ला की जीप रुकी। विकिपीडिया साथ था। अश्फ़ाक़ ने दुर्गा को अपडेट दिया कि प्रज्ञा के लिए तीनों रास्तों पर चेकिंग लगी हुई है, लेकिन वो अभी तक हाथ नहीं आई है। दुर्गा ने मान लिया कि प्रज्ञा ठाकुर काकोरी से पक्का निकल गई होगी।

विकिपीडिया ने दुर्गा को सेल्यूट किया और पूछा, 'काकोरी कबाब खाया मैडम? इसकी भी हिस्ट्री है।'

दुर्गा बोली, 'मेरे को मालूम है—1921 काकोरी कबाब, 1925 काकोरी कांड।'

अश्फ़ाक़ ने विकिपीडिया से कहा, 'चल-चल वो लैपटॉप ला।'

अश्फ़ाक़ उल्ला बिस्मिल के ऑर्डर पर विकिपीडिया लैपटॉप लाने के लिए जीप की तरफ चला गया। दुर्गा शक्ति, अबराम, अफ़ज़ल और अश्फ़ाक़—सब साथ ही खड़े थे कि तभी नसीम के तीन टैंपो एक के बाद एक वहां आकर रुके। एक टैंपो ड्राइवर सीधे अबराम के पास आया और बोला, 'नसीम भाई ने चांद भाई की वो पेटियां मंगाई हैं।'

अबराम ने पूछा, 'कौन सी पेटियां? नसीम भाई से बात कराओ मेरी।'

ड्राइवर ने नसीम पपीतेवाले से अबराम की फ़ोन पर बात कराई और नसीम पपीतेवाले के कहने पर अबराम ने ड्राइवर को छत वाले कमरे से पेटियां ले जाने को बोला। तीनों ड्राइवर धीरे-धीरे सारी पेटियां निकाल कर टैंपो पर लादने लगे। थोड़ी ही देर में सारी पेटियां लद गईं और टैंपो वहां से नसीम की बताई हुई जगह पर चले गए। अश्फ़ाक़ उल्ला को अचानक कुछ याद आया, 'अरे अबराम, ये तो वही पेटियां हैं न, जो नया धंधा शुरू किए थे दोनों लोफ़र? यही पेटी तो साला चांद के सिर पर मारे थे!'

दुर्गा ने कहा, 'कौन सा धंधा?'

अश्फ़ाक़ उल्ला ने बेफिक्री दिखाई, 'अरे कुछ ब्राउन शुगर का धंधा।'

दुर्गा चौंक गई, 'ए अश्फ़ाक़, तू गप्प बस रे, ब्राउन शुगर का धंधा?'

अफ़ज़ल बोला, 'अरे ब्राउन शुगर नहीं, मुझे याद है चांद खुतरा ने अस्पताल में बताया था—येलो शुगर टाइप है कुछ, डोंट रिमेंबर एग्ज़ेक्टली।'

अबराम ने अफ़ज़ल की बात में हां में हां मिलाई, 'येलो शुगर ही बताया था।'

दुर्गा ने बात टाली, 'सम्मान, ये नसीम पपीते को थाने बुला।'

विकिपीडिया ने अश्फ़ाक़ उल्ला को लैपटॉप पकड़ाया, 'सर लीजिए।'

अश्फ़ाक़ ने लैपटॉप दुर्गा शक्ति को पकड़ाया, 'लीजिए मैडम।'

दुर्गा ने चौंकते हुए लैपटॉप लिया, 'म्हणजे काय?'

अश्फ़ाक़ ने बताया, 'अफ़ज़ल का लैपटॉप है, आप देखना चाहती थीं न।'

अफ़ज़ल के लिए अचानक ये बहुत बड़ा झटका था। उसे एक पल के लिए लगा जैसे राबिया बसर और चांद खुतरा के क़त्ल में सिर्फ एटीएस ही नहीं, बल्कि उसका वालिद भी उस पर शक कर रहा है। उसका दिमाग़ खौल गया। उसने अबराम और अश्फ़ाक़ उल्ला की तरफ ग़ुस्से से देखा, 'ख़ाँ साहब, मुझ पर शक करने से पहले पल भर को भी आपके दिल में ये ख्याल नहीं आया कि एक बार अफ़ज़ल से पूछ लिया होता, जान लिया होता कि सच क्या है?'

अश्फ़ाक़ उल्ला तैश में बोला, 'अफ़ज़ल...'

अफ़ज़ल बिलबिला गया, 'मेरा नाम आपकी ज़ुबां पर गाली जैसा है ख़ाँ साहब। ख़ैर, उस शख़्स के आगे चीख़ने से क्या हासिल होगा जिस शख़्स को अपनी बीवी की घुटती सांसें तक न सुनाई दी हों। जो मरियम का न हुआ, वो भला उसकी निशानियों का क्या होगा?'

अश्फ़ाक़ भी नाराज़ हो गया, 'तू सच में अंधा हो गया है, अफ़ज़ल। एक बार गौर से देख, तेरे बाप ने ख़ाकी पहन रखी है।'

अफ़ज़ल ने अश्फ़ाक़ को घूरा, 'न आप कुनबे के हुए और न ख़ाकी के...'

दुर्गा ने अफ़ज़ल के कंधे पर हाथ रखा, 'रिलैक्स! इट्स ट्वंटी फोर कैरेट प्रोफेशनल, बट जब तक इन्वेस्टिगेशन ख़त्म नहीं हो जाती,

तू कहीं नहीं जाएगा। ऑन ए वैरी सीरियस नोट, वी नीड यॉर पासपोर्ट, अफ़ज़ल।'

अफ़ज़ल झल्ला गया, 'प्रोफेशनल समझ गया, बट व्हॉट अबाउट माय सीक्रेसी?'

दुर्गा शक्ति थोड़ा सा एग्रेसिव हो गई, 'लेट मी टेल यू वन थिंग इन शॉर्ट, इन्वेस्टिगेशन में नथिंग इज़ सीक्रेट। जस्ट वाना स्कैन द कॉर्डिनेट्स यू आर वर्किंग ऑन, सो प्लीज़ कोऑपरेट एंड कोऑर्डिनेट।'

'प्लीज़ डोंट कॉपी ऑर शेयर विद एनिबडी,' नाराज़ होकर अफ़ज़ल बोला।

अशफ़ाक़ उल्ला ने अबराम और अफ़ज़ल की तरफ देखते हुए अपनी जेब से अफ़ज़ल का पासपोर्ट निकाल कर दुर्गा शक्ति को थमा दिया। अफ़ज़ल, अबराम, यहां तक कि ख़ुद दुर्गा शक्ति अशफ़ाक़ के इस रुख़ से एकदम सन्न रह गए। माहौल पूरी तरह सीरियस हो गया। अफ़ज़ल और अशफ़ाक़ के बीच बाप-बेटे की महीन डोर पहले से ही कमज़ोर थी, मगर आज की हरकत ने रिश्तों के बचे-खुचे नाम का भी काम तमाम कर दिया। अशफ़ाक़ अपने अंदाज़ में हमेशा की तरह मज़बूत खड़ा था। उसने जता दिया कि उसे अफ़ज़ल की नाराज़गी से कोई फर्क नहीं पड़ता। अफ़ज़ल तो ख़ामोश हो गया, मगर अबराम को भी आज अशफ़ाक़ का ये अंदाज़ बर्दाश्त नहीं हुआ। असल में जो अशफ़ाक़ उल्ला बिस्मिल जानता था, उसकी भनक किसी को भी नहीं थी। अगर आज उसने लैपटॉप दुर्गा को ख़ुद नहीं दिया होता, तो दुर्गा घर से ज़ब्त कर लेती। अशफ़ाक़ उल्ला को श्योर शॉट आईडिया था कि दुर्गा शक्ति उसके दोनों बेटों के मोबाइल भी खंगाल रही थी। दुर्गा भी अशफ़ाक़ के एटीट्यूड से शॉक्ड थी। लैपटॉप लेते ही वो समझ गई कि वो जो भी सोचती है, अशफ़ाक़ उससे एक क़दम आगे सिर्फ सोचता ही नहीं, कर डालता है। अबराम अफ़ज़ल को लेकर किनारे हो गया और अशफ़ाक़ विकिपीडिया के साथ काकोरी थाने की तरफ रवाना हो गया। जीप पर बैठ कर दुर्गा शक्ति भी सम्मान सिंह और देवव्रत के साथ थाने चली गई।

काकोरी थाने पर नसीम पपीतेवाला बैठा था। दुर्गा शक्ति के कहने पर उसे तलब किया गया था। दुर्गा शक्ति और अशफ़ाक़ उल्ला के अंदर घुसते ही वो कुर्सी से खड़ा हो गया। दुर्गा ने तुरंत सम्मान सिंह और देवव्रत को तलाशी लेने को कहा। दोनों ने नसीम पपीतेवाले को जकड़ कर कुर्सी पर बैठा दिया और बिना टाइम वेस्ट किए उसके गले में पड़ा ताबीज़ और हाथ में बंधा मोटा सा धागा काट दिया। ताबीज़ और धागा चेक करने के बाद सम्मान ने सिर हिला कर जता दिया कि कुछ भी नहीं मिला। दुर्गा शक्ति ने कुर्सी के दोनों हैंडिल पकड़ कर पपीतेवाले के मुंह के पास मुंह ले जाकर धमकाया, 'कैप्सूल कहां है रे?'

पपीतेवाला सिर झुकाकर बोला, 'मैडम कैप्सूल नहीं, मैं इंसुलिन लेता हूं।'

'अरे माझ्याशी खोट नको बोलू...चांद खुतरा वाला कैप्सूल?' दुर्गा झल्लाते हुए बोली।

'चांद ने क्या किया, कैसे किया मुझे सच में कुछ मालूम नहीं,' नसीम बोला।

दुर्गा ने नसीम को बाल पकड़ हिला दिया, 'साला, चांद के चकोर को मालूम नहीं कुछ? एक थोबाडीत पडली, कि खरे बोलायला लागशील तू।'

विकिपीडिया चिल्लाया, 'आईला!'

दुर्गा बोली, 'च्यामाइला! तू समझा क्या विकिपीडिया?'

विकिपीडिया बोला, 'हां मैडम, सचिन तेंदुलकर को टीवी में सुना था।'

अब नसीम गिड़गिड़ाया, 'मैं नहीं समझा मैडम।'

दुर्गा बोली, 'मैं हिंदी में समझाती तुझको—नंगा करके तेरे को तेरा गोल्डन जूते से बंपर पर इतना मारेगी कि साला तू सब क़ुबूल कर लेगा।'

दुर्गा अभी भी उसके बालों को ज़ोर से खींच रही थी। नसीम पपीते ने दर्द से चिल्लाते हुए अशफ़ाक़ की तरफ देखा, 'मैडम, इंस्पेक्टर साहब

मेरे मोबाइल की पूरी तलाशी ले चुके हैं। थोड़ा शायरी-वायरी, वाट्सप कर दिया था राबिया को, बाकी मुझे सच में कुछ नहीं पता।'

'अबराम और राबिया का क्या रिलेशन था?' दुर्गा ने सीधा सवाल किया।

नसीम ने जवाब दिया, 'कोई रिश्ता नहीं था, बस दोस्त थे दोनों।'

'और तू क्या है उसका?' दुर्गा ने पूछा।

लोफ़र नसीम पपीता अचानक संत हो गया, 'अबराम तो पढ़ा-लिखा है, अल्लाह का नेक बंदा—मुझ गलीज ने राबिया से निकाह की ज़िद न की होती तो अबराम पर शक न होता पुलिस को। अल्लाह माफ़ करे।'

दुर्गा के पीछे खड़ा अश्फ़ाक़ चिल्लाया, 'चल बे, ज़्यादा प्रवचन न दे। ये सत्संग का स्टेज नहीं थाना है, कितना हरामी है तू सब जानता हूं। हमें शक की थ्योरी मत समझा, वर्ना हाथ डाल कर यहीं पटक दूंगा।'

दुर्गा ने नसीम की जेब से जबरन मोबाइल निकाला, 'पासवर्ड बोल।'

'पपीता,' नसीम बोला।

'अबे नाम नहीं, पासवर्ड,' दुर्गा गुर्राई।

नसीम बोला, 'पासवर्ड ही है मैडम, पपीता—पी ए पी डबल ई टी ए।'

दुर्गा ने फ़ोन अनलॉक करके सम्मान की तरफ बढ़ा दिया।

अश्फ़ाक़ उल्ला ने विकिपीडिया को इशारा करके पपीतेवाले के कॉल और लोकेशन रिकॉर्ड्स मांगे। विकिपीडिया ने अलमारी से नसीम का पूरा रिकॉर्ड अश्फ़ाक़ को थमा दिया। अश्फ़ाक़ ने दुर्गा के पास आकर कहा, हम इसे चेक कर चुके हैं। राबिया मर्डर के वक़्त लोकेशन ठीक थी इसकी, बस राबिया के मोबाइल पर वाट्सप मैसेज मिले थे।'

दुर्गा ने नसीम को छोड़ा और पलट कर बोली, 'रिकॉर्ड डस्टबिन में फेंक दो अश्फ़ाक़। चांद का क़त्ल राबिया मर्डर के बाद हुआ है इसलिए

मैं नया लोकेशन रिकॉर्ड मंगाई है। इसका स्काईप और व्हॉट्सएप कॉलिंग भी चेक करना मांगता, देखूं तो साले शांणे का कनेक्शन कितना लूज़ है।'

सम्मान सिंह ने दुर्गा शक्ति को नसीम का मोबाइल थमाया, 'कुछ नहीं है मैम—जोक्स का कोई ग्रुप है, उस पर लेटेस्ट मैसेज दो मिनट पहले आया है। थाने आने से पहले सबकुछ डिलीट करके आया है साला।'

सम्मान की बात सुनते ही अशफ़ाक़ उल्ला ने ग़ुस्से में कुर्सी पर बैठे पपीते की छाती पर एक ज़ोरदार लात मारी। नसीम कुर्सी के साथ नीचे गिर गया और उसका सिर ज़मीन पर कस कर टकरा गया। दुर्गा ने उसे कॉलर से पकड़ कर उठाया, 'काय कू डिलीट किया रे तू सब, बोल?'

नसीम गिड़गिड़ाया, 'आप तो रिकॉर्ड मंगवा रही हैं, सब देख लीजिएगा।'

दुर्गा ने कॉलर कस कर खींचा, 'साला व्हॉट्सएप और स्काईप, रिकॉर्ड में नहीं आता इसलिए न खेल किया तू? पूरा ट्रेनिंग मिला न तेरे को, पर रुक मैं जानती, मैं तेरा पूरा रजिस्टर चाइना से मंगाती...देख तू!'

देवव्रत बीच में बोला, 'मैम इंटरनेट कॉलिंग शो करेगा डिटेल्स में।'

दुर्गा ने देवव्रत को टोका, 'ए डोके ख़राब नको करू तू, नंबर बताता क्या, बोल? स्वतःला हीरो समजण्याची गरज नाही। समझा न? चुप कर।'

देवव्रत सहम गया। अशफ़ाक़ और पूरा थाना ख़ामोश था। दुर्गा शक्ति ने नसीम के कपड़े ठीक किए, 'चल तू निकल अबी इदर से, तेरे को देखती मैं। तेरा कनेक्शन निकला, तो कैप्सूल मैं खिलाइगी तेरे को, चल।'

नसीम पपीतेवाला हाथ जोड़कर निकलने लगा। सम्मान सिंह ने नसीम को ताबीज़ और हाथ के धागे के साथ मोबाइल भी वापस कर दिया। नसीम सबकुछ लेकर जैसे ही थाने के बाहर आया, वहां पर दिल्ली के नंबर की एक लग्ज़री गाड़ी आकर रुकी। ड्राइवर ने गाड़ी का दरवाज़ा खोला। गाड़ी में से क़रीब सत्तर साल का एक बूढ़ा उतरा।

उसके साथ उसका चालीस साल का बेटा भी था। दोनों थाने के अंदर जा रहे थे और नसीम पपीतेवाला बाहर निकल रहा था। बूढ़े से नसीम की नज़रें मिलीं और फिर वो अंदर चले गए। थाने के अंदर पहुंच कर बूढ़े ने इंट्रोडक्शन दिया, 'माय सेल्फ, आशुतोष निरंजन—रिटायर्ड आईएएस, एक्स सेक्रेटरी डिफेंस। ही इज़ दीप्तिमान निरंजन, माय सन। वी आर सेटेल्ड इन फ्लोरिडा।'

दुर्गा शक्ति ने पहले सेल्यूट किया, फिर आगे बढ़ कर हाथ मिलाया। अश्फ़ाक़ ने भी सेल्यूट किया और सिपाहियों ने फ़ौरन दोनों के लिए कुर्सियां लगाईं। दुर्गा ने दोनों के बैठते ही पूछा, 'एनिथिंग फॉर अस सर?'

आशुतोष निरंजन बोले, 'मेरा एक सौ एकड़ का मैंगो गार्डन है यहां पर, जस्ट बिसाइड लखनऊ-काकोरी रोड, वी आर हियर टू सेल इट।'

अश्फ़ाक़ समझ गया, 'ओह्ह सर, तो वो बाग आपका है, जहां पर राबिया का मर्डर हो गया था? मैंने ही बोला था आपको बताने के लिए।'

आशुतोष ने जवाब दिया, 'जी, मुझे काकोरी थाने से ही किसी ने इंफॉर्म किया था, हमने पैरेंटल प्रॉपर्टीज़ बेच कर ये बाग ख़रीदा था, लेकिन तीन-चार साल में भी इंडिया आना मुश्किल होता है, सो वी डिसाइडेड टू सेल ऑफ़। माय सन इज़ डूइंग वेल इन फ्लोरिडा एंड वी आर फुल्ली सेटेल्ड देयर। मर्डर का पता लगा, तो सोचा बेच देते हैं। मज़दूरों के भरोसे इसे नहीं छोड़ सकते हैं, बहुत ग़लत हो गया।'

दुर्गा ने इंटरवीन किया, 'एग्रीड सर, बट हाऊ कैन वी हेल्प यू इन दिस?'

आशुतोष मुस्कुराया, 'नो-नो, नॉट लाइक दैट। सोचा कि बेच रहे हैं, तो आपको इंफॉर्म कर दें। अगर केस सॉल्व होने तक हम नहीं बेच सकते तो भी कोई प्रॉब्लम नहीं है, दोबारा आ जाएंगे, बट वाना कम आउट फ्रॉम दिस। बाकी हम कुछ हेल्प कर सकते हों, तो प्लीज़ टेल अस।'

दुर्गा ने रिएक्ट किया, 'नो प्रॉब्लम, सर! आप बेच सकते हैं। आप हमारी इन्वेस्टिगेशन का पार्ट नहीं हैं। फिर भी सीनियर्स से बात करके बताती हूं, अभी तो आप होंगे ही यहां पर कुछ दिन और?'

'हां, हम दो हफ्ते हैं,' आशुतोष के बेटे दीप्तिमान ने जवाब दिया।

'गुड, विल लेट यू नो इन ए डे ऑर टू,' दुर्गा ने भरोसा दिलाया।

आशुतोष वापस जाने को खड़े हुए और बोले, 'एक और बात— कई परचेज़र्स हैं जो बाग देखना चाहते हैं, इसलिए हम बाग में गए थे सफाई कराने; सफाई में हमारे मज़दूरों को कीचड़ में दबा हुआ कुछ मिला, सोचा आपको देता चलूं।'

दीप्तिमान भी बीच में बोला, 'यॉर क्राइम सीन इज़ स्टिल अनटच्ड।'

आशुतोष बोले, 'हां, जो मिला है, वो कीचड़ में था।'

दुर्गा चौंक गई, 'ऐसा क्या मिला? लेट मी सी।'

दीप्तिमान ने ड्राइवर से बैग मंगाया और सीधे दुर्गा शक्ति को थमा दिया। दुर्गा ने उसे फ़ौरन खोल कर देखा, तो उसमें काले पॉलीथिन में पैक मीडियम साइज़ कैंडिल का एक पीस पड़ा था। इस पीस पर ख़ून के निशान भी थे। दुर्गा ने चौंक कर पूछा, 'ये क्या है? इसे किसी ने टच तो नहीं किया?'

दीप्तिमान बोला, 'नो मैम, हमारे बाग में मर्डर हुआ था इसलिए हमने मज़दूरों को ग्लव्स पहन कर सफाई करने को बोला था। अगर ये केस से रिलेटेड है, तो इसमें किसी भी मज़दूर के फिंगर प्रिंट नहीं हैं।'

अशफ़ाक़ बुरी तरह कन्फ्यूज़ हो गया, 'अरे त्रिपुरारी, चांद खुतरा इसी को तो येलो शुगर बता रहा था। राबिया के घर पर इसकी ही पेटियां रखी थीं न?'

त्रिपुरारी ने दौड़कर अलमारी खोली और उसमें रखा बिल्कुल वैसा ही पीस निकाल कर अशफ़ाक़ को थमा दिया। अशफ़ाक़ ने दुर्गा को दोनों पीस दिखाए, 'चांद खुतरा की बनियान जब काटी थी, तब निकला था और दूसरा वाला अबराम को छत पर मिला था। वो ही हमको दिया था। ये साला येलो शुगर का चक्कर क्या है?'

दुर्गा ने सम्मान सिंह को ग्लव्स पहन कर कैंडिल पीस का काला रैपर खोलने को कहा और अशफ़ाक़ से फ़ौरन फॉरेंसिक एक्सपर्ट को फ़ोन मिलाकर बुलाने की ताकीद की। अशफ़ाक़ उल्ला ने लखनऊ मेडिकल कॉलेज में तैनात फॉरेंसिक एक्सपर्ट डॉक्टर कटियार को फ़ोन लगाया। राबिया बसर केस की सारी फॉरेंसिक इन्वेस्टिगेशन डॉक्टर कटियार ने ही की थी। सम्मान सिंह ने कैंडिल पीस का रैपर हटाया और उसे अलग रख दिया क्योंकि उस पर ख़ून के निशान थे। सबको ये भी उम्मीद थी कि हो न हो कवर पर किसी के फिंगर प्रिंट्स भी मिल सकते हैं। दुर्गा ने मेज़ पर न्यूज़ पेपर बिछा कर उस पीस को बीच से तोड़ा तो पीस में से पीले रंग की शक्कर के दाने गिरने लगे। दुर्गा शक्कर के दाने देख कर बौखला गई, 'साला! सब का सब पागल लोग, येलो शुगर नई रे, दिस इज़ ब्लडी जेलेटिन स्टिक। इट्स एक्सप्लोसिव!'

अशफ़ाक़ उल्ला हड़बड़ा गया, 'मैडम चांद खुतरा ने राबिया बसर की छत पर इसी की पेटियां रखवाई थीं। इसी में से एक पेटी चांद खुतरा के सिर पर पटकी थी मैंने।'

विकिपीडिया बीच में बोला, 'मैडम, हम लोग जब अबराम के कबाब प्वाइंट पर थे, तब टैंपो में यही पेटियां तो लोड करके जा रही थीं।'

दुर्गा ने आशुतोष और दीप्तिमान को अपना नंबर देते हुए लखनऊ में ही दो हफ्ते रुकने को कहा और फ़ौरन बाहर दौड़ी। पीछे-पीछे सम्मान सिंह और देवव्रत भी भागे। अशफ़ाक़ उल्ला जैसे ही पीछे आया, दुर्गा बोली 'तू उस रैपर को ब्लड इन्वेस्टिगेशन के लिए डॉक्टर को दे, नसीम का लोकेशन ले। मेरे साथ नसीम के घर दो-तीन सिपाही भेज लउकर!'

आशुतोष निरंजन और दीप्तिमान भी बाहर निकल कर अपनी गाड़ी से लखनऊ रवाना हो गए। दुर्गा शक्ति ठाकरे की जीप तेज़ी से नसीम पपीते के घर की तरफ बढ़ रही थी। सम्मान, देवव्रत और चार सिपाहियों के साथ दुर्गा नसीम पपीते के घर के अंदर घुसी। अंदर नसीम की अम्मी पुलिस को देख कर घबरा गई। दुर्गा शक्ति ने नसीम और पेटियों के बारे में उससे पूछा, पर उसे बस इतना ही पता था कि नसीम काकोरी थाने गया और तब से लौट कर नहीं आया। पेटियों के बारे में उसे कुछ नहीं पता था। घर के दोनों फ्लोर पुलिस ने चेक किए, मगर कुछ हाथ

नहीं लगा। नसीम की अम्मी ने पीछे की तरफ बड़े से लॉन में बने फ्रूट गोडाउन की तरफ पुलिस को भेजा। फलों की कम से कम दो सौ पेटियां गोडाउन में रखी थीं। वहां की तलाशी में भी कुछ नहीं मिला। तभी देवव्रत अंदर से दवा की एक छोटी सी शीशी लेकर आया। शीशी में तीन कैप्सूल पड़े थे। सारे कैप्सूल सायनाइड वाले कैप्सूल जैसे थे। सम्मान सिंह ने वो रजिस्टर खंगाला, जिस पर हर टैंपो का ब्यौरा लिखा जाता था।

उधर अश्फ़ाक़ ने तहव्वर के घर पर छापा मारा, लेकिन कहीं कुछ हासिल नहीं हुआ। अबराम और अफ़ज़ल तहव्वर के घर पर ही थे। अश्फ़ाक़ के कहने पर पुलिस अबराम और अफ़ज़ल के साथ दरगाह से लौटे तहव्वर को थाने ले गई। दुर्गा भी थाने वापस आ गई। अंदर पहुंच कर दुर्गा ने अबराम और अफ़ज़ल से जेलेटिन स्टिक के बारे में पूछा, लेकिन दोनों ने साफ़ कहा कि उनको नहीं पता था कि जो कैंडिल है असल में जेलेटिन स्टिक्स हैं। जेलेटिल स्टिक शायद किसी ने आज तक देखी नहीं थी इसीलिए हर किसी को जेलेटिन ग्रेन्युल्स येलो शुगर लग रहे थे। दुर्गा शक्ति ने अश्फ़ाक़ उल्ला से नसीम पपीतेवाले की लोकेशन के बारे में मालूम किया, तो पता चला कि नसीम पपीतेवाला फ़ोन ही नहीं उठा रहा है। पुलिस और एटीएस नसीम को दबोचना तो चाहती थी, मगर बिना किसी शोर-शराबे के। चांद खुतरा ने सायनाइड खाकर ख़ुद को मारने की कोशिश की थी। नसीम के घर से सायनाइड की शीशी बरामद हो ही चुकी थी। पुलिस और एटीएस कोई रिस्क नहीं लेना चाहती थी। ख़तरा इस बात का था कि नसीम के पास शीशी के अलावा भी अगर कोई कैप्सूल हुआ, तो वो ख़ुद को मार डालेगा।

राबिया बसर का अब्बू तहव्वर ख़ाँ अब तक समझ चुका था कि हो न हो चांद और नसीम टेररिस्ट हैं। जेलेटिन और सायनाइड मिलने के बाद काकोरी पुलिस और एटीएस—दोनों को ही समझ में आ चुका था कि कोई टेररिस्ट मॉड्यूल अपने स्लीपर सेल्स के ज़रिए कहीं किसी बड़ी टेरर एक्टिविटी की प्लानिंग कर रहा है। मगर सवाल ये था कि चांद

और नसीम के अलावा स्लीपर सेल के तौर पर अभी और कितने टेररिस्ट काकोरी, लखनऊ या आसपास के इलाकों में मौजूद हैं।

तहव्वर ने दुर्गा और अश्फ़ाक़ से हाथ जोड़ कर पूछा, 'साहब, ये सब क्या है? किस बारूद के कारोबारी बन गए हैं ये सब के सब?'

अश्फ़ाक़ ने तहव्वर के कंधे पर हाथ रखा, 'आपने कभी चांद से पूछने की कोशिश नहीं की कि वो बारूद का ठिकाना बना रहा है आपके घर को?'

तहव्वर का बूढ़ा हो चुका गला रुंध गया, 'उस दिन राबिया बहुत नाराज़ थी। मज़दूर पेटियां छत पर चढ़ा रहे थे। ज़ीने पर पेटी गिर कर बिखर गई। उसमें से निकला एक टुकड़ा मैंने ही उसे उठा कर दिया था। मुझे अच्छी तरह से याद है कि उसने दराज़ में वो टुकड़ा महफूज़ रख दिया था, मगर अब वहां नहीं है। आज बारूद का वही टुकड़ा आम के उस बाग में बरामद हुआ, जहां मेरी राबिया का क़त्ल हुआ था। कमज़र्फ चांद और नसीम ने मेरा घर, मेरी ख़ुशियां सब छीन लीं। या अल्लाह! मेरी राबिया का ख्याल रख, मुझे पनाह दे अपनी रहमत में...राबिया! मेरी बच्ची।'

सब ख़ामोश थे कि तभी दुर्गा ने सम्मान से चिल्ला कर कहा, 'क्या रे, नसीम पपीता की अम्मी से रजिस्टर तू रफ वर्क करने के लिए लाया? टैंपो के नंबर सर्क्युलेट किया के नई?'

सम्मान सिंह थोड़ा सहमा, 'मैम हेडक्वार्टर को भेज दिया है—तीन टैंपो हैं, वायरलेस भी हो चुका है। ख़बर लगते ही फ़ौरन इत्तिला करेंगे।'

आज काकोरी थाना और एटीएस ही नहीं, पूरा का पूरा माहौल हड़बड़ा चुका था। एक सिपाही फॉरेंसिक एक्सपर्ट डॉक्टर कटियार के साथ अंदर आया। डॉक्टर कटियार ने अंदर आते ही दुर्गा शक्ति को अपना इंट्रोडक्शन दिया। सम्मान सिंह और देवव्रत ने डॉक्टर कटियार को इन्वेस्टिगेशन के लिए जेलेटिन स्टिक का रैपर और सायनाइड की शीशी दे दी। दुर्गा ने डॉक्टर कटियार को सजेशन दिया कि रैपर के ब्लड सैंपल को राबिया के ब्लड सैंपल से हर हाल में मैच कर लिया जाए। दुर्गा शक्ति ही नहीं बल्कि सभी मान चुके थे कि जेलेटिन स्टिक राबिया बसर ही

आम के बाग तक ले गई थी क्योंकि राबिया की दराज़ से जेलेटिन स्टिक अब ग़ायब थी। दुर्गा शक्ति को विश्वास था कि इस जेलेटिन स्टिक का राबिया मर्डर केस से सीधा रिलेशन है और इस रिलेशन को साबित करने के लिए नसीम पपीतेवाले का मिलना बेहद ज़रूरी है। जेलेटिन स्टिक के रैपर का सैंपल और सायनाइड की शीशी लेकर डॉक्टर कटियार लखनऊ रवाना हो गए। रात के नौ बजे थे। अबराम और अफ़ज़ल तहव्वर को लेकर घर की ओर चलने लगे, तो तहव्वर ने दोनों को घर के बजाय काकोरी दरगाह छोड़ने को कहा। आज काकोरी शरीफ़ उर्स का आख़िरी दिन था। हज़रत शाह मुस्तफा हैदर कलंदर का कुल शरीफ़ था इसलिए कौल पढ़े जाने थे, कव्वालियां होनी थीं और हज़ारों की भीड़ इसमें शिरकत करने वाली थी। हेड कांस्टेबल त्रिपुरारी पांडे के मोबाइल की घंटी बजी। कॉल रिसीव करके त्रिपुरारी ने मोबाइल अश्फ़ाक़ को पकड़ा दिया। अश्फ़ाक़ ने बस दस सेकेंड बात की और फ़ोन त्रिपुरारी की तरफ बढ़ा दिया। अश्फ़ाक़ उल्ला दुर्गा शक्ति ठाकरे को इशारे से दफ़्तर के पीछे वाले कमरे में ले गया। अश्फ़ाक़ उल्ला ने अकेले में दुर्गा शक्ति को बताया कि पिछले तीन घंटे से नसीम पपीतेवाले की लास्ट लोकेशन काकोरी दरगाह है।

अश्फ़ाक़ ने दुर्गा से कहा, 'हो सकता है नसीम को अभी तक मालूम ही न हो कि जेलेटिन रॉड्स के बारे में पुलिस जान चुकी है।'

दुर्गा बोली, 'हमने घर पर रेड मारा, उसकी अम्मी इंफॉर्म कर चुकी होगी।'

अश्फ़ाक़ ने तर्क दिया, 'लेकिन उसने मोबाइल ऑन किया हुआ है, शातिर है साला! जानता तो ज़रूर होगा कि हम मोबाइल ट्रेस कर सकते हैं।'

दुर्गा ने सिर हिलाया, 'पॉसिबल है कि उसे मालूम हो...बट मे बी ही इज़ नॉट अवेयर अबाउट अस, लेट्स टेक ए चांस।'

हेड कांस्टेबल त्रिपुरारी पांडे और विकिपीडिया काकोरी में कई सालों से तैनात थे। दोनों ने काकोरी दरगाह का उर्स देखा था। उन्होंने बताया कि उर्स में नसीम को पकड़ने के लिए ज़बरदस्त सावधानी की

ज़रूरत है। फोर्स देखकर कहीं नसीम ही कोई गड़बड़ी न कर दे, और भीड़ में कहीं किसी को कोई नुकसान न पहुंच जाए।

दुर्गा ने प्लान सभी को बताया, 'सम्मान, यू एंड देवव्रत विल बी इन पठानी सूट विद स्कल कैप एंड विकिपीडिया, रमाकांत, त्रिपुरारी—तुम यहां पहले से तैनात हो, तुम लोगों को सब पहचानते यहां...यू गो इन बुर्का। गौतम तू नसीम के घर जा और जब मैं बोलूं नसीम के मोबाइल पर उसकी अम्मी के फ़ोन से कॉल करना। साला कहां जाएगा बच कर?'

सभी वायरलेस से लैस होकर दरगाह की तरफ निकल गए। काकोरी शरीफ़ दरगाह जगमगा रही थी। उर्स कहें या मेला, हर तरफ भीड़ थी। बाहर से भीतर तक चाइनीज़ झालरें फव्वारे की तरह रोशनी फुहार रही थीं। स्टेज पर हरे रंग की चमकीली अचकन और टोपी पहने महताब आलम कव्वाल की उंगलियां हारमोनियम से खेल रही थीं। अगल-बगल बैठे साजिंदे मैंडोलिन और नाल पर जुगलबंदी कर रहे थे। बाहर मैदान में बच्चे झूले झूल रहे थे। इस मेले में सिर्फ मुसलमान ही नहीं बल्कि हिंदू भी थे, क्योंकि काकोरी का धर्म सिर्फ सूफी है। क्राइम तो हर जगह होता है, मगर काकोरी में कभी दंगे नहीं हुए। गुब्बारे वाले, चाट की दुकानें, बुढ़िया के बाल खाते बच्चे। विकिपीडिया, त्रिपुरारी, रमाकांत ने पहले एक दूसरे को देखा फिर एक साथ बुर्का ढंक कर दरगाह के अंदर चल दिए। देवव्रत और सम्मान पठानी सूट के साथ टोपी पहन कर भीड़ में गुम हो गए। तभी लाउडस्पीकर पर कव्वाल का सुर गूंजा:

आ पिया इन नैनन में,
जो पलक ढांक तोहे लूं,
न मैं देखूं गैर को,
न तोहे देखन दूं...

अश्फ़ाक़ उल्ला और दुर्गा शक्ति भी स्टेज के पीछे थे। दुर्गा शक्ति ने अश्फ़ाक़ को इशारा किया कि वो दाईं तरफ जाएगी और अश्फ़ाक़ बाईं तरफ। दोनों अपने-अपने रास्ते चल दिए। भीड़ मस्त मगन नाच रही थी। कुछ लोग ऐसे भी थे, जो अपने मोबाइल फ़ोन से वीडियो बना रहे थे। लाउडस्पीकर पर कव्वाली बज रही थी:

छाप तिलक सब छीनी रे,

मोसे नैना मिलाय के,

नैना मिलाय के,

नैना मिलाय के, नैना मिलाय के...

देवव्रत और सम्मान सिंह हर कोने में घूम-घूम कर और विकिपीडिया, त्रिपुरारी पांडे, रमाकांत अलग-अलग जगहों पर बुर्के के भीतर से सिर्फ नसीम पपीते को तलाश रहे थे। लेकिन कोई और भी था जो इस भीड़ में बुर्का पहन कर नसीम पर नज़र लगाए था। तभी दुर्गा ने गौतम को फ़ोन मिलाया, और नसीम पपीते के घर पर मौजूद गौतम ने फ़ोन काट कर नसीम की अम्मी के नंबर से नसीम का नंबर डायल करना शुरू कर दिया। पहली रिंग, दूसरी रिंग, तीसरी, चौथी, पांचवीं, छठी... लाउडस्पीकर पर कव्वाली लगातार गूंज रही थी और उसमें कुछ सुनाई नहीं दे रहा था।

बुर्का पहने दुर्गा ने वायरलेस पर सम्मान से बाहर जाकर सिर्फ एक मिनट के लिए लाइट काटने को कहा। सम्मान बाहर की तरफ निकल गया। दुर्गा का वायरलेस मैसेज पूरी टीम ने सुना। अश्फ़ाक़ ने वायरलेस पर बताया कि माइक्रोसेकेंड के लिए ही सन्नाटा होगा इसी बीच हमको उसे दबोचना होगा।

गौतम लगातार नसीम की अम्मी के नंबर से नसीम को फ़ोन मिला रहा था। तभी लाइट चली गई। बस एक पल को सन्नाटा हुआ और इसी सन्नाटे में लगातार गूंजती मोबाइल की रिंग टोन सुनाई दी। एक बुर्के वाली ने बुर्के की जेब में मर्दाना हाथ डाल कर मोबाइल निकाला। इत्तेफाक से दुर्गा पास ही खड़ी थी। दुर्गा ने मोबाइल वाला हाथ पकड़ लिया और रिवॉल्वर निकल कर उसकी पीठ में खोंस दी। दुर्गा ने उसे चुपचाप बाहर चलने को कहा। दुर्गा की गिरफ्त में आई बुर्के वाली की कमर में रिवॉल्वर सटी हुई देख पांच मीटर की दूरी पर खड़ी दूसरी बुर्के वाली तेज़ी से स्टेज की तरफ बढ़ने लगी और फिर दौड़ने लगी। इस बुर्के वाली ने पैरों में गोल्डन एम्ब्रॉयडरी वाली पेशावरी पहन रखी थी। सेकेंड के टेंथ पार्ट का

साइलेंस और फिर भीड़ का शोर गूंज उठा। सम्मान ने दोबारा से लाइट ऑन कर दी। कव्वाली फिर शुरू हो गई।

गोल्डन पेशावरी पहने बुर्के वाली तेज़ी से स्टेज की तरफ दौड़ रही थी और उसकी पेशावरी देखते ही एक और बुर्के वाली उसके पीछे चल दी। स्टेज की तरफ थोड़ा और आगे बढ़ने के बाद वो गोल्डन पेशावरी पहने बुर्के वाली के सामने खड़ी हो गई। पेशावरी पहने बुर्के वाली ने फ़ौरन अपना बुर्का उठाया, वो नसीम पपीतेवाला था। दूसरी बुर्के वाली ने नसीम पपीते को गले लगाया और उसके बुर्के की जेब में कुछ डाल दिया। नसीम को ऐसा लगा जैसे उसके पेट में कोई सूई चुभी।

दुर्गा ने भीड़ कम होते ही वायरलेस पर सबको कहा कि नसीम पपीतेवाला उसके कब्ज़े में है। मैसेज देने के बाद दुर्गा शक्ति ने उसका बुर्का उठाया, पर बुर्के के अंदर से नसीम पपीता नहीं, उसका एक ड्राइवर निकला। उसने पलट कर अंदर देखा तो लड़खड़ाता हुआ नसीम बुर्का पहने-पहने धम्म से ज़मीन पर गिर गया। नसीम को गिरता देख दुर्गा शक्ति वायरलेस पर चिल्लाई, 'पपीता अंदर है, गिर गया है। उसे पकड़ो।'

वायरलेस मैसेज सुन कर अश्फ़ाक़, त्रिपुरारी, देवव्रत, सम्मान और विकिपीडिया स्टेज की तरफ तेज़ी से भागे। दुर्गा की प्लानिंग तो फूलप्रूफ थी, लेकिन जो बुर्के वाली नसीम पर नज़र लगाए हुए थी, उसकी प्लानिंग में गोल्डन पेशावरी भी शामिल थी। फ़ोन की रिंग सुन कर दुर्गा ने बुर्का पहने ड्राइवर को नसीम समझ कर जैसे ही पकड़ा, वैसे ही बुर्का पहने नसीम वहां से तेज़ी से दूसरी तरफ भागने लगा। उसकी पेशावरी पहचानते ही उस बुर्के वाली ने अपना काम कर दिया, जो पुलिस और एटीएस की तरह ही नसीम पपीतेवाले को पहले से ढूंढ़ रही थी।

ज़मीन पर पड़े नसीम को बुर्के में देख कर अश्फ़ाक़ उल्ला बिस्मिल चौंक गया। नसीम को धीरे-धीरे सबकुछ धुंधला नज़र आने लगा। उसे तुरंत जीप में डाला गया। नसीम पपीता बेहोश होने लगा। दुर्गा उसके चेहरे पर लगातार थपकी दे रही थी। उसे आवाज़ दे रही थी, लेकिन नसीम अब कुछ नहीं बोल रहा था। उसके हाथ-पैर ठंडे पड़ चुके थे। तभी दुर्गा ने देखा कि नसीम के बुर्के की जेब में कोई भारी सी चीज़ थी और जेब अलग से लटक रही थी। उसने जेब में हाथ डाला, तो अंदर से जो चीज़

निकली, उसे देख कर अश्फ़ाक़ उल्ला और दुर्गा दोनों चौंक गए। नसीम की जेब से प्रज्ञा ठाकुर का टेराकोटा वाला जर्मन माऊज़र निकला, जो उसके घर से चोरी हुआ था। साथ ही एक कागज़ भी निकला जिस पर *हिंदुस्तान रिपब्लिकन एसोसिएशन* लिखा था। दुर्गा और अश्फ़ाक़, दोनों के मुंह से एक साथ एक ही नाम निकला—प्रज्ञा ठाकुर। अश्फ़ाक़ ने अस्पताल चलने को कहा, पर देर हो चुकी थी।

दुर्गा ने तुरंत डीजीपी बृजलाल कुलश्रेष्ठ को फ़ोन लगाया और बोली, 'सर, नसीम पपीते को भी कोई मार दिया है। प्लीज़ अलाऊ मी टू गेट हिज़ पोस्टमॉर्टम डन एट दिस टाइम, प्लीज़ सर।'

डीजीपी ने मंज़ूरी देते हुए कहा, 'ठीक है, टेक हिज़ बॉडी टू द मॉर्चरी।'

दुर्गा ने राहत की सांस ली, 'थैंक्स सर! विल शट दिस केस एएसएपी, सर।'

डीजीपी ने गहरी सांस भरी और कहा, 'मीट मी टुमारो विद यॉर प्रोगरेस।'

अश्फ़ाक़ उल्ला ने त्रिपुरारी और देवव्रत के साथ बॉडी पोस्टमॉर्टम के लिए भेज दी। बॉडी लेकर दोनों अस्पताल की जीप से लखनऊ मॉर्चरी रवाना हो गए। दुर्गा शक्ति अश्फ़ाक़ उल्ला के साथ काकोरी थाने चल दी। थाने पहुंच कर दुर्गा ने अश्फ़ाक़ उल्ला बिस्मिल से राबिया के मर्डर की सारी रिपोर्ट्स मांगीं। विकिपीडिया ने अलमारी से निकाल कर अब तक मिले सारे जेलेटिन स्टिक्स, राबिया का मोबाइल, पोस्टमॉर्टम रिपोर्ट, फॉरेंसिक रिपोर्ट, प्रज्ञा ठाकुर, राबिया बसर, नसीम पपीतेवाला और चांद खुतरा के कॉल डिटेल्स के साथ चांद की पोस्टमॉर्टम रिपोर्ट भी दुर्गा शक्ति को सौंप दी। दुर्गा ने नसीम पपीतेवाले की जेब से मिले माऊज़र और *हिंदुस्तान रिपब्लिकन एसोसिएशन* लिखा हुआ कागज़ सम्मान सिंह को थमा दिया। सम्मान सिंह ने सारी चीज़ें उठाईं और दुर्गा शक्ति के साथ बाहर चल दिया। दुर्गा शक्ति अपने साथ मेज़ पर रखा अफ़ज़ल का लैपटॉप भी ले गई। वो केस को एक बार फिर शुरू से समझना चाहती थी। हर तार को जोड़ कर, पूरी क्रोनोलॉजी को अपने दिमाग़ में काढ़ना चाहती थी। पर अश्फ़ाक़ उल्ला बिस्मिल पूरा केस जानता था। उसके

दिमाग़ में कोई शक नहीं था और टारगेट क्लियर था। अश्फ़ाक़ उल्ला को मालूम था कि सिर्फ और सिर्फ प्रज्ञा ठाकुर को दबोच कर ही ये केस सुलझ पाएगा, वर्ना काकोरी में एक के बाद एक लाश गिरती रहेगी, और लाश गिराने वाला कोई बड़ा कांड करके निकल जाएगा। इस खेल में जिसने भी प्रज्ञा ठाकुर को पकड़ा, वो ही होगा गेम विनर।

पुलिस गेस्ट हाउस में दुर्गा शक्ति ठाकरे की नींद उड़ी हुई थी। वो अफ़ज़ल का लैपटॉप गौर से देख रही थी। हर एक एप्लिकेशन और छोटी से छोटी डिटेल पर वो पैनी नज़र रख रही थी। लैपटॉप देखते-देखते उसने पलंग पर राबिया मर्डर केस की सारी डिटेल्स एक-एक कर सजानी शुरू कीं। इसके बाद वो पलंग से दूर जाकर फुल विज़न में देखने लगी। एक कागज़ पर कॉर्डिनेट्स लगा कर जगहों के नाम पढ़ने लगी।

उधर अश्फ़ाक़ उल्ला बिस्मिल अपने घर पर था। अबराम और अफ़ज़ल डाइनिंग टेबल पर बैठे थे। अश्फ़ाक़ उल्ला अपने कमरे से कुछ न्यूज़ पेपर कटिंग्स लेकर निकला और उन्हें अबराम के सामने रख दिया। अबराम पेपर कटिंग पढ़ने लगा। पढ़ने के बाद अबराम ने कटिंग्स अफ़ज़ल की तरफ बढ़ा दीं। अफ़ज़ल उन्हें पढ़ने के बाद बोला, 'बहुत देर हो गई ख़ाँ साहब, बहुत देर हो गई।'

अश्फ़ाक़ उल्ला खीझ कर बोला, 'जो छुपाया था, आज दिखा रहा हूं। भले ही मुझे अठारह साल लग गए, लेकिन तेरी अम्मी के कातिलों को एक-एक करके एनकाउंटर में मरवा डाला...अब तो माफ़ कर दे!'

अफ़ज़ल मुस्कुरा कर बोला, 'ख़ाँ साहब, तीनों बदमाश थे। आज नहीं तो कल मारे ही जाते। बदला आपने नहीं लिया, पुलिस ने उन्हें मारा है।'

अश्फ़ाक़ चिल्लाया, 'हां, मैंने नहीं मारा—कभी सहारनपुर पुलिस, कभी मुज़फ्फर नगर पुलिस ने मारा, पर पेशबंदी मैंने की। पुलिस के दोस्तों से मुकदमे पर मुकदमे दर्ज करवा कर हिस्ट्रीशीटर बना डाला सालों को। कोई जेल में मरा, कोई पेशी पर, और कोई पुलिस कस्टडी में।'

अबराम खड़ा हो गया, 'महान मत बनिए पंडित जी। क्रिमिनल थे सब के सब, हिस्ट्रीशीटर भी थे, किसी ने मार दिया...शायद आपने मार दिया होता, मगर सच कहां ले जाएं कि उन्होंने अम्मी को मार डाला।'

'और अम्मी को उन्होंने मारा, जिनसे हमारे ख़ाँ साहब ने पैसे लिए—मेरे खिलौनों के लिए, तुम्हारी टॉफियों के लिए। मेरा अल्लाह, मेरी अम्मी, कभी माफ़ नहीं करेंगे आपको,' अफ़ज़ल बेहद ग़ुस्से में बोला।

अशफ़ाक़ उल्ला की आंखों से आंसू निकल पड़े। अबराम और अफ़ज़ल के गालों पर हाथ फेर कर अशफ़ाक़ रुंधे हुए गले से बोला, 'अल्लाह से तुम दोनों के लिए दुआ मांगना कई मर्तबा भूल गया। अक्सर अल्लाह को भी याद करना भूल गया, मगर मरियम के कातिलों को रोज़ ये सोच कर ज़िंदा रखा कि कहीं वक़्त की गर्त मेरे अंदर की आग को राख न कर दे। मरियम सब देख रही है।'

'अम्मी देख रही हैं कि आज आपने मुझे भी फंसा दिया,' अफ़ज़ल बोला।

अशफ़ाक़ मुस्कुराया, 'वक़्त बताएगा बेटा कि बचा रहा हूं या फंसा रहा हूं।'

कहते-कहते अशफ़ाक़ बिना कुछ खाए अपने कमरे की तरफ बढ़ गया। अब उसे यकीन था कि उसके बेटे उसे कभी माफ़ नहीं करेंगे। मरियम को याद करते अशफ़ाक़ उल्ला ने रात आंखों में ही गुज़ारनी शुरू की। हर तरफ से ज़िंदगी ने मोर्चा खोल रखा था। एक तरफ बेटे, दूसरी तरफ लगातार बिगड़ता हुआ केस। वो करवट पर करवट बदल रहा था कि अचानक लखनऊ मेडिकल कॉलेज से फ़ोन आया। फ़ोन पर डॉक्टर सिन्हा ने बताया कि नसीम पपीतेवाले की बॉडी में न कोई घाव मिला और न कोई पॉयज़न, उसकी मौत मल्टी ऑर्गन फेलियर से हुई है। अशफ़ाक़ ने बिना वक़्त गंवाए दुर्गा शक्ति ठाकरे को फ़ोन लगाया। फ़ोन पर मल्टी ऑर्गन फेलियर की रिपोर्ट सुन कर वो चौंक गई। आख़िर ऐसा क्या हुआ कि नसीम पपीतेवाला देखते-देखते मर गया? कौन थी वो बुर्के वाली औरत जो नसीम से टकराई थी? अशफ़ाक़ और दुर्गा को सिर्फ प्रज्ञा

ठाकुर की शक्ल दिखाई दे रही थी। दोनों रात भर इस गुत्थी को सुलझाने का रास्ता ढूंढ़ते रहे।

लखनऊ-अयोध्या हाईवे पर कल रात से सैकड़ों ट्रकों और गाड़ियों का क़रीब तीन किलोमीटर लंबा जाम लगा था, सुबह का क़रीब नौ बजा था, दूर मंदिर में घंटे बजने की आवाज़ सुनाई दे रही थी। शोर ज़्यादा न हो तो बजरंग बली की आरती कान और ध्यान लगा कर सुनी जा सकती थी। अयोध्या में, हनुमान गढ़ी हाईवे के पास ही है। 6 दिसंबर 1992 के बाद इस सड़क पर हर दो सौ मीटर की दूरी पर पुलिस बैरिकेडिंग लगी ही रहती है। माहौल जब भी सेंसिटिव होता है, बस यही बैरिकेडिंग पुलिस का चेक पॉइंट बन जाती है। और कल रात से हेडक्वॉर्टर के मैसेज पर नसीम पपीतेवाले के टैंपो पकड़ने के लिए पुलिस ने ज़बरदस्त चेकिंग लगा रखी थी। चेकिंग के चक्कर में ही लंबा जाम लगा हुआ था। हर गाड़ी की डीप चेकिंग के बाद ही पुलिस धीरे-धीरे ट्रैफिक रिलीज़ कर रही थी। इसी बीच एक पुलिस वाला चिल्लाया, 'सर ये तीन टैंपो उसी नंबर के हैं जो एटीएस ने सर्क्युलेट किए हैं, जल्दी आइए।'

पुलिस ने तीनों टैंपो को मैटल डिटेक्टर से सर्च किया। पपीता, संतरा, सेब, चाइनीज़ ड्रैगेन फ्रूट के कार्टन हटाते ही डिटेक्टर बीप करने लगा। पुलिस ने पेटियां खोलना शुरू किया तो उनमें से जेलेटिन स्टिक्स निकलने लगीं। फ़ौरन वायरलेस किया गया और टैंपो सीज़ करके ड्राइवर्स को अरेस्ट कर लिया गया। ख़बर मिलते ही दुर्गा शक्ति ने ड्राइवर्स को काकोरी थाने भेजने का ऑर्डर दिया। दुर्गा शक्ति ने अश्फ़ाक़ को फ़ोन कर सारी इंफॉर्मेशन दी और पूछताछ के लिए उसे तुरंत थाने बुलाया।

लखनऊ से काकोरी जाने वाले हाईवे के दोनों तरफ काकोरी एनिवर्सरी के होर्डिंग बैनर लग रहे थे। होर्डिंग में राम प्रसाद बिस्मिल, ठाकुर रोशन सिंह, अश्फ़ाक़ उल्ला ख़ाँ, राजेन्द्रनाथ लाहिड़ी की फांसी के फंदे को

गले में डाले हुए मुस्कुराती हुई तस्वीरें बनी थीं और सबसे ऊपर लिखा था:

"सरफ़रोशी की तमन्ना अब हमारे दिल में है"

"9 अगस्त काकोरी की 95वीं सालगिरह"

"शहीदों की धरती पर आपका स्वागत है"

काकोरी स्टेशन से लेकर काकोरी शहीद स्मारक तक सबकुछ सजाया जा रहा था। फांसी के फंदे को चूमते शहीदों की वॉल पेंटिंग, तिरंगे झंडे और सरफ़रोशी का गीत पेंट किया जा रहा था। काकोरी के तमाम स्कूलों के छोटे-छोटे बच्चे, घर-घर पर्चे बांट रहे थे। सड़कों और गली मोहल्लों में पोस्टर चिपकाए जा रहे थे। हर एक ईंट में आज भारत देश दिखाई दे रहा है। काकोरी हायर सेकेंडरी स्कूल में बच्चे देशभक्ति गीत गा रहे थे:

मज़हब नहीं सिखाता
आपस में बैर रखना
हिंदी हैं हम वतन है
हिंदोस्तां हमारा हमारा
सारे जहां से अच्छा
हिंदोस्तां हमारा हमारा
हम बुलबुले हैं इसके
ये गुलिस्तां हमारा हमारा

मुन्नालाल पत्रकार कैमरा मैन सिंटू के साथ सबकुछ शूट कर रहा था। स्कूल के टीचर्स की बाइट लेने के बाद वो बच्चों को भी कैमरे में क़ैद कर रहा था। बच्चों की कतारें देख कर लग रहा था, जैसे तिरंगा लहरा रहा हो—एक कतार में बच्चों ने केसरिया रंग के कपड़े पहने थे, दूसरी में सफेद और तीसरी कतार में हरे। इन्हीं बच्चों में कोई चंद्रशेखर आज़ाद बना था, तो कोई भगत सिंह, राम प्रसाद बिस्मिल और कोई अशफ़ाक़

उल्ला ख़ाँ। टीचर्स और स्कूल के बाकी बच्चों की भीड़ मैदान में खड़ी ताली बजा रही थी। आज बच्चे अबराम के साथ काकोरी एनिवर्सरी के फंक्शन के लिए रिहर्सल कर रहे थे। गीत ख़त्म होते ही मुन्नालाल अबराम के पास बाइट लेने के लिए आया। अबराम मुन्नालाल को बाइट देने के बाद सरफ़रोशों की ड्रेस पहने बच्चों के साथ सेल्फी खींचने लगा। तिरंगी कतार में बच्चों को खड़ा कर अबराम फिर सेल्फी क्लिक करने लगा। मुन्नालाल बैकग्राउंड में इन सभी को लेकर काकोरी शहीदों और बच्चों की उमंग के बारे में कैमरे पर बोलने लगा। सेल्फी खींचने के बाद अबराम वापस जाने लगा कि तभी मोबाइल पर व्हॉट्सएप नोटिफिकेशन चमकने लगे। सभी फ़ोटोज़ थीं। जैसे ही फ़ोटो डाउनलोड कंप्लीट हुआ, वो चौंक गया। सारी फ़ोटोज़ उसी की थीं—बच्चों के साथ सेल्फी लेते हुए। उसने चारों तरफ देखा, मगर उसे कुछ समझ नहीं आया कि ये कौन हो सकता है। मुन्नालाल कैमरे पर बोल रहा था, 'कैमरामैन सिंटू दुबे के साथ काकोरी से मुन्नालाल पत्रकार की काकोरी सालगिरह की सुपर स्पेशल रिपोर्ट।'

अबराम दौड़ कर मुन्नालाल के पास आया, 'मुझे थाने तक छोड़ दे यार।'

अबराम को लेकर मुन्नालाल थाने की तरफ चल दिया। वहां पहुंचते ही चीख़ें सुनाई दीं। बर्फ की सिल्ली पर उल्टा बांध कर अयोध्या में पकड़े गए ड्राइवर्स की सुताई चल रही थी। जिस ड्राइवर ने उर्स में बुर्का पहन कर नसीम पपीतेवाले का मोबाइल रखा हुआ था, उसे भी ज़मीन पर लिटाकर थर्ड डिग्री दिया जा रहा था। ड्राइवर चिल्ला रहा था। उधर दुर्गा शक्ति और अशफ़ाक़ टैंपो ड्राइवरों को मार-मार कर सर्दी में भी गर्मी का अहसास प्राप्त करा चुके थे। तब तक रमाकांत और विकिपीडिया रोटी सेंकने वाले चिमटे लेकर आए। दुर्गा और अशफ़ाक़ ने दो ड्राइवरों के शरीर पर बचा-खुचा पटरेदार अंडरवियर भी उतरवा दिया। बिना कपड़ों के पड़े हुए ड्राइवरों को देख कर आदम और हौव्वा में से सिर्फ आदम की याद आ गई। शुक्रिया आदम का जिसने पत्तों की स्कर्ट बनाई। लेकिन आज तो पत्ता-पत्ता हट चुका था, सिर्फ बूटा-बूटा दिखाई दे रहा था। एक चिमटा दुर्गा शक्ति ने पकड़ा और दूसरा अशफ़ाक़ उल्ला ने। बस फिर क्या था, जो अंग मर्द होने का आईडेंटिटी कार्ड था,

जो अंग रंगबाज़ी दिखाने का यंत्र-तंत्र-संयंत्र था, वो अंग आज यत्र-तत्र-सर्वत्र सिकुड़ कर कोमलांग बन गया था। दुर्गा और अश्फ़ाक़ ने दोनों ड्राइवरों के कोमलांगों को चिमटों में पूरी ताकत से जकड़ लिया। फिर सेकेंड लॉ ऑफ़ मोशन अप्लाई करते हुए पूरी ताकत से चिमटे अपनी तरफ खींच लिए। चट्ट की ज़ोरदार आवाज़ आई और बाकी ड्राइवर भी बिना कॉलेज गए फिज़िक्स ग्रेजुएट हो गए। फिज़िक्स के बाद केमिस्ट्री प्रैक्टिकल शुरू किया गया। ढेर सारी हरी मिर्च पीस कर ड्राइवरों के लिटमेस का भी टेस्ट किया गया, मगर रिज़ल्ट ज़ीरो रहा।

दुर्गा शक्ति ठाकरे और अश्फ़ाक़ उल्ला बिस्मिल हांफते हुए दफ़्तर के अंदर आए। मुन्नालाल और अबराम पहले से ही वहां बैठे हुए थे। मुन्नालाल ने दोनों को हाथ जोड़कर नमस्ते किया और बताया कि उसने नसीम पपीतेवाले की मौत की ख़बर सबसे पहले ब्रेक की थी। दुर्गा ने मुन्नालाल को घूरा, तो उसने ये भी बताया कि कैसे वो काकोरी की 95वीं एनिवर्सरी की शानदार रिपोर्ट तैयार कर रहा है। अश्फ़ाक़ उल्ला ने अबराम से आने की वजह पूछी तो उसने तुरंत व्हॉट्सएप खोल कर दिखाया। अश्फ़ाक़ ने फ़ोटो देखे और फिर फ़ोटो भेजने वाले का नंबर।

अश्फ़ाक़ उल्ला ने दांत पीसते हुए दुर्गा से कहा, 'वो काकोरी में थी।'

दुर्गा शक्ति ने भी अबराम के मोबाइल पर फ़ोटो देखे और अपना भी मोबाइल निकाल कर बताया कि प्रज्ञा ठाकुर ने उसके भी फ़ोटो खींच कर भेजे थे। अश्फ़ाक़ उल्ला ने काकोरी से बाहर जाने वाले हर रास्ते पर पुलिस चेक लगाने का सजेशन दिया। दुर्गा शक्ति को भी ये बात सही लगी। अश्फ़ाक़ उल्ला ने सम्मान सिंह के साथ दो सिपाही काकोरी-लखनऊ हाईवे पर लगाने को कहा; विकिपीडिया, रमाकांत और गौतम को काकोरी के अंदर से हरदोई जाने वाले रास्ते पर और दो सिपाहियों को काकोरी-हरदोई सिंगल रोड पर तैनात करने को कहा। उसने ये भी सजेस्ट किया कि लखनऊ से लौटने के बाद त्रिपुरारी पांडे और देवव्रत के साथ चार सिपाही थाने पर रहें। वे दोनों नसीम की बॉडी पोस्टमॉर्टम के लिए लखनऊ लेकर गए थे और अभी लौटे नहीं थे। हालांकि देवव्रत ने नसीम पपीतेवाले की पोस्टमॉर्टम रिपोर्ट दुर्गा को व्हॉट्सएप कर दी थी। दुर्गा ने

बताया कि केस की प्रोगरेस रिपोर्ट के साथ अशफ़ाक़ और उसे डीजीपी साहब के साथ मीटिंग के लिए लखनऊ जाना है। तभी अनारकली नसीम की लड़खड़ाती हुई बूढ़ी अम्मी को लेकर दफ़्तर के अंदर आई। उसे देख कर सब चौंक गए।

नसीम की अम्मी को कुर्सी पर बैठा कर अनारकली बोली, 'नालायक बेटे की नालायकी पूछने, मां पैदल ही आ रही थी, मैंने देखा तो ले आई।'

नसीम की अम्मी ने लरज़ती हुई आवाज़ निकाली, 'अल्लाह दोज़ख में जगह न दे ऐसे बेटे को। बस बेटा, मुझे तसल्ली के लिए ये बता दो कि उसने किया क्या था?'

अशफ़ाक़ ने नसीम की अम्मी की गोद में रखे उसके दोनों हाथ थाम लिए, 'अम्मी मासूमों को मौत बख्शने वाला शैतान था। नसीम बारूद का कारोबार कर रहा था। नसीम आतंकवादी था!'

नसीम की अम्मी ने अशफ़ाक़ से कहा, 'बेटा तेरे हर लफ्ज़ को हकीकत मानकर एक गुज़ारिश करती हूं, बस एक बार और परख ले। देख ले कहीं कोई गुंजाइश तो नहीं रह गई।'

अशफ़ाक़ उल्ला ने उसके सिर पर अपना हाथ रख दिया, 'हां अम्मी, आपकी रूह की तसल्ली के लिए हर गुंजाइश की तलाश होगी। अगर नसीम बेगुनाह हुआ, तो मैं माफ़ी मांगूंगा, सरेआम मांगूंगा।'

अम्मी को जैसे कोई ताकत मिली, 'बस बेटा, नसीम को काकोरी मत लाना। शहीदों की पाकीज़ा मिट्टी को मैं खोटा नहीं करना चाहती। उम्मीद तो कतई नहीं है, पर गुंजाइश निकली तो इस मां का भी वादा है, बेटे के साथ ख़ुद भी दफ्न होगी।'

अशफ़ाक़ ने आंसुओं से भीगी आंखों से अनारकली को उनके साथ जाने का इशारा किया। अनारकली के थामने से पहले ही दुर्गा शक्ति ने नसीम की अम्मी को गले लगा लिया और रोते हुए बोली, 'आई, तू सच में मेरी आई जइसी है। बहुत दिनों से आई से नहीं मिली, आज मिली।'

अनारकली ने अपने आंसू पोंछते हुए उन्हें सहारा दिया और चल दी। अशफ़ाक़ के साथ दुर्गा, अबराम और मुन्नालाल भी बाहर आ गए।

अनारकली ने नसीम की अम्मी को वैन में बैठाया और चली गई। कुछ देर तक सभी वैन को जाते देखते रहे, फिर दुर्गा ने त्रिपुरारी और देवव्रत को लखनऊ में ही रहने को बोला। अश्फ़ाक़ उल्ला ने भी सजेशन दिया कि जब नसीम की अम्मी ने इंकार कर दिया है, तो नसीम की बॉडी को लखनऊ में ही क्रिमेट करवा देना चाहिए।

दुर्गा दफ़्तर के अंदर आई और जेलेटिन की पेटियां देख कर बोली, 'तीन टैंपो में सिर्फ सात पेटी निकली, क्या इतनी ही पेटी थी रे उधर?'

अश्फ़ाक़ उल्ला ने जवाब दिया, 'मुझे याद है, कम से कम पंद्रह होंगी।'

अबराम भी बीच में बोला, 'पंडित जी ठीक कह रहे हैं, पंद्रह ही होंगी।'

दुर्गा सोचते हुए बोली, 'साला, बाकी पेटी कहां अनलोड कर दिया पपीता?'

मुन्नालाल पत्रकार ने संपादकीय टिप्पणी दी, 'अयोध्या के रास्ते में कहीं पहले ही तो नहीं उतार दीं? एक तरफ से पकड़ी जाएं, तो दूसरी तरफ से अयोध्या के अंदर पहुंचा दी जाएं। मतलब यूं ही, ऐसा लगा मुझे...'

दुर्गा ने मुन्नालाल के कंधे पर हाथ रखा, 'बात तो सही बोला रे, तू।'

अश्फ़ाक़ उल्ला ने फिक्र जताई, 'अयोध्या के हर रास्ते पर बैरिकेड तो रहता है, लेकिन ये लोग तभी टाइट होते हैं, जब सिचुएशन टाइट हो।'

दुर्गा ने फ़ौरन हेडक्वार्टर फ़ोन लगाया और अयोध्या को जाने वाले हर रास्ते पर नेक्स्ट ऑर्डर तक ट्वेंटी फोर सेवन फुलऑन चेकिंग करने को बोला। दुर्गा ने अबराम को फिक्र न करने और प्रज्ञा को जल्द से जल्द पकड़ने का भरोसा दिलाया। दुर्गा ने मुन्नालाल को भी अलर्ट किया कि वो हर सेंसटिविटी पर नज़र रखे और इंफॉर्म करे। दोनों थाने के बाहर आए और मोटरसाइकिल पर बैठ कर चल दिए। अश्फ़ाक़ ने एक बार फिर ड्यूटी के मुताबिक सभी से काकोरी से जाने वाले रास्तों पर फ़ौरन पहुंचने और कड़ी नज़र रखने को बोला। दुर्गा शक्ति अपनी फ़ाइलों के

साथ जीप पर बैठी और ख़ुद अश्फ़ाक़ उल्ला ने स्टेयरिंग संभाल ली। सम्मान सिंह, विकिपीडिया, रमाकांत, गौतम और बाक़ी सिपाही अपने-अपने रास्ते निकल पड़े।

अश्फ़ाक़ की जीप ने फ़र्स्ट गियर लिया ही था कि सिपाही जेलेटिन की पेटियां हवालात की तरफ मालखाने में रखने जाते दिखे। अश्फ़ाक़ को अचानक कुछ दिखा। उसने फ़ौरन जीप बैक की और फिर जीप से उतर कर मालखाने की तरफ भागा। उसे भागता देख दुर्गा शक्ति भी पीछे-पीछे दौड़ी। मालखाने में अश्फ़ाक़ उल्ला ने सिपाहियों से सारी पेटियां घुमाने को कहा। सिपाही एक-एक करके पेटी घुमाते रहे। दुर्गा सोच रही थी कि ऐसा क्या देख लिया है अश्फ़ाक़ ने, तभी अश्फ़ाक़ बोला, 'अबे रुक...!'

पेटी का एक हिस्सा उसने क़रीब से देखा, तो काले रंग से कुछ नंबर लिखे दिखाई दिए। पास से देखा तो ये नंबर नहीं, कॉर्डिनेट था। अश्फ़ाक़ ने फ़ौरन नोट किया 28.6172 डिग्री नॉर्थ। पेटी को दूसरी तरफ घुमाया। फिर कॉर्डिनेट मिला 77.2082 डिग्री ईस्ट। अश्फ़ाक़ ने एक हाथ से फ़ोन निकला, विकिपीडिया का नंबर डायल किया और कॉर्डिनेट्स नोट कराए। विकिपीडिया ने दस मिनट में डिटेल देने की बात कही। दुर्गा शक्ति सकपका गई। दोनों ने सिपाहियों के साथ मिल कर चार पेटियों का एक-एक हिस्सा घुमा कर, उलट-पलट कर देख लिया, लेकिन बाकी कहीं कुछ नहीं दिखा। दोनों एक साथ अंदर की तरफ भागे। सिपाही तीन और पेटियां उठा कर ला रहे थे। अश्फ़ाक़ ने पेटियां वहीं रखवाईं। अश्फ़ाक़ को इस बार भी पेटी में कुछ नहीं दिखा। कुछ सोच कर अश्फ़ाक़ ने सिपाही से पेचकस मंगाया। पेचकस से पेटी का ढक्कन हटाते ही ढक्कन के अंदर दो कॉर्डिनेट्स दिखे—28.6165 डिग्री नॉर्थ, 77.1011 डिग्री ईस्ट। अश्फ़ाक़ से पेचकस लेकर दुर्गा ने बाकी दो पेटियों के ढक्कन खोले। कहीं कुछ नहीं मिला। अश्फ़ाक़ ने सिपाहियों से पेटी से जेलेटिन बाहर करने को कहा। सिपाहियों ने एक पेटी खाली की पर कुछ नहीं मिला। दूसरी खाली की, इस बार भी कुछ हाथ नहीं लगा। अश्फ़ाक़ और दुर्गा ने तय किया कि अगर इन पेटियों के अंदर कुछ नहीं मिला, तो सारी पेटियों को खाली करके चेक किया जाएगा। तीसरी पेटी खुलते ही ढक्कन में कुछ नहीं मिला, मगर पेटी के अंदर की तरफ बेस पर दो कॉर्डिनेट दिखे—34.2668 डिग्री नॉर्थ, 74.4136 डिग्री ईस्ट।

अशफ़ाक़ ने फिर से विकिपीडिया को फ़ोन मिलाकर कॉर्डिनेट्स नोट कराए। अब मालखाने से लेकर बाहर तक रखी सातों पेटियां खुल चुकी थीं। न कोई नंबर, न ही कोई कॉर्डिनेट। सारी पेटियों में फिर से जेलेटिन भरने का डायरेक्शन देकर अशफ़ाक़ उल्ला बिस्मिल दुर्गा शक्ति ठाकरे को लेकर चल दिया।

जीप सीधे डीजीपी ऑफिस रुकी। अशफ़ाक़ उल्ला बिस्मिल के मोबाइल पर मैसेज आया। विकिपीडिया ने तीनों कॉर्डिनेट्स की डिटेल्स भेजी थीं। अशफ़ाक़ मैसेज पढ़ते ही ख़ूब ज़ोर से हंसा, 'चलो भैया अच्छा है, बहुत अच्छा है...इस बार भी बुरहान वानी नहीं है।'

दुर्गा चौंकी, 'तू ये बार-बार बुरहान वानी का नाम क्यों लेता है, अशफ़ाक़?'

अशफ़ाक़ ने शार्प स्माइल दी, 'मुझे बहुत मोहब्बत है, बुरहान वानी से।'

'चल तेरे को चांस देती, आज तू डिस्क्राइब कर सबकुछ,' दुर्गा बोली।

अशफ़ाक़ ने जीप पार्क की, दुर्गा ने फ़ाइलें उठाईं। दुर्गा ख़ुद से थोड़ा मायूस थी। आज भी कॉर्डिनेट अशफ़ाक़ को ही दिखाई दिए। देखा जाए तो दुर्गा के हाथ अभी कुछ लगा ही नहीं था। सच तो ये था कि एटीएस की नौकरी सिर्फ और सिर्फ आईबी के टिप ऑफ़ पर चलती है। आईबी की इन्फॉर्मेशन न हो, तो मूवमेंट मुश्किल होती है। आईबी तो यूं भी कभी फ्रंट पर नहीं आती। आईबी का इंस्ट्रूमेंटल फेस है, एटीएस। इस केस में यूं भी आईबी से न कोई टिप ऑफ़ थी, न इंफो और न आईबी ने किसी को इंटरसेप्ट किया था। वजह थी अजगर की तरह सालों पड़े रहने वाले स्लीपिंग सेल, जो वक़्त आने पर एनाकॉन्डा की तरह लोगों को निगल जाते हैं। जब तक ये अजगर किसी मिशन के लिए केंचुल बदल कर एनाकॉन्डा नहीं हो जाते, आईबी के पास कुछ नहीं होता। हो भी कैसे, ये आम आदमी की तरह हमारे बीच में रहते हैं। आम जनता के बीच में—कभी चांद खुतरा की शक्ल में, कभी फ्रूट्स के होल सेलर नसीम

पपीतावाले की तरह। सवाल ये था कि फिर अश्फ़ाक़ उल्ला बिस्मिल के पास ऐसा क्या था, जो दुर्गा शक्ति ठाकरे के पास नहीं था। अश्फ़ाक़ के पास था फील्ड एक्सपीरिएंस। अश्फ़ाक़ उल्ला के पास सत्ताईस साल का फील्ड मूवमेंट था। मुखबिरों का नेटवर्क था। अश्फ़ाक़ को काम करना, काम आना, काम बनाना और काम बिगाड़ना, सब आता था। यही सब सोचती हुई दुर्गा के पास एक बेहतरीन मौक़ा था अफसरों को ये जताने का कि जिस इंस्पेक्टर की पुलिसिंग पर सब फिदा थे, वो सच में आज के दौर में कितना ऑर्थोडॉक्स था। सिर्फ कॉर्डिनेट्स पता लग जाने से क्या होगा, डिस्क्रिप्शन भी तो ज़रूरी होता है। आख़िर एक इंस्पेक्टर और आईपीएस में फर्क नहीं, बहुत बड़ा फर्क होता है। दुर्गा शक्ति ने डिसाइड किया कि आज सारा प्रेज़ेंटेशन अश्फ़ाक़ उल्ला ही देगा, और इसी बहाने बड़े-बड़े अफसरों के सामने मज़ाक़ बन कर रह जाएगा। दोनों डीजीपी बृजलाल कुलश्रेष्ठ के दफ़्तर में दाख़िल हुए। चीफ सेक्रेटरी आनंद मोहन राय और एसएसपी शैलेश कृष्णा भी वहां मौजूद थे। दुर्गा शक्ति ने ब्लैंक पेपर्स पर कॉर्डिनेट लिखे, फिर डीजीपी ऑफिस के पेपर बोर्ड में सारे कॉर्डिनेट्स के साथ राबिया बसर, अंगद यादव, अनारकली, चांद खुतरा, नसीम पपीतेवाला, सज्जाद अहमद भट, प्रज्ञा ठाकुर के फ़ोटो पिन करके चीफ सेक्रेटरी से पर्मिशन मांगी, 'सर, टुडे मिस्टर अश्फ़ाक़ उल्ला बिस्मिल विल एक्सप्लेन द होल प्रोग्रेस।'

अश्फ़ाक़ भी दुर्गा के इरादों से सौ फीसद वाकिफ था। मगर दुर्गा भूल गई कि उसका नाम अश्फ़ाक़ उल्ला बिस्मिल था। अश्फ़ाक़ उल्ला ने पूरे कॉन्फिडेंस से ऑब्जेक्ट्स पर स्केल रख कर बोलना शुरू किया, 'सर राबिया बसर का रेप अनारकली के धोखे में अंगद यादव ने किया, लेकिन उसका गेम किसने बजाया, पता नहीं। ये पक्का है कि राबिया का मर्डर जेलेटिन रॉड की वजह से किया गया। जेलेटिन चांद खुतरा ने ही राबिया के घर पर डंप किया था, मगर चांद के मर्डर के बाद नसीम पपीते ने जेलेटिन की पेटियां रिमूव कर दीं। सात पेटी जेलेटिन अयोध्या में रिकवर हुआ, पर अभी भी आठ-दस पेटी जेलेटिन मिसिंग है।'

एसएसपी शैलेश कृष्णा बोले, 'ये जेलेटिन उसके पास आया कहां से?'

अश्फ़ाक़ ने डीजीपी की मेज़ पर रखा सेब उठाया, 'फ्रूट्स सर, फ्रूट्स—इधर से सोनभद्र फलों की सप्लाई, उधर से जेलेटिन इन रिप्लाई।'

डीजीपी ने सिर हिलाया, 'हम्म, सोनभद्र में लैंड एंड स्टोन माइनिंग ने उसका काम आसान कर दिया और हम कभी पकड़ ही नहीं पाए उसे।'

अश्फ़ाक़ आगे बोला, 'चांद खुतरा को एक बड़ा असाइनमेंट दिया गया, असाइनमेंट ये था कि भैया जाओ और पुलवामा अटैक के टेरेरिस्ट सज्जाद अहमद भट की कार का इंजन और चेचिस नंबर मोटरसाइकिल में छपवाओ। फिर पुलवामा कॉर्डिनेट्स पुलिस तक पहुंचाओ...असाइनमेंट पूरा होने के बाद चांद पकड़ा गया, तो सायनाइड का नाश्ता करने लगा पर हमने बचा लिया। बाद में, बेचारे को ग्लूकोज़ की बोतल से सायनाइड डाल कर किसी ने मार डाला। राबिया बसर की तरह, चांद का क़ातिल कौन है—किसी को नहीं पता। मतलब मर्डर दो और क़ातिल फिर से लापता।'

दुर्गा बोली, 'व्हॉट अबाउट नसीम पपीतेवाला, अश्फ़ाक़?'

अश्फ़ाक़ उल्ला फिर शुरू हुआ, 'जेलेटिन चांद और नसीम का कॉमन असाइनमेंट था, मगर जैसे ही चांद क़ब्र में गया, नसीम पपीते को जेलेटिन रॉड्स की पेटियां रिमूव करने का असाइनमेंट दिया गया। इधर पपीते ने असाइनमेंट पूरा किया, उधर नसीम का भी राम नाम सत्य!'

चीफ सेक्रेटरी आनंद मोहन राय बोले, 'बट नसीम को कैसे मारा गया?'

दुर्गा की फ़ाइल से अश्फ़ाक़ ने नसीम पपीते की पोस्टमॉर्टम रिपोर्ट उठाई और सबको दिखाकर मुस्कुराया, 'ये किलर, मैडम की मराठी में डेढ़ शाणा है सर। पोस्टमॉर्टम कह रहा है कि नसीम की किडनी, लीवर, हार्ट—मतलब सब फेल हो गया और भाई की मौत हो गई। न पॉयज़न, न बुलेट—कुछ भी नहीं। लेकिन सर उसकी थाइज़ पर बहुत सारे इंजेक्शन मार्क हैं और पेट पर केवल एक इंजेक्शन मार्क...मालूम है सर क्यों? क्योंकि पपीता डायबिटिक था, अपनी थाइज़ पर पेन इंजेक्शन से इंसुलिन लेता था। इस बार उसे पेन इंजेक्शन से पेट में कम से कम दस एम्पल

इंसुलिन क़ातिल ने एक साथ दे दी। जिस नसीम की शुगर दो एम्पल से कंट्रोल रहती थी, उसको बीस एमएल एक्स्ट्रा इंसुलिन मिलेगी तो शुगर इतनी गिर जाएगी कि आदमी उठेगा नहीं उठा जाएगा। क्लासिक तो ये है कि इंसुलिन कभी भी पोस्टमॉर्टम में डिटेक्ट ही नहीं होती...दुर्गा मैडम, मैं ठीक जा रहा हूं न?'

दुर्गा ने अपनी खिसियाहट छुपाई, 'वेल डन अश्फ़ाक़, मैं मानती कि यू आर एब्सेल्यूट्ली करेक्ट। बट इंसुलिन से मरा है, तुम श्योर कैसे हो?'

अश्फ़ाक़ हंसा, 'मैडम आपकी तरह अर्जुन तो हम बन नहीं सके और एकलव्य बनने से हमें कोई रोक नहीं सका। सब आप जैसों से सीखा है। पोस्टमॉर्टम के अलावा कोई तरीका हो तो कंफर्म कर लीजिए कि शुगर पेशेंट को ओवरइंसुलिन दे दी जाए, तो क्या-क्या फेल होता है।'

डीजीपी चीफ सेक्रेटरी से बोले, 'सर डासना जेल में पॉलेटिकल माफिया को इंसुलिन देकर मारा गया था, और मौत का कारण अज्ञात निकला।'

चीफ सेक्रेटरी बोले, 'बट दिस टाइम अगेन, किलर इज़ मिसिंग...'

एसएसपी शैलेश कृष्णा हंसते हुए बोले, 'एव्री टाइम किलर इज़ मिसिंग।'

चीफ सेक्रेटरी ने गंभीर होकर पूछा, 'एनिथिंग मोर?'

अब अश्फ़ाक़ ने कॉर्डिनेट्स पर स्केल रखा, 'पुलवामा अटैक में सज्जाद अहमद भट की कार इस्तेमाल हुई, उसकी कार का इंजन और चेचिस नंबर हमको मोटरसाइकिल में छाप कर भेजा गया। इंजन और चेचिस नंबर कॉम्बीनेशन कंप्लीट करने के लिए लाथेपोरा कॉर्डिनेट जानबूझ कर फ़ोटो के पीछे लिख कर दिए गए। कहानी यहीं नहीं रुकी सर, हमको फिर कॉर्डिनेट भेजे गए, इस बार जेलेटिन की पेटियों में। सर पुलवामा अटैक का कॉर्डिनेट चांद खुतरा ने भेजा और चांद का काम तमाम। नया कॉर्डिनेट नसीम पपीते ने भेजा—28.6172 डिग्री नॉर्थ एंड 77.2081 ईस्ट—और सर, गौर कीजिए कॉर्डिनेट भेजने के बाद ही नसीम पपीते का भी काम तमाम।'

सबके लिए कॉर्डिनेट्स किसी पहेली या क्रॉसवर्ड जैसे थे। अंदाज़ा लगा रहे लोगों के बीच डीजीपी बृजलाल ने पूछा, 'व्हिच प्लेस इज़ दिस?'

अश्फ़ाक़ सबकी जिज्ञासा को समझ कर बोला, 'हमारा संसद भवन।'

'व्हॉट इज़ अनदर वन?' चीफ सेक्रेटरी ने हैरान होते हुए पूछा।

'28.6165 डिग्री नॉर्थ एंड 77.1011 डिग्री ईस्ट,' अश्फ़ाक़ ने स्केल रखते हुए अगला कॉर्डिनेट डिफाइन किया, 'सर ये दिल्ली तिहाड़ जेल है। आप सोच रहे होंगे कि संसद का तिहाड़ जेल से क्या रिलेशन है?'

दुर्गा तुरंत बोली, 'हां बोलो, बोलो क्या वास्ता है इसका?'

अश्फ़ाक़ ने तीसरे कॉर्डिनेट पर स्केल रखा और फिर दुर्गा की तरफ देख कर बोला, 'अगला कॉर्डिनेट है 34.2668 डिग्री नॉर्थ, 74.4136 डिग्री ईस्ट, दोआबाग विलेज, डिस्ट्रिक्ट अनंत नाग। एक बार फिर कश्मीर।'

डीजीपी चौंक कर खड़े हो गए फिर बोले, 'अफ़ज़ल...!'

अश्फ़ाक़ उल्ला ने दुर्गा की तरफ देखते हुए कहा, 'बिल्कुल सर, अफ़ज़ल गुरू, मतलब पार्लियामेंट अटैक में अफ़ज़ल गुरू। फिर तिहाड़ से बाकी एक्यूज़्ड छूट गए पर अफ़ज़ल गुरू को तिहाड़ में फांसी देकर दफना दिया गया। गुरू, यानी अफ़ज़ल गुरू, कश्मीर के दोआबाग विलेज, अनंत नाग का ही रहने वाला था। पहले पुलवामा, फिर संसद अटैक।'

एसएसपी शैलेश कृष्णा ने ताली बजाई, 'इंट्रेस्टिंग!'

अश्फ़ाक़ भी हंसा, 'अभी इंट्रेस्टिंग कहां है, सर? अफ़ज़ल गुरू के मरने के बाद गुलाम कश्मीर से कश्मीर वैली तक जिन लड़कों की ढंग से मूंछें नहीं उगी थीं, वो भी आज़ादी मांगने लगे। जैश-ए-मोहम्मद के बॉस ने इसका फायदा उठाया और तीन नए स्क्वॉयड बना डाले—अल मुर्बितोन, तहरीक़ अल फ़ुरकान और तीसरा सबसे ज़्यादा खतरनाक अफ़ज़ल गुरू स्क्वॉयड—और कम में बम ये है कि जिस सज्जाद की

कार पुलवामा अटैक में यूज़ हुई, उसका पूरा नाम था—सज्जाद अहमद भट उर्फ़ अफ़ज़ल गुरू—और वो अफ़ज़ल गुरू स्क्वॉयड का टेररिस्ट था सर।'

दुर्गा बीच में बोली, 'येस, सज्जाद अहमद भट उर्फ़ अफ़ज़ल गुरू!'

अश्फ़ाक़ रुक ही नहीं रहा था, 'सर, कार तो सज्जाद भट की थी, पर जिसने कार टकराई, उसका नाम था—आदिल अहमद डार उर्फ़ कार टकराने वाला। उसने पुलवामा अटैक से पहले अपने आख़िरी वीडियो में बोला कि वो अफ़ज़ल गुरू को पुलवामा अटैक डेडिकेट कर रहा है। डार भी जैश के अफ़ज़ल गुरू स्क्वॉयड का सुसाइड बॉम्बर था। अब अगला प्वाइंट सर, एक और टेररिस्ट और मेरा सबसे फेवरेट, दुर्गा मैडम!'

दुर्गा बोली, 'बुरहान वानी...अश्फ़ाक़ को मोहब्बत है उससे।'

अश्फ़ाक़ उल्ला फिर शुरू हुआ, 'सर, बुरहान वानी घाटी में टेररिस्ट की सो कॉल्ड आज़ादी जंग का पोस्टर बॉय था। मिल्ट्री ने जब उसे मारा, तो पाकिस्तान ने उसके लिए ट्रेन चलाई। उसे ची ग्वेरा और शहीद का टाइटल दिया था। बुरहान भी अफ़ज़ल गुरू स्क्वॉयड का टेररिस्ट था। अफ़ज़ल गुरू जब दफनाया जा रहा था तब क्या आदिल डार, क्या बुरहान—सबने कसम खाई और नारे लगाए थे "अफ़ज़ल हम शर्मिंदा हैं, तेरे क़ातिल ज़िंदा हैं, कश्मीर की हम लेके रहेंगे आज़ादी!"'

'फिर *हिंदुस्तान रिपब्लिकन एसोसिएशन* क्या है दुर्गा?' डीजीपी ने पूछा।

दुर्गा अश्फ़ाक़ के बगल में खड़ी हो गई, 'बस रैंडमली एक नाम का इस्तेमाल है, सर। जैसा रियाज़ भटकल ने इंडिया के नाम पर इंडियन मुजाहिदीन ग्रुप क्रिएट किया, वैसा ही इस अफ़ज़ल स्क्वॉयड ने किसी ख़ास मिशन के लिए *हिंदुस्तान रिपब्लिकन एसोसिएशन* का नाम अडॉप्ट किया, सर। पक्का, दिस ग्रुप इज़ वर्किंग ऑन अयोध्या।'

अशफ़ाक़ ने जवाब दिया, 'अमीनाबाद में उसका एक रिश्तेदार है, शायद वहीं है या आसपास कोई और घर होगा जहां छिपी है।'

डीजीपी बोले, 'तुमने त्रिपुरारी को लोकेशन पर क्यों नहीं भेजा?'

'सर त्रिपुरारी और देवव्रत लखनऊ के गंज शहीदा क़ब्रिस्तान में नसीम की बॉडी दफना रहे थे, बस निकल ही गए होंगे।' अशफ़ाक़ ने जवाब दिया।

दुर्गा ने अशफ़ाक़ की तरफ देखते हुए कहा, 'ग्रेट! लेट्स प्रोसीड।'

'फोर्स चाहिए?' एसएसपी शैलेश कृष्णा ने पूछा।

'नहीं सर, हम भगमच्छर मचाएंगे तो भाग जाएगी,' अशफ़ाक़ बोला।

अशफ़ाक़ और दुर्गा तेज़ी से मुड़े और जाने लगे। डीजीपी ने अशफ़ाक़ को आवाज़ देकर रोका और उसका कंधा थपथपा कर शाबाशी देते हुए कहा, 'वी आर प्राउड ऑफ़ यू! अफ़ज़ल को लेकर परेशान मत होना प्लीज़।'

अशफ़ाक़ बोला, 'सर, काबिल तो बहुत है मेरा अफ़ज़ल, साइंटिस्ट है, मगर पाप तो इस अशफ़ाक़ उल्ला ने किए हैं। सज़ा तो मेरी है, मुझे ही मिलनी चाहिए और मिल भी रही है सर। अफ़ज़ल कहीं नहीं जा पाएगा, अशफ़ाक़ उसे जाने भी नहीं देगा। मगर अभी हमें प्रज्ञा ठाकुर को हाथ से कहीं नहीं जाने देना चाहिए सर, इजाज़त दीजिए हमको।'

अशफ़ाक़ उल्ला की बातें सुन कर सभी भावुक हो गए और दुर्गा शक्ति कंफ्यूज़। अशफ़ाक़ उसके लिए कभी तो सिर्फ एक कंपिटीटर होता था, कभी एक करप्ट पुलिस वाला, कभी एकदम शीशे की तरफ साफ़ बोलने वाला खुल्लम-खुल्ला इंसान। दुर्गा के दिमाग़ में अचानक फिर प्रज्ञा ठाकुर कौंधी और वो फ़ौरन अशफ़ाक़ के साथ तेज़ी से बाहर चली गई। दुर्गा ने हेडक्वार्टर फ़ोन मिला कर प्रज्ञा के नए नंबर को सर्विलांस पर डालने को बोला। ये नंबर प्रज्ञा ठाकुर की मां के आधार कार्ड पर लिया गया था। असल में प्रज्ञा ठाकुर के ग़ायब होने के बाद से लखनऊ के अलावा यूपी के कई जिलों में रहने वाले प्रज्ञा के रिश्तेदारों पर नज़र रखने के लिए आशफ़ाक़ ने मुखबिरों को काम पर लगा रखा

था। उसका एक रिश्तेदार अमीनाबाद रहता था और आज प्रज्ञा के नए सिमकार्ड की लोकेशन अमीनबाद के रिश्तेदार के घर के आसपास की ही मिली थी इसलिए पुलिस ये चांस ले रही थी। अश्फ़ाक़ ने जीप स्टार्ट की और उसके बाद अपनी रिवॉल्वर की कार्टेज चेक करके रिवॉल्वर को कॉक कर दिया। दुर्गा ने भी अपनी रिवॉल्वर को कॉक करके देवव्रत को फ़ोन मिलाया। देवव्रत ने बताया कि वो लोग अमीनाबाद पहुंच चुके थे। जीप जाम में फंसी थी, इसलिए वो जीप को कहीं पार्क करके सीधा प्रज्ञा के रिश्तेदार के घर जाएंगे। दुर्गा ने उसे समझाया कि कोई भी ऐसी एक्टीविटी नहीं होनी चाहिए, जिससे पहली बार हाथ आई प्रज्ञा निकल जाए। अश्फ़ाक़ ने दुर्गा को सजेशन दिया कि कॉल कनेक्ट रखी जाए। दुर्गा ने दोनों को अश्फ़ाक़ की प्लानिंग समझा दी ।

जीप तेज़ी से अमीनाबाद की तरफ बढ़ी जा रही थी। उधर से देवव्रत ने बताया, 'मैम, हम बताशे वाली गली के पास पहुंच गए हैं। यहां पर एक बोर्ड लगा है—चारमीनार नॉनवेज पॉइंट—हम इसी गली में जीप ले जा रहे हैं। गली बहुत संकरी है, कोशिश कर रहे हैं।'

दुर्गा ने अश्फ़ाक़ को बताया कि वो लोग किसी गली में जा रहे हैं।

अश्फ़ाक़ उल्ला ज़ोर से चिल्लाया, 'देवव्रत गाड़ी किसी भी गली के अंदर मत ले जाना, फंस जाएगी। गाड़ी बाहर रोकना, जिस तरफ लौटना है उसी तरफ गाड़ी सीधी खड़ी करना। ऐसा करोगे तो उसे पकड़ कर सीधे अपने रूट पर निकल पाओगे, वर्ना बाद में गाड़ी बैक करना मुश्किल होगा।'

देवव्रत ने त्रिपुरारी को ऑर्डर बताए। उसने गाड़ी गली के बाहर रोकी और बैक किया, फिर कैसरबाग की तरफ मुंह करके गाड़ी पार्क कर दी, क्योंकि अमीनाबाद की तरफ के रास्ते पर ज़्यादातर वक़्त जाम रहता है। दोनों ने रिवॉल्वर कमीज़ के अंदर छुपा लीं।

अश्फ़ाक़ फिर बोला, 'देवव्रत तुम सिविल कपड़ों में हो, आगे जाओ और त्रिपुरारी से बोलो कि वो वर्दी में है इसलिए गली में ऐसे घुसे जैसे पेशाब करने की जगह ढूंढ़ रहा हो। रिवॉल्वर हाथ में नहीं, कॉक करके कमीज़ में छुपा लो, केवल तब निकालना जब घर का दरवाज़ा खुलवाना हो। देवव्रत तुम पहले घुसोगे, त्रिपुरारी कवर करेगा।'

देवव्रत बोला, 'श्योर, सर!'

फ़ोन पर लंबी ख़ामोशी छा गई। अश्फ़ाक़ उल्ला तेज़ी से अमीनाबाद की तरफ जीप दौड़ा रहा था। उधर त्रिपुरारी के इशारे पर देवव्रत बेहद ख़ामोशी से संकरी सी गली में बने एक छोटे से मकान की सीढ़ियां चढ़ने लगा। देवव्रत ने धीरे से दुर्गा को मकान नंबर बताया और कहा कि मकान के बाहर "क्षत्रीय निवास" लिखा है। सीधी सीढ़ी और सीढ़ी के ठीक सामने दो पल्लों वाला छोटा सा सफेद रंग का दरवाज़ा। त्रिपुरारी भी धीरे-धीरे पीछे चढ़ रहा था। दोनों ने अपनी-अपनी रिवॉल्वर हाथ में ले ली। दुर्गा फ़ोन कान पर लगाए हुए थी। देवव्रत और त्रिपुरारी ने आंखों में बात की और तय किया कि तीन गिनने के बाद दोनों कंधे के धक्के से दरवाज़ा तोड़ देंगे। दुर्गा और अश्फ़ाक़ की जीप जाम में फंस गई। हॉर्न बजा रहे अश्फ़ाक़ उल्ला की एंग्ज़ायटी बढ़ती जा रही थी—रिक्शा, ऑटो, भैंसा ठेले, दर्जनों टैंपो और पचासों लोग जाम में फंसे थे। उधर एक, दो, तीन कहकर त्रिपुरारी और देवव्रत ने दरवाज़े को तीन धक्के में तोड़ दिया। अंदर के नज़ारे ने दोनों को खौफज़दा कर दिया। अंदर सन्नाटा था। प्रज्ञा के तीन बूढ़े रिश्तेदार और दो बच्चे कुर्सियों में बंधे थे, उनके मुंह मेटेल टेप से बंद थे ताकि वो शोर न मचा सकें। त्रिपुरारी ने सबकी आंखों में गौर से देखा तो एक बच्चा दूसरे कमरे की तरफ सहमी नज़रों से देख रहा था। इससे पहले कि वो दोनों कमरे की तरफ बढ़ते मंकी कैप पहने तीन आदमियों ने गोलियां चला कर हमला कर दिया। एक गोली देवव्रत के घुटने में लगी और दूसरी गोली त्रिपुरारी की जांघ में। दोनों गिर पड़े। गोलियों की आवाज़ फ़ोन पर सुन कर दुर्गा सन्न हो गई। दुर्गा तुरंत जीप से कूदी और बोनेट पर खड़ी हो गई। हर तरफ नज़र दौड़ाने के बाद उसने जेब से मोबाइल निकाल कर कैमरा खोला और ज़ूम इन किया। उसके लिए कैमरे का ज़ूम इन ही इस वक़्त दूरबीन था। उधर प्रज्ञा के ठिकाने पर त्रिपुरारी और देवव्रत की रिवॉल्वर गोली लगते ही हाथ से छूट गई। त्रिपुरारी और देवव्रत ने फिर उठने की कोशिश की, तो मंकी कैप से चेहरा छुपाए तीनों आदमियों ने गालियां बकते हुए देवव्रत और त्रिपुरारी पांडे को जकड़ लिया। त्रिपुरारी और देवव्रत ज़ख्मी होने के बाद भी तीनों से गुत्थम-गुत्था करने लगे, लेकिन दोनों के मुंह में बदमाशों ने रिवॉल्वर की नाल ठूंस दी। एक बदमाश ने देवव्रत और त्रिपुरारी की

रिवॉल्वर उठाकर कर अपनी कमर में खोंस लीं और अपनी रिवॉल्वर बंधे हुए बच्चे की कनपटी पर रख दी। देवव्रत और त्रिपुरारी ने सारी कोशिशें बंद कर दीं। देवव्रत का इयरफ़ोन देख कर एक बदमाश ने उसकी जेब से मोबाइल निकाला और कान पर लगाया। दुर्गा की आवाज़ सुनते ही उसने फ़ोन को ज़मीन पर पटक कर तोड़ दिया। दो बदमाशों ने दुपट्टे से देवव्रत और त्रिपुरारी के हाथ बांध दिए और एक ने जेब से मेटेल टेप निकाल कर दोनों के मुंह पर चिपका दी। जाम में फंसी दुर्गा को कैमरे में चारमीनार नॉनवेज पॉइंट का बोर्ड दिखाई दिया। उसने तुरंत मोबाइल हटाया—दूरी क़रीब छह सौ-सात सौ मीटर की थी। दुर्गा ने अश्फ़ाक़ को फ़ौरन जीप छोड़ कर पैदल भागने को कहा। दोनों जाम में गाड़ियों को लांघते, मोटरसाइकिलों को धक्का देते भागने लगे।

उधर मंकी कैप पहने एक बदमाश, दूसरे कमरे में जाकर बंधी हुई प्रज्ञा ठाकुर को बाहर लाया। प्रज्ञा के भी मुंह पर टेप चिपकी थी। असल में जिस वक़्त ये बदमाश सबको बांध कर प्रज्ञा को ले जाने की फिराक में थे, उसी वक़्त देवव्रत और त्रिपुरारी ने धावा बोल दिया। देवव्रत और त्रिपुरारी के सामने तीनों बदमाश प्रज्ञा को दबोचे हुए बाहर ले जाने लगे। एक ने त्रिपुरारी की जेब में हाथ डालकर अस्पताल की गाड़ी की चाबी निकाली और प्रज्ञा को लेकर नीचे उतरने लगे। टेप बंधा होने के बाद भी तीनों को रोकने के लिए त्रिपुरारी मुंह से आवाज़ लगाने लगा, लेकिन सिवाय ऊ...ऊ...ऊ के कोई आवाज़ बाहर नहीं निकली। तीनों बदमाश गली से निकल कर बाहर आए और गाड़ी स्टार्ट कर भागने लगे। दुर्गा और अश्फ़ाक़ को सब साफ़ दिखाई दे रहा था। उनके और बदमाशों के बीच की दूरी घट रही थी। बदमाशों की गाड़ी कैसरबाग की तरफ भागने लगी। दुर्गा और अश्फ़ाक़ गाड़ी से क़रीब बीस मीटर की ही दूरी पर थे। रास्ता खाली तो नहीं रहता, लेकिन अमीनाबाद जैसा रोज़ का जाम भी इस सड़क पर नहीं रहता। कैसरबाग से गाड़ी अगर हज़रतगंज पहुंच गई तो सीधे निकल जाएगी। दुर्गा ने दिमाग़ लगाया और एक मोटरसाइकिल वाले को रोका और धक्का देते हुए आदमी को फेंक दिया। अश्फ़ाक़ आगे दौड़ रहा था, दुर्गा ने बाइक रोक कर उसे बैठाया और बाइक बदमाशों के पीछे भगा दी। कैसरबाग से गाड़ी बारादरी होती हुई इमामबाड़े की तरफ मुड़ गई। अब रास्ता काफ़ी कुछ खुला हुआ था। अश्फ़ाक़ ने रिवॉल्वर

निकल कर बदमाशों की गाड़ी के टायर का निशाना लगाया, लेकिन मिस हो गया। इस बार गाड़ी की खिड़की से एक हाथ निकला और उसने दुर्गा पर गोली चलाई पर गोली साइड से निकल गई। थोड़ी देर के बाद मोटरसाइकिल जीप के एकदम नज़दीक आ गई। अश्फ़ाक़ और दुर्गा ने देखा की दो बदमाश प्रज्ञा को बीच में दबोचे पीछे की सीट पर बैठे हुए थे। एक बदमाश गाड़ी चला रहा था। अश्फ़ाक़ ने जीप की ड्राइवर वाली सीट के बगल वाली सीट की खिड़की पकड़ी और मोटरसाइकिल छोड़ कर लटक गया। इस लटकने में मोटरसाइकिल लड़खड़ाई और दुर्गा धड़ाम से सड़क पर गिर गई। घिसटती हुई मोटरसाइकिल डिवाइडर से जाकर टकराई और अश्फ़ाक़ उल्ला भागती हुई गाड़ी पर लटका रहा। दुर्गा दूर तक गाड़ी को देखती रही। फिर उसने मोटरसाइकिल उठाई और वापस पीछा करने लगी। अश्फ़ाक़ खिड़की से गाड़ी के अंदर घुसने की कोशिश कर रहा था। पीछे बैठे एक बदमाश ने उठकर उसे बाहर धकेलने की कोशिश की। अश्फ़ाक़ के एक हाथ में रिवॉल्वर थी, इसलिए खिड़की पर उसकी पकड़ मज़बूत नहीं थी। तभी ड्राइवर ने रिवॉल्वर उठाई और अश्फ़ाक़ पर दाग दी। गोली अश्फ़ाक़ के कंधे को पार कर निकल गई। अश्फ़ाक़ का हाथ गाड़ी से छूट गया। वो सड़क पर कई बार लुढ़कता चला गया और दुर्गा की मोटरसाइकिल से टकराते-टकराते बचा। अश्फ़ाक़ के गिरते ही जीप तेज़ी से आगे निकल गई। दुर्गा ने तुरंत मोटरसाइकिल रोक कर अश्फ़ाक़ को उठाया। अश्फ़ाक़ ने कंधा पकड़ लिया। दुर्गा ने एक बार फिर गाड़ी को देखा, मगर गाड़ी ग़ायब हो चुकी थी। दुर्गा ने उसे बाइक पर पीछे बैठाया। अश्फ़ाक़ ने कराहते हुए उसे समझाया कि अब कोई फायदा नहीं। ग़ुस्साई दुर्गा ने झल्ला कर ज़मीन पर ठोकर मारी। दुर्गा ने फ़ोन करके डीजीपी को ब्यौरा दिया। डीजीपी ने तुरंत फ़ोन करके अमीनाबाद फोर्स भेजी, और जिस काकोरी अस्पताल की गाड़ी से प्रज्ञा ठाकुर को किडनैप किया गया उसका नंबर भी वायरलेस के ज़रिए सर्क्यूलेट कर दिया गया।

मेडिकल कॉलेज इमरजेंसी में त्रिपुरारी, देवव्रत और अश्फ़ाक़ के टांके लगा कर पट्टी बांधी गई। डीजीपी और एसएसपी भी वहीं खड़े थे। एसएसपी ने दुर्गा शक्ति को फ़ाइल थमाई। इस फ़ाइल में वो फ़ोटो, कॉर्डिनेट्स और रिपोर्ट्स थे, जिसे पेपर बोर्ड पर पिन करके उसने डीजीपी

ऑफिस में प्रेज़ेंटेशन दिया था। दुर्गा फ़ाइल लेकर प्रज्ञा के रिश्तेदारों की तरफ घूम गई। रिश्तेदारों ने बताया कि प्रज्ञा ने आज सवा बारह बजे नए नंबर से फ़ोन किया और दस मिनट बाद अमीनाबाद में उनके घर आ गई। एटीएम कार्ड उसके भाई के पास था, इसलिए वो उनसे कुछ पैसे लेने आई थी। किसी को फ़ोन पर बता रही थी कि आज शाम की ट्रेन से वो आज़मगढ़ आ रही है। रिश्तेदारों ने बताया कि प्रज्ञा और उसके परिवार को जान का ख़तरा था इसलिए भागते फिर रहे थे। पोस्टर लगने के बाद कई दोस्तों और रिश्तेदारों ने उन्हें पनाह देने से इंकार कर दिया था। कई रात वो रैन बसेरों और फुटपाथ पर भी सोई थी। रिश्तेदारों ने ये भी बताया कि प्रज्ञा पढ़ने में बहुत अच्छी थी, वो गोल्ड मेडलिस्ट और यूपी टॉपर रही है इसलिए वो ऐसा कभी कुछ नहीं कर सकती। दुर्गा ने प्रज्ञा की मोबाइल लोकेशन के लिए हेडक्वार्टर फ़ोन किया, तो पता चला कि मोबाइल स्विच ऑफ़ है। दुर्गा ने डीजीपी को एक टीम आज़मगढ़ भेजने की रिक्वेस्ट की। उसे शक था कि प्रज्ञा की फैमिली आज़मगढ़ में मिलेगी।

अश्फ़ाक़ उल्ला बिस्मिल ने घाव पर बंधी पट्टी देखते हुए वर्दी पहनी और कॉन्फिडेंस से कहा, 'अबे त्रिपुरारी, इंजन ऑयल बह गया या बचा है?'

त्रिपुरारी ज़ोर से हंसा, 'आपके लिए इंजन ऑयल क्या, इंजन तक चोक हो जाए तो भी कम है। बस साले तमंचा छीन लिए, वर्ना पेल देते।'

'फिकर नाट, बच कर कहां जाएंगे साले,' अश्फ़ाक़ बोला।

अमीनाबाद के जाम में फंसी काकोरी थाने की जीप लखनऊ पुलिस लेकर आ गई। अश्फ़ाक़ उल्ला ने डीजीपी को भरोसा दिलाकर वादा किया, 'आल इज वेल, सर।' डीजीपी ने अगले दिन होने वाली काकोरी एनिवर्सरी की सिक्योरिटी की प्लानिंग मांगी। दुर्गा ने कहा कि अयोध्या ज़्यादा सेंसिटिव है, लिहाज़ा अयोध्या में सिक्योरिटी ज़्यादा डिप्लॉय की जाए। मास चेकिंग और फ्रिस्किंग का भी उसने सजेशन दिया। दुर्गा शक्ति ने काकोरी एनिवर्सरी की प्लानिंग भी डिटेल में समझाई। उसने बताया, '8 डाऊन पैसेंजर सहारनपुर से चलेगी, काकोरी स्टेशन पर मेहमानों को वेलकम करके शहीदों को सलामी दी जाएगी। काकोरी से ट्रेन लखनऊ

रवाना होगी और चीफ मिनिस्टर साहब के कार्यक्रम में सब शिरकत करेंगे। एटीएस के एक दर्जन जवान सिविल ड्रेस में ट्रेन पर सहारनपुर से ही चढ़ जाएंगे, और लखनऊ में चीफ मिनिस्टर के फंक्शन तक रहेंगे। हरदोई और उन्नाव पुलिस के भी पंद्रह सिपाही काकोरी पुलिस के साथ स्टेशन से लेकर लोकल काकोरी में गश्त करते रहेंगे।' अश्फ़ाक़ उल्ला ने डीजीपी को सेल्यूट किया और भरोसा दिलाया कि उसके रहते फिक्र की कोई भी ज़रूरत नहीं, बस अयोध्या की तरफ की मूवमेंट पर कॉन्सेन्ट्रेट कर लिया जाए। डीजीपी सबको शाबाशी देकर वापस चले गए। दुर्गा ड्राइविंग सीट पर बैठने लगी, तो अश्फ़ाक़ ने उसे बगल वाली सीट पर बैठने को कहा। अश्फ़ाक़ की हिम्मत देख कर दुर्गा दंग रह गई। घायल देवव्रत और त्रिपुरारी पीछे बैठे। जीप फिर काकोरी की तरफ चल पड़ी, फिर से एक पॉज़िटिव उम्मीद के साथ।

~

जीप काकोरी थाने पर रुकी। सम्मान सिंह, विकिपीडिया, रमाकांत, गौतम और तमाम सिपाही काकोरी से बाहर जाने वाली बैरिकेडिंग ड्यूटी से वापस आ चुके थे। कंधे में गोली लगने के बाद भी अश्फ़ाक़ को ड्राइविंग सीट पर देख कर सब चौंक गए। उतरते वक़्त त्रिपुरारी को देवव्रत ने सहारा देने की कोशिश की, लेकिन उसने हिम्मत दिखाते हुए मना कर दिया। दुर्गा अश्फ़ाक़ स्टाइल में चिल्लाई, 'अबे ए सम्मान, मंगा तो ज़रा गर्मागरम चाय और समोसा लाल चटनी वाला!'

दो सिपाही चाय समोसा लेने तुरंत दौड़ गए। सब दफ़्तर के अंदर एक साथ चल दिए। दुर्गा शक्ति अश्फ़ाक़ उल्ला को उसकी कुर्सी पर बैठा कर बोली, 'क्या हुआ, तुम लोगों को बैरिकेडिंग पर प्रज्ञा नहीं मिली क्या?'

सम्मान सिंह बोला, 'नहीं मैम।'

दुर्गा ने ताली मार कर ज़ोर से हंसते हुए कहा, 'हमें भी नहीं मिली।'

'वो तो लखनऊ में थी, हमको कैसे मिलती मैम?' विकिपीडिया बोला।

अश्फ़ाक़ चिल्लाया, 'अबे एकदमै चूतिया हो का? सुबह तो काकोरी में थी न, जब अबराम का फ़ोटो खींच कर वाट्सप-वाट्सप खेल रही थी।'

'जी सर, तभी आपने तीनों रास्ते बैरिकेड कराए थे,' विकिपीडिया बोला।

अश्फ़ाक़ ने मज़ाक़ उड़ाया, 'कितने बजे अबराम को फ़ोटो आया? और कितने बजे तुम सब बैरिकेड पर गए थे, कुछ टाइम-वाइम का अंदाज़ा है?'

विकिपीडिया ने जवाब दिया, 'सर, सुबह क़रीब साढ़े ग्यारह पर फ़ोटो आया था और हम अलग-अलग बैरिकेडिंग पर क़रीब पौने बारह पहुंच गए थे।'

अश्फ़ाक़ कंधा पकड़ कर उठा और विकिपीडिया के कान में मुंह लगा कर ज़ोर से बोला, 'विद्यासागर उर्फ़ विकिपीडिया, शाहरुख ख़ान समझते हो न ख़ुद को, साले जैकी भगनानी भी नहीं हो! अबे सवा बारह बजे जब प्रज्ञा ने अपने रिश्तेदार को नए नंबर से फ़ोन किया था, तब वो लखनऊ के अमीनाबाद में थी...कुछ पल्ले पड़ा, चूतियम सल्फेट?'

दुर्गा चौंकी, 'पॉइंट है, पैंतालीस मिनट में आई और चली गई?'

अश्फ़ाक़ ने अपनी बात रखी, 'बीस-पच्चीस मिनट लखनऊ पकड़ लो, लखनऊ से अमीनबाद बीस मिनट और जोड़ लो; चलो मान लिया पौउन घंटे में पहुंच गई ठकुराइन, तो क्या रॉकेट हो गई? या फटफटिया साथ लेकर आई थी अयोध्या से...कुछ बोलोगे भी या तुम्हारे टिक टॉक पर लॉक लग गया?'

विकिपीडिया ख़ामोश हो गया। डिस्कशन के बीच दफ़्तर के अंदर दो सब-इंस्पेक्टर आए। एक हरदोई से और दूसरा उन्नाव से। दोनों काकोरी एनिवर्सरी की स्पेशल ड्यूटी पर अपने सिपाहियों के साथ भेजे गए थे। हरदोई वाले सब-इंस्पेक्टर ने सूचना दी कि हरदोई से आते वक़्त काकोरी-हरदोई सिंगल रोड पर, काकोरी से क़रीब डेढ़ किलोमीटर दूर हरदोई की तरफ एक अस्पताल की गाड़ी लावारिस मिली है। उसने ये भी बताया कि ये वही गाड़ी है, जिसका नंबर वायरलेस पर एनाउंस

किया गया था। दुर्गा शक्ति ठाकरे को ये समझते देर नहीं लगी कि भले ही काकोरी से डेढ़ किलोमीटर दूर, हरदोई की तरफ अस्पताल की गाड़ी मिली हो, पर ये पक्का है कि प्रज्ञा को किडनैप करके काकोरी या आसपास ही कहीं क़ैद किया गया है। दुर्गा ने फ़ौरन हरदोई के दो सिपाहियों को अश्फ़ाक़ के घर जाकर अफ़ज़ल के आसपास हर वक़्त रहने के लिए ताकीद किया। अश्फ़ाक़ ने दुर्गा की तरफ देखते हुए पूरे कॉन्फिडेंस से रज़ामंदी जताई। दुर्गा और अश्फ़ाक़ उल्ला ने प्लान बनाना शुरू किया। हरदोई और उन्नाव की पुलिस फोर्स को लोकल काकोरी एरिया से लेकर काकोरी स्टेशन और काकोरी शहीद स्मारक तक अलग-अलग ड्यूटी थमा दी गई।

अश्फ़ाक़ उल्ला ने विकिपीडिया, त्रिपुरारी पांडे, गौतम और रमाकांत को फ़ौरन गश्त पर निकल कर संदिग्ध गतिविधियों पर पैनी नज़र रखने को कहा। चारों उसी अस्पताल की गाड़ी से गश्त पर निकल गए, जो थोड़ी देर पहले हरदोई पुलिस को लावारिस मिली थी। अश्फ़ाक़ को पूरा यकीन था कि प्रज्ञा काकोरी में ही कहीं क़ैद है। दुर्गा शक्ति ने सम्मान सिंह और देवव्रत को अलग ले जाकर सख़्ती से पूछा कि अभी तक अफ़ज़ल और अबराम के लोकेशन डिटेल्स क्यों नहीं आए। देवव्रत ने टेलिकॉम कंपनी में फ़ोन लगाया और सम्मान के साथ डिटेल्स लेने निकल गया। दुर्गा ने दोनों को डिटेल्स लेकर सीधे गेस्ट हाउस आने को कहा। उसके चेहरे से टेंशन साफ़ झलक रही थी। अश्फ़ाक़ उल्ला जीप से दुर्गा को लेकर पुलिस गेस्ट हाउस की तरफ चल दिया।

ख़ामोशी तोड़ते हुए अश्फ़ाक़ दुर्गा से बोला, 'पैसे लेकर क्रिमिनल्स को छोड़ा तो सालों ने मरियम को मार डाला। आज पुलिस वाले बाप का बेटा ही पुलिस की नज़र में क्रिमिनल है, आज पुलिस वाले ने बेटे को क्यों नहीं छोड़ा? बेटे को क्यों नहीं बचाया? पता नहीं बाप गुनाह कर रहा है, या एक पुलिस वाला गुनाहगार था?'

दुर्गा ने कुछ सोच कर जवाब दिया, 'एक बाप अपने पाप धो रहा है।'

अश्फ़ाक़ की आंखों में आंसू की एक बूंद अटकी हुई थी कि तभी जीप पुलिस गेस्ट हाउस पहुंच गई। जीप से उतरते ही दुर्गा ने अश्फ़ाक़ से

हाथ मिलाया। भीगी आंखों को पोंछाते हुए अशफ़ाक़ उल्ला बोला, 'पता नहीं क्यों, हवा तेज़ हो तो आंखों में पानी आ जाता है।'

दुर्गा अशफ़ाक़ स्टाइल में बोली, 'एवेंजर्स देखे हो?'

ये सुन कर अशफ़ाक़ हंसा, 'देखे नहीं मैडम, सुने हैं।'

दुर्गा ने बात को आगे बढ़ाया, 'तू ना थेनॉस है। साला, सीरीज़ की हर फ़िल्म में थेनॉस का कैरेक्टर छोटे से बड़ा होता जाता है, तेरा कैरेक्टर भी अइसाइच है। कभी इत्तू सा होता है, कभी साला एकदम मेन वाला रोल!'

अशफ़ाक़ ने गियर लगाया, 'थैंक्स मैडम, आपने माना तो सही कि हम सबसे बड़े वाले विलेन हैं, और काकोरी में जो सबसे बड़ा विलेन, वही हीरो है!'

'तुमको कैसे मालूम कि थेनॉस विलेन था?' दुर्गा ने पूछा।

'अरे हम बोले न, देखे नहीं हैं सुने हैं,' अशफ़ाक़ ने जवाब दिया और जीप बढ़ा दी।

अशफ़ाक़ मुस्कुराता हुआ आगे बढ़ रहा था। पुलिस गेस्ट हाउस से जीप चली और काकोरी की सड़कों पर बढ़ती रही। थोड़ी दूर चलने के बाद पुलिस क्वार्टर का मोड़ आया। अशफ़ाक़ ने जीप मोड़ने के बजाय रोक दी। दो सेकेंड कुछ सोचा और फिर गियर लगा कर आगे चल दिया। क़रीब एक किलोमीटर चलने के बाद लेफ्ट साइड पर काकोरी थाना दिखाई दिया, मगर जीप फिर भी नहीं रुकी। अशफ़ाक़ आज किसी और मूड में था। जीप बढ़ती ही जा रही थी। काकोरी दरगाह, फिर काकोरी स्टेशन, रेलवे क्रॉसिंग और उसे पार करते ही जीप काकोरी-लखनऊ रोड की ओर चल दी। अशफ़ाक़ की आंखें बता रही थीं कि कुछ है जिसने उसकी छाती को छप्पन इंच का कर दिया था। लखनऊ रोड पहुंचते ही उसने उस कच्चे रास्ते की ओर जीप घुमा ली जो आम के बाग की तरफ जा रहा था। ये वही बाग था, जहां राबिया बसर का क़त्ल हुआ था। जीप से पहले जीप की रोशनी बाग में दाख़िल हुई। उसने जीप का रुख़ बाहर

की तरफ करके उसे पार्क कर दिया और अंधेरे में पैदल ही चल दिया। तभी उसे एक गाड़ी दिखाई दी। अशफ़ाक़ जैसे ही पास पहुंचा, उसने देखा कि ये वही अस्पताल वाली गाड़ी थी। ये गाड़ी हरदोई पुलिस को लावारिस मिली थी। अशफ़ाक़ उल्ला थोड़ा आगे बढ़ा, तो वो मज़दूरों के लिए बनाए गए क्वार्टर के बाहर खड़ा था। उसने दरवाज़ा खटखटाया। दरवाज़ा खुलते ही अशफ़ाक़ किसी को देख कर मुस्कुराया। दरवाज़ा खोलने वाला भी उसे देख कर मुस्कुरा रहा था—वो कोई और नहीं बल्कि त्रिपुरारी पांडे था। अशफ़ाक़ उल्ला ने त्रिपुरारी पांडे को गले लगाया और अंदर चला गया।

अंदर घुसते ही उसने देखा कि वहां रमाकांत, गौतम और विकिपीडिया भी खड़े हैं। उन सबके सामने से हटते ही, उसने देखा कि कुर्सी पर प्रज्ञा ठाकुर बंधी हुई थी। अशफ़ाक़ ने बहुत धीरे से प्रज्ञा के मुंह पर लगा टेप हटाया, 'कैसी हो ठकुराइन? तुम तो *रेस वन, रेस टू, रेस थ्री* सब दिखा दीं हमको! देखो तुम्हारे चक्कर में गोली भी मार दिए साले हमको। क्यों बे विकिपीडिया, तुम से कहे थे कि प्रज्ञा मिले तो पैर में गोली मारना, तुम साले कंधे में मार दिए?'

विकिपीडिया ने सिर झुका लिया, 'सर आप जीप की खिड़की पर लटके थे, पैर दिखाई ही नहीं दे रहे थे। खिड़की खोल के मारते तो जीप की स्टेयरिंग छोड़नी पड़ जाती। बहुत मिला कर मारे, तो कंधे पर लगी सर।'

त्रिपुरारी पांडे बड़बड़ाया, 'सर देवव्रत के चक्कर में तो गोली हमको भी खानी पड़ी गरम पानी से, अकेले होते तो हम चारों ट्वेंटी-ट्वेंटी खेल लेते।'

अशफ़ाक़ ने प्रज्ञा ठाकुर की तरफ देखा, फिर विकिपीडिया से बोला, 'साले गाड़ी हरदोई रोड पर काहे छोड़े? खामखां में मैडम महाराष्ट्र को शक हो गया है कि प्रज्ञा ठाकुर काकोरी में ही कहीं है... बौड़मै हो एकदम!'

गौतम बोला, 'सर आप ही तो हम तीनों की ड्यूटी काकोरी-हरदोई सिंगल रोड बैरिकेडिंग पर लगाए थे, त्रिपुरारी भाई ने प्रज्ञा की लोकेशन जैसे ही बताई, हम अपनी मोटरसाइकिल से धूम वन...टू...थ्री हो गए।'

सिपाही रमाकांत ने आगे का ब्यौरा दिया, 'सर डेढ़ किलोमीटर पहले हम लोग अपनी ही बैरिकेडिंग पर जीप छोड़ दिए, कितना पैदल चलते! आप ही तीनों रास्ते पर चेकिंग लगवाए थे, यही रास्ता बचा था।'

'अबे तो मोटरसाइकिलें कहां हैं तुम लोगों की?' अशफ़ाक़ ने सवाल किया।

विकिपीडिया ने जेम्स बॉन्ड के स्टाइल में जवाब दिया, 'अमीनाबाद वाली गली के पहले खड़ी कर दिए थे, सर। त्रिपुरारी भाई का फ़ोन वाला मुखबिर, अपने चेले के साथ थाने छोड़ गया है दस मिनट पहले। आप ही के चेले हैं, सर!'

त्रिपुरारी पांडे ने सवाल दागा, 'अऊर वर्दी कइसे मैनेज किए बेट्टा?'

रमाकांत ने शरारती अंदाज़ में बोला, 'अब हर चीज़ न पूछो, रिज़ल्ट देखो पांडे जी।'

रिज़ल्ट में सामने प्रज्ञा ठाकुर बैठी थी। अशफ़ाक़ उल्ला ने चारों को गश्त पर निकलने को कहा और तय किया कि जब वो फ़ोन करेगा तो कोई एक प्रज्ञा पर नज़र रखने के लिए फिर से बाग पर तैनात होने आ जाएगा। चारों कमरे से बाहर आए और जीप स्टार्ट करके गश्त पर चले गए। अब उस कमरे में केवल अशफ़ाक़ उल्ला बिस्मिल और प्रज्ञा ठाकुर थे।

अशफ़ाक़ ने प्रज्ञा का एक हाथ खोल दिया, 'कहां है तुम्हारा मोबाइल?'

प्रज्ञा ने कुर्ते की जेब से मोबाइल निकाला और अशफ़ाक़ को दे दिया।

अशफ़ाक़ ने वो मोबाइल लिया और फिर पूछा, 'दूसरा वाला मोबाइल कहां है?'

उधर पुलिस गेस्ट हाउस में सम्मान सिंह और देवव्रत बैठे थे, सामने कुर्सी पर दुर्गा शक्ति ठाकरे, अबराम और अफ़ज़ल की लोकेशन रिपोर्ट पूरे कॉन्संट्रेशन के साथ पढ़ रही थी। 'इसमें तो कुछ भी नहीं है। राबिया, चांद और नसीम के क़त्ल वाले दिन दोनों भाइयों की लोकेशन मैच नहीं कर रही है, इसका मतलब प्रज्ञा ठाकुर ही ठिकाने लगा रही है।'

सम्मान बोला, 'मैडम, दोनों भाइयों की लोकेशन रिपोर्ट आज तक की है।'

देवव्रत ने प्रज्ञा ठाकुर के उस मोबाइल की अप टू डेट लोकेशन रिपोर्ट दुर्गा शक्ति को दी, जो छह महीने में बमुश्किल इक्कीस बार ही ऑन हुआ था, 'मैडम राबिया मर्डर के बाद ये मोबाइल पहली बार तब ऑन हुआ, जब उस दिन हमारे फ़ोटो खींच कर व्हॉट्सएप किए गए। और फिर दोबारा तब खुला, जब अबराम को स्कूल में फ़ोटो व्हॉट्सएप किए गए थे।'

उधर आम के बाग में प्रज्ञा ठाकुर पर नज़र रखने के लिए गौतम को तैनात करके अश्फ़ाक़ उल्ला वापस चला गया। वहां से अश्फ़ाक़ की जीप काकोरी दरगाह पर रुकी। पहले से ही अस्पताल की गाड़ी में त्रिपुरारी पांडे, विकिपीडिया और रमाकांत मौजूद थे। उनके साथ राबिया बसर के अब्बू तहव्वर ख़ाँ भी बैठे थे। जीप चल दी। अश्फ़ाक़ ने भी धीरे से गाड़ी आगे बढ़ाई। रास्ते में कई जगह बाहर से आई फोर्स के जवान अश्फ़ाक़ को देख कर ज़्यादा मुस्तैद हो गए। उन्हें समझ में आ गया कि इंस्पेक्टर लगातार गश्त लगा रहा है और पूरी फोर्स पर नज़र बनाए हुए है।

अश्फ़ाक़ ने जीप पहले अपने घर की तरफ मुड़वाई। अबराम अंदर सो रहा था और अफ़ज़ल सिक्योरिटी में तैनात दो सिपाहियों के साथ बाहर बैठा था। अश्फ़ाक़ उल्ला अंदर गया, पहले उसने गहरी नींद में सो रहे अबराम के सिर पर प्यार से हाथ फेरा, फिर दूसरे कमरे में टंगी अपनी बीवी मरियम और वालिद फ़ख्र उल्ला ख़ाँ की तस्वीरों को दो पल देखने के बाद चादर से ढंक दिया और फौरन बाहर आ गया। अफ़ज़ल और उसकी सिक्योरिटी में तैनात दोनों सिपाहियों को जीप में बैठा कर

अशफ़ाक़ चल दिया। अफ़ज़ल को लेकर अशफ़ाक़ उल्ला और त्रिपुरारी पांडे की जीपें सीधे तहव्वर के घर के सामने रुकीं। सब उतरे और तहव्वर से घर की चाबी लेकर दरवाज़ा खोला गया। सभी लोग घर के अंदर चले गए। ताज़े काकोरी कबाब की ख़ुशबू पूरे घर में फैली थी। दर्जनों डिब्बों में ताज़े काकोरी कबाब पैक थे। अशफ़ाक़ उल्ला ने एक डिब्बा उठा कर खोला और ख़ुशबू सूंघते हुए एक कबाब तोड़ा और खाकर बोला, 'ऐ साला काकोरी कबाब—इसे खा डाला तो लाइफ झिंगालाला!'

दोपहर से सब भूखे थे। रात का डेढ़ बजा था, पूरा दिन बस चाय समोसे में कट गया था। अशफ़ाक़ ने फिर कबाब तोड़ते हुए सबको इशारा किया। इशारा पाते ही सारे सिपाही डिब्बे उठाने लगे—कोई चार, कोई पांच, तो कोई दस-दस डिब्बे लेकर सीढ़ियों की तरफ चल दिए। फटी आंखों से सबकुछ देख रहे तहव्वर को अशफ़ाक़ धीरे-धीरे नीचे वाले कमरे में ले गया। तहव्वर को पलंग पर बैठा कर अशफ़ाक़ ने कबाब का डिब्बा उसके आगे कर दिया। तहव्वर हैरान था।

एक नई सुबह के साथ काकोरी फिर जाग गया। पुलिस गेस्ट हाउस में अपना कमरा अंदर से लॉक करके दुर्गा शक्ति ठाकरे नहा रही थी और बेडरूम में उसका फ़ोन बज रहा था। देवव्रत ने फ़ोन की घंटी की आवाज़ सुन कर दुर्गा का डोर नॉक किया, मगर बाथरूम तक आवाज़ नहीं पहुंची। हरदोई, उन्नाव और काकोरी पुलिस के जवान जगह-जगह तैनात थे। काकोरी में तीन तरफ से आने वाली सड़कों पर चेक पोस्ट बना दी गई थीं। काकोरी स्टेशन पर भी जवान चाक-चौबंद थे। कोई काकोरी दरगाह पर, तो कोई शहीद स्मारक पर—काकोरी में जैसे कोई मेला सा लगा था। गली-मोहल्लों में लाउडस्पीकर पर देशभक्ति के गीत गूंज रहे थे। जोश से भरी सुरीली सुबह में खाला हो या मौसी, अब्बू हो या पापा, मैकू या मुबीन—एक रेला सा सज-धज कर काकोरी स्टेशन की तरफ जा रहा था। कुछ शहीद स्मारक की तरफ बढ़े जा रहे थे। हर तरफ शहीदों के पोस्टरों पर माला चढ़ी थी। विदेशी मेहमानों और बच्चों को लेकर 8 डाउन सहारनपुर-लखनऊ पैसेंजर को सहारनपुर से रवाना

हुए काफ़ी देर हो चुकी थी। एक बार फिर काकोरी को 1925 के इतिहास का इंतज़ार था।

अशफ़ाक़ उल्ला की जीप स्टेशन की तरफ बढ़ रही थी। विकिपीडिया, त्रिपुरारी, रमाकांत और गौतम हमेशा की तरह आज भी साथ थे। गीतों का गूंजना जारी था।

सरफ़रोशी की तमन्ना अब हमारे दिल में है
देखना है ज़ोर कितना बाज़ु-ए-क़ातिल में है

दुर्गा शक्ति ठाकरे तैयार हुई। उसने फ़ोन उठा कर देखा तो अफ़ज़ल की तीन मिस्ड कॉल्स थीं। दुर्गा ने अफ़ज़ल को कॉल बैक किया, लेकिन उसने फ़ोन नहीं उठाया। फ़ोन कान पर लगाए हुए ही दुर्गा ने टीवी ऑन किया। हर न्यूज़ चैनल पर सिटिजन एमेंडमेंट बिल, यानी सीएए और एनआरसी के मुद्दे पर कई जगहों पर हो रहे प्रदर्शन की ख़बरें चल रही थीं। टीवी के लिए काकोरी एनिवर्सरी कोई टीआरपी टॉपिक नहीं था। चैनल सर्फिंग करते-करते वो सीसीटीवी न्यूज़ पर रुकी, वहां मुन्नालाल पत्रकार की वही रिपोर्ट चल रही थी, जो मुन्नालाल ने काकोरी हायर सेकेंडरी स्कूल के बच्चों की तैयारी के वक़्त शूट की थी। मुन्नालाल ने टीवी पर बोलना शुरू ही किया था कि अचानक दुर्गा शक्ति उठकर टीवी स्क्रीन के एकदम क़रीब आ गई। दुर्गा के कमरे के दरवाज़े पर किसी ने दस्तक दी। दुर्गा ने अंदर आने को कहा, तो सम्मान सिंह दाख़िल हुआ और उसने बताया कि अफ़ज़ल उससे मिलना चाहता है। दुर्गा सम्मान के साथ बाहर आ गई। लॉन में पड़ी ब्रेकफास्ट टेबल के पास अफ़ज़ल खड़ा था। हरदोई पुलिस के दो सिपाही उसके साथ थे। अफ़ज़ल के हाथ में एक पॉलीथिन था। उसमें दो-तीन डिब्बे रखे थे। दुर्गा के आते ही अफ़ज़ल मुस्कुराया और उसने पॉलीथिन मेज़ पर रख दिया।

अफ़ज़ल को सामने देख दुर्गा बोली, 'मैं तैयार हो रही थी, तेरे तीन कॉल मिस हो गए।'

'मैं बाहर ही था इसलिए आपका कॉल पिक नहीं किया,' अफ़ज़ल ने भी जवाब दिया।

'काईको फ़ोन किया? कइसे आना हुआ तेरा?' दुर्गा ने सवाल किए।

अफ़ज़ल ने पॉलीथिन से डिब्बे निकाले और बोला, 'फ़ोन इसलिए मिला रहा था कि पूछ लूं नाश्ते में काकोरी कबाब खाएंगी क्या? फ़ोन नहीं उठा, तो मैं सीधे ले ही आया।'

दुर्गा के दिमाग़ में कुछ चल रहा था, उसने मुन्नालाल पत्रकार को फ़ोन लगाया। मुन्ना के फ़ोन उठाते ही दुर्गा कमरे की तरफ चली गई। सम्मान सिंह और देवव्रत लगातार अफ़ज़ल को घूर रहे थे। अफ़ज़ल ने दोनों से कहा कि उसका काम ठप पड़ा है और वो बोर हो रहा है इसलिए काकोरी स्टेशन जाना चाहता है। सम्मान ने दो टूक जवाब दिया कि कोई भी डिसीज़न सिर्फ दुर्गा शक्ति ही लेगी।

दुर्गा बात करके वापस बाहर आई, 'हऊ! बता, कइसे आना हुआ?'

अफ़ज़ल मायूस सा बोला, 'इट्स बोरिंग फॉर मी, मुझे स्टेशन जाना है।'

'सॉरी अफ़ज़ल, नॉट पॉसिबिल,' दुर्गा ने साफ़ मना कर दिया।

'प्लीज़! आप अपने ये सिपाही साथ भेज दीजिए,' अफ़ज़ल ने रिक्वेस्ट की।

'मैं थोड़ा फंसी है मेंटली, कुछ सोच कर ही तेरे को डिटेन नहीं किया। समझा तू अबी? प्लीज़ कोऑपरेट,' दुर्गा ग़ुस्से में बोली।

फटे हुए साइलेंसर की आवाज़ के साथ मुन्नालाल पत्रकार कैमरामैन सिंटू दुबे के साथ, मोटरसाइकिल से पुलिस गेस्ट हाउस में घुसा। मुन्नालाल ने अफ़ज़ल से हाथ मिलाया और दुर्गा के इशारे पर सिंटू के साथ अंदर चल दिया। अफ़ज़ल ने पीछे से आवाज़ लगाई, 'काकोरी के कबाब लाया था सुबह-सुबह; गरम हैं, खा लीजिएगा ब्रेक फास्ट में।'

दुर्गा पीछे पलट कर बोली, 'थैंक्स अफ़ज़ल, अबी खा लेगी थोड़ा देर में।'

टोटल सीरियस होकर अफ़ज़ल बोला, 'समुंदर नहीं, समुद्र तल से ऊंचाई नाप कर खाइएगा—सी लेवल, अदरवाइज़ यू विल मिस समथिंग मोर!'

दुर्गा अफ़ज़ल को देख कर मुस्कुराई, फिर ओके कहकर मुन्नालाल के साथ अंदर चली गई। देवव्रत भी दुर्गा के पीछे-पीछे अंदर चल दिया। अफ़ज़ल दोनों सिपाहियों के साथ वापस जाते हुए, सम्मान के बगल से गुज़रते हुए बोला, 'अपनी मैडम को याद दिला देना कि काकोरी कबाब ज़रूर खा लें, लेकिन खाने से पहले समुद्र तल से काकोरी की ऊंचाई नाप लें।'

इतना कहकर अफ़ज़ल चला गया। सम्मान ने ऐसे मुंह बनाया जैसे अफ़ज़ल कोई पागलपन की बात कर रहा हो। गेस्ट हाउस के अंदर मुन्नालाल दुर्गा को कैमरे में कुछ दिखा रहा था। दुर्गा ने मुन्नालाल से टीवी पर चल रही रिपोर्ट का रॉ फुटेज मंगाया था। कई बार रिवाइंड किया, लेकिन दुर्गा को वो चीज़ साफ़ नहीं दिखी जो उसने रिपोर्ट में देखी थी। देवव्रत ने एक बैग खोल कर वीडियो डिवाइस निकाली और लीड टीवी से कनेक्ट कर, कैमरे का टेप डिवाइस पर चलाया।

दुर्गा बोली, 'मेरे को लास्ट वाला चाहिए, जब तू लाइव बोल रहा था।'

मुन्नालाल बोला, 'अच्छा वो पीटूसी!'

दुर्गा झल्ला गई, 'पीटूसी क्या है रे?'

मुन्नालाल पत्रकार ने उसे बताया कि ख़बर के आख़िर में जब रिपोर्टर बोलता है तो उसे पीटूसी कहते हैं, मतलब पीस टू कैमरा।'

दुर्गा ने उसका ज्ञान इग्नोर किया और वही दिखाने को बोला।

देवव्रत ने टेप फॉरवर्ड की, क़रीब तीस सेकेंड बाद मुन्ना ने उसे रोकने को कहा।

उधर स्टेशन पर एक टैंपो रुका। उस टैंपो से उतर कर अबराम ने इधर-उधर देखा, और फिर दो कारीगरों को टैंपो से कुछ निकालने का इशारा किया। टैंपो के खुलते ही जेलेटिन की उन पेटियों के जैसी ही पेटियां दिखाई दीं, जो अभी तक लापता थीं। कारीगर ने एक पेटी का ढक्कन खोला। पेटी के अंदर *बड्स एंड ब्लास्ट* के डिब्बे भरे दिखाई दिए। पेटियां एक के बाद खुलती गईं। हर बार पेटी के अंदर *बड्स एंड ब्लास्ट* के ही डिब्बे निकल रहे थे।

इधर पुलिस गेस्ट हाउस में वीडियो डिवाइस पर टेप ठीक पीटूसी के पहले पॉज़ हो गया। दुर्गा ने देवव्रत को स्लो मोड में टेप फिर चलाने को कहा। इस बार दुर्गा शक्ति ने एक जगह ज़ोर से कहा, 'स्टॉप, स्टॉप, अभी तू फिर से टेप रिवाइंड कर और चला तो ज़रा।'

देवव्रत ने टेप को रिवाइंड करके फिर स्लो मोड में चलाया। दुर्गा ने स्टॉप कहकर वीडियो रुकवाया और ज़ूम इन कराया। ज़ूम इन होते ही दुर्गा ने किसी विनर की तरह मुट्ठी बांधी और बोली, 'येस! येस! येस!'

दुर्गा ने फुटेज में देखा कि मुन्नालाल पीटूसी कर रहा है, और उसके ठीक पीछे अबराम अपने मोबाइल से बच्चों के साथ सेल्फी ले रहा है। उसी समय पर एक और बच्चा अबराम का फ़ोटो खींच रहा है। फ़ोटो खींचने के बाद, बच्चा अबराम को मोबाइल वापस कर देता है। अब अबराम के हाथ में दो मोबाइल हैं। अबराम बच्चे से लिए मोबाइल से कुछ करने के बाद, दोनों ही मोबाइल अपनी जेब में रख लेता है।

उधर स्टेशन पर बच्चों की भीड़ ने अबराम को घेर लिया। ये सभी बच्चे काकोरी हायर सेकेंडरी स्कूल के थे जिन्हें अबराम ने ट्रेनिंग दी थी। अबराम ने हंसते हुए हर बच्चे को डिब्बा पकड़ाया।

टेप देखकर दुर्गा दौड़ कर अपने कमरे में गई और केस वाली फ़ाइल लेकर वापस आई। उसने एक के बाद एक सारे कागज़ निकाले और फिर अबराम और अफ़ज़ल के साथ-साथ, प्रज्ञा ठाकुर के दूसरे मोबाइल नंबर की लोकेशन रिपोर्ट भी मेज़ पर फैला दी। दुर्गा ने एक पेन लिया और तीनों रिपोर्ट्स को एक साथ रख कर रिपोर्ट्स पर गोले बनाने लगी।

इसके बाद दुर्गा ने रिपोर्ट पर पेन से लगाए गोले दिखाते हुए कहा, 'सबकुछ हाथ लग गया देवव्रत, सबकुछ! थैंक्स मुन्नालाल, यू आर रियली सीसीटीवी।'

मुन्नालाल को ऐसा लगा जैसे आज वो इस राष्ट्र के काम आ गया, उसने पूछा, 'मैडम वादा है कि ख़बर ब्रेक नहीं करूंगा, पर बताइए तो सही क्या हाथ लगा?'

दुर्गा ने समझाना शुरू किया, 'स्क्रीन पर अबराम का फ़ोटो एक बच्चा खींच रहा है। फिर उस बच्चे ने मोबाइल अबराम को वापस कर दिया। अब देखो, अबराम ने बच्चे वाले मोबाइल से कुछ किया और फिर अपनी जेब में दोनों मोबाइल वापस रख लिए।' दुर्गा ने फिर खुलासा किया, 'ये वही फ़ोटो है जो अबराम ने मुझे दिखाई थी। वही, जो प्रज्ञा ठाकुर के नंबर से अबराम के नंबर पर भेजी गई थी।'

देवव्रत को याद आ गया, 'जी मैम, उस दिन लॉन में प्रज्ञा के मोबाइल से आपके नंबर पर आपके फ़ोटो भी व्हॉट्सएप किए गए थे, याद है मैम?'

दुर्गा के चेहरे पर कॉन्फिडेंस साफ़ दिखाई देने लगा, 'सब याद है, अभी ये प्रज्ञा के दूसरे वाले सस्पीशियस मोबाइल नंबर और अबराम के मोबाइल के डिटेल्स देख—पूरे छह महीने में प्रज्ञा का नंबर जितनी बार भी खुला, उतनी बार अबराम का लोकेशन और प्रज्ञा के इस नंबर का लोकेशन एकदम सेम है।'

'लेकिन प्रज्ञा का मोबाइल अबराम के पास कैसे मैम?' देवव्रत ने सोचते हुए पूछा।

'नो आईडिया, बट थिंग्स विल रिवील,' दुर्गा ने जवाब दिया।

देवव्रत ने चौंकते हुए पूछा, 'बात तो आपकी ठीक है, लेकिन क्या राबिया बसर मर्डर वाले दिन भी सेम लोकेशन है दोनों मोबाइल्स की?'

उधर स्टेशन के बाहर खड़ा अबराम का टैंपो खाली हो चुका था। बच्चे *बड्स एंड ब्लास्ट* के डिब्बे लेकर स्टेशन के अंदर भाग रहे थे। अश्फ़ाक़ के साथ त्रिपुरारी, विकिपीडिया, रमाकांत और गौतम भी स्टेशन पर गश्त लगा रहे थे। बच्चों के हाथों में *बड्स एंड ब्लास्ट* के डिब्बे देख

कर अश्फ़ाक़ ने प्यार से एक बच्चे के सिर पर हाथ रखा, पुचकारा और चल दिया।

दुर्गा ने बात आगे बढ़ाई, 'बहुत चालाक है रे अबराम, बस राबिया बसर के मर्डर वाले दिन उसने अपना ओरिजनल मोबाइल घर छोड़ दिया, फिर राबिया को प्रज्ञा वाले मोबाइल से फ़ोन मिलाकर स्विच ऑफ़ कर दिया। मतलब ये वोई नंबर है, जिससे राबिया और प्रज्ञा नहीं, बल्कि राबिया और अबराम रातों में घंटों बात किया करते थे। राबिया का मर्डर करके राबिया केइच्च मोबाइल से ख़ुद को और अफ़ज़ल को मिस कॉल दिया, ये बताने के लिए कि राबिया ने मदद के लिए अफ़ज़ल और अबराम को फ़ोन किया, ताकि हर कोई यही समझे कि सीधा-सादा कबाब वाला अबराम उस रात घर पर ही था।'

देवव्रत सकते में था, 'मतलब काकोरी हायर सेकेंडरी स्कूल में प्रज्ञा आती है, अबराम का फ़ोटो खींचती है और पौन घंटे में लखनऊ पहुंच जाती है?'

दुर्गा बड़बड़ाई, 'ये अबराम किसी मिशन पर है। जिसका काम पूरा वो खल्लास—राबिया बसर, चांद खुतरा, नसीम पपीता—सब खल्लास!'

'मैडम, राबिया का क्या असाइनमेंट रहा होगा?' देवव्रत ने सवाल किया

दुर्गा ने जवाब दिया, 'ये तो प्रज्ञा बताएगी कि मर्डर के पहले राबिया की आधे घंटे क्या बात हुई प्रज्ञा से? या फिर प्रज्ञा भी मिशन में है...आई डोन्ट नो...'

'बट चांद की लाश पर ब्रिटिश किंगशिप के सिक्के, नसीम के बुर्के की जेब में माऊज़र—ये सब प्रज्ञा ठाकुर ने ही बनाए थे मैम। उसके घर से चोरी हुए या उसने ख़ुद चुराए, अबराम के साथ मिशन के लिए?'

दुर्गा ने सिर हिलाया, 'डोंट नो, रियली नो आईडिया कि ये सब क्या है।'

'पर हम अफ़ज़ल को क्यों ट्रैप कर रहे हैं मैम?' देवव्रत ने फिर सवाल किया।

'उसका भी लॉजिक है। मैं ग़लत ट्रैप नहीं कर रही अफ़ज़ल को। अफ़ज़ल अपने लैपटॉप से क्रॉस बॉर्डर इंटरनेट कॉलिंग किया है रे,' दुर्गा बोली।

तभी सम्मान सिंह दौड़ता हुआ अंदर आया, 'मैडम अफ़ज़ल भाग गया।'

दुर्गा का मुंह खुला का खुला रह गया, 'क्या? कइसे भागा?'

हरदोई के दोनों सिपाही भी अंदर आए, उनके बदन पर काला कीचड़ लगा था। हाथ और माथे पर ख़रोंचें थीं। दोनों ने बताया कि अफ़ज़ल एक जगह सिगरेट लेने रुका और उनको भी ऑफ़र की। दोनों अफ़ज़ल के साथ सिगरेट का धुआं उड़ाते जा रहे थे कि एक सुनसान जगह उसने एक सिपाही को गिराकर उसकी रिवॉल्वर छीन ली। दोनों ने उसे पकड़ने की कोशिश की, लेकिन वो रिवॉल्वर के दम पर भाग गया। दुर्गा ने झुंझलाते हुए दूसरे सिपाही की रिवॉल्वर के बारे में पूछा, तो पता चला कि एक रिवॉल्वर छीनने के बाद उसने कनपटी पर रख कर दूसरी रिवॉल्वर भी छीन ली और बगल के नाले में फेंक दी। वही रिवॉल्वर ढूंढ़ने के लिए दोनों नाले में उतर गए और कीचड़ से उनकी वर्दी सन गई। दुर्गा ने अशफ़ाक़ को फ़ोन मिलाया, लेकिन वो फ़ोन नहीं उठा रहा था। अफ़ज़ल और अबराम के फ़ोन स्विच ऑफ़ थे।

8 डाउन सहारनपुर-लखनऊ पैसेंजर काकोरी पहुंचने ही वाली थी। दुर्गा ने घड़ी देखी और सबको तुरंत रेलवे स्टेशन चलने का इशारा किया। काकोरी की हर बात में कोई बात है, दिखता कुछ है और होता कुछ और। सम्मान सिंह भी हर बात, हर इशारे को परख लेना चाहता था इसलिए उसने तुरंत *बड्स एंड ब्लास्ट* का पॉलीथिन उठाया और दुर्गा को पकड़ा दिया, 'अफ़ज़ल कहकर गया था कि मैडम कबाब ज़रूर खा लें।'

'च्यामाइला...अभी नाश्ता-वीश्ता बाद में, पहिले चल लउकर,' दुर्गा चिल्लाई।

सम्मान जानता था कि दुर्गा ने मां की गाली दी है, लेकिन वो रुका नहीं, उसने फिर दुर्गा को देखा और अफ़ज़ल की बात दोहरा दी, 'खाने से पहले समुद्र तल से ऊंचाई ज़रूर नाप लीजिए।'

दुर्गा का दिमाग़ टन्न-टन्न बोलने लगा क्योंकि समुद्र तल से ऊंचाई नापने की बात तो अफ़ज़ल ने उससे भी कही थी। दुर्गा को याद आया कि जिस रोज़ दोनों भाइयों से पूछताछ के लिए वो अबराम के कबाब पॉइंट पर गई थी, उस दिन भी *बड्स एंड ब्लास्ट* के नाम को ख़ुद दुर्गा ने एप्रीशिएट किया था। डिब्बे पर छपे काकोरी स्टेशन के स्टोन बोर्ड की तारीफ की थी, और स्टेशन बोर्ड पर काकोरी के नाम के नीचे लिखी समुद्र तल से ऊंचाई को लेकर सब ख़ूब हंसे थे। दुर्गा शक्ति ने पॉलीथिन से डिब्बा बाहर निकाला और सीधे समुद्र तल से ऊंचाई का आंकड़ा देखा। आंकड़ा लिखा था—26.8841 मीटर 80.8001 सेंटीमीटर।

दुर्गा शक्ति ठाकरे आंकड़ा देख कर चकरा गई। वो समझ गई कि ये कोई ऊंचाई नहीं बल्कि कॉर्डिनेट है। उसने सर्च इंजन में जैसे ही कॉर्डिनेट फीड किया, वैसे ही जवाब आया—काकोरी रेलवे स्टेशन। दुर्गा शक्ति का दिमाग़ चकरा गया कि अबराम ने *बड्स एंड ब्लास्ट* के डिब्बे पर केवल रेलवे स्टेशन का कॉर्डिनेट क्यों छापा है, काकोरी का कॉर्डिनेट क्यों नहीं छापा? तुरंत ही दुर्गा के दिमाग़ ने सब समझ लिया। उसे अंदाज़ा हो गया कि *बड्स एंड ब्लास्ट* के डिब्बे पर छपे काकोरी स्टेशन के कॉर्डिनेट सारा खुलासा ख़ुद कर रहे हैं। दुर्गा ने हर डिब्बे को देखा। हर डिब्बे पर कॉर्डिनेट छपे थे। काकोरी स्टेशन के कॉर्डिनेट उस दिन से डिब्बे पर छपे हैं, जिस दिन अबराम ने काकोरी में क़दम रखा। जिस दिन अबराम ने अपनी ऑनलाइन सप्लाई चेन खोली। अब *बड्स एंड ब्लास्ट* के मायने बदल चुके थे, डेफिनेशन बदल चुकी थी। आज ये कहना सरासर ग़लत था कि असली काकोरी कबाब को जैसे ही टेस्ट बड्स चखेंगी, मुंह में ऐसे पानी आएगा जैसे स्वाद का ब्लास्ट हुआ हो। असली मिशन तो काकोरी कबाब को चखने वाली टेस्ट बड्स की आड़ में ब्लास्ट करने का था। 1921 का काकोरी कबाब, आज, 1925 के काकोरी कांड को बारूद में उड़ाने का मिशन बना चुका था। ये सच दुर्गा शक्ति समझ चुकी थी, मगर एक सवाल का जवाब अभी भी वो नहीं खोज पाई थी। सवाल ये कि फिर अफ़ज़ल ने इंटरनेट कॉलिंग क्यों की? अगर वो बेकसूर है, तो फरार क्यों हुआ? क्या अश्फ़ाक़ उल्ला बिस्मिल के दोनों बेटे साज़िश का हिस्सा हैं? क्या दोनों ही मिशन के लिए काम कर रहे हैं?

इसी बीच दुर्गा के मोबाइल पर अश्फ़ाक़ उल्ला का फ़ोन आया। 8 डाउन सहारनपुर-लखनऊ पैसेंजर, यानी काकोरी कांड वाली वही ट्रेन प्लेटफॉर्म पर धीरे-धीरे आ रही थी, जिसे क्रांतिकारियों ने लूटा था। ट्रेन शहीदों की याद में सजी हुई थी। ट्रेन में बैठे देशी-विदेशी मेहमान और ख़ासकर बच्चे तिरंगा लिए खिड़कियों से झांक कर अपनी ख़ुशी ज़ाहिर कर रहे थे। लाउडस्पीकर पर बिस्मिल अज़ीमाबादी का गीत बज रहा था—*सरफ़रोशी की तमन्ना अब हमारे दिल में है*।

अश्फ़ाक़ स्टेशन पर खड़ा फ़ोन पर चिल्ला रहा था, 'मैडम बहुत शोरगुल है, आपका कॉल सुन नहीं पाया। आप जल्दी से स्टेशन आ जाइए।'

इधर से दुर्गा फ़ोन पर चिल्लाकर बोली, 'अश्फ़ाक़ अबराम को पकड़ो।'

पर अश्फ़ाक़ ने जवाब दिया, 'हां-हां अबराम यहीं है, आप आ जाइए।'

'यार इसको कुछ सुनाई नहीं देता,' दुर्गा बुरी तरह झल्लाई।

दुर्गा शक्ति की जीप स्टेशन के बाहर आकर रुकी। दुर्गा, सम्मान, देवव्रत, मुन्नालाल और सिंटू दुबे जीप से कूद कर बाहर निकले। कबाब के सैकड़ों डिब्बे प्लेटफॉर्म पर जमा कर दिए गए थे। बच्चे डिब्बे लेकर बोगी में जाने को तैयार थे। 8 डाउन पैसेंजर की एक बोगी के गेट पर अबराम बच्चों की तरफ देख रहा था। चार पुलिस वाले जैसे ही डिब्बों की जांच करने आए, अश्फ़ाक़ उल्ला ने गेट पर खड़े अबराम को देखा। अबराम के चेहरे पर टेंशन थी। अश्फ़ाक़ उल्ला ने आंखों आंखों में अबराम से कुछ बात की और फिर पुलिस वालों को हट जाने के लिए कहा। बच्चे हाथों में एक साथ दो-चार डिब्बे लेकर शोर मचाते हुए बोगियों में चढ़ने लगे। बच्चों की ये भीड़ बोगियों की बर्थ के नीचे डिब्बे इकट्ठा करने लगी। अश्फ़ाक़ उल्ला भी ट्रेन के अंदर चला गया। स्टेशन मास्टर त्रिलोकी व्यास ने हरी झंडी दिखाई। दुर्गा शक्ति जैसे ही प्लेटफॉर्म पर पहुंची, ट्रेन ज़ोरदार हॉर्न देते हुए आगे खिसकने लगी। देवव्रत, सम्मान सिंह और दुर्गा शक्ति अलग-अलग कोचेज़ में चढ़ गए। मुन्नालाल पत्रकार ने भी सिंटू दुबे के साथ एक कोच पकड़ ली।

काकोरी कांड का इतिहास समेटे ट्रेन चल दी। ट्रेन की हर बोगी में स्पीकर लगे थे और काकोरी कांड का रेकॉर्डेड ऑडियो प्रोग्राम बज रहा था। क़रीब तीन किलोमीटर दूर वो जगह थी जहां 8 डाउन पैसेंजर की चेन खींच कर चंद्रशेखर आज़ाद के साथ राजेन्द्रनाथ लाहिड़ी, अश्फ़ाक़ उल्ला ख़ाँ, रोशन सिंह और राम प्रसाद बिस्मिल ने अंग्रेज़ों का आठ हज़ार रुपए का ख़ज़ाना लूटा था। एक से दूसरी, तीसरी, चौथी और पांचवीं बोगी तलाशते हुए दुर्गा, सम्मान और देवव्रत अबराम को ढूंढ़ रहे थे। बच्चे *बड्स एंड ब्लास्ट* के डिब्बे ट्रेन में सवार लोगों को गिफ्ट कर रहे थे। दुर्गा ने एक बच्चे के हाथ से डिब्बा छीना। बच्चा चौंक गया। दुर्गा ने डिब्बा खोला, तो उसमें कबाब थे। दुर्गा ने फिर से एक डिब्बा छीना, पर उसमें भी कबाब ही निकले। सम्मान सिंह और देवव्रत भी बच्चों से डिब्बे लेकर चेक करते चल रहे थे। जितने डिब्बे सबने चेक किए सभी में कबाब थे। बच्चों के डरे हुए चेहरे और मेहमानों को चौंकते हुए देख दुर्गा समझ गई कि ऐसा करने से ट्रेन में पैनिक हो जाएगा। अबराम का प्लान उसकी समझ के परे था। चेहरे पर नकली मुस्कुराहट चिपका कर दुर्गा ने बच्चों और मेहमानों को समझाया कि वो बस रैंडम चेकिंग कर रही है। ट्रेन में कहीं बैठा अबराम किसी विलेन की तरह मुस्कुरा रहा था। अबराम कहीं से देख रहा था कि डिब्बे चेक किए जा रहे हैं। सिर्फ वही जानता था—वो जेलेटिन की सात पेटियां भरकर कबाब के डिब्बे लाया है। बेचारे बच्चे तो सिर्फ दो-दो, चार-चार डिब्बे हाथ में लेकर बांट रहे हैं। दुर्गा सिर्फ बच्चों और मेहमानों के हाथों में मौजूद डिब्बे ही चेक कर रही है। ट्रेन पर चढ़ने के बाद बच्चों ने जिन डिब्बों के ढेर बर्थ के नीचे रखे हैं, उस पर तो किसी की नज़र ही नहीं जा रही है। बच्चे तो बीस-तीस ही हैं। डिब्बे तीन-चार सौ से ज़्यादा हैं। अबराम ने बच्चों को बर्थ के नीचे डिब्बे इकट्ठा करने की ट्रेनिंग दी थी और कहा था कि वहीं से निकाल कर मेहमानों को कबाब बांटना है। दुर्गा तलाशी लेते सोच रही थी कि क्या डिब्बों के बीच में कहीं कुछ छुपा है, या प्लान कुछ और है? दुर्गा शक्ति ने सोचा कि डिब्बे तलाशने से बेहतर है कि अबराम को ही तलाशा जाए। गार्ड के कोच से ठीक एक कोच पहले एक ऐसी बोगी थी जिसमें सिर्फ

चार लोग बैठे थे। दुर्गा, सम्मान सिंह और देवव्रत भी उसी कोच में पहुंच गए। दुर्गा ने एक के बाद एक तीन मुसाफिरों की शक्लें देखीं, और इससे पहले कि वो चौथे के पास पहुंचती, कंबल ओढ़े एक मुसाफिर उठा और सीधे दुर्गा के सामने आ गया। दुर्गा, सम्मान और देवव्रत ने तुरंत रिवॉल्वर तान दी—ये अबराम था।

अबराम के हाथ में पकड़ी हुई चीज़ देख कर दुर्गा शॉक्ड रह गई। ये कोई रिवॉल्वर नहीं, बल्कि एक रिमोट था। अबराम ज़ोर से चिल्लाया, 'मैडम इतने तो तुम्हारे पास तमंचे भी नहीं, जितने बटन हैं इस रिमोट में। ट्रिगर दबाओगी तो ताकत लगेगी, मेरा क्या है, बस रिमोट से चैनल बदलना है...बस एक धमाका, और हर धमाके पर एक धमाकेदार ब्रेकिंग न्यूज़!'

रिवॉल्वर तानकर खड़ी दुर्गा आगे बढ़ी, 'तेरा प्रॉब्लम क्या है अबराम?'

अबराम जैसा दिख रहा था, वैसा किसी ने कभी नहीं देखा था। जैसे वो कोई साइको हो, इस्लाम के नाम पर आतंक उसके चेहरे पर दिखने लगा। अबराम जोकर जैसा मुंह बना कर बोला, 'मेरा प्रॉब्लम! टिंग-टांग चैनल नंबर एक "आज जामिया मिलिया के छात्रों ने बसों में आग लगा दी", टिंग-टांग चैनल नंबर दो "पुलिस ने आज जेएनयू के छात्रों को जमकर पीटा", ढेन टेंड़ें...चैनल नंबर तीन "फैसला आया है कि राम मंदिर अयोध्या में ही बनेगा, मस्जिद के लिए पांच एकड़ ज़मीन अलग से दी जाएगी", चैनल नंबर चार, पांच, छह, सात, आठ "कश्मीर से धारा 370 ख़त्म, इंटरनेट बंद, यूपी में तेईस दंगाई पुलिस की गोली से मरे... एनआरसी, सीएए, एनआरपी!" और कोई चैनल लगाऊं मैडम दुर्गा?'

दुर्गा आगे बढ़ रही थी कि अबराम ने उसे फिर रिमोट दिखाकर रोका और रिवॉल्वर उसकी तरफ फेंकने को कहा। दुर्गा के इशारे पर देवव्रत और सम्मान ने भी अपना रिवॉल्वर अबराम की तरफ फेंक दिए। अबराम ने सारे रिवॉल्वर पैर की ठोकर से बर्थ के नीचे सरका दिए। दो सेकेंड के लिए जैसे ही उसने बर्थ की तरफ देखा, वैसे ही धाड़ से एक गोली चली और सीधी अबराम के कान के बाज़ू से होती हुई, कोच की दीवार में घुस गई। अबराम ने चौंक कर देखा, तो हाथ में रिवॉल्वर ताने

हुए अफ़ज़ल आगे बढ़ रहा था। अबराम अपने भाई को देख कर ज़ोर से हंसने लगा। दुर्गा तेज़ी से अबराम की तरफ कूदी और उसने अबराम का रिमोट वाला हाथ पकड़ लिया। देवव्रत, सम्मान और अफ़ज़ल भी तेज़ी से अबराम की तरफ लपके, तभी इंटरकनेक्टेड ट्रेन के शटर गिरने की आवाज़ आई। दुर्गा ने पलट कर देखा, तो त्रिपुरारी पांडे ने देवव्रत, विकिपीडिया ने सम्मान सिंह और रमाकांत और गौतम ने अफ़ज़ल के सिर पर रिवॉल्वर टिका रखी थी। शटर गिराकर अश्फ़ाक़ उल्ला बिस्मिल पलटा और उसने दुर्गा शक्ति ठाकरे की कनपटी पर सीधे रिवॉल्वर सटा दी और फिर अबराम की तरफ देख कर चिल्लाया, 'आई स्पाई अबराम! अब बोल तू हारा मैं जीता, आई स्पाई का किंग कौन? अश्फ़ाक़ उल्ला बिस्मिल, ब्लडी मुसलमान।'

अबराम ज़ोर से हंसा, 'हाहाहा...पुलिस ने चोर पकड़ ही लिया, मगर चोर पागल है, चोर के पास रिमोट है, दबा दिया तो चिथड़े उड़ जाएंगे।'

ताकत लगाकर अश्फ़ाक़ उल्ला ने दुर्गा के हाथ से अबराम का हाथ छुड़ाया। हाथ छूटते ही अबराम बोगी के वॉशबेसिन के पास जाकर खड़ा हो गया। अश्फ़ाक़ दुर्गा के बाल खींचते हुए बोला, 'अरे ए मैडम, मेनोपॉज़ को थोड़ा पॉज़ दो यार, फ़र्ज़ी एनकाउंटर करके बहुत मेडल पहन चुकीं। सरकार को फ़ोटो पर भी मेडल लटकाने का मौक़ा तो दो। हां तो हज़रात! हज़रात! हज़रात! दुर्गा शक्ति ठाकरे को मरोणोपरांत वीरता चक्र से नवाज़ा जाता है। बीवी खो चुका हूं, साली मेरा बेटा भी छिनोगी क्या?'

दुर्गा उठी और उसने घूर कर अश्फ़ाक़ को देखा, 'तेरे लिए थोड़ा-थोड़ा रिस्पेक्ट आया था मेरे मन में, मगर मैं जानती तू साला हरामखोर है।'

अश्फ़ाक़ ने दुर्गा की कनपटी से हटा कर उसके मुंह में रिवॉल्वर ठूंस दिया, 'हरामखोर नहीं थेनॉस, गब्बर सिंह, शाकाल, मोगैम्बो और वो क्या नाम था—गायतोंडे, सब मिला कर हम हैं सबसे बड़े विलेन, और काकोरी में जो सबसे बड़ा विलेन, वो ही काकोरी का हीरो नंबर वन। और मैडम बॉलीवुड हो या हॉलीवुड, बेटे की जान बचाने के लिए

तो बाप जान ले ही लेता है। अरे हिंदी में परिवारवाद, अंग्रेजी में नेपोटिज्म समझीं!'

अफ़ज़ल चिल्लाया, 'ख़ाँ साहब, अपने नाम की तो क़द्र कर लीजिए।'

अश्फ़ाक़ चीख़ा, 'अबे छोड़ मेरा नाम, तुझ नामर्द को अफ़ज़ल होकर अफ़ज़ल गुरू याद है? सज्जाद भट, आदिल डार, बुरहान वानी याद हैं?'

अफ़ज़ल रोने लगा, 'मुझे गांधी याद हैं, कलाम भी याद हैं। ये भी याद है कि मैं बेकसूर हूं और आप दोनों ने मिल कर मुझे फंसाया। मेरे जैसे मुसलमान आप जैसे मुसलमानों की वजह से पाकिस्तानी कहलाते हैं।'

'अबे लैपटॉप से भाई लोगों से बात क्या कर ली, मतलब फंसा दिया तुझे? फ़ख्र कर साले, कुछ तो काम आया तू!' अबराम ने मज़ाक़ उड़ाया।

अबराम रिमोट लेकर अश्फ़ाक़ के पास आया और दुर्गा शक्ति के बाल ज़ोर से खींचकर बोला, 'साली तुझे क्या प्रूव करना है, साबित तो हम मुसलमानों को करना है कि हम पाकिस्तानी हैं, बांग्लादेशी हैं, या अफगानिस्तान से आए हैं। मैं तो अकेला था, पर अब मेरा बाप मेरे साथ है—मेरा अल्लाह, मेरा मिशन—और देख, पलट कर देख गौर से, कौन-कौन मेरे साथ है।'

दुर्गा बोली, 'साला सब का सब देश का दीमक है, और क्या है!'

'अबे ए त्रिपुरारी, बताए नहीं मैडम महाराष्ट्र को तुम लोग? अरे ये नाम से हिंदू हैं, बाकी हैं कुछ और...अबे क्या हो तुम लोग?' अश्फ़ाक़ ने अपने चेलों से पूछा।

विकिपीडिया ने ज़ुबान खोली, 'लेफ्टिस्ट हैं सर! लेफ्टिस्ट, माने अर्बन नक्सल।'

दुर्गा ने कुछ बोलने की कोशिश की, लेकिन मुंह में रिवॉल्वर था। उसने अश्फ़ाक़ की आंखों में देखा तो अश्फ़ाक़ ने रिवॉल्वर हटाया और फिर सिर पर टिका दिया। दुर्गा बोली, 'अश्फ़ाक़ समझा इस लड़के को,

ही इज़ कन्फ्यूज़्ड लाइक अदर्स...पत्थर चलाने से कुछ सॉल्व नहीं होगा, ट्रेन उड़ेगी तो ये भी चिथड़ा हो जाएगा। सब मासूम मारे जाएंगे इधर।'

मासूमों के मरने की बात सुन कर अबराम की आंखें लाल हो गईं। अबराम ज़ोर-ज़ोर से चीख़ने लगा, 'मरने दो सालों को। बाबरी शहीद होगी, तो हम संसद में मारेंगे; अफ़ज़ल गुरू शहीद होगा, तो बुरहान वानी पैदा होगा; बुरहान मारोगे, उरी को फौजियों का श्मशान बना देंगे; सर्जिकल स्ट्राइक करोगे काफिरों, तो पुलवामा में बदला लेंगे; कश्मीर छीनोगे, मंदिर बनाओगे? हमें मुल्क से निकालोगे? ये हमारा मुल्क है, कोई नहीं शर्मिंदा है, अफ़ज़ल अब भी ज़िंदा है! बुरहान के अंदर ज़िंदा है, अबराम के अंदर ज़िंदा है!'

अबराम के साथ अश्फ़ाक़ उल्ला भी नारे लगाने लगा, 'ज़िंदा है, ज़िंदा है, अबराम के अंदर ज़िंदा है, अश्फ़ाक़ के अंदर ज़िंदा है, ज़िंदा है!'

त्रिपुरारी पांडे, विकिपीडिया, रमाकांत और गौतम भी नारे लगाने लगे।

बोगी को इंटरकनेक्ट करने वाले शटर को किसी ने ज़ोर से पीटा। अश्फ़ाक़ ने रमाकांत को इशारा किया। अफ़ज़ल को गौतम के हवाले करके रमाकांत शटर की तरफ बढ़ गया, 'कौन है बे?'

'मुन्नालाल पत्रकार, सीसीटीवी न्यूज़,' उधर से आवाज़ आई।

अश्फ़ाक़ उल्ला के इशारे पर रमाकांत ने हल्का सा शटर खोला। सिर झुकाकर मुन्नालाल और सिंटू दुबे अंदर आ गए। विकिपीडिया ने दोनों को रिवॉल्वर दिखा कर कायदे से रहने की धमकी। अंदर का सीन देख कर मुन्नालाल चौंक गया, 'अरे लगता है डिस्टर्ब कर दिया, हम चलते हैं।'

अश्फ़ाक़ चिल्लाया, 'अबे मुन्ना आओ, आज तुम्हें डाइरेक्ट एडीटर की पोस्ट पर प्रमोट कर देते हैं। बे सिंटू! निकाल कैमरा, आज एकदम सिनेमास्कोप शूटिंग होगी...साइलेंस प्लीज़! लाइट्स, कैमरा, एक्शन!'

सिंटू दुबे ने कांपते हाथों से कैमरे का बटन दबाया और शूटिंग शुरू की। तभी बोगी में लगे स्पीकर पर चल रहा काकोरी कांड का रिकॉर्डेड ऑडियो ड्रामा बंद हो गया। किसी ने बोगी के ठीक पीछे वाली गार्ड की बोगी में साउंड सिस्टम बंद किया, फिर टेप रिकॉर्डर की लीड हटा कर मोबाइल फ़ोन की लीड लगा दी और फ़ोन प्ले कर दिया। स्पीकर पर एक और ड्रामा बजा, ये ड्राम फ़ोन की ऑडियो रिकॉर्डिंग थी।

हैलो प्रज्ञा!

हां, बोल न।

प्रज्ञा, राबिया बोल रही हूं।

हां, तो बोल। सुन रही हूं मेरी जान!

प्रज्ञा, उसने मुझे बुलाया है।

हाय! ब्यूटी क्वीन को इत्ती रात में किसने बुलाया? क्या इरादा है?

मज़ाक़ मत कर यार, मुझे डर लग रहा है।

हां पहली-पहली बार तो डर ही लगता है।

प्रज्ञा ठाकुर और राबिया बसर की आवाज़ सुन कर बोगी में मौजूद हर किसी के होश उड़ गए। अशफ़ाक़ चिल्लाया, 'अबे ये एफएम रेडियो कउन चला दीस? अच्छी ख़ासी शूटिंग चल रही है यहां।'

अबराम ज़ोर से हंसा, 'अरे बजने दो, बजने दो। हैलो राबिया, हैलो प्रज्ञा!'

अशफ़ाक़ ने इशारा करके गौतम को गार्ड की बोगी की तरफ रवाना किया। ऑडियो अभी भी चल रहा था।

आज ही बात हुई और आज ही बुला लिया है, यार!

अरे अरे साइंटिस्ट! देख लेना कोई लैब में नया प्रैक्टिकल न कर दे!

नहीं यार, तेरे वाले नंबर से फ़ोन आया है।

ओहहो, मीठी-मीठी बातों वाला फ़ोन!

किसी मिशन की बात कर रहा है, यार! पता नहीं क्या कर रहे हैं ये तीनों।

तीनों? मतलब चांद और नसीम भी?

हां यार, प्रज्ञा वो आने वाला है।

ओके-ओके ठीक है, रखती हूं।

नहीं रख मत, बस सब सुनती जा।

अबे मैं क्यों सुनूं, मेरे पास कौन सा डिल्डो है,

प्लीज़ तू साथ रह मेरे...

(दूर से मोटरसाइकिल की आवाज़ आने लगी)

वो आ गया, सामने है।

ओके।

कैसी हो?

ठीक हूं।

दिन में शादी की बात और रात को बुला लिया, इत्ता सीरियस!

बैठो जल्दी।

(मोटरसाइकिल चलने की आवाज़ लगातार आ रही थी)

सिर्फ शादी ही ज़िंदगी नहीं है राबिया।

तो क्या है?

मिशन है।

क्या मिशन-मिशन बोल रहे हो तबसे?

बताता हूं।

हम कहां जा रहे हैं?

बस पास में।

नहीं, बताओ ये क्या है?

क्या?

ये...

ये हमारी ज़ुबान है।

साफ़-साफ़ बोलो, अबराम।

इस मुल्क को बारूद की ज़ुबान ही समझ में आती है राबिया।

मुझे सिर्फ ये बताओ, ये क्या है?

जेलेटिन, जिसे लेकर तुम सुबह से शोर मचा रही हो।

जेलेटिन किसलिए? रोको प्लीज़!

मुल्क हमारे ख़िलाफ़ है राबिया।

ख़िलाफ़? मतलब?

कौम की बर्बादी नहीं दिखाई दी तुमको अभी तक?

ये तुम कौम-कौम क्या करने लगे अबराम?

वही जो तुम्हारी भी कौम है, बस तुम भूल गई हो।

हां तो क्या हुआ हम मुसलमान हैं तो?

बाबरी का नाम सुना है?

हां, क्यों?

कश्मीर का?

अरे सब सुना है, पढ़ी-लिखी हूं!

370 जानती हो?

370, एनआरसी, सीएए सब जानती हूं।

तो क्या कर रही हो कौम के लिए?

हमारी कौम का इसमें क्या है?

हमें जवाब देना है।

कैसा जवाब?

जवाब जो पुलवामा में दिया, उरी, अयोध्या, संसद में दिया...

सब टेररिस्ट थे, अबराम।

इस्लाम को बचाने वाले अल्लाह की नज़र में शहीद हैं राबिया।

प्लीज़ गाड़ी रोको। मुझे वापस जाना है।

कौम के साथ रहो राबिया, इस्लाम को ज़रूरत है तुम्हारी।

तुम गाड़ी रोको, प्लीज़ गाड़ी रोको।

(दूर गाना बज रहा था, तू लगा ले लू जब लिपीस्टिक...)

लो रुक गया, अब बोलो।

हम हटा लेंगे पेटियां, बस तुम कुछ दिन ख़ामोश रहो।

देखो वो सामने लोग बैठे हैं, मैं चिल्ला दूंगी।

वो सब नशे में हैं, कुछ नहीं सुनेंगे।

क्या तुम भी नहीं सुनोगे?

सुनूंगा क्यों नहीं, पर तुम भी तो मेरी सुनो।

ये क्या कर रहे हो?

कुछ नहीं बस एक पेंच कसना है।

तुम वापस चलो, मुझे नहीं रुकना यहां।

यहीं से तो जवाब देना है राबिया।

यहां से मतलब? यहां बाग से?

नहीं काकोरी से...

काकोरी से?

काकोरी के कबाब से, काकोरी कांड को जवाब।

क्या मतलब?

इस बार ट्रेन से जवाब देंगे।

और मैं ऐसा होने दूंगी!

रास्ते पर साथ नहीं चलना, तो रास्ते में मत आओ राबिया।

मुझे तुम्हारी इस शक्ल का अंदाज़ा नहीं था अबराम, वापस चलो तुरंत।

तुम कुछ दिन ख़ामोश रहो बस...

अबराम मैं कह रही हूं, चलो वापस।

तो तुम चुप नहीं रहोगी?

मैं शोर मचा दूंगी।

आ...आ...ऊह, ओह्ह, अ ब रा म, प्लीज़!

साली, अल्लाह के ख़िलाफ़ है।

या अल्लाह! तेरे हुक्म की तामील है, अल्लाह!

इस्लाम की आज़ादी के लिए इसे आज़ाद कर रहा हूं, अल्लाह।

हमें आज़ादी चाहिए...

आज़ादी, आज़ादी, आज़ादी...

हैलो, हैलो...

प्रज्ञा ठाकुर! साली कॉल करके आई है!

प्रज्ञा ठाकुर!

अबराम, उसे जाने दो।

चली गई है वो।

अबराम प्लीज़...

डोंट क्राय प्रज्ञा, इस्लाम के लिए कुर्बानी है ये।

नहीं अबराम!

अब एक काफिर को भी क़त्ल करना होगा।

अबराम मैं किसी से कुछ नहीं कहूंगी।

तू कहने के लिए बचेगी ही कहां प्रज्ञा, रुक बस रुक तू!

ऑडियो बंद हो गया। अश्फ़ाक़ ज़ोर-ज़ोर से हंसा, 'समाचार समाप्त हुए।'

तभी गार्ड की बोगी से प्रज्ञा ठाकुर अंदर आई। रमाकांत ने उसकी पीठ में रिवॉल्वर लगा रखी थी। दुर्गा ने आंखों-आंखों में प्रज्ञा ठाकुर को कुछ इशारा किया; अफ़ज़ल, देवव्रत और सम्मान सिंह को भी दुर्गा ने पलट कर देखा और ट्रेन की चेन खींचने का इशारा किया। दुर्गा लगातार ऊपर की तरफ इशारा कर रही थी, लेकिन कोई समझ नहीं पा रहा था। मुन्नालाल ने सिंटू दुबे की पीठ में हाथ लगाते हुए कैमरा लेंस चेन की तरफ उठाने का टिप दिया। सिंटू ने जैसे ही कैमरा चेन की तरफ किया, प्रज्ञा ठाकुर समझ गई। प्रज्ञा ठाकुर ही ट्रेन की चेन के सबसे क़रीब खड़ी थी, लेकिन उसकी पीठ पर रिवॉल्वर लगी थी। प्रज्ञा ठाकुर ने दुर्गा को आंखों ही आंखों में समझाया कि मौक़ा मिलते ही वो चेन खींच कर रोक देगी।

अशफ़ाक़ आंखों की इन हरकतों को समझ रहा था, 'अरे ओ रे बॉम्बे वीटी! स्वत:ला हिरोइन समजण्याची गरज नाही। साला, अच्छा खासा दोनों बाप-बेटे आईस स्पाई खेल रहे थे, मगर मैडम को तो फ़िल्म देखनी थी—अरे ए अबराम! दिखा तो मैडम को *एवेंजर्स: द एंड गेम* फ़र्स्ट डे फ़र्स्ट शो।'

अबराम ने रिमोट दिखाया। दुर्गा चिल्लाई, 'रुक जा अबराम, रुक जा!'

अशफ़ाक़ चिल्लाया, 'उड़ा दे अबराम, ख़त्म कर काकोरी कांड!'

रमाकांत ने प्रज्ञा को ज़मीन पर लिटा दिया। अफ़ज़ल चिल्लाने लगा। देवव्रत ने खड़े होने की कोशिश की तो त्रिपुरारी ने उसे घुटने से दबा कर, उसके सिर पर रिवॉल्वर का बट मार दिया। ट्रेन की दूसरी बोगियों में बच्चे एक दूसरे से मिल कर हंस रहे थे। हर बोगी में लोग कबाब खा रहे थे। एक बच्चा बर्थ के नीच रखे *बड्स एंड ब्लास्ट* के डिब्बे उठाने जा रहा था। रिमोट हवा में उठाकर अबराम चिल्लाया, 'नारा-ए-तदबीर, अल्लाहो अकबर!'

रिमोट का बटन दब गया। बोगी में मौजूद हर किसी ने अपनी आंखें मींच लीं। मुन्नालाल रोने लगा। सिंटू दुबे कैमरा लेकर ज़मीन पर लेट गया। त्रिपुरारी, रमाकांत, विकिपीडिया और गौतम भी ज़मीन पर बैठ गए। अशफ़ाक़ उल्ला बिस्मिल ने रिवॉल्वर की नोक पर दुर्गा को लिटा

दिया और ख़ुद भी बैठ कर चिल्लाने लगा, 'नारा-ए-तदबीर, अल्लाहो अकबर!'

एकदम सन्नाटा था। ब्लास्ट नहीं हुआ। अबराम ने दूसरा बटन दबाया, फिर भी धमाका नहीं हुआ। तीसरा, चौथा, पांचवां...उसने कई बटन दबाए, लेकिन किसी भी बोगी में धमाका नहीं हुआ। अबराम ने रिमोट की बैट्री चेक करके फिर बटन दबाए, पर न कोई धमाका, न ब्लास्ट।

दुर्गा की कनपटी पर रिवॉल्वर टिकाए हुए अश्फ़ाक़ उल्ला बिस्मिल ने उसे बालों से खींच कर खड़ा किया और ख़ुद भी खड़ा हो गया। उसने अबराम को देख कर पूछा, 'क्या हुआ अबराम?'

अबराम की आंखों में ग़ुस्सा था। वो बिलखते बच्चों जैसा मुंह बना कर रोने लगा, मानो किसी ने खिलौना छीन लिया हो। अबराम ने पहले रिमोट देखा, फिर दुर्गा को। त्रिपुरारी, गौतम, अफ़ज़ल, देवव्रत और बोगी की बर्थ के नीचे दुबके बैठे तीन मुसाफिरों पर नज़र डालते हुए अबराम ने पीछे गर्दन घूमा कर रमाकांत और प्रज्ञा ठाकुर से आंखें मिलाईं। हारे हुए अबराम ने आसमान की तरफ चेहरा उठाया और दहाड़ मार कर रोने लगा। रोते-रोते जैसे थोड़ी देर बाद अबराम थक गया। नाक से नज़्ला बह रहा था। उसने जैकेट की बांह में नाक पोंछी और आंसुओं को साफ़ किया। इस वक़्त अबराम का हमेशा की तरह सिर्फ एक ही सहारा था—अश्फ़ाक़ उल्ला। अबराम ने अश्फ़ाक़ की तरफ अपनी बाहें फैलाईं और डबडबाई आंखों से अश्फ़ाक़ की आंखों में देख कर रुंधे गले से बोला, 'पंडित जी!'

धाड़ से एक गोली चली और अबराम के माथे के बीचोबीच छेद करती हुई, सिर के पीछे से निकल कर बोगी के वॉशबेसिन पर टंगे शीशे को चकनाचूर कर गई। अश्फ़ाक़ बुदबुदाया, 'स्साला, पंडित जी बोलता है।'

कांच के टुकड़े बिखर गए। हर टुकड़े में सिर्फ अश्फ़ाक़ उल्ला बिस्मिल नज़र आ रहा था। पूरी तरह शॉक्ड दुर्गा शक्ति ठाकरे ने पलट कर देखा। अश्फ़ाक़ उल्ला बिस्मिल आगे बढ़ा और ज़मीन पर पड़े अबराम पर रिवॉल्वर तानते हुए अंदाज़ा लगाने की कोशिश की कि वो

मरा भी है या नहीं। अबराम की आंखें खुली थीं और आंखों की पुतलियों में अशफ़ाक़ का अक्स एकदम साफ़ था। अशफ़ाक़ उल्ला ने नज़र उठाई, तो बोगी की वॉल पर अशफ़ाक़ उल्ला ख़ाँ, राजेन्द्रनाथ लाहिड़ी, रोशन सिंह और पंडित राम प्रसाद बिस्मिल की तस्वीरें लगी थीं। तस्वीरों पर सबके नाम लिखे थे। लेकिन राम प्रसाद बिस्मिल के नाम के आगे जहां पंडित लिखा था, उस पंडित पर अबराम के ख़ून का एक कतरा लग गया था। अशफ़ाक़ उल्ला बिस्मिल ने अपनी वर्दी की बांह से वो ख़ून पोंछ कर साफ़ किया। प्रज्ञा ठाकुर, देवव्रत, त्रिपुरारी पांडे, रमाकांत, गौतम और विकिपीडिया—सब उसकी तरफ बढ़ गए। अशफ़ाक़ उल्ला ने अपनी जेब से 8 डाउन पैसेंजर का टेराकोटा मॉडल निकाल कर अबराम की हथेली में रख दिया। वही मॉडल, जो किंगशिप के सिक्कों और माउज़र के साथ प्रज्ञा ठाकुर के घर से चोरी हो गया था। अशफ़ाक़ अबराम के हाथ में छोटी ट्रेन पकड़ा कर उसकी मुट्ठी बंद करने की कोशिश करते-करते गुनगुनाने लगा:

आ चल के तुझे

मैं लेके चलूं

इक ऐसे गगन के तले

जहां ग़म भी न हो

आंसू भी न हों

बस प्यार ही प्यार पले

इक ऐसे गगन के तले...

अशफ़ाक़ के कंधे पर एक हाथ आया। उसने पलट कर देखा तो दुर्गा शक्ति ठाकरे खड़ी थी। अशफ़ाक़ उल्ला बिस्मिल ने दुर्गा शक्ति के हाथ पर हाथ रखा। आंसू की धार उसकी आंखों से होती हुई, गाल की कोर से टप्प से टपक गई। दुर्गा बोली, 'औलाद को मार डाला?'

दुर्गा शक्ति के हाथ में अपनी रिवॉल्वर थमा कर अशफ़ाक़ मुस्कुराया, 'जिसे गोद में पाला था, वो औलाद थी, पर जिसे मार डाला वो आतंकी था।'

प्रज्ञा ठाकुर ने ट्रेन की चेन खींची। ट्रेन ठीक काकोरी शहीद स्मारक पर रुकी। यही वो जगह थी जहां क्रांतिकारियों ने ट्रेन की चेन खींचकर अंग्रेज़ों का ख़ज़ाना लूटा था। सिपाहियों ने मिलकर अबराम की लाश बोगी से उतारी। अबराम की जेब से निकले दो मोबाइल और रिमोट त्रिपुरारी पांडे ने अपने रूमाल में बांध लिए। ठीक पीछे वाली कोच से उतर कर गार्ड ने हौज़ पाइप कनेक्ट किया और अश्फ़ाक़ उल्ला को झंडी पकड़ा दी। अश्फ़ाक़ उल्ला बिस्मिल ने इंजन से झांक रहे ड्राइवर को एक बार फिर से हरी झंडी दिखाई और 8 डाऊन पैसेंजर फिर चल दी।

लखनऊ सीएम हाउस में काकोरी एनिवर्सरी का फंक्शन धूमधाम से चल रहा था। इधर काकोरी थाने में सब चाय समोसे खा रहे थे। अश्फ़ाक़ उल्ला बिस्मिल अपनी कुर्सी पर बैठा था और दुर्गा शक्ति ठाकरे अश्फ़ाक़ के ठीक सामने, मगर उसके चेहरे पर कुछ सवाल थे, जो अश्फ़ाक़ पढ़ पा रहा था।

दुर्गा ने आख़िरकार पूछा, 'अबराम वॉज़ टेररिस्ट, ये तुमको कैसे पता चला?'

अश्फ़ाक़ उल्ला ने उसे इंजन और चेसिस नंबर वाली फ़ोटो दराज़ से निकाल कर दी। दुर्गा ने फ़ोटो पलटी और नंबर पढ़कर बोली, 'ये नंबर कैसे बताया कि अबराम कोई मिशन ऑपरेट कर रहा है?'

इस बार अश्फ़ाक़ ने दराज़ से अपना मैग्नीफाइंग लेंस भी निकाल कर दुर्गा को पकड़ा दिया। दुर्गा ने अब लेंस से देखना शुरू किया, पर इंजन, चेसिस नंबर और कॉर्डिनेट के अलावा उसे कुछ नहीं दिखा।

अश्फ़ाक़ उल्ला मुस्कुराया, 'इस फ़ोटो को जब भी देखो, साला सब यही कहते हैं कि पलट कर देखो, नंबर पीछे लिखा है...सबकी तरह धोखा मत खाओ दुर्गा मैडम, फ़ोटो को उल्टा नहीं सीधा देखो, फिर बताओ।'

दुर्गा शक्ति ने फ़ोटो पलटा और बिना लेंस के देखते हुए भी चौंक गई, 'च्यामाइला, ये तो साला तेरा फेवरेट बुरहान वानी का जनाज़ा है बे!'

अशफ़ाक़ हंसा, 'देखो मैडम, गौर से देखो, बुरहान के जनाज़े में अबराम बाबू हथियार लेकर बैठे रो रहे हैं, फातिया पढ़ रहे हैं अपने आका का।'

विकिपीडिया ने आज अपना अंतिम ज्ञान दिया, 'मैडम किसी भी सर्च इंजन पर बुरहान वानी टाइप करो, जनाज़े के फ़ोटो भरे पड़े हैं। वो ट्रेन भी मिलेगी जो पाकिस्तान ने बुरहान वानी नहीं बल्कि शहीद बुरहान वानी के लिए "आज़ादी एक्सप्रेस" के नाम से चलाई थी।'

त्रिपुरारी पांडे कैसे चुप रहता, 'अशफ़ाक़ साहब तब अबराम के पास श्रीनगर में ही थे, जब बुरहान मारा गया था। कई दिन तक फंसे रहे वहां, भला कैसे भूल जाते बुरहान वानी का चेहरा? और फिर बुरहान के जनाज़े में अबराम का फ़ोटो देखते ही, बुरहान सर का फेवरेट हो गया।'

'*हिंदुस्तान रिपब्लिकन एसोसिएशन* काई को, अशफ़ाक़?' दुर्गा ने पूछा।

'तब गोरों से लड़े थे, अब गौरियों को कुचलना है,' अशफ़ाक़ उल्ला बोला।

'चांद खुतरा को क्यों मारा?' दुर्गा का अगला सवाल आया।

अशफ़ाक़ ने जवाब दिया, 'अबराम ने चांद खुतरा को बुरहान वानी के जनाज़े वाले अपने फ़ोटो पर ख़ुद ही कॉर्डिनेट लिख कर दिया था। काम पूरा हुआ। मैंने पकड़ लिया तो ख़ुद सायनाइड खा कर मर रहा था, और ख़ुद नहीं भी मरता तो भी अबराम उसे मार डालता। बस फिर क्या था, उसे मरना ही था, तो मैंने मार दिया। अगर इन खूंखारों का मिशन मासूमों को मौत की नींद सुलाना था, तो मेरा भी मिशन इन आतंकियों को मौत का आतंक दिखाना था और हिंदुस्तान के साथ, हिंदुस्तानियत को बचाना था।'

'पन मारा कैसे, वहां तो सिक्योरिटी था?' दुर्गा सबकुछ जानना चाहती थी।

अशफ़ाक़ उल्ला अपने स्टाइल में बोला, '*सिंघम* टू देखे हो, मैडम? हम लोग देखे हैं, एक्कै रात में दो-दो शो। पिक्चर देखने के बाद मैंने थके

हुए सिपाहियों की ड्यूटी बदली और हमारे फंटास्टिक फोर चांद खुतरा की सिक्योरिटी में तैनात हो गए।'

विकिपीडिया, त्रिपुरारी, रमाकांत और गौतम ज़ोर से हंसे। त्रिपुरारी बोला, 'अरे मैडम, हम लोग तय कर लिए थे कि सिंघम साहब के लिए बनियाइन पहन कर चल देंगे। बस चांद खुतरा के वार्ड में हम चारों की ड्यूटी लगी, हम सब सोने का नाटक करते रहे, और साहब चांद को चंदा मामा के पास भेज दिए।'

विकिपीड़िया बोला, 'मैडम ये पूछिए कि खुतरा की ग्लूकोज़ की बोतल में सायनाइड का कैप्सूल कहां से आया? साहब के पास कोई सायनाइड की होलसेल एजेंसी थोड़े है।'

दुर्गा ने विकिपीडिया के कहने पर अशफ़ाक़ उल्ला से ये नहीं पूछा कि उसके पास सायनाइड का कैप्सूल कहां से आया, बल्कि उसने सीधे फॉरेंसिक एक्सपर्ट डॉक्टर कटियार को फ़ोन लगा दिया, 'वो सायनाइड वाली रिपोर्ट का क्या हुआ, डॉक्टर साहेब?'

कटियार बोला, 'तैयार है मैडम, बस टाइप हो रही है।'

'अरे आप ऐसे ही बताओ, रिपोर्ट कल दे देना,' दुर्गा ने कहा।

'मैडम नसीम पपीतेवाले के घर से जो शीशी मिली थी, उसमें जो तीन कैप्सूल थे, वो सायनाइड ही हैं। ग्लूकोज़ की बोतल में जो कैप्सूल तैर रहा था, वो भी सायनाइड है मैडम, मगर चांद खुतरा के ताबीज़ में जो कैप्सूल बरामद हुआ था वो बिकोसूल कैप्सूल है—सिंपल बी कॉम्प्लैक्स!'

दुर्गा ने अशफ़ाक़ को कनखियों से देखते हुए कहा, 'तो चांद के ताबीज़ का सायनाइड कैप्सूल तूने ग्लूकोज़ बॉटल में डाल दिया और ताबीज़ में बिकोसूल रख दिया।'

अशफ़ाक़ ने दुर्गा के पूछने से पहले ही बाकी डिटेल दे दी, 'बुर्का तो आपने ही मुझे पहना दिया था, नसीम के पास डायबिटीज़ थी और मेरे पास टेन एम्पल की पेन इंसुलिन। ज़िंदगी के पेड़ से पपीता बेवक़्त टपक गया। नसीम पपीतेवाला चांद खुतरा की अगली कड़ी था, ट्रेन को बारूद से उड़ाने के लिए अबराम ने जेलेटिन नसीम से मंगाया, चांद के घर पर

रखवाया और पपीतेवाले ने अबराम के कहने पर जेलेटिन का ठिकाना बदलवाया। बात फिर वही थी—मिशन पूरा करते ही नसीम ख़ुद मर जाता या अबराम उसे मार डालता, मैंने इस बार नसीम को मार डाला।'

अब तक चुपचाप बैठी प्रज्ञा ठाकुर ने ख़ामोशी तोड़ी, 'अच्छा हुआ मेरे फ़ोन का ऑडियो रिकॉर्डर हमेशा ऑन रहता है। राबिया ने उस रात फ़ोन सुनते रहने को न कहा होता, तो मैं अबराम का खूंखार चेहरा कभी पहचान ही नहीं पाती, लेकिन चांद खुतरा और नसीम पपीते की दर्दनाक मौत की ख़बरों ने अहसास करा दिया था कि कोई है, जो अबराम के खूंखार दोस्तों को मौत की नींद सुला रहा है। फिर मेरे पास पुलिस की वर्दी में एक बाप आया, उसकी आंखों में बेटे के गुनाहों का ग़म था और चेहरे की झुर्रियों में सज़ा देने का बहता लावा। मैं तो मूर्तियां गढ़ती थी, मूर्तियां पढ़ती थी, लेकिन मुझे सच में जीता जागता अश्फ़ाक़ उल्ला बिस्मिल मिल गया।'

अश्फ़ाक़ ने आसमान की तरफ देखा, 'देख मरियम अश्फ़ाक़ के पास आज एक बिटिया भी है। मेरी ठकुराइन न होती, तो राबिया की मासूम गुहार और इस्लाम के नाम पर अबराम की घिनौनी आवाज़ कैसे सुनता? कैसे नज़र आती, काकोरी कबाब में छिपी बारूद की साज़िश? अयोध्या में हमने जेलेटिन से लोडेड जो टैंपो पकड़े थे, वो हमने पकड़े नहीं थे, बल्कि हमारा ध्यान अयोध्या की तरफ भटकाने के लिए अबराम ने नसीम पपीते से कह कर जानबूझ कर पकड़वाए थे। दस-पंद्रह पेटियां, जो हम नहीं पकड़ पाए, उन पेटियों की जेलेटिन रॉड्स तो एक-एक कबाब के अंदर भरी जा चुकी थीं। प्रज्ञा न होती तो ये कैसे पता चलता हमें?'

बाप के किरदार ने अफ़ज़ल की रूह में गहरे तक पैबस्त नफरत के ज़ख्मों पर मरहम का फ़ाया रख दिया। आज उसे फ़ख्र था कि वो अश्फ़ाक़ उल्ला बिस्मिल का बेटा है। अफ़ज़ल धीरे से बोला, 'उस रात जब ख़ाँ साहब हम सबको तहव्वर चाचा के घर ले गए, तब समझ में आया कि अबराम ने *बड्स एंड ब्लास्ट* के डिब्बों में जेलेटिन स्टिक्स छुपा कर रखी थीं, वो डिब्बे बदले न होते, तो सब ख़त्म हो जाता।'

दुर्गा ने कुर्सी से उठकर अफ़ज़ल के कंधे पर हाथ रखा, 'तू भागा क्यों?'

अफ़ज़ल ने अश्फ़ाक़ को मुस्कुरा कर देखा और फिर दुर्गा को जवाब दिया, 'इस कहानी का राइटर है अश्फ़ाक़ उल्ला बिस्मिल, राइटर ने वक़्त-वक़्त पर हममें से हर किसी को एक कैरेक्टर दिया, मेरी किस्मत है कि मुझे ठीक एक रात पहले एक करैक्टर मिला। हम सब सिर्फ अपने कैरेक्टर निभा रहे थे और वो करते जा रहे थे जो राइटर ने लिखा था, मैम।'

दुर्गा फिर अश्फ़ाक़ की तरफ पलटी और मुस्कुराते हुए बोली, 'चांद और पपीते को पकड़ कर तू इंटेरोगेशन भी कर सकता था, मारना ज़रूरी था क्या?'

अश्फ़ाक़ सीरियस हो गया, 'अभी भी आपको समझ में नहीं आया मैडम? राबिया एक राज़ जानती थी, वो राज़ न खुले, इसलिए अबराम ने राबिया का बेदर्दी से क़त्ल कर दिया। चांद खुतरा को हमने पूछताछ के लिए ही पकड़ा था। अबराम उस वक़्त सामने ही खड़ा था, जब चांद ने सायनाइड खाने की कोशिश की। चांद जानता था कि मिशन के लिए उसे या तो ख़ुद मरना है, या मिशन में मार दिया जाना है, इसीलिए जैसे ही अबराम ने चांद से कहा कि "एक बात तो पक्की है चांद, तू बचेगा नहीं", तो इतना सुनते ही चांद इशारा समझ गया और उसने सायनाइड खा लिया। पपीतेवाले के घर पर भी तो सायनाइड मिला था हमको—क्यों? किसलिए? केवल इसलिए कि या तो ख़ुद मर जाओ, या मर जाने के लिए तैयार रहो। मिशन का लीडर अबराम था, वो ख़ुद ट्रेन के धमाके में मर जाने को तैयार था। ये सोसाइडल स्क्वॉड है, मैडम! इससे पहले कि ये मरें, हमें मार देना चाहिए, रही बात पूछताछ की तो ये ख़ुद सबूत थे, ख़ुद गवाह थे, इन्हें मरना ही था।'

काकोरी का सबसे बड़ा विलेन अश्फ़ाक़ उल्ला आज सबका हीरो बन चुका था। दुर्गा ने अश्फ़ाक़ पर आख़िरी सवाल दागा, 'इतना ड्रामा काई कू अश्फ़ाक़? अबराम को तो तू बहुत पहले मार दिया होता, नई क्या?'

अशफ़ाक़ उल्ला ने कोई जवाब नहीं दिया। उसने दुर्गा को अपने साथ चलने को कहा और दोनों जीप में बैठ कर चल दिए। जीप सीधे तहव्वर ख़ाँ के घर पर रुकी। अशफ़ाक़ दुर्गा को लेकर अंदर पहुंचा। दोनों तहव्वर के कमरे में घुसे, तो देखा तहव्वर नमाज़ पढ़ रहा था। दोनों ख़ामोशी से खड़े रहे। नमाज़ अता करके तहव्वर ने अशफ़ाक़ को देखते ही गले लगा लिया, 'बेटा पंचवक्ता नमाज़ी हूं, आज राबिया की रूह के लिए दुआ में सुकून मांगा है अल्लाह पाक से। मगर असली नमाज़ी तो तू है, जो नमाज़ नहीं पढ़ता और सवाब में सुकून देता है।'

थोड़ी देर तक बिलखते तहव्वर ख़ाँ को गले लगाने के बाद अशफ़ाक़ ने कमरे के पीछे वाला दलान खोलने को कहा। तहव्वर ख़ाँ ने कंपकंपाते हाथों से दलान के दरवाज़े का ताला खोला। अंदर पहुंचते ही अशफ़ाक़ ने दुर्गा शक्ति को *बड्स एंड ब्लास्ट* के डिब्बे दिखाए, फिर एक डिब्बा उठा कर उसको दिया, 'खा कर देखिए मैडम, असली काकोरी कबाब है!'

दुर्गा ने डिब्बे को खोला। डिब्बे में दस कबाब थे जो आपस में तार से जुड़े थे और दसों कबाब से निकले तार लास्ट में एक सेंसर से जुड़े थे। अशफ़ाक़ उल्ला ने कबाब हाथ में लेकर उसके ऊपर का कीमा नाख़ून से खरोंचना शुरू किया। थोड़ी ही देर में कबाब का पूरा का पूरा कीमा ज़मीन पर गिर गया। कबाब के अंदर से जेलेटिन स्टिक निकली। अशफ़ाक़ ने तहव्वर की तरफ देख कर कहा, 'तहव्वर ख़ाँ असली काकोरी कबाब बनाने वाले कबाबचियों की पीढ़ी के आख़िरी बंदे हैं, इन्हें भी नहीं अंदाज़ा होगा कि एक दिन श्रीनगर से एक भटका हुआ मुसलमान लड़का आएगा और कबाब के अंदर बारूद भरकर, एक और काकोरी कबाब ईजाद करेगा। कोई बाबरी के लिए भटका, कोई कश्मीर के लिए भटक गया, मैं इस भटके हुए एक और मुसलमान लड़के को पहचानते ही मार देता, तो उसके चेहरे पर हार का डर कैसे देखता? याद है कैसे रो रहा था, कैसे बिलख रहा था? अल्लाह के नाम पर मिशन पर चल पड़ा था न, क्यों अल्लाह ने उसे रुला दिया? क्योंकि अल्लाह मेरे साथ था, अल्लाह मेरे इस्लाम के साथ था, अल्लाह मेरे मिशन के साथ था और मेरा मिशन था—भटके हुए शैतान को मारने से पहले ये बताना कि अगर अबराम का मिशन है, तो अशफ़ाक़ का भी मिशन है। मिशन मारने

का नहीं, मिशन एक ऐलान का और ऐलान ये कि एक अशफ़ाक़—एक इंस्पेक्टर, एक बाप—अगर मिशन पर चल पड़ा, तो अबराम को बता कर मारेगा कि बेटा शैतान फेल, इंसान पास।'

दुर्गा शक्ति की आंखों में एक चमक सी आ गई। आज उसकी आंखें ख़ुद के लिए नहीं, बल्कि किसी और के कामयाब होने पर पहली बार चमक रही थीं। उसने कभी भी किसी केस में गिव अप नहीं किया था। साम-दाम-दंड-भेद, कुछ भी लग जाए, उसे मेडल चाहिए था। मेडल इसलिए ताकि वो ख़ुद को जता सके कि उसने एक और टेररिस्ट को हरा दिया। दुर्गा मन में हार क़ुबूल करके बोली, 'मैं न तेरे से रेस कर रही थी, अभी मैं एक्सेप्ट करती कि मैं रेस में थी ही नहीं। और ये केस न कोई रेस-वेस होताइच्च नहीं है, ये तो ड्यूटी है और तू सिर्फ पुलिस की ही ड्यूटी नहीं, इंसान की ड्यूटी पन भी था। बस साला ये इंसान हरा दिया मेरे को। और हां, एक और बात मेडल्स आर माय पैशन, आई कैन डाय फॉर देम, पन पहली बार मैं किसी अशफ़ाक़ का मेडल रिकमेंड करेगी...पक्का, डन!'

अशफ़ाक़ ने जज़्बाती होते हुए कहा, 'मेडल आप रख लो मैडम, अशफ़ाक़ उल्ला के पाप धुल गए। गुनाह माफ़ हो गए, बस यही काफ़ी है मेरे लिए तो।'

'तूने मुझे पहले ये सब क्यों नहीं बताया, अशफ़ाक़? मैं तो साथ थी तेरे,' दुर्गा ने पूछा।

बिस्मिल निज़ामाबादी की वो शायरी जिसे राम प्रसाद बिस्मिल ने गुनगुना कर अमर कर दिया, अशफ़ाक़ ने उसे अपने हिसाब से गढ़ा और पढ़ा:

वक़्त आने पर तुझे बतला दिया ऐ आसमां
हम भी पहले क्या बताते, क्या हमारे दिल में है
सरफ़रोशी की तमन्ना फिर हमारे दिल में है
देखते हैं ज़ोर कितना बाज़ु-ए-क़ातिल में है

कुरैशी कसाई की दुकान के पिंजड़े में रंग-बिरंगे मुर्गे थे। लखनऊ के मुर्गा होलसेलर आजकल देसी मुर्गे के नाम पर बॉयलर मुर्गों को रंग कर बेचते हैं। काले, लाल, पीले, सुनहरे, सफेद, केसरिया और तो और किसी बेवकूफ मुर्गा रंगरेज़ ने एक मुर्गा हरे रंग का भी रंग दिया। पिंजड़े का माहौल सतरंगी था। मगर हर मुर्गे की आंख में फिर काटे जाने का खौफ साफ़ नज़र आ रहा था। तभी सफेद पजामा कुर्ता और सिर पर टोपी लगाए, एक छोटा सा बच्चा हाथ में कागज़ का तिरंगा झंडा लिए दौड़ कर आया। पता नहीं क्या बदमाशी सूझी कि उसने पिंजड़े की कुंडी में फंसी कील निकाल कर पिंजड़ा खोल दिया। एक के बाद एक सारे मुर्गे पिंजड़े से निकल कर इधर-उधर भागने लगे। पूरा पिंजड़ा खाली हो गया, पिंजड़े के एक कोने में बस हरे, सफेद और केसरिया रंग के तीन पंख चिपके हुए थे। आज 15 अगस्त था और सड़क पर भागते मुर्गों के रंग देख कर ऐसा अहसास हो रहा था, जैसे आज़ादी सच में आज़ाद दौड़ रही है।

लखनऊ के सीएम हाउस में बहुत बड़ा फंक्शन हो रहा था। चीफ सेक्रेटरी आनंद मोहन राय, डीजीपी बृजलाल कुलश्रेष्ठ, एसएसपी शैलेश कृष्णा, त्रिपुरारी पांडे, विकिपीडिया, गौतम, रमाकांत, तहव्वर ख़ाँ, अनारकली, देवव्रत, पन्ना कबाड़ी, मेवालाल के संस, फुलझड़ी, सीको, नसीम पपीते की अम्मी, आशुतोष निरंजन, दीप्तिमान निरंजन, अंगद यादव की बीवी और बच्चे, मुन्नालाल पत्रकार और सिंटू दुबे बैठे लगातार ताली बजा रहे थे। उधर जेल में जेलर आकाश शर्मा के साथ दर्जनों कैदी टीवी पर इस फंक्शन का लाइव टेलिकास्ट देख रहे थे। इन कैदियों की भीड़ में स्मैकिया सिपाही और राबिया बसर के रेप का एक्यूज़्ड अंगद यादव भी शांत बैठा था।

दुर्गा शक्ति ठाकरे फंक्शन होस्ट कर रही थी। उसने अपनी स्पीच देनी शुरू की:

देयर आर सम फैक्ट्स इन दिस पर्टिकुलर केस, विच आईवॉन्ट टू शेयर विद माय सीनियर्स, एंड स्पेशली फॉर ऑल कॉमन मेन हियर—26/11 वॉज़ द मोस्ट हॉरिफिक डे फॉर द कंट्री, बट फॉर मी, इट वॉज़ ए टेन थाउज़ेंट वोल्ट शॉक। मगर वो टेन थाउज़ेंट वोल्ट का शॉक मेरे को एनर्जाइज़ कर दिया, एंड विद द एनर्जी ऑफ़ दैट मूमेंट, आई एम हियर

टुडे। मैंने टेररिज़्म का बहुत केस सॉल्व किया, मोस्ट ऑफ़ द टाइम ये टेररिस्ट लड़के लोग लड़कियों को सॉफ्ट टारगेट बनाते हैं, अपना काम कराने के लिए। अइसे ही अबराम श्रीनगर से काकोरी आया, उसने अपने स्लीपर सेल फ्रेंड्स—चांद और नसीम के साथ प्लान बनाया, तहव्वर से ब्रैंड लिया और उसकी लड़की राबिया को इंनोसेंस में फंसा लिया। लड़की ने मदद की, लड़की की फ्रेंड ने भी मदद की। ही डिमांडेड ए फ़ोन, एंड राबिया की फ्रेंड प्रज्ञा ने उसे एक फ़ोन दे दिया। यहीं से कहानी शुरू हुई, अबराम ने इंनोसेंट बनकर सिमकार्ड लिया और पाकिस्तान के टेररिस्ट फ्रेंड से बात करने लगा। ये मैं इसलिए बता रही हूं कि इस सोसाइटी में हमेशा लड़की ही सॉफ्ट टारगेट रहती है, फिर वो राबिया हो या प्रज्ञा! जिस दिन वो आदिल अहमद डार पुलवामा में कार टकराया फोर्स के कॉन्वाय से, वो डेट भी 14 फरवरी थी, बोले तो वेलेन्टाइन डे। एंड इन हिज़ लास्ट वीडियो, आदिल अहमद डार बोला कि लड़की लोगों से दूर रहने का क्योंकि मिल्ट्री, आईबी, एटीएस—सब टेररिस्ट लोगों के लवर से मिल कर इन्फॉर्मेशन निकाल लेते हैं। व्हिच इज़ राइट, बुरहान वानी को उसकी लवर की इंफॉर्मेशन पर ही पकड़ा गया और एनकाउंटर में मारा गया। बस देखो कैसे अबराम राबिया बसर को मार दिया! मेरे को तो कोई बोला था एक दिन कि राबिया बसर वॉज़ ए होली सेंट, माने संत, वो संत इराक में पैदा हुई थी। ऑफकोर्स दिस काकोरी राबिया बसर वॉज़ ऑल्सो ए सेंट। उसने अबराम का पोलपट्टी खोलने की पूरा कोशिश की, पन मर गई। अगर राबिया बसर सेक्रीफायज़ नहीं की होती, तो इतना बड़ा टेररिज़्म प्लान फेल नहीं होता। कंट्री ऐसी हर लड़की को सेल्यूट करती है, जो टेररिस्ट से देश को बचाई। आज से राबिया बसर जैसी लड़कियों के लिए, 'राबिया बसर ब्रेवरी अवॉर्ड' दिया जाएगा।

~

प्रधानमंत्री अफ़ज़ल को "साइंटिस्ट ऑफ़ द नेशन" का मेडल पहना रहे थे। अशफ़ाक़ को गले लगा कर ज़ोरदार तालियों की गड़गड़ाहट के बीच मेडल लेकर अफ़ज़ल पोडियम पर पहुंचा और उसने बोलना शुरू किया:

मेरा सब्र उस पल जवाब दे गया जब काकोरी इंस्पेक्टर ने मेरा ही लैपटॉप देकर मुझे फंसाने की कोशिश की। मेरे सामने जब मेरे सगे भाई को मेरे वालिद ने गोली मारी, उस पल मुझे समझ में आया कि ख़ुद उस बाप ने कितना बर्दाश्त किया होगा, जिसने अपने बेटों को बचाने के लिए बीवी को आंखों के सामने तिल-तिल मरते देखा। ज़रा नाइंसाफी तो देखिए ऊपर वाले की कि जिन बेटों को बचाया, वो बेटे ही उससे नफरत करते थे। मैंने खुलेआम नफरत की और अबराम ने चेहरे पर नकाब पहन कर की। आई स्पाई तो आप सबने ही खेला होगा बचपन में, इसे छुपन-छुपाई भी कहते हैं—जो छुपा वो चोर और जो पकड़ेगा वो पुलिस। अब्बू ने बचपन में ही बता दिया था कि छुपना तो है ही नहीं, खुलेआम रहना है। मेरी अम्मी खुलकर सामने आ गई तो हम सब बच गए। मैं यही सोचता रहा कि अगर अब्बू खुलकर बाहर आ जाते, तो अम्मी बच जाती। बस तभी से अब्बू के लिए नफरत भर गई दिल में, लेकिन आपको पता है कि मैं उस दिन के बाद से आई स्पाई नाम के उस खेल से ही बाहर हो गया। जानते हैं क्यों? क्योंकि मैं नफरत को खुलेआम चेहरे पर लेकर घूमने लगा। अब सोचता हूं कि अब्बू ने यही तो कहा था कि खुलकर रहो खुलेआम, सरेआम। नासा को मंगल ग्रह, मतलब मार्स पर एक बड़ा गड्ढा मिला, बहुत बड़ा गड्ढा...साइंस की भाषा में इसे क्रेटर कहते हैं, इसका नाम रखने के लिए मुझे प्रोजेक्ट दिया गया था। क्रेटर के नाम रखने के जो रूल्स थे, उसमें अब्बू का गांव मोहनलाल गंज सबसे मुफीद था। अब्बू लखनऊ के हैं और अम्मी सहारनपुर के देवबंद की... अब्बू से नफरत थी और अम्मी से बेपनाह प्यार, मगर काकोरी ने समझा दिया कि ये काकोरी आख़िर काकोरी क्यों है। अश्फ़ाक़ उल्ला ख़ाँ की काकोरी, ठाकुर रोशन सिंह की काकोरी, पंडित राम प्रसाद बिस्मिल की काकोरी...तीस दिन की छुट्टी ने समझा दिया कि काकोरी एक तहसील नहीं, इतिहास है क्रांति का; काकोरी ज़मीन है शहीदों की; काकोरी ख़ुद अपने आप में एक देश है, आज़ादी की लड़ाई लड़ने वाला देश। बस तय कर लिया कि काकोरी का ही नाम सही रहेगा। जिस जगह से मेरा कोई लेना-देना ही नहीं था, आज मंगल के उस क्रेटर का नाम सिर्फ और सिर्फ काकोरी है।

अश्फ़ाक़ उल्ला बिस्मिल को "ब्रेवरी मेडल" से नवाज़ा गया। प्रधानमंत्री के हाथों से मेडल पहन कर अश्फ़ाक़ स्टेज से उतरने लगा, तो उसे कुछ कहने के लिए कहा गया। अश्फ़ाक़ ने माइक संभाला और बोला:

अफ़ज़ल सबकुछ कह गए हैं, पर आई स्पाई का खेल छिड़ ही गया है तो बता देता हूं। नफरत तो अबराम भी करता था हमसे, अफ़ज़ल ने ख़ुद को ज़ाहिर करके गेम से बाहर कर लिया और अबराम ख़ुद के इरादे छुपा कर हमसे छुपन-छुपाई खेलता ही रहा—कभी फ़ोटो से हिंट दिया, कभी मोटरसाइकिल का सुराग भेजा, कभी जेलेटिन की पेटी में क्लू भेजा। सजेशन भी देता था, "इंस्पेक्टर साहब मोटरसाइकिल चेक करा लो", ये जांच, वो इन्वेस्टिगेशन होने दो। अबराम मियां चांद से फ़ोटो भी भिजवाते और नसीम से जेलेटिन की पेटियां। असल में अबराम हमको चैलेंज कर रहा था कि ढूंढ़ सको तो ढूंढ़ लो और हम ढूंढ़ते-ढूंढ़ते काकोरी ट्रेन तक पहुंच गए। तमाम क्लू दिए उसने हमको और हम खेलते रहे, लेकिन उसे वो क्लू नहीं दिखाई दिया, जो हमने उसे दिया। वो क्लू थे हम ख़ुद, हमारा नाम ही हिंट था। हमारा नाम—अश्फ़ाक़ उल्ला बिस्मिल—जो हमारे वालिद फ़ख्र उल्ला ख़ाँ ने शायद इसी दिन के लिए रखा होगा। अबराम अफ़ज़ल गुरू के नाम पर बारूद से खेल रहा था। अरे मेरा एक और बेटा भी तो अफ़ज़ल ही है, तो क्या हर अफ़ज़ल, अफ़ज़ल गुरू है? नहीं, कतई नहीं है! आख़िर बुरहान, सज्जाद, डार, अबराम को अफ़ज़ल गुरू के नाम पर—जैश, लश्कर और हिजबुल जैसे आकाओं ने अपना चेला बनाया कैसे? बाबरी के नाम पर, कश्मीर के नाम पर। कभी सीएए के नाम पर, तो कभी धारा 370 के नाम पर, और असल में हिंदू-मुसलमान के नाम पर, मगर जब तक अश्फ़ाक़ उल्ला ख़ाँ और पंडित राम प्रसाद बिस्मिल साथ हैं, अफ़ज़ल जैसे इन गुरू घंटालों को अपने प्राथिमिक विद्यालयों पर ताला लगा कर भागना होगा।

मुझसे कोई न कहे कि मैंने बेटे की कुर्बानी दी है। अरे कुर्बानी के नाम पर तुंबा की बेकदरी मत करो, उस बकरे की बेकदरी मत करो जो रसूल-ए-पाक के नाम कुर्बान हुआ! सरफ़रोशों ने 'हिंदुस्तान रिपब्लिकन एसोसिएशन' अंग्रेज़ों के ख़िलाफ़ बनाया, मैंने आतंकियों के ख़िलाफ़ उसे मिशन का झंडा बना डाला; चंद्रशेखर आज़ाद का माऊज़र, अंग्रेज़ों

के ख़ज़ाने में लूटे वो सिक्के और 8 डाउन पैसेंजर का छोटा सा मॉडल— चांद खुतरा, नसीम पपीतेवाला और अबराम जैसे आतंकियों की लाशों पर रख दिए ताकि सनद रहे कि मुल्क आज़ाद है और आज़ादी से कोई खेलेगा तो आज़ाद फिर आएगा। एक सवाल है जिसने पूरी कौम को नासूर का मरीज़ बना दिया है, सवाल ये कि हर मुसलमान आतंकवादी नहीं होता, मगर हर बार हर आतंकवादी मुसलमान ही क्यों होता है? अरे कोई तो इस सवाल का जवाब दे दो। बता दो इस मुल्क को कि एक मुसलमान आतंकी को इस बार एक मुसलमान ने मार डाला है, अश्फ़ाक़ उल्ला ने मार डाला है, पंडित राम प्रसाद बिस्मिल के लिए मार डाला है। बचा लो अपनी कौम को इस सवाल से, बख्श दो कौम को इस सवाल से...ख़ुदा के लिए बचा लो, राम के लिए बख्श दो।

पूरे हॉल में हर किसी की आंख से आंसू बह रहे थे। उधर जेल में अंगद यादव ज़ोर-ज़ोर से रो रहा था। बड़ा अफ़सर हो या छोटा सिपाही, अनारकली हो या नसीम की अम्मी, हर कोई अश्फ़ाक़ उल्ला बिस्मिल के लिए खड़े होकर या तो तालियां बजा रहा था या सलामी दे रहा था। अफ़ज़ल अपने वालिद को लेकर बाहर आया, तो सामने दुर्गा शक्ति ठाकरे खड़ी थी। दुर्गा ने अश्फ़ाक़ से हाथ मिलाया और जैसे ही अश्फ़ाक़ जीप पर बैठा, उसने बूट पटक कर उसे सेल्यूट किया। जीप स्टार्ट हुई और हाईवे से एक बार फिर काकोरी की तरफ चल दी।

जेल में अंगद यादव रो-रोकर जेलर से पूछ रहा था, 'साब, मेरा क्या कसूर है? मेरा गुनाह क्या है, मुझे किस बात की सज़ा मिल रही है?'

जेलर आकाश शर्मा ने अंगद की पीठ थपथपाई, 'तेरा गुनाह है नशा, तेरा कसूर तेरे अंदर बैठा हैवान है। तू विक्टिम भी है और रेपिस्ट भी। दोहरी सज़ा है तेरी, तुझे जेल भी भुगतना है और आत्मा की क़ैद भी।'

पुलिस क्वार्टर वाले घर में अफ़ज़ल और अश्फ़ाक़ कमरे में पहुंचे। मरियम और अपने वालिद फ़ख्र उल्ला ख़ाँ की तस्वीर पर पड़ी चादर हटाकर, अश्फ़ाक़ ने फ़ख्र के साथ मेडल अपने वालिद की तस्वीर पर पहना दिया। अफ़ज़ल ने भी अपनी अम्मी की तस्वीर पर मेडल टांगा और अपने वालिद के गले लग गया। अफ़ज़ल को कल नासा रिपोर्ट करना है।

काकोरी स्टेशन पर आज फिर 8 डाउन पैसेंजर खड़ी थी। अफ़ज़ल की ज़िद थी कि लखनऊ तक इसी ट्रेन से जाएगा और वहां से दिल्ली की फ्लाइट पकड़ेगा। विकिपीडिया, त्रिपुरारी पांडे, गौतम, रमाकांत और स्टेशन मास्टर त्रिलोकी व्यास के साथ अशफ़ाक़ उल्ला बिस्मिल भी उसे विदा करने आया था।

'मन कहता है अब आपको पंडित जी बोला करूं,' अफ़ज़ल ने कहा।

'ख़ाँ साहब बोल या पंडित जी, सजदा शहीदों को है,' अशफ़ाक़ ने जवाब दिया।

अफ़ज़ल ने अशफ़ाक़ से नज़रें मिलाईं, उसे तसल्ली थी कि अब अबराम, जन्नत में अम्मी की गोद में चैन से सिर रख कर लेटा होगा।

अशफ़ाक़ उल्ला बिस्मिल अपनी ही स्टाइल में बोला, 'अबे चल, अम्मी की ख्वाहिश कब थी उसे? जनाब तो बहत्तर हूरों की तलाश में निकल गए हैं।'

माहौल हल्का हुआ, तभी ट्रेन ने हॉर्न दिया और चल दी। दूर तक ट्रेन को देखने के बाद सब चलने लगे, तभी अशफ़ाक़ उल्ला के मोबाइल पर एक कॉल आई। बात करते-करते उसके चेहरे पर टेंशन आया, फिर वो अपने अंदाज़ में बोला, 'अबे ए त्रिपुरारी! निकाल गाड़ी, नया केस आया है।'

'कहां चलना है, साहब?' त्रिपुरारी पांडे ने पूछा।

अशफ़ाक़ उल्ला बिस्मिल बोला, 'हैं कुछ बारूदज़ादे जिन्हें पटाखों से खेलने का शौक है, लगता है इस बार दीवाली अयोध्या में ही मनेगी।'

जीप फर्र से फिर किसी मिशन पर निकल गई।

काकोरी हायर सेकेंडरी स्कूल की क्लास VI-ए में एक बच्चा टीचर से मोबाइल मांग कर मंगल ग्रह पर काकोरी ढूंढ़ रहा था, लेकिन मंगल पर काकोरी कहीं दिख ही नहीं रहा था। तभी उसकी टीचर, प्रज्ञा ठाकुर, ने

मोबाइल के सर्च इंजन पर "गूगल मार्स" टाइप किया। सर्च बटन दबाते ही मंगल ग्रह का सतरंगी नक्शा खुल गया। प्रज्ञा ने नक्शे के सर्च बॉक्स में इंग्लिश में काकोरी लिखा, और जैसे ही सर्च बटन दबाया, फौरन मंगल पर हरे रंग का काकोरी क्रेटर दिखाई देने लगा। काकोरी अब सिर्फ इतिहास के पन्नों में नहीं है, काकोरी अब सिर्फ लखनऊ की एक तहसील ही नहीं है, बल्कि आज काकोरी आकाश में चमक रही है। और आकाश में काकोरी का नया एड्रेस है—41.5 डिग्री साउथ, 29.9 डिग्री वेस्ट।

आभार

भगत सिंह के दोस्त, चंद्रशेखर आज़ाद के हमराज़ और ब्रिटिश हुकूमत के ख़िलाफ़ लाहौर षड्यंत्र में सत्रह साल काला पानी की सज़ा भुगतने वाले क्रांतिकारी शिव वर्मा जी से मेरा ख़ास रिश्ता था। बात 1994 की है, तब मैं *दैनिक जागरण* में था। शिव वर्मा जी ने मुझे बताया कि 18 दिसंबर 1927 को वो सगे भाई का भेष बदल कर काकोरी एक्शन के लीडर पंडित राम प्रसाद बिस्मिल से मिलने गोरखपुर जेल गए थे। रोते हुए शिव वर्मा से मुस्कुराते हुए बिस्मिल बार-बार कहते रहे, "सरफ़रोशी की तमन्ना अब हमारे दिल में है, देखना है ज़ोर किताना बाज़ु-ए-क़ातिल में है"। अगले ही दिन गोरखपुर में बिस्मिल और फ़ैज़ाबाद जेल में अशफ़ाक़ उल्ला ख़ाँ को फांसी दे दी गई। बस उसी दिन से काकोरी नाम के कस्बे से मुझे मोहब्बत हो गई। मैंने वर्मा जी से वादा लिया कि मैं जब भी लिखूंगा वो मेरी कहानी के सूत्रधार होंगे। 1997 में कानपुर के हैलट अस्पताल में भर्ती शिव वर्मा को एक्सपायर्ड ग्लूकोज़ चढ़ाया गया, जिसमें फंगस थी। मैंने अख़बार में कई दिन तक सीरीज़ लिखी। 10 जनवरी को मेरे सूत्रधार ने अस्पताल के बिस्तर पर आख़िरी सांस ली। बिलखते मन से सिर्फ एक ही आवाज़ आ रही थी, "मेरा सूत्रधार चला गया, मेरा कहानीकार चला गया।"

अख़बार, टीवी और ज़िंदगी लिखने से क़रीब बाइस साल बाद थोड़ी फ़ुर्सत मिली। एक दिन नासा के एक्स चीफ साइंटिस्ट फॉर ग्लोबल

चेंज, डॉक्टर इश्तियाक़ रसूल की वेबसाइट पर एक आर्टिकल पढ़ा। इश्तियाक़ रसूल के प्रपोज़ल पर ही नासा ने मंगल ग्रह के क्रेटर का नाम 'काकोरी' रखा था। इसी संदर्भ की कल्पना पर, मैं स्क्रीनप्ले रचने लगा। कहानी का स्क्रीनप्ले मैंने बॉलीवुड के मशहूर प्रोड्यूसर साजिद नडियाडवाला को सुनाया। साजिद भाई ने लपक कर गले लगा लिया और कहा कि बिना वक़्त गंवाए इस पर उपन्यास लिखो। मुझे लगा कि उन्होंने मुझे टाल दिया, लेकिन कई बार उन्होंने मुझसे उपन्यास के बारे में पूछा। मशहूर डायरेक्टर अनुभव सिन्हा, सुधीर मिश्रा और अश्वनी धीर ने मुझसे वही कहा जो साजिद भाई ने कहा था। किताब कभी लिखी तो थी नहीं, लिहाज़ा मैंने सबसे पहले अपने फेवरेट लेखक, समीक्षक, आलोचक और *अमेठी संग्राम* से तहलका मचा चुके राष्ट्रीय पुरस्कार विजेता अनंत विजय जी को कहानी सुनाई और उसी दिन से अनंत जी मेरे लिए मुसीबत बन गए। आए दिन फ़ोन मिलाकर पूछते थे, "कितना लिखा?" मैं अमूमन झूठ बोल देता था। एक बार उन्होंने मेरा झूठ पकड़ लिया। मैंने कहा पचास पन्ने लिख चुका हूं, अनंत जी ने तुरंत मेल करने को कहा। मेरे पास कुछ नहीं था। उन्होंने मुझसे कहा कि तुम जैसे बहाने बाज़ दुनिया से नहीं अपने आप से झूठ बोलते हैं। मैं शर्मिंदा हो गया। ख़ुद पर लानत भेजते हुए मैंने अपनी क्राइसेस मैनेजर, दोस्त, शायरा और *लोकमत समाचार* कि वरिष्ठ पत्रकार अर्चना अर्चन को फ़ोन करके शर्मिंदगी का क़िस्सा सुनाया। अर्चना ने फौरन आईडिया दिया कि मैं रोज़ लिखूं और उनको सुनाऊं। मेरे जैसा आलसी रोज़ लिखता, रोज़ सुनाता। परिवार और नौकरी की ज़बरदस्त मसरूफ़ियत के बीच भी वो रोज़ सुनतीं और एक नया तार बुनतीं। अर्चना की शक्ल में अब मेरे पास एक फ्रीक्वेंट रीडर, एक इंस्टेंट समीक्षक मौजूद था, जो कहानी के हर झोल, हर पोल को दुरुस्त कराता था।

एक दिन किताब तो पूरी हो गई, पर समस्या ये कि छपेगी कैसे! सस्पेंस थ्रिलर *नैना* के लेखक और मेरे बॉस रहे संजीव पालीवाल सर मुझे हौसला देते थे कि तुमने लिख ली है, बस लगे रहो, सबको सुनाते रहो, छप जाएगी एक दिन। मेरी ज़िंदगी में सिर्फ एक ही सुपरबॉस हैं और वो हैं आशुतोष सर। जितना भरोसा उन्हें मुझ पर रहा, शायद मेरे पिता को भी नहीं रहा। आशुतोष जी ने हिम्मत जगाए रखी। वो हमेशा कहते

रहे कि हम सब छोटे शहरों के लड़के हैं, ख़ुद अपनी जगह बनाई है, लड़ते रहो, जगह फिर बनेगी और किताब भी छपेगी। तमाम कोशिशों के बाद एक दिन अचानक मीनाक्षी ठाकुर जी से फ़ोन पर बात हो गई और उन्होंने फौरन नरेशन मांग लिया। मैं लंबे सफ़र पर था, हाईवे पर गाड़ी रोक कर मैंने उन्हें नरेशन दिया। दिन-महीने-साल बीते, मीनाक्षी ठाकुर के धैर्य ने कई बार मुझे टूटने से बचाया। कोरोना के कहर के दौरान भी काम के बीच में मुझे वक़्त देकर कई-कई बार सुना। बस यहीं से कहानी की किस्मत बदल गई।

अब कहानी एक किताब है। पापा, मम्मी श्री शक्ति-सुबोध ने अपनी आंखों से मेरी किताब के सपने देखे। सोना, जागृति, गिन्नी और आर्यन की फ़िक्र का ज़िक्र बेहद ज़रूरी है। सोना ख़ुद एक स्प्रिचुअल पावर है, जिसे हर वक़्त पता था कि किताब लिख भी जाएगी, छप भी जाएगी और एक दिन सबके हाथ में होगी। जागृति पैराशूट की तरह है। गिरने का कोई ख़तरा ही नहीं। उसने हमेशा कहा कि हम सबको तुम्हारा सपना पूरा करना है, भले ही कितना बड़ा रिस्क लेना पड़े। गिन्नी ने हिम्मत बंधाई कि लिखने में समय कम पड़े तो नौकरी छोड़ दीजिएगा, मेरी तन्ख्वाह से घर चलेगा। आर्यन टेंथ में थे, लेकिन मंझे हुए स्टोरीग्राफर की तरह कहानी के कट्स बताते थे।

मन भर कर आभार मेरे मित्र, *न्यूज़ 18* में मेरे परम सहयोगी, यूपी के सीएम योगी आदित्यनाथ के मीडिया सलाहकार शलभ मणि त्रिपाठी का जिन्होंने मेरी नौकरी चलाई और कहानी के साथ मुझे मुंबई रवाना कर दिया। ये हम दोनों का कंबाइंड प्लान था कि वो पॉलिटिक्स में जाएंगे और मैं फिल्म और नॉवल राइटिंग में। किताब की एडिटिंग के दौरान पल्लवी सिंह ने सिर्फ एडीशन और डिलीशन ही नहीं किया, बल्कि कहानी के फ्लेवर, एसेंस, डाइलेक्ट और मौसम को भी फ़ोटो फ़िनिश किया। समाजवादी पार्टी के पूर्व मंत्री, राष्ट्रीय प्रवक्ता और मेरे दिल से जुड़े दोस्त अनुराग भदौरिया, अंबुज पांडे, ऋषभ मणि त्रिपाठी, अंकुर सोनी, गौरव त्रिपाठी का शुक्रिया जिन्होंने तब कहानी सुनी थी जब कहानी का सिर्फ 'क' पैदा हुआ था। आरिफ़ ने मेरे दिल का डिज़ाइन कंप्यूटर से कवर पेज पर उतार दिया। प्रणाम और आभार व्यक्त करता हूं गुरु एवं पितातुल्य ओमशरण जी, प्रमोद तिवारी जी, कालिका प्रसाद

मिलिंद जी का जिन्होंने हर पल हर वक़्त मेरे शब्द, वाक्य, विन्यास और प्रयास पर नज़र बनाए रखी।

यक़ीन है कि ये उपन्यास आप सबको रोलर कोस्टर की थ्रिलर जर्नी पर ले गया होगा। कैरेक्टर्स और उनके डाइलेक्ट ने आपको सौ फ़ीसदी गुदगुदाया होगा। पहली कोशिश है, अच्छा या बुरा, जो भी लगे ज़रूर बताइएगा। आप बताएंगे तभी तो अगली कोशिश और भी बेहतर हो सकेगी। मेरा ईमेल है: manojrajantripathi@gmail.com

शुक्रिया, धन्यवाद, थैंक्यू!

मनोज राजन त्रिपाठी